Van Laura Lippman verschenen eerder:

Het suikerhuis
Nachtelijk ritueel

Laura Lippman

De laatste kogel

H&W

Van Holkema & Warendorf
Unieboek BV, Houten/Antwerpen

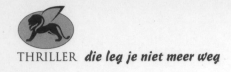

THRILLER *die leg je niet meer weg*

Oorspronkelijke titel: *The Last Place*
Oorspronkelijke uitgave: William Morrow
Copyright © 2002 by Laura Lippman

Copyright © 2005 Nederlandstalige uitgave:
Uitgeverij Unieboek BV,
Postbus 97, 3990 DB Houten

www.unieboek.nl
www.lauralippman.com

Vertaling: Ineke van Bronswijk
Omslagontwerp: marliesvisser.nl
Omslagbeeld: Getty Images
Opmaak: ZetSpiegel, Best

ISBN 90 269 8470 7/ NUR 332

Ter nagedachtenis aan mijn grootouders –
Louise Deaver Lippman en Theodore Lippman,
Maria Julia Moore Mabry en E. Speer Mabry junior

Rijpe pruimen vallen,
Nu zijn het er nog maar zeven,
Ik hoop dat er een nobele minnaar voor me komt,
Nu er nog tijd is.
Rijpe pruimen vallen,
Nu zijn het er nog maar drie,
Ik hoop dat er een nobele minnaar voor me komt,
Nu er nog tijd is.
Rijpe pruimen vallen,
Ik verzamel ze in een mand,
Ik hoop dat er een nobele minnaar voor me komt.
Zeg me hoe hij heet.

CONFUCIUS

Hij begint zijn dag op het water. Net als zijn vader vroeger. Net als zij.

Niet dat hij voor zichzelf kan toegeven dat hij vanochtend hierheen is gegaan om haar te zien. Hij heeft legitieme redenen om bij het aanbreken van de dag in deze stilliggende motorboot te zitten. Hij glimlacht om de woorden die hij daarnet zelf dacht: legitieme redenen. Legitiem. Een grappig woord als je het op zijn leven toepaste, en toch toepasselijk. Hij maakt het langgerekt, geniet van elke lettergreep, stelt zich het woord voor in het accent van zijn jeugd. Le-gi-tiem.

Voor het laatste deel van de tocht heeft hij de motor uitgezet, en onder een lage brug komt hij geleidelijk stil te liggen. Er zijn niet veel mensen die deze plek kennen, een smalle kreek ten zuiden van de stad en de Inner Harbor, een zijtak van de bredere Patapsco. De mensen die de kreek wel kennen, denken waarschijnlijk dat het water te ondiep is om er te kunnen varen. Mooi. Daarom heeft hij deze plek gekozen. Hij heeft haar hier één of twee keer gezien. Dat is niet erg, zolang ze maar op het water blijft, niet uit haar boot stapt en gaat rondneuzen. Hij kan zich niet voorstellen waarom ze dat zou doen, maar je weet het natuurlijk nooit.

Weer een dag, weer een dollar. Dat had zijn vader elke ochtend gezegd als hij de deur uitging, en in zijn geval was het bijna te letterlijk. Het was in de tijd dat de baai hen begon te bedriegen; eerst de baai, toen de politici, met hun beperkingen op dit en hun verbod op dat. Honger deze generatie uit zodat je de volgende kunt voeden, dat leek hun plan te zijn. Maar wie moest de oesters oogsten en de krabben vangen als ze de vissers lieten uitsterven? O, in abstracte zin waren ze dol op de vissers, ze bewezen lippendienst aan de geschiedenis en de traditie, en ze smulden natuurlijk als het lekkers op tafel stond. Hier in de stad maken ze net zo'n ophef over de Arabbers, de zwarte mannen die fruit en groente verkopen van paardenkarren. Het gaat ze alleen niet om de mannen, ze zijn alleen maar weg van de paarden. De mensen die het vuile werk doen zijn niet van vlees en bloed voor degenen die van hen profiteren, ze zijn niet menselijker dan een dors-

9

machine of een ontkorrelmachine voor katoen. Mensen schijnen te denken dat het eten op hun tafel wordt getoverd, en dat het blijft komen als de vissers maar niet zo hebberig zouden zijn.

Hij weet als geen ander dat herinneringen in de loop der jaren groeien, maar in zijn jeugd was alles écht groter en beter. Gebakken oesters zo groot als je vuist, verrukkelijk zout en knapperig in je mond. De gestoomde krabben waren wel twintig centimeter breed, monsters die als ze leefden een vinger of een teen konden afbijten. Toen begon alles kleiner te worden, steeds kleiner. De oesters, de krabben. Zijn familie. Zelfs het eiland.

Zijn ouders kenden geen ander leven en hadden er ook geen behoefte aan. Zijn vader beschouwde zichzelf als de gelukkigste man ter wereld omdat hij de hele dag buiten kon zijn, op het water. De baai beloonde deze liefde door zijn dood met meerdere jaren te vervroegen. Wat de zon niet had gedaan, deed uiteindelijk het water, in de vorm van een bloedvergiftiging. Een onschuldig sneetje werd een doodvonnis toen een stomme dokter van de vaste wal de wond dichtnaaide en daarmee de bacterie keurig netjes opsloot in het lichaam van zijn toen nog niet zo ouwe heer. Toch uitte zijn vader nooit een enkele klacht, zelfs niet toen de ontsteking bezit nam van zijn lichaam, en het lichaamsdeel voor lichaamsdeel kapotmaakte. Hij had het leven op zijn eigen voorwaarden geleefd en zijn zoon geleerd hetzelfde te doen. Doe waar je van houdt, en je zult houden van wat je doet. Dat was zijn vaders levensmotto, zijn vaders erfenis, en dit had hij ter harte genomen.

Maar het is hem niet ontgaan dat datgene waarvan je houdt wel eens je dood kan worden.

Hij vaart weg uit de kreek, voldaan omdat alles in orde is. Hij bevindt zich nu in de Middle Branch en zijn boot koerst bijna uit eigen wil in de richting van de Cherry Hill Marina. Dit risico neemt hij niet vaak, maar vandaag moet hij haar zien. Hij moet haar steeds vaker zien. Hij kan zich de tijd dat hij haar niet kende nauwelijks herinneren, de tijd voordat ze in zijn dromen begon te verschijnen en hem de ultieme belofte doet. Het maakt hem bang om te denken aan het toeval dat hen samen heeft gebracht. Stel nou dat hij niet... Stel nou dat zij niet? Hij kan zich een wereld zonder haar niet langer voorstellen.

Hij ziet meerdere roeiers op het water, achten en vieren, maar geen skiffs met iemand alleen. Hij is te laat, denkt hij, en zijn hart, dat zelden sneller gaat kloppen, maakt een sprongetje. De meeuwen klinken alsof ze de spot met hem drijven: *Te laat, te laat, te laat.* Ook het roepen van de stuurvrouwen aan de kant lijkt voor hem bedoeld. *Halve slag. Hele slag. Alleen benen.* De meeuwen krijsen terug: *Te laat, te laat, te laat.* De meisjesstemmen klinken luid en schril. *Volle kracht. Volle kracht. Volle kracht.* De meeuwen winnen de ruzie als de boten wegglijden, en de bevelende stemmen van de stuurvrouwen sterven weg op de wind.

Maar nee, zíj is laat, ze is de laatste roeier die onder de Hanover Street Bridge door komt. Hij herkent haar aan haar brede rug, de bruine vlecht die als een tweede ruggengraat recht omlaag hangt. Hij zet de motor uit en ze knikt naar hem, alleen met haar kin en zonder hem aan te kijken, want dat zou haar ritme verstoren.

Ze is niet popperig mooi, en hij is tot de conclusie gekomen dat hij daar blij om is, hoewel hij vroeger van een meer tere schoonheid hield. Een mooi smoeltje zou een vergissing zijn geweest in combinatie met dat lichaam. Sommige mensen zouden haar knap noemen, maar hij vindt knap passender voor een man.

En ze heeft niets manlijks. Haar lichaam – ja, dat hoort in zijn ogen thuis op de boegspriet van een schip. Het doet hem denken aan Hera in de B-film waarin skeletten waken over Jason als hij op zoek gaat naar het Gulden Vlies. Wat een stommeling was die Jason; ondanks Hera's waarschuwingen gebruikt hij haar drie wensen veel te snel. Haar ogen met de lange wimpers gesloten, en hij was haar voorgoed kwijt. Jason verdiende alles wat hem overkwam, en meer. Niet dat de film dat deel vertelde, o nee. De film had hem wel op het spoor gezet van de mythen waar het verhaal op was gebaseerd, precies zoals de juf het had bedoeld toen ze de gammele filmprojector neerzette om het schooljaar af te sluiten met een gezellige middag voor de kinderen. Hij was verliefd geworden op alle Griekse mythen, verhalen die speciaal voor hem leken te zijn geschreven. Aphrodite die oprijst uit zee, alleen maar om te worden weggeschonken aan de ernstige, hardwerkende Hephaestus, de enige lelijke god. Psyche en Eros, Pygmalion en Galatea. Epimetheus en Prometheus, druk in de weer om de aardbewoners te scheppen.

Maar het *Gulden Vlies* bleef zijn favoriete verhaal, al was het alleen al omdat het daar allemaal mee was begonnen. En het boek was zoveel spannender dan de film. Hij genoot ervan om te lezen over Medea's wraak op de trouweloze Jason, over Jasons nieuwe bruid die crepeert van de pijn onder de betoverde mantel die haar huid verbrandt, over Jason zelf, die wordt vernederd en verlaagd.

Het enige wat hem niet beviel, was Medea's ontsnapping. Hij vond het een onvolmaakt einde. Ze bedroog haar vader voor een man, en vervolgens

11

vermoordt ze haar eigen zoons als die man haar op zijn beurt bedriegt. Iemand had haar door een draak getrokken wagen uit de hemel omlaag moeten trekken en te pletter laten slaan op de aarde. Medea moest sterven om de cirkel rond te maken. Medea moet sterven.

Ze heeft vandaag een hemdje aan, zodat hij al zijn favoriete lichaamsdelen kan zien, en dat zijn helemaal niet de delen die je zou denken. Hij kijkt graag naar de rimpelende spieren bij haar schouders, naar de kleine holtes die eruitzien alsof iemand er de afgelopen nacht zijn vingers in heeft gedrukt. Hij bewondert de lange sleutelbeenderen, een sierlijke richel. Ze heeft een prachtig voorhoofd, zo breed als een zonnescherm, en een sappige onderlip, vanochtend weggezogen onder haar boventanden, een teken dat ze heel geconcentreerd is.

Van de kleur van haar ogen is hij nooit helemaal zeker geweest, deels omdat die even veranderlijk is als lucht en water. Bovendien is het lastig voor hem om in het openbaar bij haar in de buurt te komen, en dan is het nog lastiger om haar recht in de ogen te kijken.

Hier op het water, zijn gezicht in de schaduw van een honkbalpet en een verrekijker voor zijn ogen, kan hij naar haar kijken, maar dichterbij durft hij niet te komen.

Althans voorlopig niet.

1

Indertijd had het een goed idee geleken.

Tess Monaghan zat in de auto voor een eetcafé in een voorstad van Baltimore. Het was lente, het paarseizoen, en deze saaie maar drukke zaak bewees dat vogels het doen, bijen het doen, dat zelfs yuppen in golfbroeken en bootschoenen het doen.

'Een nogal onschuldige stamkroeg voor een kinderverkrachter,' zei Tess tegen Whitney Talbot, haar oudste vriendin, kamergenote op de universiteit, en een paar keer letterlijk haar medeplichtige. 'Al zijn er natuurlijk meerdere middelbare scholen in de buurt, plus Towson University en Goucher.'

'Mógelijke kinderverkrachter,' corrigeerde Whitney haar van achter het stuur van de Suburban. Whitneys auto's werden met de jaren steeds groter, ongeacht de benzineprijs. 'We hebben geen bewijs dat hij wist hoe jong Mercy was toen dit begon. Bovendien is ze zestien, Tess. Jij had ook seks toen je zestien was.'

'Ja, met andere kinderen van zestien. Dat hij achter je nichtje aan ging – '

'Een verre achternicht.'

'Ik durf te wedden dat hij het eerder heeft gedaan. En het hierna weer zal doen. Je familie heeft het probleem opgelost, maar hoe voorkomen we dat hij een probleem wordt voor een ander gezin? Niet iedereen kan zijn of haar dochter naar een dure kostschool sturen, weet je.'

'Dat meen je niet.' Maar Whitneys opgetrokken wenkbrauw maakte duidelijk dat ze de spot dreef met haar puissant rijke familie.

De twee vriendinnen staarden somber door de voorruit, perplex over de koppige gestoordheid van de mens. Ze hadden een meisje uit de klauwen van deze smeerlap gered, maar er was zo'n grote hoeveelheid meisjes op deze wereld, en een nog grotere voorraad smeerlappen. Het minste wat ze konden doen, was zorgen dat de wereld een smeerlap minder had. Maar hoe? Als Tess íéts wist van geobsedeerde mensen – en ze wist vrij veel daarvan – dan was het wel dat de meesten niet van hun obsessie af kwamen, tenzij er iets rampzaligs gebeurde. Een hartaanval voor een roker, het einde van een huwelijk voor een drinker.

Hun internetmaatje had dringend zoiets nodig.

'Je hoeft niet naar binnen te gaan,' zei Whitney.

'Jawel.'

'En wat dan?'

'Dat mag jij me vertellen. Het was jouw plan.'

'Om je eerlijk de waarheid te zeggen dacht ik niet dat het zo ver zou komen.'

Het was zes weken geleden dat Whitney Tess van het familiedrama had verteld, het verhaal over haar nicht en wat die 's avonds laat op het internet placht te doen. Correctie, verre achternicht. Mercy behoorde tot de 'foute' tak van de familie, dankzij afkeurenswaardige huwelijkspartners.

Misschien dat Mercy wel ongewenst zwanger was geraakt als ze ongestoord haar gang had kunnen gaan, ware het niet dat ze een keer 's avonds laat trek had gekregen. Mercy zocht in de keuken naar iets van haar gading toen haar moeder, die niets van computers wist, haar kamer binnen was gekomen op het moment dat een vrolijk muziekje een bericht aankondigde, waarna ze een korte vraag op het scherm zag verschijnen: 'Draag je een slipje?' Binnen een paar dagen was Mercy's harde schijf grondig onderzocht, en bleek ze uitgebreid te hebben gecorrespondeerd met een man die beweerde dat hij een vijfentwintigjarige effectenmakelaar was. Mercy's ouders trokken de stekker eruit, letterlijk, en smoorden de beginnende romance in de kiem.

De schoft werd echter nooit gepakt, zodat hij ongestoord door kon gaan met zijn slipjesjacht.

Het was een idee van Tess geweest om Music Loverr in zijn eigen wereld op te sporen. Geholpen door een bevriende computerexpert openden ze een account voor het mythische schepsel Varsity Grrl en begonnen ze de hoeken en gaten van het internet te verkennen, op zoek naar de spelonken waar pedofielen naar alle waarschijnlijkheid jaagden op een prooi.

Whitney en Tess hadden om beurten het toetsenbord bediend, en uiteindelijk was Tess degene die Music Loverr, inmiddels omgedoopt

14

tot GoToGuy, uit zijn hol wist te lokken. Ze vond hem in een chatroom gewijd aan lacrosse voor meisjes. Op zijn uitnodiging had ze hem haar MSN-adres gegeven om privé verder te chatten, een uitnodiging die was gevolgd op een min of meer waarheidsgetrouwe beschrijving van zichzelf, tot en met haar binnenste beenlengte van negentig centimeter. Daarna had ze toegekeken, met haast aan bewondering grenzende ontzetting, terwijl de virtuele man de langdurige en geduldige campagne begon die noodzakelijk is om een middelbare scholiere te verleiden. Wachtend op het verschijnen van zijn boodschappen – hij tikte veel langzamer dan zij – dacht Tess aan de film *Bedazzled*, de originele versie, waarin Peter Cook, een duivelse duivel, tegen sukkel Dudley Moore zegt dat een man elke vrouw kan krijgen als hij maar tot tien over vier 's ochtends naar haar blijft luisteren. Tess schatte dat een tienermeisje al tegen middernacht te krijgen was.

Niet dat GoToGuy wist hoe oud ze zogenaamd was, in elk geval niet in het begin. Dat had hij uit haar losgepeuterd, en Tess was op een hopelijk puberale manier ontwijkend geweest. Ze liet hem een week wachten voordat ze bekende dat ze jonger dan eenentwintig was. Onder de achttien, eerlijk gezegd.

'Kunnen we dan nog vrienden zijn?' had ze getikt.

'Natuurlijk,' luidde het antwoord.

Het contact werd alleen maar heftiger. Al snel hadden ze een vaste afspraak om tegen tien uur 's avonds te chatten. Tess schonk zichzelf dan een groot glas wijn in en kroop met frisse tegenzin achter haar laptop, en opende de speciaal voor dit doel in het leven geroepen account. Na afloop ging ze onder de douche of in bad.

'Heb je een valse legitimatie?' had GoToGuy haar twee dagen geleden gevraagd.

Eindelijk. Hij was niet zo snel van begrip, maar ook weer niet zo dom dat hij iets over zijn ware identiteit had prijsgegeven. Terwijl het Tess daar natuurlijk om begonnen was.

'Nee. Weet je hoe ik eraan kan komen?'

Ja hoor, dat wist hij. De vorige avond had hij gevraagd, nadat hij had geïnformeerd of ze de vervalste legitimatie had weten te bemachtigen, of ze dit eetcafé kende, toevallig op loopafstand van de Light Rail, voor het geval ze geen rijbewijs had of de auto van haar ouders niet kon lenen.

'En ik kan je altijd thuisbrengen,' beloofde hij.

Dat geloof ik graag, had Tess gedacht, haar handen zwevend boven het toetsenbord voordat ze haar antwoord tikte. Haar maag leek zich om te keren. Ze vroeg zich af of hij met Mercy ooit zo ver was gekomen. Het meisje hield bij hoog en bij laag vol dat ze elkaar nooit hadden ontmoet, maar dat viel niet te bewijzen. Er waren wellicht e-mails verloren gegaan, evenals bepaalde transcripties van de chats. Bovendien had ze misschien ook wel op school contact met hem gehad, gebruikmakend van een andere account.

Tess had Mercy slechts één keer ontmoet, en dat was minstens twee jaar geleden. Maar zelfs in de derde klas van de middelbare school had ze het wulpse figuur dat voor elke ouder een nachtmerrie is. Verder had ze zwoele groene ogen, waardoor ze buitengewoon wereldwijs en geraffineerd overkwam, en steil blond haar tot bijna op haar middel. Ze was een stuk, er was geen ander woord voor, zelfs met alle littekens die ze in de loop der jaren op het hockeyveld had opgelopen. Viste Music Loverr op jonge meisjes omdat hij van hun onschuld hield, of omdat hij hun onervarenheid nodig had? Wist hij hoe oud zijn prooi was of kon het hem gewoon niet schelen?

Toen Tess op de middelbare school zat, had dat soort smeerlappen de moed gehad om in de buurt van de bushalte bij de school in hun auto te zitten wachten. Hun gezicht was bekend, net als hun bedoelingen. Het was een stuk lastiger om jezelf uit te geven voor een succesvol zakenman als je uit een gedeukte Impala stapte, je ogen rood van de joint die je net had gerookt, opgedroogd speeksel in je mondhoeken, vlekjes die je geilheid verrieden.

Ja, in mijn tijd gingen pedofielen heel anders te werk, dacht Tess.

'Ik ben er morgen om acht uur,' tikte Varsity Grrl.

'Ik zit aan de bar.' GoToGuy. 'Ik draag een gebloemde das.'

Driemaal raden: er zaten drie mannen met een bloemetjesdas aan de bar.

'Drie bloemetjesdassen,' zei Whitney, 'alleen al in dit eetcafé. Deze mensen bezorgen Hunt Valley een slechte naam.'

'Zo te zien maakt Bloemetjesdas Nummer Een aanstalten om weg te gaan, en Bloemetjesdas Nummer Twee is volgens mij samen met zijn buurman aan de bar. Dames, ik stel u voor aan onze gelukkige vrijgezel, Bloemetjesdas Nummer Drie! Hij houdt van muziek, zeilen, kijken naar de zonsondergang, en jonge meisjes, die hij oppikt van het internet. Tess begon de Herb Alpertachtige herkenningsmelodie van het oude programma *Dating Game* te zingen, en ze begeleidde zichzelf door op het dashboard te roffelen.

'Wordt hij een droom,' kweelde Whitney, 'of een fiasco?'

'Een fiasco, kan niet anders. Moet je hem zien.'

Hij zat zijwaarts gedraaid aan de bar en keek naar een basketbalwedstrijd op een televisie in de hoek. Zijn roze overhemd bolde een beetje op boven zijn smalle schouders, terwijl zijn naar verhouding veel te dikke achterste over de rand van de kruk puilde.

'Hij drinkt een margarita,' stelde Whitney vast. 'Vertrouw nooit een man die margarita's drinkt. Waarschijnlijk heeft hij de barkeeper al omgekocht, zodat die je straks het dubbele schenkt van wat je bestelt. Ik durf er twintig dollar om te verwedden dat hij een piña colada of een daiquiri aanbeveelt.'

'Kan ik voor zeventien doorgaan?' Tess leunde naar voren om haar gezicht te bekijken in de achteruitkijkspiegel.

'In dat licht wel, al was het alleen al omdat hij wíl geloven dat je zeventien bent,' zei Whitney, voor haar doen niet onvriendelijk. 'Bovendien, wanneer was de laatste keer dat een man tijdens de eerste ontmoeting naar je gezícht heeft gekeken?'

Tess keek omlaag. Ze droeg een lichtroze T-shirt en een bloemetjesrok, allebei geleend van Whitney. Het viel niet mee, een vrouw van eenendertig die probeerde door te gaan voor een meisje van zeventien dat voor eenentwintig probeerde door te gaan. Ze droeg geen vlecht, zodat haar haar los rond haar gezicht viel, een gevoel waar ze een hekel aan had. Ze hoopte dat het losse haar voor een zachte omlijsting zou zorgen en de rimpeltjes bij haar ogen en mond zou verdoezelen. Verder was ze zwaarder opgemaakt dan ooit tevoren. Op dit punt had ze de onervarenheid van een zeventienjarig meisje niet hoeven veinzen.

GoToGuy – tijdens het laatste contact had hij zijn voornaam gegeven, Steve, zij het duidelijk met tegenzin – stond op toen ze het café binnenkwam.

'Ben jij – '

'Ik denk het.' Ze was nerveus, en dat kwam goed uit. Nerveus klopte. Ze hoorde nerveus te zijn.

'Wat wil je drinken?'

'Ik weet het niet. Een biertje?'

Hij nam haar van hoofd tot voeten op. 'Een aardbeienmargarita kleurt mooi bij je kleren.'

Een aardbeienmargarita – dat was nog erger dan een daiquiri. Bovendien had ze een instinctieve afkeer van mannen die bepaalden wat een meisje te drinken kreeg. Toch knikte ze. De barkeeper bekeek haar, maar vroeg niet om een legitimatie. Shit. Maar Whitney had gelijk. Steve verwachtte een meisje van zeventien, dus zag hij een meisje van zeventien, zelfs als hij de enige was.

'En dat na alle moeite voor een valse legitimatie,' fluisterde hij hijgerig in haar oor. Zijn losse, beminnelijk bedoelde lachje klonk hol en ingestudeerd, alsof hij zich zonder zijn toetsenbord geen houding wist te geven. 'Zullen we aan een tafeltje gaan zitten?'

'Eh, best.'

Ze pakten hun drankjes, en zij leidde hem, zonder dat hij het merkte, naar een tafeltje aan het raam, zodat Whitney hen over zijn schouder heen goed zou kunnen zien.

'Dus het is gelukt?' vroeg hij.

'Wat is gelukt?'

'Met de legitimatie.'

'O, dat. Ja, het ging geweldig.'

'Mag ik hem zien?'

Hier had ze niet op gerekend. 'Mag je wat zien?'

'Mag ik je legitimatie zien?'

'Ja hoor, waarom niet.' Ze haalde haar echte rijbewijs uit haar tas, en hij bestudeerde het bij het licht van het schemerlampje. Rijbewijzen waren zogenaamd niet te vervalsen, met de speciale foto, maar ze waren alweer een paar jaar geleden geïntroduceerd. Tess rekende erop dat de beroepsvervalsers er inmiddels hun hand niet meer voor omdraaiden. Ze kon hem moeilijk haar legitimatie van privé-detective laten zien.

'Wauw, die man wordt steeds beter. Dit ding lijkt net echt.' Steve tuurde naar de gegevens. 'Waarom staat er dat je eenendertig bent?'

Ze pakte het rijbewijs weer van hem aan en bloosde. 'Een rekenfoutje. Ik heb er veertien jaar bij opgeteld in plaats van vier.'

'Dus je echte naam is Theresa?'

Ze schrok er zo van om de langere versie van haar naam te horen, de naam die niemand ooit gebruikte, dat ze bijna nee zei.

'Ja, maar iedereen noemt me... Terry.'

'On line noemde je jezelf soms Rose.'

Dat was een idee van Whitney geweest, herinnerde Tess zich, toen ze nog maar net met de jacht waren begonnen. Hij had Varsity Grrl dus nageplozen voordat hij haar had benaderd, haar gevolgd op sites waar werd gechat over sport en muziek en de nieuwste televisieshows.

'Dat zou ik fijn vinden. Ik zou graag Rose willen heten. Het is een veel mooiere naam dan Theresa.'

'Oké, ik wil je best Rose noemen.'

'En jou noem ik – '

'Steve. Dat is mijn echte naam.'

'Krijg ik jouw legitimatie ook te zien?' Ze probeerde koket te zijn, zoals ze zich een meisje van zeventien voorstelde, hoewel ze zelf op geen enkele leeftijd ooit quasi-verlegen was geweest.

Hij lachte, maar haalde geen legitimatie tevoorschijn. Jammer. Dat was het enige wat ze wilde. Als ze zijn volledige naam aan de weet kon komen, zou ze zich verontschuldigen, naar de wc gaan en daar wachten op Whitney, die naar haar toe zou komen om de informatie te noteren. Dan zou Whitney met haar mobiele telefoon hun computerexpert bellen, die de hele avond stand-by was. Zij zou de naam vervolgens checken bij elke databank in de hele staat om te zien wat ze over hem aan de weet konden komen: zijn adres, zijn schulden, zijn strafblad. Als ze eenmaal wisten wie hij was, waren er legio mogelijkheden om hem het leven zuur te maken. Tess zou intussen zeggen dat ze hoofdpijn had, of terugkrabbelen – immers heel begrijpelijk voor een meisje van zeventien – en in de nacht verdwijnen. Haar auto stond achter de bar, naast de vuilcontainer.

Steve legde zijn handen over de hare.

'Terry, Terry, Terry,' begon hij op een toon die waarschijnlijk dromerig en romantisch was bedoeld.

Tess moest moeite doen om haar handen niet weg te trekken van onder de zijne, die klam en zweterig waren. 'Ik dacht dat je me Rose zou noemen.'

'Sorry, Rose. Je bent heel erg mooi, weet je dat? Dat had ik niet verwacht. Ik bedoel, ik dacht, ik hoopte – je denkt dat je on line een idee krijgt van hoe iemand eruitziet, maar jij hebt zulke wisselende stemmingen. Het was bijna alsof je twee verschillende mensen was.'

19

Dat was ik ook, dacht Tess. Het half Iers katholieke en half Duits joodse meisje dat je voor je ziet, en een blond *all American*-meisje uit een stinkend rijke protestantse familie. Ze hadden uitdraaien van hun teksten bewaard, zodat ze consequent konden zijn, maar ze konden elkaars manier van praten zelfs on line niet nadoen. Whitney was een beetje kortaf en koeltjes, een beetje te afstandelijk. Misschien was het niet toevallig dat Tess, met haar luchtige nonchalance over mannen, degene was geweest die hem had 'gestrikt'.

'Je bent zo mooi,' herhaalde hij, en hij staarde haar aan op wat ongetwijfeld een diepzinnige manier moest voorstellen. Als Tess zeventien was geweest, had ze het misschien wel zo ervaren. *Je bent zo mooi.* Het zou verboden moeten zijn voor mannen om dat tegen vrouwen van onder de vijfentwintig te zeggen, misschien zelfs tegen vrouwen van onder de vijfenveertig. Ze wist dat ze niet mooi was. Aantrekkelijk, ja. Opvallend, zeker. Maar niet mooi.

Op haar zeventiende had ze mooi willen zijn, en ze zou zich enorm gevleid hebben gevoeld als een man haar mooi had genoemd.

Op haar eenendertigste keek ze dwars door de man tegenover haar heen, en ze zag alle kleine tekenen die erop wezen dat hij lang niet zo succesvol was als hij zich voordeed. Zijn roze overhemd was pluizig geworden onder de oksels, waaraan je kon zien hoe goedkoop het was geweest. Zijn horloge was te groot en hij droeg een wanstaltig kitscherige ring aan zijn rechterhand. Hij had regelmatige gelaatstrekken, maar zijn ogen stonden te dicht bij elkaar en zijn mond had een lelijke vorm. En zijn haar was eigenaardig geknipt en gekamd – ongetwijfeld een van de vele pogingen om beginnende kaalheid te verhullen.

'Je bent zo mooi,' zei hij nog een keer, alsof het een toverformule was.

'Echt niet – ' Ze gebruikte haar zogenaamde verlegenheid om haar handen weg te trekken en in haar schoot te leggen. 'Ik ben niet mooi.'

'Juist wel. Vanbinnen en vanbuiten. Dat maakt je zo bijzonder.'

Een serveerster kwam langs om te vragen of ze iets wilden eten. Steve leek zich te ergeren aan de onderbreking, maar Tess was er blij mee. Ze bestelde alles wat de meeste tieners lekker vinden: een cheeseburger met alles erop en eraan, uiringen, en een aardbeienmilkshake. Steve fronste zijn wenkbrauwen toen ze de gefrituurde uiringen bestelde, en ze had er het liefst iets van gezegd: *Kijk, dat gebeurt er nou als je met kinderen aanpapt. Die weten nog niet dat je beter geen uiringen kunt bestellen.*

'Wil je nog iets drinken?'

'Ik heb deze nog niet op.' Ze had er nog maar een klein slokje van genomen. Tess kon wel tegen drank, maar haar zintuigen moesten vanavond op scherp blijven staan.

'Je krijgt nu twee drankjes voor de prijs van één, maar het happy hour duurt nog maar een paar minuten.' Nog een krent ook; altijd een leuke eigenschap.

'Nee, echt, ik hoef niets.'

Zijn handen vlogen naar zijn middel, een plotselinge stuiptrekking die Tess had leren herkennen als de pavlovreactie op een trillende pieper. Altijd beter dan kwijlen, natuurlijk.

'De zaak,' legde hij uit. 'Shit. Het is dringend.'

'Is het je beleggingsmaatschappij?'

'Eh, ja precies... de beleggingsmaatschappij.'

'Maar de aandelenbeurs sluit toch om – ' ze kon beter niet al te precies zijn ' – aan het eind van de dag?'

'Ja, maar de wereldeconomie draait vierentwintig uur door. De eh... Indonesische beurs gaat nu open.'

'O.' *Shit, shit, shit.* 'Nou, dan kun je ze beter bellen.'

'Ja, dat ga ik doen.'

De telefoon was helemaal achter in het etablissement, aan het eind van de lange gang naar de toiletten. Zodra Tess zijn rug om de hoek zag verdwijnen, stak ze haar handen uit naar het leren jasje dat hij aan het haakje naast hun tafel had gehangen. Het was een frisse avond, maar niet koud. Het jasje was duidelijk bedoeld om indruk te maken, en op iemand die nog geen eigen smaak had ontwikkeld zou het ook indruk hebben gemaakt. Tess vond het lelijk en ordinair, en het leer voelde aan als glibberig rubber. Ze stak haar handen in de zakken, in de hoop een portefeuille te vinden. Eén blik op zijn rijbewijs en ze zou weten hoe hij heette, en dat was de sleutel naar het vervolg. Als ze zijn Social Security-nummer kon achterhalen, konden ze hem kapotmaken.

De zakken waren echter leeg. Er zat nog geen pluisje in, alsof het jasje net nieuw was. Ze schudde eraan en hoorde iets rammelen in de plooien, dus klopte ze erop. Kennelijk was er een binnenzak. Ze stak haar vingers erin en haalde er een bruin flesje van de apotheek uit. Bingo! Zijn naam en adres zouden op het etiket staan.

21

Maar er zat geen etiket op. Ze haalde de dop eraf en keek naar de pillen, en opeens wist ze waarom Steve er zo op had aangedrongen dat ze een tweede margarita nam.

De pillen waren rond en wit, net aspirine, maar aan de ene kant zat een gleufje en er stond ROCHE op de andere kant, met het cijfer 1 eronder. Dit was het slaapmiddel rohypnol, rossies, de verkrachtingspil bij uitstek. Ze probeerde zich te herinneren wat ze over deze *date rape drug* had gelezen sinds de eerste berichten dat ze veel op studentenfeesten werden gebruikt. Het slachtoffer kon binnen twintig minuten het bewustzijn verliezen en kon zich later niets meer herinneren van wat er was gebeurd – rohypnol werd ook wel de vergeetpil genoemd. Het middel was in Mexico gewoon over de toonbank te koop, voor niet meer dan een paar dollar.

Wat moest ze nu doen? Het flesje was bijna vol. Had hij al een pil in haar drankje gedaan? Nee, ze had gezien dat de barkeeper haar drankje mixte en ze had het zelf naar het tafeltje gebracht. Waarschijnlijk had hij gehoopt dat ze op een gegeven moment naar de wc zou gaan, om dan de pillen in haar drankje te doen. Hij had erg op een tweede margarita aangedrongen, een beetje zoals de wolf die tegen Roodkapje zegt dat ze dichterbij moet komen. Om je beter te kunnen drogeren en verkrachten, schatje.

In een opwelling deed Tess een pil in zijn glas, en toen nog een tweede, voor de zekerheid.

'Is alles naar wens?' vroeg de serveerster nadat ze het eten op tafel had gezet. Het was een studente die Tess beleefd behandelde. Iedereen scheen te weten hoe oud ze was. Iedereen behalve Steve.

'Super,' zei Tess.

'Probleem opgelost,' kondigde Steve aan toen hij een paar minuten later terugkwam. 'Ik heb gezegd dat ze me verder niet meer lastig moeten vallen. Hebben we het een beetje leuk samen?'

'Nou, en of,' zei Tess. Met haar tanden brak ze een uiring in tween, en ze zoog de doorschijnende sliert luidruchtig in haar mond. Steve keek naar haar, stralend en verlekkerd. Het moest echte liefde zijn, want het effect van de pillen kon nog lang niet merkbaar zijn.

'Wat is hij zwaar,' klaagde Whitney van haar kant. 'Voor zo'n iel scharminkel, bedoel ik.'

'Ik weet het,' zei Tess. Ze waren net een span ossen die een slap en onvoorspelbaar juk naar Whitneys huisje zeulden, een gastenverblijf op het terrein van het huis van haar ouders. Ze hadden bedacht dat ze hier de noodzakelijke privacy zouden hebben, al wisten ze nog steeds niet wat ze met hun onverwachte vangst zouden gaan doen. Het was te vergelijken met vissen op open zee en dan een walvis aan de haak slaan. Indrukwekkend, maar waarschijnlijk illegaal en beslist problematisch.

Het had bijna veertig minuten geduurd voordat Tess het effect van de pillen bespeurde, en ze had zich al afgevraagd of ze zich had vergist. Maar toen ze begonnen te werken, ging het heel onverwacht en snel. Hij begon onduidelijk te praten, en het kostte hem moeite om zijn ogen open te houden.

'Ik weet het niet... misschien de tequila...'

'Laten we betalen en hier weggaan.' Tess nam nu de leiding, zonder nog haar best te doen om een meisje van zeventien te spelen. Hij had met moeite een paar biljetten en munten uit zijn portemonnee gevist en was wankel overeind gekomen. Meteen pakte hij haar hand, eerder op zoek naar houvast dan naar intimiteit.

'Dat is nog geen tien procent fooi,' protesteerde ze.

'Ik geef twintig procent fooi voor eten maar niet voor drank. Alcohol is... bespottelijk duur, pure winst. Bovendien voel ik... voel ik me helemaal niet lekker. Ik ben zo draaierig.'

Tess legde nog wat geld op het tafeltje en ze begon Steve naar de deur te slepen, in de hoop dat het personeel niet zou merken dat hij nauwelijks meer op zijn benen kon staan. Jammer genoeg hield de eigenaar hen bij de deur staande.

'Hij gaat toch zeker niet rijden.' Mooi, het ging over aansprakelijkheid.

'Nee, ik heb de sleutels,' zei Tess. 'Ik breng hem naar huis.'

Ze was van plan geweest om zijn broekzakken te doorzoeken en hem op het parkeerterrein achter te laten, maar aangezien het personeel hen met argusogen in de gaten hield, sleurde ze hem mee naar Whitneys Suburban en duwde ze hem op de achterbank.

'Wat nu?' had Whitney gevraagd, terwijl ze met een vies gezicht naar de half bewusteloze man keek.

'Geen idee,' zei Tess. 'Rij maar gewoon ergens heen.'

'Mijn huis,' verklaarde Whitney, zelfverzekerd als altijd.

23

En nu lag hij op zijn rug op Whitneys oude grenenhouten vloer vredig te snurken. Hij ademde door zijn mond, als een klein kind, maar dit wekte geen tedere gevoelens bij de twee vrouwen die op hem neerkeken.

Tess wurmde zijn portefeuille uit de achterzak van zijn broek, wat niet meeviel omdat zijn broek veel te strak zat.

'Mickey Pechter,' stelde ze vast. 'Adres in Baltimore County. Er zit een legitimatie in, en zo'n plastic pasje dat de bewoners van de wolkenkrabbers in Towson gebruiken om binnen te komen. Wedden dat hij geen hoekman is, laat staan een effectenmakelaar?'

Ze belden zijn naam, adres en geboortedatum door aan hun computercontact, Dorie Starners, die de hele avond stand-by was geweest – en zich daarvoor per uur liet betalen, bracht ze hun voldaan in herinnering voordat ze aan de slag ging. Maar wat ze ook probeerde, het leverde allemaal niets op.

'Hij heeft zelfs nog geen onbetaalde parkeerbon,' zei Dorie. 'Die man is een onbeschreven blad.'

'Of hij heeft gewoon mazzel gehad dat hij nooit is gepakt,' zei Tess voordat ze ophing.

'Shit,' vloekte Whitney. 'Ik had verwacht dat we in elk geval íéts zouden vinden.'

'We hebben zijn naam en nummer,' zei Tess. 'Is dat niet genoeg? We gaan bij hem langs als hij straks weer thuis is, we laten hem weten dat hij kleine meisjes met rust moet laten, ook op het internet, en dat is dan dat.'

'Nee, het is niet genoeg,' hield Whitney vol. 'We moeten hem een lesje leren, we moeten hem bang maken. Vergeet niet dat hij pillen bij zich had. Als hij tot nu toe niemand heeft verkracht, is het alleen een kwestie van tijd voordat hij het wel doet.'

Steve – nee, Mickey – slaakte een zucht in zijn gedrogeerde slaap. Het middelste knoopje van zijn overhemd was opengegaan toen ze met hem sleepten, zodat een harige, onsmakelijk witte buik zichtbaar was geworden.

Whitney boog zich over hem heen en prikte met de neus van haar schoen tegen zijn borst. 'Wat een harig aapje, zeg. Ik gruw van harige mannen.'

'Mannen met een harig lijf,' corrigeerde Tess haar. 'Het haar op zijn hoofd heeft zijn beste tijd gehad. Over uiterlijk drie jaar is hij kaal.

Dan kan hij de tieners vergeten. We laten de natuur haar gang gaan, meer hoeven we niet te doen.'

Whitney snoof en stootte een schamper lachje uit. 'Ik heb een idee,' kondigde ze aan.

Ze liep naar een ouderwets cilinderbureau, een van de afgedankte erfstukken uit de familie die haar moeder hier bewaarde. In een van de laden vond ze al snel een plastic vel met sjablonen.

'We gaan toch geen poster met "Welkom thuis!" maken?' vroeg Tess.

'Geduld, wacht nou maar af.' Whitney verdween in de kleine badkamer in de hal en kwam terug met een spuitbus Nair-ontharingsschuim die zo oud was dat er roest op de onderkant zat. 'We plakken er een etiket op en laten de wereld weten dat dit een viespeuk is.'

Ze draaide hem op zijn buik en trok zijn overhemd uit, en haar gezicht vertrok van weerzin toen ze zag dat zijn rug nog zwaarder behaard was. 'Perfect.' Zorgvuldig legde ze het sjabloon op zijn rug, en ze vulde een van de letters met schuin. Eerst een B, toen een A, toen weer een B –

'Whitney, wat ben je in godsnaam aan het doen?' wilde Tess weten.

'Ik schrijf "babyverkrachter" op zijn rug.'

'Doe niet zo mal. Wie krijgt zijn rug nou ooit te zien? Het is nog maar net april.'

'Precies, het is 1 april en we halen gewoon een geintje uit.' Whitney probeerde een kikker van de tekst te maken, maar het werd een rommeltje en uiteindelijk verwijderde ze al het haar van zijn rug.

'Bravo,' zei Tess sarcastisch. 'In een schoonheidssalon hadden ze hem daar vijftig dollar voor gerekend.' Ze nam Whitney de spuitbus uit handen en spoot schuim op het dunne haar op zijn hoofd. Een sjabloon had ze niet nodig, ze wilde het haar er gewoon allemaal af hebben. Samen met Whitney rolde ze hem weer op zijn rug, en met behulp van het sjabloon onthaarden ze het woord 'loser' op zijn borstkas.

'Het is niet echt duidelijk te lezen,' stelde Whitney teleurgesteld vast.

'We hadden het met een scheermes moeten doen,' gaf Tess toe.

'Of met was, dan had het nog lekker pijn gedaan ook.'

Tess maakte zijn broek open en trok die omlaag tot zijn enkels, waarna ze het restje Nair op zijn dijen en onderbenen spoot. De knikker ratelde, de bus was bijna leeg. Op zijn benen had hij lichter en dunner haar, als van een jongen. Hij droeg een zwart nylon slipje, onflatteus strak.

'Hij hoopte dat hij het vanavond zou gaan doen,' merkte Whitney op.

'Dat staat haast vast als je je vriendinnetje eerst drogeert,' zei Tess. 'Het probleem is, meestal zijn ze niet meer bij bewustzijn tegen de tijd dat je je lingerie onthult.'

Het was al na middernacht toen ze hem vrijwel geheel ontkleed achterlieten op het parkeerterrein van het eetcafé, met zijn rug geleund tegen een blauwe Honda Accord. Er brandde geen licht meer; het café was al een uur dicht. De Honda was de enige auto op het parkeerterrein afgezien van de Toyota van Tess, en zijn sleutels pasten in het slot. Mickey Pechter had zijn sokken en slip nog aan, maar de rest van zijn kleren had Tess onderweg ergens in een afvalcontainer gedumpt. Ze legde zijn portefeuille, sleutels en pieper naast hem neer en drapeerde het leren jasje over hem heen.

Op het laatste moment besloot ze de pillen te houden, want ze had geen zin om hem zijn wapen terug te geven. Ze wist niet hoe moeilijk het was om eraan te komen, maar waarom zou ze het dit roofdier op wat voor manier dan ook makkelijk maken?

'Hij is zo roze,' merkte ze op.

'We zijn allemaal roze,' zei Whitney. 'Wit slaat echt nergens op. Net zo min als zwart, trouwens.'

'Maar hij is rozerood,' zei Tess. 'Hij ziet eruit alsof hij te lang in de zon heeft gezeten. Of als Humpty-Dumpty, na zijn val.'

Ja, dat was het: Humpty-Dumpty. Je kon hem niet als gebroken beschrijven, maar wel als meelijwekkend, benen opgetrokken in zijn slaap, zijn bleke huid blootgesteld aan de nachtlucht, bobbelig van het kippenvel. Opeens had ze medelijden met hem, zij het een beetje laat.

En toen herinnerde ze zich zijn plannen voor die avond en ging er een steek van weerzin door haar maag, waar een cheeseburger en uiringen elkaar gezelschap hielden, samen met een paar slokjes margarita.

'Kom, laten we gaan.' Ze ging staan en opeens, zonder eigenlijk zelf te beseffen wat ze deed, of waarom, draaide ze zich om en schopte ze hem in zijn ribben.

Als ze laarzen had gedragen, zou de schop hem misschien hebben gewekt, maar de zachte gympjes die ze droeg om zo klein mogelijk te lijken hadden weinig effect. Toch was de schop hard genoeg om een blauwe plek achter te laten, een laatste aandenken aan hun avondje uit.

Dat was althans wat de politie van Baltimore County haar de volgende dag vertelde toen ze haar in hechtenis namen.

2

Baltimore County omringt Baltimore City als een slotgracht. Of als een handboei, het is maar hoe je het bekijkt. De twee zijn meer dan 150 jaar geleden van elkaar gescheiden en elk huns weegs gegaan, en ze zijn het er nog steeds niet over eens wie er uiteindelijk aan het kortste eind heeft getrokken. De stad is failliet, de criminaliteit is er schokkend hoog, en uitbreiding is uitgesloten. De provincie is daarentegen oubollig en achterlijk, en de in de stad geboren Tess haalde er dan ook haar neus voor op.

Haar contact met de plaatselijke justitie had haar mening alleen maar bevestigd.

'Hé, dat is een idee,' zei ze, zittend in een gang van het provinciale gerechtsgebouw, precies drie weken na de dag van haar afspraakje met Mickey Pechter. 'Is het te laat om te vragen of ik in de stad voor de rechter mag verschijnen?'

'Blij te horen dat je er grapjes over kunt maken,' zei haar advocaat en voormalige werkgever, Tyner Gray. 'Ik ben de hele tijd blijven denken dat je dit op een gegeven moment – toen ze je arresteerden en je een nacht in het huis van bewaring lieten slapen, toen ze je vingerafdrukken namen, toen ze je van zware mishandeling beschuldigden – serieus zou nemen. Maar nee hoor, je staat op het punt om veroordeeld te worden en je doet nog steeds of het allemaal een grote grap is.'

'Je kunt het toch moeilijk spannend noemen,' snoof Tess. 'Het is niet eens een echt vonnis.'

'Hou jezelf niet voor de gek. Een voorwaardelijke straf betekent alleen maar dat je geen strafblad hebt als je aan het eind van je proeftijd aan alle voorwaarden hebt voldaan.'

'Ik heb een interessante filosofische vraag voor je: Als een voorwaardelijke straf omlaag valt in het bos en er is niemand om het te horen, maakt het dan een geluid?'

'Niet grappig, Tess.'

'Er zijn momenten in het leven,' vervolgde ze, 'dat je kunt kiezen tussen lachen of huilen. Ik kies voor lachen.'

Tess had de afgelopen drie weken wel een paar keer gehuild, maar altijd als ze alleen was. Ze zou de cynische oude Tyner nooit bekennen dat ze haar zwakke momenten had, en iemand anders trouwens ook niet. Zelfs tegenover haar vriend, Crow, had ze de stoere meid gespeeld – niet dat hij zich liet bedotten. Haar gebrek aan eetlust had haar verraden.

Nu was het bijna achter de rug, een nare herinnering die een toekomstige biograaf in een enkel zinnetje zou verwoorden: 'Op mijn eenendertigste ben ik met justitie in aanraking geweest, maar het berustte allemaal op een misverstand.' Een voorwaardelijke straf klonk wel een beetje dreigend, maar aan het eind van de proeftijd kon ze met een schone lei beginnen.

Tyner dacht duidelijk niet aan de toekomst maar aan het hier en nu. 'Het uur van de waarheid,' kondigde hij aan, en nadat hij zijn rolstoel handig een driekwart slag had gedraaid, reed hij de rechtszaal binnen.

Mickey Pechter zat op de eerste rij, achter de officier van justitie. Het was de eerste keer dat Tess hem zag – haar 'slachtoffer' zoals het in juridische termen luidde – sinds ze hem op het parkeerterrein had achtergelaten. Het haar op zijn hoofd was weer aangegroeid, doffer maar wel voller. Misschien had ze wel een remedie tegen kaalheid ontdekt. Zijn huid zag er in haar ogen normaal uit, en ze vroeg zich af of hij werkelijk een hevige allergische reactie had gehad, zoals hij had beweerd. Aan de andere kant, hij was wel bij de eerste hulp beland. Ze keek hem aan en bestudeerde de emoties die over zijn gezicht speelden: instinctieve angst, als een hond die in elkaar krimpt bij het zien van iemand die hem pijn heeft gedaan, een vluchtig glimlachje, en tot slot een blik van pure haat uit samengeknepen ogen.

Het kostte haar de grootste moeite om niet geluidloos het woord 'verkrachter' te vormen met haar mond.

Tyner trok aan haar vlecht om haar eraan te herinneren dat ze op moest staan voor de rechter.

'De rechtbank.'

Rechter Dennis Halsey was jong voor een rechter en net niet knap te noemen. Hij had al zijn haar nog – waarom lette ze steeds vaker op het hoofdhaar van allerlei mannen? – maar het vierkante van zijn hoofd en lichaam deden aan een robot of het monster van Frankenstein denken. Toch was hij een rijzende ster, en hij genoot veel respect. Zolang hij geen rampzalige misstap beging, zou hij steeds verder opklimmen binnen de rechterlijke macht van de staat, en misschien zou hij op een dag de rode toga van Marylands hoogste gerechtshof dragen.

'Hierbij verklaar ik de zitting voor geopend.'

Tot nu toe was Halseys carrière allesbehalve rampzalig verlopen. Hij was president van de rechtbank geweest tijdens hetzelfde verkrachtingsproces waarbij Tess haar kennis over rohypnol had opgedaan. Het was een spraakmakende zaak geweest – de dader was blank en kwam uit de betere kringen, en al zijn slachtoffers waren zwart.

Het was de rechter gelukt om de slachtoffers zoveel mogelijk te beschermen, en hij had de aanwezigen geen moment laten vergeten wie er terechtstond. Drie jury's waren tot de uitspraak gekomen dat er sprake was van verkrachting met voorbedachten rade, en Halsey had de dader de zwaarst mogelijke straf opgelegd.

Het had voor Tess dus een meevaller moeten zijn dat hij haar zaak behandelde, maar in plaats daarvan was het de zoveelste tegenvaller geweest na alles wat er op die avond in de lente was gebeurd.

De eerste tegenvaller was Mickeys allergische reactie op de chemische stoffen in het ontharingsmiddel.

'O, ja,' had Tess tegen Tyner gezegd toen de politie hem eindelijk bij haar liet, 'je moet altijd eerst een testje doen voordat je dat spul gebruikt.'

'Wat voor test?'

'Je moet het uitproberen in de holte van je elleboog. Maar dat doet niemand. Dus hij heeft uitslag gekregen? Wat een aansteller.'

'Hij had brandwonden, Tess. Hij moest in het ziekenhuis worden opgenomen.'

En dat was nog maar het begin van alle vergissingen die ze had gemaakt. De tweede grote vergissing was dat ze Mickey Pechter haar rijbewijs had laten zien. De politie stond de volgende dag al voor twaalf uur bij haar op de stoep, met een bevel tot huiszoeking naar haar wapen, beschreven als 'een chemisch ontbladeringsmiddel in een spuitbus of -fles'.

De spuitbus vonden ze natuurlijk niet, maar het potje rohypnol wel. Dat was vergissing nummer drie, dat ze de pillen had gehouden, want Pechter beweerde dat ze van haar waren. Het middel zat immers in zíjn bloed. Tyner had betoogd dat het niet waarschijnlijk was dat een vrouw met een spuitbus ontharingsmiddel in haar zak rondliep, dus dat telde niet mee als bewijs van haar boze opzet. De rohypnol vormde voor de officier van justitie, jong en schijnheilig, echter het bewijs dat Mickey Pechter een slachtoffer was. Het sterke slaapmiddel wees er volgens het openbaar ministerie op dat ze snode plannen had gehad en dat ze de mishandeling van tevoren had beraamd. 'Onzin!' bleef ze telkens herhalen. 'Ik wilde alleen zijn naam aan de weet zien te komen, zodat ik hem op een nette manier een lesje kon leren. Bijvoorbeeld door hem te... eh chanteren.'

In Baltimore City, waar de rechtbanken ondergesneeuwd zijn met moordzaken en alle gevolgen van Amerika's mislukte *war on drugs*, zou Tess' rampzalig afgelopen wraak als een ondoordachte poets zijn behandeld, wat het natuurlijk ook was geweest. Maar de officier van justitie in Baltimore County vond het nodig om de boel op te blazen. Tess werd van zware mishandeling beschuldigd, en de officier had ook verkrachting in de aanklacht willen opnemen, maar daarvoor ontbrak elk bewijs. Gelukkig bleef de zaak onder de radar van de media, maar alleen omdat alle mannen die bij de zaak betrokken waren medelijden hadden met Mickey Pechter.

Rechter Halsey vond het allemaal even fascinerend. 'Ik ben geïnteresseerd in geweld tussen mannen en vrouwen,' had hij na de eerste pro forma-zitting tegen Tyner en Tess gezegd. 'Het is een straat met tweerichtingsverkeer, in tegenstelling tot wat de meeste mensen denken. Fysiek is het waarschijnlijker dat vrouwen het slachtoffer zijn, dat is waar. Maar als ze sterk genoeg zijn – als ze, zeg maar, geëmancipeerd zijn – keren ze zich dan tegen mannen, gebruiken ze op dezelfde manier geweld als mannen tegen hen? Handelde uw cliënte werkelijk vanuit de behoefte om jonge meisjes tegen een internetstalker te beschermen, of waren er wraakgevoelens in het spel? Er is zoveel boosheid, zoveel vijandigheid tussen mannen en vrouwen. Ik zie het elke dag in mijn rechtszaal, en ik vind het niet te doorgronden. De oorlog tussen de seksen is verre van voorbij.'

Tess had hem graag willen vertellen waarom ze had gedaan wat ze had gedaan, maar ze werd lichtelijk gehinderd door haar impulsieve beslissing, toen ze de eerste keer de politie over de vloer had, om te beweren dat ze in haar eentje had gehandeld. Zelfs Tyner wist niet dat

Whitney erbij was geweest. Haar weinig analytische redenering was dat ze Mercy moest beschermen – ze had niet één keer haar naam genoemd – en daarom Whitney dus ook. Met als gevolg dat de rechter een soort Superwoman voor zich zag, een vrouw die in staat was geweest een man te drogeren, hem over een parkeerterrein te slepen en vervolgens zijn lichaam en hoofd te ontharen.

Toch staarde rechter Halsey zich niet zó blind op de sociologische aspecten van de zaak dat hij de inconsequenties in het bewijs niet meer zag.

'De politie vindt het merkwaardig dat Mickey Pechter zo weinig schaafwonden had,' merkte hij op een gegeven moment op, toen hij en Tyner in de werkkamer van de rechter de voorwaarden voor de straf bespraken.

'Schaafwonden?' had Tess hem nagezegd.

'U heeft hem over straat moeten slepen, dat kan niet anders. Het meest waarschijnlijke is dat u hem aan zijn benen heeft meegetrokken, niet onder zijn oksels. Toch zijn Pechters schenen geschaafd alsof iemand hem onder zijn oksels heeft vastgehouden.'

'Wat zegt Mr. Pechter er zelf van?'

'Hij weet er niets meer van.'

'Hmmm,' had Tess gemompeld, en daar had ze het bij gelaten. De meeste leugenaars zijn veel te nadrukkelijk, te gedetailleerd. Ze praten te veel. Dat wist Tess omdat ze meer leugenaars had meegemaakt dan haar lief was. En ook omdat ze zelf een goede was als het moest.

Uiteindelijk had haar onvolledige versie gezegevierd, min of meer althans, omdat Mickey Pechter zo'n onaantrekkelijk slachtoffer was. Hij had de harde schijf van zijn computer expres laten crashen, denkend dat hij het bewijsmateriaal hiermee vernietigde, maar Tyner had Dorie Starnes, de vriendin van Tess, royaal betaald om alle belastende informatie terug te vinden: de informatie over het verkrijgen van een vervalst legitimatiebewijs, het feit dat hij erop had aangedrongen dat ze met het openbaar vervoer zou komen, zodat hij haar thuis kon brengen. Alleen de rossies en zijn kwade bedoelingen bleven zíjn woord tegen het hare. Opeens wilde iedereen – de politie, de officier van justitie en Mickey Pechter zelf – de zaak van de rol hebben.

Iedereen behalve rechter Halsey. 'In een geciviliseerde samenleving mogen we niet tolereren dat het recht in eigen hand wordt genomen,' had hij gezegd toen Tyner erop aandrong om de aanklacht in te trekken. 'Wat hij ook van plan was, wat uw cliënte ook van plan was, feit blijft dat ze hem heeft verwond, en daar kunnen we niet aan voorbijgaan. Ik stel een boete voor en een of andere taakstraf.'

Tyner, die Tess ervan had weten te overtuigen dat ze tegen elke prijs een proces moesten zien te voorkomen, ging ermee akkoord. 'Zolang de straf maar voorwaardelijk is en na zes maanden wordt geschrapt, vind ik het best.'

Zes maanden, dacht Tess, zittend in de rechtszaal. Het was nu 22 april, en in de gazons rond de rechtbank bloeiden narcissen en tulpen. Het was heerlijk zacht buiten, en het briesje voerde de lekkere groene geur van pasgemaaid gras en mest mee. Over zes maanden zouden de bloembedden kaal zijn. Dan zou het weer kouder zijn, de dagen korter, en het roeiseizoen zou ten einde lopen. In sommige opzichten leek het een lange tijd, maar in feite was het niet meer dan een ademhaling. Zes maanden, en dan zou dit allemaal verdwenen zijn, alsof het nooit was gebeurd.

Haar zaak was aan de beurt. Tijd voor Vrouwe Justitia om haar weegschaal in stelling te brengen.

Halsey legde zijn handen rond de microfoon voor hem. 'Het slachtoffer wil graag een officiële verklaring voorlezen, bedoeld voor het strafdossier.'

'Maar er komt helemaal geen strafdossier,' protesteerde Tyner.

'Niet als uw cliënte over een halfjaar aan alle voorwaarden heeft voldaan,' beaamde de rechter. 'Maar wat kan het voor kwaad om Mr. Pechter zijn verklaring te laten voorlezen?'

In de weken tot aan deze zittingsdag had Tess zich voor haar doen ongewoon keurig gedragen. Ze had Pechter niet gebeld om tegen hem te zeggen dat ze hem een worm vond omdat hij een aanklacht had ingediend tegen iemand die hij had willen verkrachten. Ze had haar vrienden bij de *Beacon-Light* niet gebruikt om haar eigen versie van de gebeurtenissen in de krant te krijgen, voor het geval dat in haar nadeel zou werken. Ze had geen onvertogen woord gezegd en braaf geluisterd naar Halseys hoogdravende gefilosofeer over het geweld tussen mannen en vrouwen. Hij gebruikte altijd dezelfde woorden: 'het geweld tussen mannen en vrouwen'. Als rechter was Halsey misschien progressief, maar hij hield evenveel van zijn eigen stemgeluid als ieder ander. Toch had ze naar hem geluisterd, ze had hem niet één keer tegengesproken, en ze had nooit durven opperen dat zij net iets

33

meer wist over dergelijk geweld dan deze in alle opzichten beschermde jurist.

Vandaag, op enkele centimeters van de finish, schoot ze uit haar slof.

'Hij is géén slachtoffer,' snoof ze. 'Daarom is het verkeerd om hem een verklaring te laten voorlezen. Daarmee wordt deze stompzinnige, politiek correcte poppenkast alleen maar gelegitimeerd.' Hoewel ze op hese fluistertoon had gesproken, bleek Mickey Pechter haar wel te kunnen verstaan, en hij kromp ineen bij het horen van haar stem.

De rechter hield zijn gezicht in de plooi. Hij keek naar Tess, toen naar Tyner, die verontschuldigend zijn schouders ophaalde, en toen naar Mickey Pechter, die zo zijn best deed om engelachtig over te komen dat Tess bijna verwachtte zo'n stralenkrans uit stripverhalen boven zijn hoofd te zièn verschijnen.

'Ik vind dat Mr. Pechter zijn brief moet kunnen voorlezen,' concludeerde hij. 'Het kan geen kwaad, Miss Monaghan, om eraan herinnerd te worden dat u iemand letsel hebt toegebracht. U heeft het recht in eigen hand genomen, en door uw toedoen is er iemand in het ziekenhuis beland.'

Met zweterige, trillende handen vouwde Mickey Pechter een vel papier open, en hij begon te lezen. 'Sinds de wrede aanval op mijn persoon – '

Tess gooide haar hoofd naar achteren bij het horen van het woord 'wreed', maar ze zei niets.

' – kan ik door ernstige problemen met mijn huid bijna niet meer slapen. Als ik slaap, heb ik vaak nachtmerries. Mijn werk heeft er ook onder te lijden. Ik heb inkomsten gederfd doordat ik niet meer zoveel uren kan overwerken als hiervoor. Hoogachtend, Mickey R. Pechter.' Verwachtingsvol keek hij op.

'Is dat alles?' vroeg de rechter.

'Wilt u weten hoeveel inkomsten ik heb gederfd?'

'Hoeveel overuren u heeft verloren? Nee, dat lijkt me niet nodig.'

'Het zijn niet alleen de overuren,' zei Pechter. 'Er is sprake van pijn en leed.'

'Ik heb met Miss Monaghan afgesproken dat zij of haar verzekering uw medische kosten zal vergoeden.'

'O, dat heeft ze al geregeld. Ik dacht alleen dat ik hier ook een compensatie voor mijn pijn en leed kon krijgen.'

De rechter kon hem niet volgen, maar Tess wel. Mickey Pechter dacht dat het afleggen van een verklaring hetzelfde was als een civiele procedure. Hij wilde een schadevergoeding omdat hij was onthaard. Terwijl ze glimlachte om zijn domme hebzucht, vroeg ze zich tegelijkertijd af of haar verzekering zo'n schadevergoeding zou dekken. Of was ze alleen gedekt als ze aan het werk was? Kon ze beweren dat Mercy Talbot een cliënte was? Nee, dan zou ze alsnog de naam van het meisje moeten prijsgeven, het enige wat de familie Talbot per se niet wilde.

'Ik heb het er met vrienden over gehad,' legde Pechter uit, 'en ons leek vijfhonderdduizend redelijk, als het tenminste niet als inkomen wordt belast, en anders zevenhonderdvijftigduizend. Met andere woorden, ik vind dat ik vijf ton netto hoor te krijgen.'

'Wat ben je toch een zielige eikel,' zei Tess zacht. Snel draaide hij zijn hoofd naar haar om, en ze besefte dat hij nog steeds bang voor haar was. Het was een interessant gevoel. Niet onprettig. 'In plaats van je druk te maken over geld, zou je op zoek moeten gaan naar een therapeut die je kan leren om met je tengels van kleine meisjes af te blijven.'

'Ik heb geen moment gedacht dat je zeventien was,' verdedigde hij zichzelf. 'Niet toen ik je eenmaal had gezien. Je moet wel heel erg kippig zijn om dat te denken.'

'Of ze zeventien zijn of eenenzeventig, jij kunt ze alleen in bed krijgen als ze bewusteloos zijn. Loser.'

'Kreng.'

'Klootzak.'

'Manwijf.'

'Mietje.'

'Hoer.'

'Eunuch.'

De parketwacht snelde toe alsof hij een handgemeen verwachtte, maar de rechter stak alleen zijn hand op en het werd weer stil in de zaal.

'Ik zal nu het vonnis uitspreken. Wat uw pijn en leed betreft, Mr. Pechter, als u meent recht van spreken te hebben, dan neemt u maar een advocaat die u terzijde kan staan. Ik maak u er echter wel op attent dat uw manier van leven en uw karakter bij een civiele procedure uitgebreid aan bod zullen komen.'

Pechters gezicht betrok. 'Oké, dus ik krijg geen geld. Maar waarom krijgt zij geen echte straf? Ik weet heel goed wat een voorwaardelijke veroordeling met een proeftijd betekent; na zes maanden is het net alsof er nooit iets is gebeurd. Dat is niet eerlijk.'

'Ik kan u verzekeren, Mr. Pechter, dat Miss Monaghan over een halfjaar een ander mens zal zijn. Ze zal haar leven beteren. En voor het geval u het even vergeten bent, het doel van een veroordeling is dat iemand er iets van leert, zodat hij of zij niet in herhaling vervalt.'

Tess probeerde niet te grijnzen. Als Halsey dacht dat zij een ander mens zou zijn na het betalen van de boete en de medische kosten, en nadat ze haar taakstraf had volbracht – afgesproken was dat ze elke week drie uur iets voor mishandelde kinderen zou doen – dan moest hij dat vooral blijven denken. Als ze de kans zou krijgen, zou ze het weer doen. Die schop misschien niet, maar daar had niemand ooit een punt van gemaakt. Maar van het ontharingsmiddel en het pikken van de pillen had ze geen spijt; ze had Pechter een lesje geleerd, en daar was het haar steeds om te doen geweest. Misschien had ze het wel tot een proces moeten laten komen, gewoon om te zien of hij andere slachtoffers had gemaakt die hem wilden aanklagen.

Pechter ging terug naar zijn plaats, en Tess ging staan om het vonnis aan te horen, haar ogen neergeslagen, haar glimlach nauwelijks verborgen. Ze had niet gewild dat Crow met haar meekwam – hoe fijn ze zijn gezelschap ook had gevonden, ze wilde hem strikt gescheiden houden van deze smerige episode – maar ze hadden afgesproken om er een feestelijke dag van te maken. Ze zouden met de auto de stad uitgaan, met hun honden, en ze ergens lekker laten rennen. Dan zouden ze op zoek gaan naar een restaurant of eetcafé met een terras, zodat ze de honden niet in de auto hoefden te laten zitten als ze gingen lunchen. Het was een van de grote voordelen als je voor jezelf werkte – je hoefde niet binnen te zitten op de zonnige doordeweekse dagen die altijd pas na een verregend weekeinde aanbraken.

In gedachten was Tess zo met andere dingen bezig dat de woorden van de rechter het ene oor in- en het andere weer uitgingen. Toen dook er een onverwacht zinnetje op en moest ze zich weer concentreren. 'En verder wordt van Miss Monaghan gevraagd dat ze zich zes maanden laat behandelen door een therapeut, om met boosheid te leren omgaan. Groepstherapie mag ook.'

Ze wist dat ze haar mond moest houden, maar ze keek wel naar

Tyner, die zijn schouders ophaalde, duidelijk net zo verrast als zij. De woorden betekenden niets voor Mickey Pechter, die een afwezige indruk maakte, alsof hij in gedachten alles teruggaf wat hij met zijn gedroomde vijf ton had willen kopen. De overwerkte griffier had het volgende dossier al gepakt. Justitie moest door.

'Miss Monaghan heeft elke maand een ontmoeting met iemand van de reclassering, en moet dan aantonen dat ze elke week bij een psychiater, een psycholoog of een klinisch-maatschappelijk werker is geweest. Ze mag zelf een therapeut kiezen, maar de rechtbank bepaalt dat de therapie gericht moet zijn op het beheersen van boosheid en aanverwante gevoelens.'

Tess mocht gaan, en de volgende zaak werd afgeroepen. Volkomen in verwarring verliet ze samen met Tyner de zaal.

'Kan hij dat doen? De taakstraf laten vervallen en me dwingen om in therapie te gaan?'

'Hij heeft het net gedaan. Waarschijnlijk redeneert hij dat dit te vergelijken is met een alcoholist naar de AA sturen. Het is wel merkwaardig. Hij heeft er tijdens al onze ontmoetingen nooit iets over gezegd. Ik denk dat het net bij hem is opgekomen. Ik had misschien bezwaar moeten maken, maar je bent er minder tijd mee kwijt dan met een taakstraf, want dat was drie uur per week.'

'Maar waarom heeft die rechter op de valreep de voorwaarden veranderd?'

Tyner, die het meestal leuk vond om haar te kritiseren of terecht te wijzen, gaf niet meteen antwoord. 'Er was iets met de uitdrukking op je gezicht, Tess, toen je naar Mickey Pechter keek. Iets donkers. Ik zeg het niet graag, maar die rechter heeft misschien wel gelijk.'

3

Hóéveel drinkt u?'

De psychiater Marshall Armistead had in hoog tempo een waslijst van medische gegevens afgewerkt, totdat een onoplettende Tess zichzelf beentje lichtte door de waarheid te vertellen. Ze verveelde zich en was zo afwezig dat ze niet eens meer wist wat ze had gezegd. Twee glazen, drie glazen. Was dat nou echt zoveel? Moest ze beweren dat haar moeder van oorsprong Frans was of moest ze terugkrabbelen?

Terugkrabbelen.

'Niet elke avond, bedoel ik, maar ik drink wel regelmatig wijn bij het eten, misschien twee glazen. En ik ga minstens een keer per week uit met vrienden om een cocktail te drinken.'

'Drinkt u wel eens als u alleen bent?'

'Soms.'

'Drinkt u om te ontspannen of uzelf te belonen?'

'Zo zou ik het niet willen noemen.'

'Hebt u 's ochtends vaak een kater?'

'Nooit.' Ze probeerde het niet te vijandig of te verdedigend te zeggen. 'Luister, ik weet waar u heen wilt. Maar ik heb echt geen drankprobleem.'

'Oké, dan gaan we verder. Drugs?'

'Tegenwoordig alleen nog wiet.'

Een wenkbrauw leek te bewegen. Het waren opvallende wenkbrauwen, warrig als die van een oude man, hoewel Armistead nog betrekkelijk jong moest zijn, niet ouder dan veertig. Hij was kaal, maar op de nonchalante manier van een man die al op jeugdige leeftijd zijn haar was kwijtgeraakt en daar nooit van wakker had gelegen. Hij had volle lippen en een grote neus. De ogen onder de beweeglijke wenkbrauwen waren diepliggend, ergens tussen groen en bruin in, net als de hare. Maar veel te klein, vond ze.

'Tegenwóórdig alléén nog maar marihuana,' herhaalde hij met een sterke nadruk op de eerste twee woorden. 'Dus vroeger gebruikte u ook andere drugs?'

'Ik heb een keer cocaïne geprobeerd. Ik ging er heel erg snel van praten, en ik merkte zelf dat ik onzin uitkraamde. Dat vond ik niet prettig. Ik was te oud voor xtc en dance tegen de tijd dat die rage Baltimore bereikte, want anders had ik dat misschien wel geprobeerd, gewoon uit nieuwsgierigheid. Maar in principe gebruik ik geen drugs.'

'In principe geen drugs.' Hij bekeek zijn aantekeningen. 'U drinkt erg veel koffie.'

Tess zuchtte en rolde met haar ogen. 'Ik weet dat ik niet verslaafd ben aan cafeïne, want als ik een dag geen koffie drink, heb ik geen hoofdpijn. En begrijp me goed, ik rook tegenwoordig nog maar heel zelden een joint. Het is een enorm gedoe om eraan te komen, en ik moet ook aan de consequenties denken.'

'Consequenties?'

'Vanwege het werk dat ik doe is het een risico om de wet te overtreden. Naarmate ik succesvoller word, is het dat risico steeds minder waard.'

'En toch... heeft u een misdrijf gepleegd.'

'Dat vond de rechtbank. Zelf noem ik het hooguit een overtreding.'

Met gefronste wenkbrauwen bekeek hij een van de papieren voor hem. 'Ik zie hier toch echt hoe de aanklacht luidde: een misdrijf.'

'Een aanklacht betekent niets in ons systeem. Iemand is onschuldig totdat zijn schuld is bewezen, weet u nog wel?'

Hij ging verder met zijn standaardvragen, en opnieuw dwaalden Tess' gedachten af terwijl ze haar omgeving bekeek. Ze had verwacht dat het ooit beroemde Sheppard Pratt Hospital deftiger zou zijn – Zelda Fitzgerald was hier immers behandeld. Maar de Jazz Age was voorbij, en het gebouw getuigde van vergane glorie, hoewel het in een nog steeds schitterend park gelegen was.

Hier bijvoorbeeld, in de kamer van de psychiater, werd het raam opengehouden met een blokje hout, zodat frisse lucht kon wedijveren met de droge warmte die de oude radiator verspreidde. En de armleuningen van de sjofele fauteuil waarin ze zat waren zo versleten dat er alleen nog maar losse draadjes over waren.

Armistead betrapte haar erop dat ze de draadjes kamde met haar vingers en hij maakte een aantekening op zijn Palm Pilot. Was het soms vijandig om met draadjes te spelen? Boos? Anaal? Zoals zoveel mensen die voor het eerst bij een psychiater komen, was Tess bang dat ze niet meer weg zou mogen.

'Is er in de familie sprake van psychische aandoeningen?'

'Nee, niet echt,' antwoordde ze automatisch, en ze twijfelde onmiddellijk aan de waarheid van haar uitspraak. Er waren mensen in haar familie die de krankzinnigste dingen deden, maar niemand was ooit officieel gek verklaard, dus in principe klopte haar antwoord. Bovendien gaf hij haar niet de kans om op haar woorden terug te komen, want hij ging al weer verder met de volgende vraag.

Hoe sliep ze? Meestal goed, dank u. *Meestal?* Iedereen slaapt toch wel eens slecht? *Als ze slecht sliep, was dat dan meestal nadat ze had gedronken?*

'Ik heb toch verteld dat ik bijna elke avond wijn drink.'

Nadat ze veel had gedronken, dan? Dat was niet het patroon.

'O, dus er is een patroon?'

'Nee, dat bedoel ik niet. Wat ik bedoel... ik heb soms nare dromen. Het heeft te maken met het soort werk dat ik doe. Ik maak soms nogal... heftige dingen mee. Niet zoals een politieman natuurlijk, of verplegend personeel – '

'Of artsen,' voegde hij eraan toe, doelend op zijn eigen beroepsgroep. 'Artsen krijgen ook heel vaak met de dood te maken.'

'Niet op de manier zoals ik, tenzij ze bij de spoedeisende hulp werken. En het is ook niet alleen de dood. De dood is eigenlijk nog het minst erg. Ik heb gezien wat mensen elkaar soms aandoen om hun zin te krijgen, vanuit de redenering dat ze gelijk hebben, dat ze zelfs het récht hebben om het te doen.'

'Dat is toch precies wat u zelf heeft gedaan?'

Zijn stem bleef vriendelijk klinken; hij zei het niet afkeurend. Ze wist dat hij haar op de proef stelde, dat hij van haar vroeg om haar eigen gedrag te bezien in het licht van wat ze net had gezegd, het tegen het licht te houden om te controleren of er gaten in zaten.

Toch ergerde de vraag haar.

'Ik heb geprobeerd een pedofiel af te leren om kleine meisjes op te pikken via het internet.'

'Als ik het goed heb begrepen, was het geen pedofiel, althans niet volgens de klinische definitie. Hij zocht misschien naar minderjarige meisjes, maar hij was toch niet geïnteresseerd in heel erg jonge meisjes? Anders had hij nooit in een café afgesproken.'

'Oké, minderjarige meisjes dan. Die hij kennelijk drogeerde met rohypnol, de bekende *date rape drug*.'

'Ja, daar zag ik iets over staan in het dossier van de rechtbank. Maar weten we zeker dat hij die pillen ooit heeft gebruikt?'

'Hij had ze bij zich. Het was alleen een kwestie van tijd.'

'Dus heeft u het recht in eigen hand genomen.'

'Ik had over hem gehoord van een minderjarig meisje dat ik ken. Haar is gelukkig niets overkomen, maar ik moest andere meisjes tegen hem beschermen. Dat kon ik alleen doen door erachter te komen wie hij was.'

'Heeft u vaak dat gevoel? Dat u anderen moet beschermen?'

'Niet echt.'

'Heeft u ooit geweld gebruikt om iemand te beschermen?'

Tess schudde haar hoofd. Ze was er trots op dat ze eerder op haar verstand dan op haar Smith & Wesson vertrouwde. Buiten de schietbaan gebruikte ze haar wapen bijna nooit.

'Is dat zo? Rechter Halsey schrijft dat ik u eens moet vragen naar die keer dat u heeft geprobeerd een jongen in elkaar te slaan, in Pigtown. Ik heb begrepen dat de officier van justitie dit incident tegenkwam tijdens het vooronderzoek.'

'I beat a boy in Pigtown – !' Het was moeilijk om de tekst niet af te maken, *just to watch him die*, maar ze dacht niet dat deze psychiater, met zijn muur vol diploma's, een fan van Johnny Cash zou zijn. Het volgende moment kwam de herinnering boven. Door de manier waarop Armistead het had gezegd, droog en zonder de context, herkende ze in eerste instantie haar eigen verleden niet. 'Het was heel anders dan u het zegt. De "jongen" was een moordenaar, nauwelijks menselijk. Hij had een jong meisje misbruikt zonder aan de consequenties te denken. Er knapte iets bij me.'

'Aha, dus u heeft wel degelijk problemen met uw zelfbeheersing!'

'Nee, nee, helemaal niet. De omstandigheden waren nogal uitzonderlijk.'

'Maar er was het incident met die jongen, en nu is er Mr. Pechter. En in beide gevallen vormde een man die een jong en onervaren meisje manipuleerde de aanleiding voor uw reactie.'

'Twee keer is geen patroon.'

'Het is niet vaker dan twee keer gebeurd?'

Tess keek naar een van de vele klokken in de kamer. Ze waren allemaal klein en subtiel, maar waar je ook keek zag je een klok, en ze liepen allemaal precies gelijk. Eigenlijk zou er een scherm moeten zijn met in digitale cijfers de seconden die wegtikten en de dollars die aantikten, vond Tess. Een uur bij dokter Armistead kostte honderd-vijftig dollar, waarvan haar verzekering er honderd betaalde. Daar mocht ze blij mee zijn volgens Tyner, die zijn connecties had gebruikt om deze psychiater te vinden nadat vrijwel elke andere therapeut in de hele stad nee had gezegd, of omdat ze het te druk hadden, of omdat ze geen contract hadden met haar verzekeraar.

'Volgens mij is ons uur voorbij,' zei ze tegen de dokter.

'Het kennismakingsgesprek duurt meestal wat langer, zoals mijn secretaresse u heeft laten weten toen de afspraak werd gemaakt.'

'O.' Ze hervatte het kammen van de draadjes op de armleuning van haar stoel.

'Hoe is uw eetlust?' las hij op van zijn formulier.

'Gulzig.'

Hij glimlachte. Mooi, hij had tenminste gevoel voor humor. 'Seksleven?'

'Eh... nou, ik ben hetero. Ik heb u verteld dat ik een vriend heb.'

'Ik vraag of u de laatste tijd een verandering in uw libido heeft be-speurd, of u vaker zin in heeft in seks of juist minder vaak.'

Daar moest ze over nadenken. Crow was pas vijfentwintig, zes jaar jonger dan zij, en hij had zo vaak zin in seks dat ze eigenlijk nooit bij haar eigen gevoelens stilstond. Ze at rond etenstijd, ze had seks als het bedtijd was.

'Geen verandering. Mijn relatie is een van de beste dingen in mijn leven.'

Hij keek op alsof hij nog nooit zo'n schokkende onthulling had ge-hoord. Gesprekken over goede relaties waren hier waarschijnlijk ver-dacht, of zeldzaam. Het kwam natuurlijk vaker voor dat de mensen in deze stoel bekenden dat ze luierdragende winkeldieven waren en geil werden van meiknolletjes.

'Mooi, dat is fijn voor u. Doet u regelmatig aan sport?'

'Ja, bijna obsessief.'

Alweer een verbaal mijnenveld. Hij aarzelde, zijn pen zwevend bo-ven het papier waarop hij aantekeningen maakte. 'Waarom zegt u dat?'

'Het was een grapje, maar sporten is wel heel erg belangrijk voor me

– daardoor kan ik zoveel eten als ik wil, en ik ben dol op eten. Ik roei in de warme maanden, zoals nu, en ik hou van hardlopen en gewichtheffen. Roeien is een geweldige sport, maar ook een vorm van mediteren. In de winter word ik altijd een beetje gek omdat ik niet kan roeien.'

Gek, ze had zichzelf net als gek beschreven. Het woord leek boven haar hoofd te blijven hangen, zoals een uitspraak van een stripfiguur in een tekstballon. Dokter Armistead leek het niet te merken. Aandachtig bekeek hij zijn lijst om te zien welke vragen hij wel had gesteld en welke nog niet, en misschien ook wel om te beoordelen of ze stout of zoet was.

'Dat was het wel zo'n beetje. Mag ik Theresa zeggen?'

'Best, maar dan wel liever Tess.' Mickey Pechter had haar ook Theresa genoemd.

'Oké, Tess. Het is duidelijk dat je hier niet wilt zijn. Zelfs als ik niet wist dat de rechtbank je deze therapie heeft opgelegd, zou ik het kunnen zien aan je lichaamstaal en het feit dat je oogcontact vermijdt. Ik ga je een geheimpje verklappen: niemand wil hier zijn. Veel van mijn patiënten komen hier omdat het moet – omdat ze verslaafd zijn of omdat er afspraken zijn gemaakt met hun werkgever. Degenen die hier wel vrijwillig komen, zijn er nog erger aan toe – ze zijn diep ongelukkig en vaak zelfs de wanhoop nabij. Ik ben een dokter. Niemand wil naar de dokter.'

'Of naar de tandarts,' vulde Tess aan. 'Om de een of andere reden is de tandarts nog erger.'

'Het enige wat je hoeft te doen, is de komende zes maanden elke week een uur hier komen, en dan heb je voldaan aan de voorwaarden die de rechtbank heeft gesteld. Je kunt komen op de dag en de tijd die jou het beste uitkomt, tegen me zeggen dat het geweldig goed met je gaat, en dan kunnen we het verder over het weer of over honkbal hebben. Ik maak elke week een aantekening op je kaart, die kun je aan je reclasseringsambtenaar laten zien, en dan is iedereen gelukkig. Behalve jij.'

'Ik bén al gelukkig.'

'Soms, misschien. Je hebt er in elk geval genoeg redenen voor. Je bent een aantrekkelijke vrouw, met zo te horen een succesvol eigen bedrijfje. Je hebt een relatie die in alle opzichten gezond en bevredigend klinkt. Ik denk dat je meer drinkt dan goed voor je is, maar volgens mij

43

ben je niet verslaafd aan alcohol, noch aan drugs. Hoe valt deze vrouw dan te rijmen met de vrouw die iemands lichaamshaar heeft verwijderd en de man toen bovendien zo hard mogelijk heeft geschopt?'

'Hoe weten ze nou dat ík hem heb geschopt?' Tess slikte de rest van haar woorden geschrokken in. Bijna had ze gezegd dat het voor hetzelfde geld Whitney had kunnen zijn. Tot nu toe had ze geen meineed gepleegd, maar rechter Halsey zou er niet blij mee zijn als hij ontdekte dat ze informatie had achtergehouden. Minder dan een uur in therapie, en nu al had ze bijna een geheim verklapt dat ze zelfs niet aan Crow had verteld, laat staan aan iemand anders.

'Volgens het ziekenhuis had hij had een gekneusde rib.' Doordringend keek hij haar aan. 'Dat bedoelde je toch? Waarom ben je zo verbaasd?'

'Ik dacht gewoon dat een gekneusde rib niet te zien was. Maar dit is vertrouwelijk, ja toch? U kunt toch aan niemand vertellen wat ik hier zeg?'

'Natuurlijk niet. Niets van wat hier wordt gezegd komt naar buiten, zelfs niet bij rechter Halsey.' Hij wachtte om te zien of ze verder nog iets te zeggen had. Dat had ze niet, maar het was een opluchting voor haar om te weten wat de regels waren.

'Luister, zijn we nu klaar? U zei daarnet dat dit langer kon duren dan normaal, maar ik heb om twaalf uur met een vriendin afgesproken in de Casino Shop. Ze wil me op de lunch trakteren om goed te maken dat ik...' Tess' stem stierf weg. Niet dat ze opnieuw bijna iets over Whitneys betrokkenheid had gezegd. Nee, Tess had op het punt gestaan om te zeggen: *om goed te maken dat ik mee moet werken aan deze shit*, en zo vijandig wilde ze niet zijn.

'De Casino Shop?' Het was een winkel in tweedehands spullen die gehuisvest was in de vroegere recreatieruimte van het ziekenhuis. De opbrengst ging naar een goed doel. 'Werkt ze daar als vrijwilligster?'

'Ze koopt er spullen, hoe zot het ook klinkt. Ze heeft bedacht dat het haar taak is om tradities in ere te herstellen, en ze komt uit een oude Amerikaanse familie met veel geld. Dus koopt ze martinishakers, en van die oude mixglazen met een recept erop. En zelf drinkt ze tegenwoordig sidecars en Manhattans. Als er nou iemand hier hoort te zitten dan is zij het wel. Ze is compleet geschift.'

En dat ontharen was haar idee geweest, eerlijk is eerlijk. Iedereen dacht dat de slechte invloed van Tess uitging. Ze moesten eens weten.

'Ik zal het onthouden. Maar voorlopig, Tess, de komende zes maanden, gaat het om jou en mij. Laten we proberen het de moeite waard te maken.'

'Het probleem is: ik heb geen probleem.'

'Misschien heb je gelijk, maar het lijkt me een goed idee als je je openstelt voor de mogelijkheid dat deze sessies ergens goed voor zijn – misschien niet op de manier die de rechter voor ogen stond, maar in andere opzichten. Dat kan toch geen kwaad?'

Het liefst zou ze haar armen om haar middel slaan en door de kamer wankelen, kermend van de pijn zoals een van de Jets in *West Side Story* om agent Krupke te pesten. In plaats daarvan gaf ze Armistead een hand en beloofde ze volgende week terug te komen.

'Ik zal zelfs proberen om mijn dromen te onthouden,' verzekerde ze hem.

'Je mag het me natuurlijk altijd vertellen als je een nachtmerrie hebt gehad, maar het is niet verplicht. Psychotherapie draait niet alleen om dromen.'

'Dat kan wel waar zijn, maar misschien vormen mijn dromen ons enige onderwerp van gesprek. Wat kan ik u verder nog vertellen? Wat de rechter ook denkt, zo boos ben ik niet.'

De wenkbrauwen gingen omhoog, twee rupsen die door een plotselinge windvlaag werden opgetild. Hij had niet sceptischer kunnen kijken.

4

'Wat vind je hiervan?' Whitney opende een boodschappentas en haalde er een schemerlamp uit met een ruwe houten voet en een perkamenten kap met een afbeelding van vliegende eenden.

'Hij ziet eruit als iets wat tijdens de handenarbeidles is gemaakt,' merkte Tess op. 'En geen handenarbeidles op de middelbare school, maar op de basisschool. Of van het knutseluurtje voor motorisch gehandicapte kinderen op een LOM-school.'

'Ik weet wel dat het kitsch is, maar ik vind het goede kitsch, geen slechte.' Whitney klonk nooit bekakter dan als ze zich bediende van woorden zoals 'kitsch', wat geen Jiddisch was maar het wel had moeten zijn. Toch verleende alleen al haar nabijheid het voorwerp een zeker cachet. Met haar scherpe gelaatstrekken en botergele haar, geknipt in een strakke bob, had Whitney een aristocratische uitstraling die haast besmettelijk was. De Corner Stable, waar ze heen waren gegaan voor de lunch, kreeg een zekere allure doordat zij er zat, en de lamp was bijna oké omdat zij hem vasthield. Bijna.

Het probleem was dat Whitney de lamp niet de hele tijd kon blijven vasthouden – niet als ze geen lokaal Vrijheidsbeeld wilde worden, haar eenden opgeheven naar de lucht als een baken voor de golven van nouveaux riches die aanspoelden rond haar voeten.

'Geloof me, het is slechte kitsch. Als ik er nog langer naar blijf kijken, krijg ik nachtmerries. Dat zou trouwens betekenen dat ik *Herr Doktor* volgende week iets te vertellen heb.'

'Dat is waar ook, je psychiater. Ben je al genezen? Of weet hij nu al dat je een hopeloos geval bent?'

'Volgens mij is hij behoorlijk optimistisch. Maar goed, hij kent me ook nog maar net.'

Hun vlees werd gebracht – een broodje met gegrild vlees voor Tess, en een doorbakken hamburger voor Whitney. Ze waren die dag allebei in een carnivore stemming, en de Corner Stable was een goede plek om die behoefte te bevredigen. Bovendien had het Tess verstandiger geleken om vanaf het ziekenhuis in noordelijke richting te rijden, in plaats van het drukke verkeer in de stad op te zoeken. Ze had niet beseft dat het in de voorsteden tegenwoordig erger was dan in de stad zelf; ze hadden er bijna veertig minuten over gedaan om de zeven kilometer naar het restaurant af te leggen.

'Ik had je eigenlijk mee willen nemen naar McCafferty's,' zei Whitney terwijl ze haar hamburger doorsneed om te controleren of er echt nergens meer roze te bespeuren was. Haar smaakpapillen waren verpest door haar moeder, bepaald geen keukenprinses, en gezien alle horrorverhalen over vlees van de afgelopen jaren was ze tegenwoordig extra vastbesloten om alleen vlees te eten als het zo bruin was als schoenleer. 'Op mijn kosten, natuurlijk. Niet dat ik geen hamburgers lust, maar ik had je op ossenhaas willen trakteren.'

'Ik vind het doodzonde wat jij met een stuk vlees van achtentwintig dollar laat doen,' zei Tess. 'Bovendien, ik blijf het herhalen, je bent me niets schuldig. Dat ik je niet bij deze ellende heb betrokken, was het beste wat ik ooit van mijn leven heb gedaan. Hemelse goedheid, als ze hadden geweten dat we met zijn tweeën waren, had de rechter waarschijnlijk een echt proces geëist. En gezien Pechters hebzucht waren de diepe zakken van jouw familie ongetwijfeld erg verleidelijk geweest.'

'Weet je, misschien had je het toch tot een proces moeten laten komen,' zei Whitney. 'Het zou een mooie kans zijn geweest om die griezel te vernederen.'

'Ja, de theorie klinkt goed. Maar als je kunt kiezen tussen schuld bekennen en weten dat je na een halfjaar geen strafblad hebt, en de onzekere uitkomst van een proces met een jury, dan besef je hoe link principes kunnen zijn. En hoe duur. Tyner werkt niet voor niets. Ik ben hem inmiddels een hele hoop uren werk schuldig.'

'Werk, ja, werk. Eigenlijk wilde ik je daarom vandaag meenemen voor de lunch.' Als Whitney vol was van zichzelf, en dat was ze vaak, leken de aderen bij haar slapen, in haar hals en op haar kaak op de een of andere manier nog blauwer.

'Vertel.'

'Ik heb een klus voor je. Een flinke klus.'

'Whitney, geen medelijden, alsjeblieft. Je hoeft niets goed te maken. Hoe vaak moet ik dat nou nog zeggen?'

'Het heeft niets met onze escapade te maken. Het was zelfs niet mijn idee om jou hiervoor te vragen. Iemand anders van het bestuur heeft me gevraagd om jou voor dit werk te strikken.'

'Iemand van het bestuur? Welk bestuur? Die stichting van je familie?' Na een aantal rusteloze jaren waarin ze altijd moeiteloos succes had gehad met alles wat ze probeerde, had Whitney besloten dat het geen schande was om leiding te geven aan de liefdadige stichting van haar familie. Ze vond het leuk om geld weg te geven. Bovendien vond ze het leuk dat de besten en de slimsten van de stad bij haar om geld kwamen smeken.

'Het is meer een samenwerkingsverband of een consortium dan een bestuur. Niets formeels. Luister, verschillende plaatselijke non-profitinstellingen met belangstelling voor de positie van de vrouw hebben nagedacht over manieren om doodslag door huiselijk geweld te bestrijden.'

'Dat kan ik je zo vertellen,' zei Tess. 'Makkelijk zat.'

'Echt waar?'

'Elke keer dat een man met een gebroken hart bedenkt dat hij eerst zijn vriendin vermoordt en dan zelfmoord pleegt?'

'Ja?' Whitney leunde naar voren, haar eten tijdelijk vergeten.

'Overtuig hem er gewoon van om met de zelfmoord te beginnen.'

'Doe niet zo flauw, Tess, dit is serieus. We willen proberen om het aantal gevallen van doodslag door de partner fors omlaag te krijgen.'

'Ik kan me niet voorstellen dat het om grote aantallen gaat,' zei Tess. 'Procentueel gezien.'

'Precies,' zei Whitney. 'Daarom ontbreekt de politieke wil om het probleem aan te pakken. Toch is het misschien een vorm van geweld die heel goed te voorkomen is.'

'Misschien, maar dan moet om te beginnen de wetgeving worden aangepast.'

'We zijn ermee naar de zitting van de General Assembly geweest, de wetgevende vergadering die net is afgelopen. We kregen geen poot aan de grond. Onze voorstellen zijn zelfs niet in stemming gebracht. En als voorbeeld namen ze de engerd die laatst meerdere mensen heeft vermoord en de ouders van zijn vriendin heeft gegijzeld. Die was gestoord, dus redeneren ze dat het geen zin heeft om de wet te veranderen. Gekken zijn niet met wetten in bedwang te houden.'

'Volgens mij is de term "gek" niet politiek correct,' merkte Tess op.

'Ha, ha, wat ben je weer grappig. Hoe dan ook, als de General Assembly volgend jaar weer bijeen is, proberen we het opnieuw, met sterkere argumenten.'

'En wat zou ik moeten doen?'

'De plaatselijke politiekorpsen en de staatspolitie krijgen niet zo vaak met dit soort zaken te maken, en wij vermoeden dat er in het verleden fouten zijn gemaakt. We hebben dossiers van vijf openstaande moordzaken vanuit de hele staat. We hebben iemand nodig die deze zaken opnieuw bekijkt, die het politiewerk onder de loep neemt.'

'Politiewerk onder de loep nemen? Van oude zaken? Whitney, dat kan helemaal niet.'

'Zo oud zijn ze niet, hooguit zes jaar. De meest recente dateert van verleden jaar december. We vragen niet van je dat je deze zaken oplost, Tess. We willen gewoon weten wat de politie heeft gedaan, en of de partners van de slachtoffers vaker geweld hebben gepleegd. Zelfs als we één zaak vinden waarbij slordig en onervaren politiewerk tot gevolg heeft gehad dat een griezel los is blijven rondlopen, kunnen we proberen geld los te krijgen waar extra scholing voor de politie op het platteland van betaald kan worden. Kom op, Tess, hoe vaak komt het nou voor dat je je uurloon opstrijkt en tegelijkertijd goed werk doet?'

Tess glimlachte spottend. Whitney wist dat ze niets liever wilde. Soms was het leven van een privé-detective niet zo hoogstaand. Zelfs een detective zoals zij, die echtscheidingswerk weigerde, voelde zich zelden altruïstisch. Aan de andere kant wantrouwde ze degenen die zich in hun eigen goedheid hulden. Niets is gevaarlijker dan mensen die overtuigd zijn van hun eigen goede bedoelingen.

'We betalen je goed en vergoeden je verblijfkosten als je buiten de stad bent. Het bestuur hijgt niet in je nek – je brengt per maand verslag uit, en je komt misschien een keer praten als je je vooronderzoek hebt afgerond.'

'En geen pers,' voegde Tess eraan toe.

'Wat?'

'Geen media. Ik wil niet dat een van die instellingen met een perscommuniqué komt om hun kruistocht aan te kondigen. De plaatselijke politie zal er al niet blij mee zijn als er een detective opduikt die lastige vragen gaat stellen. We moeten discreet zijn. Hoeveel mensen zitten er in dat bestuur?'

49

Whitney telde ze af op haar vingers. 'Iemand van Safehouse uiteraard. De stichting van mijn familie. Kids and New Solutions uit Baltimore. De William Tree Foundation – '

'De William Tree Foundation?' onderbrak Tess haar. 'De stichting die geleid wordt door Luisa J. O'Neal?'

'Alleen in naam. Ze is niet meer actief. Haar gezondheid is verslechterd toen haar man bij haar wegging.'

'Mooi,' zei Tess, en ze beet zo gretig in haar broodje dat er even een scheut van pijn door een kies in haar bovenkaak ging. Volgens haar tandarts knarste ze 's nachts, maar ze had geen zin om met een opbeetplaat te slapen.

'Ik weet dat je een hekel aan haar hebt,' zei Whitney terwijl ze haar strak aankeek, 'maar je hebt me nooit verteld waarom.'

'Hoe kan ik nou een hekel hebben aan Luisa O'Neal, de weldoenster van Baltimore, planter van bomen, aanlegger van parken, architect van openbare gebouwen. Net als ieder ander in de stad heb ik alles aan haar te danken – inclusief mijn eigen carrière.'

'Dat was ik vergeten. Je eerste zaak, als het ware. De advocaat die werd gedood werkte voor Seamon O'Neal. Maar de O'Neals hadden niets met zijn dood te maken.'

'Nee, dat is waar.' Wel met de dood van iemand anders, maar niet met de zijne. 'Wat is er eigenlijk van Seamon geworden? De O'Neals hebben al een tijd niet meer in de roddelkolommen gestaan.'

En die las ze, alleen daarvoor, besefte Tess. Elke zondag.

'Hij is er met een secretaresse vandoor gegaan naar North Carolina. Zes weken later stierf hij aan een hartaanval.'

'Boven op haar?'

'Nee, dat zou smakeloos zijn geweest. Op de golfbaan. Het is misschien wel het aardigste wat hij ooit voor Luisa heeft gedaan. Het maakte een eind aan alle getouwtrek om het geld – en terecht natuurlijk, want het was allemaal van haar. Toch heeft het iets met haar gedaan. Ze heeft een beroerte gehad en ze is in Roland Park Place terechtgekomen. Mijn moeder is laatst nog bij haar op bezoek geweest. Ze speelden vroeger samen tennis.'

'Dat weet ik nog.' Die relatie was de reden dat Tess Whitney nooit had verteld wat Luisa had gedaan. 'Je zegt dat ze niet meer actief is. Dus ze is er niet bij als ik met die mensen ga praten?'

'Nee, ze is er helemaal niet bij betrokken. Alleen haar geld. Volgens mij weet ze niet eens wat de Tree Foundation momenteel doet. Mijn moeder vertelde dat ze in bed ligt te wachten tot ze doodgaat en dat ze weigert met iemand te praten. Ze wil bij Seamon zijn.'

'Ze wil bij de man zijn die haar gedurende haar hele huwelijk stelselmatig heeft vernederd en het geld van haar familie uitgaf aan een onafgebroken parade van snolletjes?'

'Hij heeft een paar keer een verhouding gehad met een ondergeschikte, zoals het heet. Hoe dan ook, ze hield van hem. Waarom denk je dat ze bij hem is gebleven?'

'Geen idee. Misschien dat die club van jou eens geld moet steken in de oplossing van dat eeuwenoude probleem. Waarom blijven mensen bij mensen die hen zo behandelen?'

'Waarom blijven vrouwen bij mannen, bedoel je.'

'Er zijn ook mannen die bij vrouwen blijven terwijl dat niet goed voor ze is. Zoals rechter Halsey je graag zal willen vertellen, het geweld tussen mannen en vrouwen is een stroom die twee kanten opgaat.'

Toen ze na de lunch de schemerdonkere Corner Stable verlieten, knipperden ze met hun ogen tegen het felle licht. In de korte tijd die Tess' ogen nodig hadden om te wennen, kwam er een beeld bij haar boven, een beeld waarvan ze dacht dat ze het lang geleden had begraven.

Ze zag een man die hoog door de lucht vloog, geschept door een auto, en de onheilspellende vorm van een oude Marathon-taxi die in de dikke ochtendmist verdween. Het was haar nachtmerrie, de nare droom die van tijd tot tijd haar slaap verstoorde. Was de herinnering bovengekomen door het uurtje met de psychiater of doordat Luisa O'Neal ter sprake was geweest?

'Whitney, even over mijn honorarium. Hoeveel draagt elke groep bij? Betalen jullie allemaal hetzelfde bedrag of komt er een verdeling aan de hand van het kapitaal waarover elke groep beschikt?

'We hanteren een verdeelsleutel,' zei Whitney, 'niet aan de hand van kapitaal maar op grond van het belang dat vrouwenmishandeling voor elke groep heeft. Baltimore's Kids draagt dus bijvoorbeeld maar een klein percentage bij, omdat het niet hun hoofddoel is. De stichting van mijn familie betaalt een derde.'

'Ik vraag het met name vanwege de William Tree Foundation. Welk percentage van mijn honorarium wordt door hen betaald?'

'Niet meer dan tien procent. Zij zijn meer bezig met dingen bouwen dan dingen doen. Als ze er geen koperen plaat op kunnen hangen, als bewijs van hun filantropie, zijn ze eigenlijk niet geïnteresseerd. Ik vind het al een wonder dat ze überhaupt bij willen dragen.'

Tien procent. Tess besloot dat ze daarmee kon leven. Ze zou dat geld schenken aan een of ander goed doel, een late verontschuldiging aan de man in de lucht, wiens dood officieel nog steeds een onopgelost geval van doorrijden na een aanrijding was. Ze moest op de een of andere manier iets doen om zijn herinnering levend te houden, mensen laten weten dat hij had bestaan. Ze kon zich geen koperen plaquette permitteren, maar ze kon wel iets doen. Ze kon dit doen.

Nu Seamon O'Neal dood was en Luisa O'Neal onderweg, zou er binnen niet al te lange tijd een dag komen dat alleen Tess wist dat haar ex-vriend Jonathan Ross voor haar ogen was vermoord.

Hij heeft werk te doen, dit keer in de buurt van Virginia Beach. De meeste mensen zouden de snelweg nemen, maar hij rijdt niet vaak, dus neemt hij liever de kleinere wegen. Hij steekt de Bay Bridge over en neemt de 13 South. Tegenwoordig komt hij nooit dichter bij huis dan dit.

Als mensen hem vragen wat hij doet, zegt hij verschillende dingen, afhankelijk van zijn stemming. 'Verwerking van biomedisch afval,' bijvoorbeeld. Of: 'Handelsreiziger in scheepsbenodigdheden.' Er komt nooit een reactie op, en dat is ook precies zijn bedoeling. Toch is hij soms teleurgesteld over zijn succes. Wat zijn de mensen toch ongeïnteresseerd. Ze kijken niet echt, ze luisteren niet echt. De mensen op het vaste land denken dat alles oneindig is – voedsel, water, brandstof. Andere mensen.

Het eiland heeft minder dan tweehonderd bewoners, waarmee dit het kleinste van alle bewoonde eilanden in de baai is; kleiner dan Smith, kleiner dan Tangier. Zijn ouders hadden de basisschool nog op het eiland doorlopen, maar tegen de tijd dat hij zo ver was, ging het uit slechts één lokaal bestaande schooltje niet verder dan groep zes. De oudere kinderen werden met de boot naar school gebracht, op de vaste wal, en 's middags weer opgehaald. Op de middelbare school logeerden de meesten van zijn vriendjes bij familieleden op de wal, maar hij kende geen mensen van buiten het eiland. De leerlingen op zijn school waren wel aardig, maar het konden geen vrienden zijn, niet echt. Niet als je elke middag de boot moest halen. Geen vrienden, geen naschoolse activiteiten. Hij had graag aan sport willen doen. 'En dan moeten we zeker allemaal op je wachten?' had de schipper gezegd. Hij had geopperd dat de anderen naar de bibliotheek zouden gaan om te lezen of hun huiswerk te maken, maar de kleintjes hadden toezicht nodig en de oudere kinderen wilden niet wachten.

Dit is mijn hele wereld, zei hij vaak tegen zichzelf als hij op de boot zat en de baai overstak. Ik zal nooit iemand anders leren kennen. Als ik trouw, zit ze nu samen met mij op deze boot. Het maakte hem bang, de gedachte dat hij zijn ware liefde binnen zo'n kleine groep mensen zou moeten vinden.

Het eiland telde vijf verschillende achternamen. Het zou zijn alsof hij met een familielid trouwde, maar dat deden de telgen van koningshuizen ook. Hij dacht aan het gedicht dat hij in het eerste jaar op zijn nieuwe school uit zijn hoofd had moeten leren, waarin een eiland als metafoor werd gebruikt. *If a clod be washed away by the sea/Europe is the less.* Iemand had gelachen toen hij deze regels opzei, een gemeen, sarcastisch lachje. Hij werd uitgelachen omdat hij een *clod* was, een boerenkinkel, en omdat niemand hem zou missen als hij werd weggespoeld door de zee.

Een paar jaar later kwam er een nieuw meisje in de klas. Hij wist het zodra hij haar zag, op het eerste gezicht. Het was zoals elk lied, elk gedicht, elk verhaal had voorspeld. Zij was de ware. En wat nog mooier was, zij wist het ook. Eerst vond ze hem aardig, later ging ze van hem houden. Ze was van hem blijven houden totdat... nee, ze hield nog steeds van hem. Ze was altijd van hem blijven houden, ook al was ze bij hem weggegaan, daar was hij heilig van overtuigd. Vanaf het moment dat hij haar had leren kennen, draaide zijn hele leven om haar. Hij was nooit ongelukkig of ongeduldig als zij er was. Gescheiden van haar – zij deed Frans en hij Spaans, en in het weekend ging ze naar de vaste wal voor zangles – voelde hij zich ellendig.

Het ontging hem niet dat men haar familie, voorzover ze die had, op het eiland uit de weg ging. Niet op een opvallende manier, want de Coopers en de Winslips, de Petty's en de Seeleys, zelfs de Goodwins, liepen niet met hun gevoelens te koop. Als je zo dicht op elkaar leefde, en tegelijkertijd geïsoleerd van de rest van de wereld, leerde je om zuinig te zijn met wat je zei. Een woord, een blik, en je wist alles wat je weten moest.

Zij en haar vader waren nieuwkomers. In het begin beseften ze niet hoe onwelkom ze waren. Onwelkom in het algemeen, want alles wat nieuw was, was verdacht. En onwelkom in het bijzonder, want er werd van de vader gezegd dat hij iets in zijn schild voerde. Hij maakte een studie van hen, dat werd er gezegd. Hij was van plan om op een dag over hen te gaan schrijven. Niet zoals de man die over Smith Island had geschreven, maar op een andere manier – verzonnen en toch ook weer niet. De namen zouden anders zijn, maar de rest niet.

Een van de Winslips, Aggie, maakte één keer in de twee weken het huis schoon, en soms zag ze de papieren in de prullenbak. Hij schreef geen aardige dingen, zag hen als dieren in een dierentuin. Hij vertelde wie er naar de kerk ging, wie er aan de drank was, wie uit stropen ging, en hoewel hij niet de echte namen gebruikte, was voor de eilanders duidelijk wie wie was. Het ergste was echter de toon, zoals Aggie Winslip meldde. 'Spottend,' zei ze, 'on-aardig.' Hij gebruikte ook een hoop vloekwoorden.

Toch had deze onthulling geen effect op hem en Becca. De eilanders waren ruimhartig genoeg om haar meer te laten zijn dan de dochter van haar vader. 'Ze is net het eendje dat dacht dat het een kat was,' had zijn moeder op een gegeven moment gezegd, doelend op het verhaal over de kat in het pakhuis die op het erf werd gevonden met vier pasgeboren klein-tjes en een babyeendje tegen zich aan. Pas later besefte hij dat zijn moeder Becca dom vond omdat ze niet wist dat ze een eendje was.

Het eiland liet hen met rust, in elk geval voorzover mogelijk. Voor het eerst van zijn leven benijdde hij de kinderen op het vaste land, met hun af-wezige ouders en de ontelbare wegen die je kon nemen. In een auto kon je dingen doen die in een boot onmogelijk waren. Hij en Becca konden ner-gens heen, en ze hadden eigenlijk nergens genoeg tijd voor. Ze hadden het allebei gewild, zij misschien nog meer dan hij. Ze hunkerde ernaar, en hij be-sefte dat ze het eerder had gedaan, maar dat maakte haar verlangen naar hem alleen maar zoeter. Ze wist hoe het was, en toch wilde ze hem. 'Nog een keer,' zei ze altijd als ze eindelijk een plekje hadden gevonden. 'Nog een keer.' Het was alsof ze het opspaarde, zodat ze erop kon teren tot de vol-gende keer. 'Nog een keer.'

Op een middag gingen ze met zijn boot naar een piepklein stukje land, zo klein dat het op geen enkele kaart stond. Er had nooit iemand gewoond – geen mens, geen vogel, misschien zelfs geen mug. Ze deden het keer op keer op keer, totdat hij pijn begon te krijgen en de condooms op waren. Toch wilde ze meer, en hij zei nooit nee tegen haar.

Hij heeft nu een buitenwijk van Virginia Beach bereikt. In het licht van het kleine lampje boven zijn hoofd bekijkt hij de kaart, en hij ziet dat hij een paar kilometer terug de afslag heeft gemist. De klus moest in een louche buurt gebeuren. Hij werkte altijd in achterbuurten, of daar eindigden zijn klussen althans. Als de mensen het wisten – maar ze wisten het niet, in elk geval niet zolang er niets misging. Daarom had hij zoveel werk. Niemand zou de ge-heimen ontdekken die voor iedereen zichtbaar waren. Hij liet dingen ver-dwijnen. Hij kon alles en iedereen laten verdwijnen.

5

Vijf dossiers, vijf dode vrouwen. Nee, een van de doden bleek een man te zijn. Wat slim van de bestuursleden om deze zaak erbij te doen, als zoethoudertje voor de vrijwel geheel uit mannen bestaande Wetgevende Vergadering. Wat zou rechter Halsey blij zijn dat er naast de vier vrouwen ook een manlijk slachtoffer was. Kijk eens, we weten best dat mannen ook het slachtoffer kunnen worden van huislijk geweld, vrouwen kunnen ook agressief zijn. En geef ons nu maar geld, stelletje eikels.

Het was de dag nadat Tess met Whitney had geluncht, en Whitney had er geen gras over laten groeien. De dossiers lagen al in haar auto. Ze kende Tess heel erg goed en ze kende zichzelf nog beter. Zoals recente gebeurtenissen hadden bewezen, kon ze Tess overhalen om bijna alles te doen. Tess zat op de grond in haar kantoor, met de dossiers uitgespreid om zich heen, en probeerde te bedenken hoe ze de zaak zou aanpakken. Ik schuif de zaak niet voor me uit, zei ze tegen zichzelf, ik denk na. Dat is echt iets anders.

Haar kantoor was een beetje sjofel, wat bevorderlijk was voor diep nadenken. Of misschien waren het wel de dampen uit het verleden, want in hetzelfde kantoor was ooit een stomerij gevestigd geweest. Een jaar geleden had ze een huis gekocht in North Baltimore en sindsdien was het niet echt handig meer om een kantoor te hebben in East Baltimore, maar de huur was laag, de verf was vers, en er stopten verschillende doorgaande bussen in de buurt. De cliënten van Keyes Investigations Inc., zoals ze bij de belastingdienst bekend was, reisden vaak met de bus. Bovendien vond ze het een leuk idee dat de familie Monaghan-Weinstein in honderd jaar tijd de cirkel rond had gemaakt. Ze was terug in dezelfde wijk die de beide families voor de Tweede Wereldoorlog waren ontvlucht.

Tess keek naar de waaier van dunne mappen om haar heen, gerangschikt volgens de datum van overlijden. Ze kon chronologisch te werk gaan en met de meest recente zaak beginnen, dan bewaarde ze het moeilijkste voor het laatst. De oudste zaak, van zes jaar geleden, zou het lastigst zijn wat getuigen betreft. Er konden getuigen zijn overleden, of hun geheugen was onbetrouwbaar. Mensen verhuisden, mensen vergaten. Mensen gaven niet werkelijk om andere mensen, als de kortstondige roddels eenmaal waren uitgeput. Zelfs niet in kleine steden of dorpen. Vooral niet in kleine steden of dorpen.

Tess kon ook bij het begin beginnen en dan naar voren werken, en fouten maken – ze wist nu al dat ze fouten zou maken, dat hoorde er gewoon bij – met de zaken waarvan ze van tevoren wist dat ze waarschijnlijk niets zouden opleveren. Dat was nog minder aanlokkelijk.

Ze wilde dat ze over de echte dossiers beschikte, in plaats van deze zielige mapjes met krantenknipsels en computeruitdraaien, duidelijk door een amateur bij elkaar gezocht. Ach ja, dit soort stichtingen werkte nu eenmaal met vrijwilligers. Tess was de laatste jaren verwend geweest met illegale kopieën van verslagen die een contact bij de politie haar toespeelde. Ze kon naar de centrale administratie van de patholoog-anatoom gaan, want in alle vijf de gevallen moest sectie zijn gedaan, en de verslagen opvragen. Alleen ging het niet om de doodsoorzaak. Het ging erom dat ze bekeek of al deze zaken volgens de regels der kunst waren onderzocht, of deze gevallen van doodslag niet onopgelost waren gebleven omdat de politie incompetent was en blind voor huiselijk geweld.

Drie van de slachtoffers, jonge vrouwen van in de twintig, waren neergeschoten – twee met kogels in de borst, één met een kogel in het hoofd. De vierde vrouw, achtenveertig toen ze overleed, was omgekomen bij een verdachte brand. Het vijfde slachtoffer, de man, was tijdens het hardlopen aangereden door een auto, maar het was niet duidelijk of het een ongeluk of opzet was geweest. Grappig, over hem had ze de meeste informatie, want hij was een bekende psychiater, verbonden aan de Johns Hopkins University, en er waren in verschillende kranten uitgebreide in memoriams verschenen – zelfs *The New York Times* had aandacht besteed aan zijn overlijden.

De vrouwen waren stilletjes heengegaan, zo stilletjes als slachtoffers van geweld heen kunnen gaan. Er waren een paar stukjes verschenen in de plaatselijke kranten, plus de obligate overlijdensadvertenties. Het enige dat bij deze advertenties opviel, was dat het overlijdensbericht van de oudere vrouw door de begrafenisondernemer was geplaatst – ze had geen familie en verwanten. Er werd om giften aan de Chesapeake Bay Trust gevraagd, in plaats van bloemen. Het jongste slachtoffer, tevens het meest recente, had zelfs geen overlijdensadvertentie. Voor haar had Tess alleen een getikt vel papier met haar naam, adres, geboortedatum en de doodsoorzaak. Zij was door het hoofd geschoten.

Tess zette de plaatsnamen op de mappen en legde ze op de grond alsof de kale planken vloer een kaart van Maryland was. De zaken vormden een grillige lijn van west naar oost.

De oudste zaak speelde zich af in een buitenwijk van Frederick, ongeveer negentig kilometer ten westen van Baltimore. Dit was het eerst slachtoffer van een schotwond, Tiffani Gunts. Iets verder weg was het geval van brandstichting, in Sharpsburg, een stadje aan de Potomac River. Hazel Ligetti. Daarop volgde de jonge vrouw met het dunste dossier, in het uiterste noordwesten van Baltimore County, niet ver van Prettyboy Reservoir. Julie Carter. Deze zaak dateerde van het jaar daarvoor, maar Tess kon zich er niets van herinneren. Ze zou geschokt moeten zijn dat een vrouw uit haar eigen county was neergeschoten zonder dat het de krant had gehaald, maar ze was inmiddels immuun voor de tekortkomingen van de *Beacon-Light*.

Daarvandaan ging de lijn opeens schuin omhoog, bijna helemaal tot aan Delaware en de bovenloop van de baai. Deze vrouw was overleden in een stadje dat ooit gesticht moest zijn door mensen zonder enige fantasie, want het heette domweg North East. De ouders van het slachtoffer had het in elk geval niet aan verbeelding ontbroken, want ze hadden hun dochter Lucy Carmengia Fancher genoemd. Uit het korte krantenartikel over haar dood viel niet op te maken of het Carménjia was of een verbastering van Karmann Ghia, de oude Volkswagen met het open dak.

Tot slot was er de manlijke arts, Michael Shaw, omgekomen op Route 100, een snelweg van oost naar west tussen Baltimore en Annapolis. Geografisch was deze zaak verreweg het dichtstbij, en het was ook de meest recente, niet meer dan vijf maanden oud. Het was ook de minst interessante zaak.

Eén ding was duidelijk: het bestuur zou haar een enorme kilometervergoeding gaan betalen. Hoe ze ook haar best deed om het slim aan te pakken, haar oude Toyota zou heel wat kilometers gaan rijden.

'Nou, wat denk jij, Esskay?'

Tess vroeg vaak haar windhond om advies, alsof de hond een soort Magic 8-Ball was. Esskay tilde haar kop op, geërgerd omdat haar slaap werd verstoord, snoof, en liet haar kop weer vallen, met zo'n doffe plof dat het leek alsof de schedel hol was. Tess interpreteerde dit gebaar als: Verwachting onzeker.

'En jij, Miata?' De andere hond in haar leven, even toevallig bij haar terechtgekomen als de eerste, was een angstaanjagend goed opgevoede dobermann. Als je haar alleen liet met een stuk gebraad op tafel, zou Miata er niet over peinzen om haar kleedje te verlaten. Nu hield ze haar kop schuin, klaar om alles te doen wat Tess haar opdroeg, zelfs als ze de plastic lamskarbonade die ze overal mee naartoe sleepte dan zou moeten laten liggen.

Maar zoals gewoonlijk nam de dobermann geen initiatief. Miata was een geboren volger, een bètahond, misschien zelfs wel een omegahond.

'Erheen met de auto,' besloot Tess. Het had zijn voordelen om de baas te zijn, zelfs als je twee ondergeschikten honden waren die niet snapten hoe briljant je beslissingen waren. Ze zou naar het westen gaan en twee dagen uittrekken voor Frederick en Sharpsburg, met een overnachting. De beide plaatsen waren niet ver – elk niet langer dan een uur rijden van Baltimore – maar ze vond het onzin om twee keer dezelfde rit te maken. Esskay mocht mee, maar Miata moest thuis blijven bij Crow. Er paste gewoon geen 145 pond aan hond op de achterbank van haar Toyota, vooral niet als 63 pond daarvan – Esskay – volledige horizontale dominantie eiste.

Bij Frederick doemen voor het eerst de zachte donkere vormen van de Appalachian Mountains op aan de horizon, en geven de vergezichten een indruk van het uitgestrekte land erachter. Tess was nooit onder de indruk geweest van al die weidsheid. In haar ogen was Frederick niet meer dan de geboorteplaats van Barbara Fritchie, het kleine oude dametje dat het volgens de legende opnam tegen generaal 'Stonewall' Jackson en de opmars van de zuidelijke troepen tot staan bracht door met de Amerikaanse vlag te zwaaien. Langs de snelweg aan de rand van de stad hadden ooit schreeuwerige borden gestaan om toeristen naar Barbara Fritchies souvenirwinkel te lokken, naar Barbara Fritchies café en Barbara Fritchies snoepwinkel, maar die waren er niet meer.

Hoe dan ook, het stadje dat Barbara Fritchie zo dapper voor de Unie had behouden was tegenwoordig een uitgestrekte villawijk. Mensen hadden het er graag voor over om meer dan een uur naar hun werk in Baltimore of Washington te rijden, in ruil voor iets meer huis en iets meer tuin voor iets minder geld. Over een pact met de duivel gesproken.

Tiffani Gunts had niet in de stad zelf gewoond, maar in een buitenwijk met opeengepakte rijtjeshuizen niet ver van de Monocacy River. Daar was ze ook overleden. Zes jaar geleden, neergeschoten door wat vermoedelijk een indringer was geweest. Frederick had een redelijk goed dagblad, zodat Tess wat meer aan de weet was gekomen over de jonge vrouw, slechts tweeëntwintig toen ze stierf. Ze studeerde aan de plaatselijke hogeschool en werkte part-time in een avondwinkel. Ze woonde samen met haar verloofde, Eric Shivers, en haar dochtertje van drie uit een eerdere relatie. Shivers was de stad uit op zakenreis toen iemand inbrak in hun rijtjeshuis. Tiffani moest de dief hebben betrapt, want hij schoot haar in de keuken dood.

Eric Shivers was in geen enkele databank te vinden, maar de Guntsen leverden geen problemen op. Er stonden maar twee families met die naam in het telefoonboek van Frederick, de ouders van Tiffani en een oudere broer en diens vrouw. Wallace en Betty Gunts woonden in een ouder deel van de stad. Niet het mooie oude deel van Frederick dat nog uit de tijd van Barbara Fritchie dateerde, met bakstenen huizen die brede veranda's hadden, maar in een treurig oud deel, een wijk met vermoeid ogende bungalows. Veertig jaar geleden moest hier de belofte van betere tijden voelbaar zijn geweest, maar die belofte was al langgeleden verbroken. Afgemat, dacht Tess bij zichzelf toen ze hun straat inreed; het woord was van toepassing op de buurt, op het huis, en ook op de familie Gunts, bleek bij de kennismaking meteen al. Het kwartet – de heer en mevrouw Gunts senior, en de heer en mevrouw Gunts junior – had een grauwbleke huid en doffe ogen. Ze zagen eruit alsof het leven zo hard voor ze was geweest dat ze nu helemaal murw waren.

Ze werd meegenomen naar de huiskamer, een uitbouw aan de achterkant van het huis. De beige vloerbedekking piepte onder Tess' voeten, en er zat een merkwaardig gat in de muur, alsof iemand ooit een vuist door het stapelmuurtje had geramd, maar verder was de kamer schoon en netjes. Wally junior trad op als woordvoerder. Zijn vader was haast catatonisch in zijn emotieloze zwijgen. De twee vrouwen hielden hun blik strak gericht op de schuifdeur naar de achtertuin, waar drie kinderen aan het spelen waren, hoewel het geen warme dag was. Een van de drie moest Tiffani's kind zijn, maar Tess wist niet of ze hier woonde of bij haar oom en tante.

'Het spijt me heel erg dat ik van u vraag om onaangename herinneringen op te halen,' zei Tess, 'maar de uitkomst is mogelijk positief.'

Dit kon ze zelden beweren, althans niet naar eer en geweten.

'We waren juist blij dat u belde,' zei Wally junior. 'We hebben altijd het gevoel gehad dat de plaatselijke politie de zaak liet versloffen. Ze waren best aardig, maar telkens als we vragen stelden, zeiden ze tegen ons dat we te veel televisiekeken. De rechercheur zei wel dat hij de zaak een of ander nummer zou geven, zodat ze konden kijken of er in andere staten vergelijkbare gevallen waren.'

'Een ViCAP-nummer?'

Het was duidelijk dat Wally niet wist dat de afkorting stond voor het Violent Crime Apprehension Program, een databank ter voorkoming van geweldsmisdrijven, maar hij wilde behulpzaam zijn. 'Het klinkt bekend.'

'Maar ze hebben nooit iets gevonden.'

'Niet dat wij weten. Eigenlijk weet ik alleen zeker dat ze pandjeshuizen hebben gebeld om te zien of ze Tiffani's verlovingsring konden vinden, of de magnetron of de blender. Eric was zo netjes dat hij de garantiebewijzen van de elektrische apparaten bewaarde, zodat het spul herkenbaar was als het werd gevonden. Ik bleef tegen ze zeggen dat die vent echt niet hier in Frederick naar de lommerd zou gaan. Je zou nog gaan denken dat ze bang waren om interlokaal te bellen.'

Tess besloot voor advocaat van de duivel te spelen. 'Rechercheurs zijn er doorgaans nogal op gebrand om moordzaken op te lossen.'

'Dat zal wel, maar het was alsof ze vonden dat ze de zaak hadden opgelost, domweg omdat ze een theorie hadden. Ze waren ervan overtuigd dat het ging om types uit Washington, die het plan hadden opgevat om in te breken in de nieuwe rijtjeshuizen, want die waren toen nog niet allemaal bewoond. Twee weken eerder waren uit een van de nog onbewoonde huizen een koelkast en een gasfornuis gestolen, allebei gloednieuw. Het slot was op dezelfde manier opengebroken. Uit Tiffani's huis waren geen grote dingen gestolen, want Tiffani was... Tiffani was...'

Het gezicht van Wally junior werd rood en hij vocht tegen de tranen in zijn doffe bruine ogen. Zijn moeder en zijn vrouw lieten zich gewoon gaan; dikke tranen biggelden over hun bleke wangen. Alleen de vader bleef onbewogen. Zes jaar, dacht Tess. Komt er ooit een einde aan dit soort pijn? Zou het anders zijn als de moordenaar van hun dochter was gepakt en veroordeeld?

'Ik weet wat er is gebeurd.' Doodgeschoten in de keuken, terwijl haar kind boven lag te slapen. 'De dader heeft het slot opengebroken, zonder al te veel moeite.'

'Ik heb nooit begrepen waarom Tiffani de grendel niet op de deur had, terwijl Eric op zakenreis was. Ze was niet meer zo timide als een tijd daarvoor, maar ze zou nooit naar beneden zijn gegaan als ze dacht dat er een inbreker in huis was.'

'Wat zou ze dan hebben gedaan?'

'Ze zou de draadloze telefoon hebben gepakt en zichzelf hebben opgesloten in de kinderkamer. Ze was slim. Ze zou heus niet zoiets doms hebben gedaan. Geloof me, dat was niets voor haar.'

'Is er een mogelijkheid dat het geen insluiper was? Denkt u dat het onderzoek op een ander scenario gericht had moeten zijn? Of op iemand anders in Tiffani's leven, zoals de vader van haar dochter?'

Wally fronste zijn wenkbrauwen. 'Nee, ik denk dat de theorie van de politie wel klopt, maar ik begrijp niet waarom ze die kerel niet kunnen vinden. Als ze een misdrijf echt willen oplossen, dan lukt dat ook. Weet u wat ik bedoel? Als een rijke stinkerd wordt vermoord, pakken ze de dader. De politie komt naar je huis, ze bekijken de voetafdrukken, de afdruk van banden, en ze gebruiken dat spul waar elk druppeltje bloed van gaat glimmen. Ik weet hoe het gaat. Ik kijk naar Discovery Channel. Maar een of andere smeerlap schiet een vrouw van tweeëntwintig neer, een meisje dat nooit iemand kwaad heeft gedaan, net terwijl het na al die moeilijke jaren eindelijk goed met haar ging...' Wally's stem had een nasale klank gekregen. Hij moest ontzettend zijn best doen om niet in tranen uit te barsten.

'Waarom heeft Tiffani het moeilijk gehad?'

'O.' Wally wisselde blikken uit met de twee vrouwen. 'Zoals het zo vaak gaat. Ze ging op school met de verkeerde kinderen om, ze raakte zwanger, moest van school. Haar vriend was geen knip voor zijn neus waard.'

'Eric Shivers?'

'O nee, niet Eric.' Wally's vrouw, Katherine, die Kat werd genoemd, deed voor het eerst haar mond open. 'Eric was geweldig. Hij was een lot uit de loterij voor haar. Nee, het vriendje van daarvoor, Troy Plunkett. Een oudere kerel. Hij was slecht, hij deugde voor geen cent. Hij heeft Tiffani zwanger gemaakt, zei dat het niet van hem was, heeft zich twee jaar verzet tegen de verplichting om alimentatie te betalen. Toen werd er DNA-onderzoek gedaan en bleek dat Darby wél van hem was. Hij wilde nog steeds niet betalen. Zei dat hij geen geld had.'

Tiffani Gunts. Darby Plunkett. Tess bedacht dat het geen zin had om je tegen een saaie achternaam te verzetten, je vestigde er alleen maar extra de aandacht op.

'Beschouwde de politie Darby's vader als een mogelijke verdachte?'

Wally junior nam de rol van woordvoerder weer op zich. 'Ze hebben ons vragen gesteld, dezelfde als u. Troy is een stuk verdriet, maar hij was een beetje gekalmeerd toen hij hoorde dat Tiffani ging trouwen. Hij dacht dat hij dan geen alimentatie meer hoefde te betalen.'

Tess wist wel iets van de wet op dit gebied. Het opsporen van vaders die hun verantwoordelijkheid niet namen en het achterhalen van hun financiële gegevens was een van haar nevenactiviteiten. 'Heeft hij ontdekt dat hij zich vergiste?'

'Ja, Tiffani had het hem verteld, een week of twee voordat – ' Hij brak zijn zin af zonder de datum te noemen. 'Het had toch niets uitgemaakt. Hij betaalde niet toen ze er alleen voor stond, hij betaalde niet toen ze met Eric ging samenwonen, en hij betaalt nu nog steeds niet, terwijl dat meisje alleen hem maar heeft. Hij vindt werk, wij stappen naar de rechter, hij neemt ontslag en laat zich zwart betalen.'

'Wie zorgt er voor Darby?'

'Wij.' Het was de eerste keer dat Tess de stem van Betty Gunts hoorde; ze had alleen een knikje gegeven toen ze aan elkaar werden voorgesteld. 'Ik pas op Kats kinderen als zij moet werken, en zo kunnen ze gezellig met elkaar spelen. Het is een lieve meid.'

'Wie is het?' vroeg Tess met een blik naar buiten.

'U kunt niet met haar praten,' zei Wally bliksemsnel. 'Ze was nog meer drie, ze heeft niets gezien of gehoord. Ze lag de volgende ochtend nog te slapen toen een van de buren zag dat de achterdeur openstond.'

'Ze is door het geluid van een schot heen geslapen?'

'Ze denken dat hij een geluiddemper heeft gebruikt.'

'Een man die huishoudelijke apparaten stal uit rijtjeshuizen gebruikte een geluiddemper?'

Wally haalde zijn schouders op. Discovery Channel of niet, het detail leek hem niet te verbazen.

'En Eric Shivers? Wat is er van hem geworden?'

De broer keek naar zijn ouders, alsof hij nu opeens toestemming
nodig had om antwoord te geven.

'O, dat was heel triest,' mompelde Kat.

'Eric was heel goed voor Tiffani,' zei Wally. 'We waren allemaal erg
op hem gesteld. Hij heeft haar overgehaald om part-time terug te gaan
naar school en een vak te leren. Ze zouden gaan trouwen als ze klaar
was. Hij betaalde alle rekeningen, hij was zo fatsoenlijk als maar zijn
kan. En hij was als een vader voor Darby. Maar hij was geen familie.
Na Tiffani's dood moest Darby naar familie. Als mijn ouders haar niet
in huis hadden genomen, zou Troy Plunkett haar misschien hebben
opgeëist, en dat wilden we niet hebben. Eric begreep het, maar het
was heel moeilijk voor hem. Hij raakte Tiffani én Darby kwijt.'

'Hij werd steeds magerder,' zei Mrs. Gunts. 'Hij kwam haar vaak
opzoeken, hij probeerde contact met haar te houden, maar volgens mij
werd het daar alleen maar erger door. Ze lijkt als twee druppels water
op haar moeder.'

Aan een van de muren hing een foto van Tiffani, zo'n typische
schoolfoto. Ze had een grote bos donker haar, donkere ogen en een
klein gezichtje. Tiffani was net een teer babyhertje, lief en bijna knap.
Haar glimlach was verlegen en aarzelend, maar ze zag er niet verslagen of moedeloos uit. Maar goed, ze was nog heel jong op die foto, een
tienermeisje.

En ze had het voordeel dat ze niet met het verdriet van haar eigen
moord hoefde te leven.

Tess keek naar de drie kinderen in de achtertuin. Alle drie hadden
ze donker haar en donkere ogen. Ze vermoedde dat Darby de middelste was, maar alleen omdat het andere meisje te jong was, niet ouder
dan een jaar of vijf, en de grootste was een jongen. In haar ogen was er
geen sprake van een opvallende gelijkenis, maar Tiffani was dan ook
niet haar dochter of haar zus geweest.

'Waar is Eric nu?'

De schoonzus leek graag over hem te praten. 'Hij is naar het zuiden
verhuisd. Georgia?'

'North Carolina,' zei Mrs. Gunts. 'Hij heeft ons nog een tijdje kerst-kaarten gestuurd.'

'Het was een knappe man,' zei Kat met een blik op haar echtgenoot. 'Knapper dan Troy, bedoel ik. Ik was blij voor Tiffani.'

'En waar was Eric op de avond dat Tiffani werd vermoord?'

Wally junior gaf antwoord. 'In Spartina, Virginia, voor zijn werk. Hij was vaak op reis. Hij was handelsreiziger, hij verkocht artikelen voor fotozaken. De politie heeft hem gebeld en gevraagd of hij terug wilde komen voor de identificatie van... van...'

Tess probeerde hem af te leiden van zijn eigen herinneringen. 'Was het algemeen bekend dat Tiffani vaak alleen thuis was?'

Wally's ogen leken op te lichten. 'Denkt u – '

'Nee, ik denk niets,' zei Tess behoedzaam. In Baltimore had het een theoretische en bloedeloze opdracht geleken, eerder research dan echt detectivewerk. Ze had er geen rekening mee gehouden hoe moeilijk het voor de familieleden zou zijn om herinneringen op te halen. 'Maar ik ben wel nieuwsgierig naar Troy Plunkett.'

Nu pas mengde Wally senior zich in het gesprek. Zijn stem klonk als een roestig hek. 'Hij is slecht genoeg om iemand te vermoorden, maar niet slim genoeg om ermee weg te komen.'

'Woont hij hier nog in de buurt?'

Maar Wallace senior had zijn zegje gedaan. Hij deed Tess denken aan de beroemde bloem in Engeland die maar een dag bloeide en dan een uur in de wind stonk.

'Ja,' antwoordde Wally junior. 'Hij is soms een hele tijd weg, maar hij komt altijd terug. Mensen als de Plunketts komen nooit ver. Zijn familie woont verspreid langs de oude Thurmont Highway, als zwerf-afval langs de kant van de weg. Daar kunt u Troy vinden, of anders zit hij te drinken in de No-Name Tavern.'

'No-Name?'

'Zo noemen wij die tent. Het is een zaak aan de snelweg, zonder naam en zonder uithangbord. Iets verderop kom je langs de John Deer-winkel, en dan zit het café aan de linkerkant.'

Tess hoopte op een meer gedetailleerde routebeschrijving, maar ze vonden deze kennelijk duidelijk genoeg. Ze nam om beurten afscheid van hen. Telkens kreeg ze een slap en vochtig handje, behalve van Gunts senior, die bijna te hard in haar hand kneep en haar aankeek alsof hij haar de schuld gaf van zijn dochters dood. Het waren aardige mensen. Tess wilde dat ze hen aardig kon vinden. Als hun dochter op een andere manier was overleden – aan een ziekte, bij een terroristische aanslag – hadden ze het misschien beter kunnen verwerken. Aardige mensen werden niet op deze manier vermoord.

Deze familie Gunts was zo passief, zo overdonderd door het leven in het algemeen, zo afwachtend. Waren ze altijd zo geweest? Tess wist het niet, en het kon haar niet schelen ook. Ze wilde weg, bij hen en de nietsvermoedende glimlach op Tiffani's gezicht vandaan.

6

De Old Thurmont Highway was niet makkelijk te vinden, maar Troy Plunkett wel. Er bleek een Thurmont Highway te zijn, een Old Thurmont Highway, en een smalle strook bouwvallige boerderijen, die het beste de Nog Oudere Old Thurmont Highway genoemd had kunnen worden. Tess zag geen enkel teken van leven tussen alle rommel op de erven. Wel zag ze op meerdere oude brievenbussen de naam Plunkett staan, en aan het eind van de straat ontdekte ze de No-Name. Het was een vierkant betonnen geval aan de rand van een maïsveld; het leek een goede schuilplaats tijdens een atoomoorlog.

Tess bestelde een biertje, een Rolling Rock, dat in een vettig glas en met een sceptische blik werd geserveerd.

'De meeste vrouwen bestellen alcoholvrij bier,' merkte de barkeeper op.

'Dat heb ik nooit begrepen,' zei Tess. 'Wat heb je nou aan bier zonder alcohol?'

Deze opmerking had aan menig barkeeper in Baltimore een glimlach ontlokt, maar ze was niet in Baltimore. De man keerde haar demonstratief de rug toe en veinsde grote belangstelling voor de televisie achter de bar. Er was een honkbalwedstrijd aan de gang, een oude, in zwart-wit. De spelers hadden grote bakkebaarden, en ze waren steviger en minder pezig gebouwd dan de onnatuurlijk gespierde spelers van tegenwoordig. Het was een of andere wedstrijd uit de jaren zeventig. Tess vond het te zielig voor woorden: op een lentemiddag in een café zitten en naar een honkbalwedstrijd kijken die meer dan dertig jaar geleden was beslist.

Bovendien was het de World Series met Pittsburgh uit 1979, het toernooi dat de Orioles hadden verloren. Verraders.

Ze keek om zich heen in de kleine ruimte. Elke centimeter was benut. Het café had niets frivools, het was een plek om te drinken, televisie te kijken en te biljarten. Het was geen plek waar een onbekende, man of vrouw, kon roepen: 'Zeg, is er hier iemand die Troy Plunkett kent?'

Gesprekken afluisteren, ook al zo'n onderschat middel, leverde net zo min iets op. Het leek wel of de mannen hier niet hadden geleerd om werkwoorden of zelfstandig naamwoorden te gebruiken, ze mompelden alleen adjectieven tegen elkaar.

'Da's goed,' zei een man aan het dichtstbijzijnde tafeltje.

'*Yeah*,' beaamde zijn makker.

'Echt goed, bedoel ik.'

'Echt goed.'

'Yeah.'

'Yeah.'

Het kon over van alles en nog wat gaan, bedacht Tess: het bier, het weer, de wedstrijd, of De laatste stelling van Fermat.

Ze had zich net voorgenomen om een gesprek aan te knopen met de vijandige barkeeper toen de deur openzwaaide en iedereen in het café een beetje ineenkromp, als vampiers in het zonlicht. Het van achteren verlichte silhouet van een man met O-benen kwam binnen.

Een van de breedsprakige mannen tilde zijn hand misschien twee centimeter omhoog van het tafeltje. Zelfs de gebaren waren hier minimaal. 'Troy,' zei hij.

Zo werd Tess er voor de zoveelste keer aan herinnerd dat het slimmer is om geluk te hebben dan het geluk te hebben slim te zijn.

'Yeah,' zei Troy.

Hij ging aan de bar zitten, twee krukken bij Tess vandaan, en nam haar nieuwsgierig op. Het was geen verlekkerde blik, alleen een uiting van lichte verbazing, zoals een alcoholist zou kunnen kijken als er voor de zoveelste keer witte muizen door zijn huiskamer trippelen.

'Troy Plunkett?' vroeg ze, even zuinig met woorden als iedereen hier.

Hij keek naar haar alsof een witte muis met een klein mesje dreigde en hij probeerde te bedenken waar hij iets groters en gevaarlijkers had verstopt.

'Humpf,' zei hij alleen.

'Ik ben een privé-detective uit Baltimore.

Hij kromde zijn rug en boog zich naar voren over zijn bier, alsof hij hoopte dat ze weg zou zijn als hij weer opkeek. Dat was niet zo.

'Ja, en?' Hij liet de woordjes dreigend klinken.

Troy Plunkett was klein van stuk, agressief en driftig zoals kleine mannetjes eigen is. Hij droeg cowboylaarzen onder een strakke en groezelige spijkerbroek, met de hakken achter de onderste sport van de barkruk gehaakt. Zonder die sport zouden zijn benen omlaag hebben gebungeld, de laarzen centimeters boven de vloer. Zijn huid was donker, gebruind als die van een boer, en Tess schatte hem tussen de dertig en de vijfendertig. Hij was dus jaren ouder geweest dan Tiffani, die dit jaar achtentwintig zou zijn geworden. In schone kleren, en als hij probeerde te charmeren, kon hij sommige vrouwen misschien inpalmen. Onervaren vrouwen. Jonge vrouwen.

Maar hij droeg nu geen schone kleren en hij probeerde beslist niet charmant te zijn.

'Ik zou graag een paar vragen willen stellen.'

'Nee,' zei hij.

'Een paar maar.'

'Je kunt zoveel vragen stellen als je wilt, ik geef toch geen antwoord.'

'Ik betaal je twintig dollar voor de moeite.'

Hij bekeek haar aandachtiger. 'Veertig.'

Hij had haar verkeerd ingeschat; Tess was bereid geweest om tot zestig te gaan. Ze haalde twee biljetten van twintig dollar uit haar portefeuille, knisperend nieuw uit een geldautomaat in Frederick, en die legde ze op de bar. Niet precies tussen hen in, iets dichter bij haar dan bij hem, vastgepind onder haar rechterelleboog.

'Zes jaar geleden is hier een vrouw vermoord.'

Troys gezicht stond uitdrukkingsloos.

'Een vrouw die Tiffani Gunts heette. Volgens de politie is ze door een insluiper gedood, maar er is nooit iemand aangehouden.'

Hij vond het zelfs te veel moeite om beide schouders op te halen en maakte alleen met de linker een onverschillig gebaar.

'Begrijp me goed, het kan me niet schelen wie het heeft gedaan. Ik wil alleen weten of de politie goed werk heeft verricht. Kun je me volgen? Ik ben niet van de politie of van de rechtbank. Ik ben privédetective, en ik wil alleen weten of de plaatselijke autoriteiten geen steken hebben laten vallen.'

Hij geloofde haar niet, en anders wilde hij haar niet geloven. Hij staarde voor zich uit, zodat zij naar zijn profiel keek. Het was geen slecht profiel. Tess begreep wel dat een vrouw eenzaam of wanhopig

69

genoeg kon zijn om de tientallen waarschuwingssignalen die Troy Plunkett afgaf te negeren.

'Snap je wat ik bedoel? Ik doe alleen onderzoek naar het politiewerk.'

'Een soort van intern onderzoek.'

'Precies.'

'Ik had een alibi,' zei hij alsof het informatie was die hij moest opdiepen. 'Een waterdicht alibi.'

'Dus je bent verhoord?'

'Reken maar. Als eerste.'

'De politie kan erg vervelend zijn als ze een zaak willen oplossen.'

Zijn mondhoek bewoog. Hij liet zich niet bedotten door haar niet-gemeende medeleven.

'Ik ben zelf ook wel eens verhoord,' voegde ze eraan toe.

'Waarvoor? Had je lippenstift gejat?'

'Ik ben een keer getuige geweest van een moord.'

Dat wekte zijn belangstelling. De meeste mensen vonden het interessant. Soms vond ze het zelf fascinerend, maar dan bedacht ze weer hoe het was geweest en wilde ze het alleen nog maar vergeten.

'Je zag 't gebeuren?' zei hij met zijn boerse accent.

'Nou en of. Dus de enige manier om mij te overtroeven, is als je zelf ooit een moord hebt gepleegd.'

Het lukte haar om de juiste toon te vinden, dus dit klonk eerder als een flirt dan als een beschuldiging. Hij draaide zich naar haar opzij.

'Sorry, ik moet je teleurstellen. De politie weet niet veel over Tiffani's dood, maar ze weten wel dat ik een alibi had.'

'Dat zei je net al. Wat was het?'

'Ik lag in bed met een of ander mokkel.' Hij grijnsde. 'En als ik met een vrouw naar bed ga, vergeet ze dat echt niet.'

Tess fronste haar voorhoofd, deed alsof ze hem niet begreep. 'Wat bedoel je?'

'Ze voelen het dagen later nog,' zei hij.

'Bedoel je dat je ze slaat?'

'Nee.' Het ergerde hem dat ze hem niet begreep, want nu moest hij zijn seksuele opschepperij uitleggen. 'Ik bedoel dat ik het de hele nacht kan blijven doen.'

'O.' Toen, quasi-berouwvol: 'Ik wilde heus niet suggereren dat je iemand bent die vrouwen slaat.'

70

Hij knikte kort, nam haar verontschuldiging als een gekwetste macho in ontvangst.

'Alleen... doe je dat wel, hè?'

'Wat?'

'Vrouwen slaan. In elk geval heb je Tiffani geslagen. Ik vermoed dat de politie je heeft verhoord omdat ze gedurende je relatie met haar meerdere keren aangifte heeft gedaan van mishandeling.'

Het was slechts een vermoeden. Tess had er niet aan gedacht om navraag te doen bij de plaatselijke rechtbank; de familie Gunts had immers niets over mishandeling gezegd. Het was wel een verklaring voor de boosheid van de vader en haar gevoel dat alle andere familieleden aan struisvogelpolitiek deden.

'Alle aanklachten zijn ingetrokken,' zei hij.

'Dat gebeurde vroeger vaak, voordat de wet werd veranderd. Tegenwoordig kan het openbaar ministerie zelfs daders vervolgen als de vrouw geen aangifte heeft gedaan.'

'Ja, vrouwen beweren allemaal shit en iedereen gelooft ze. Ze zeggen dat je d'r hebt geslagen, en hoe moet jij nou bewijzen dat het niet zo is? Ze stoten hun been aan de keukentafel en de volgende dag dragen ze een short en ben jij opeens de grootste ploert van de wereld.'

'Of ze zeggen dat ze een kind van je hebben en dat wordt bevestigd door het bloedonderzoek.'

'Bloedonderzoek!' Hij dronk zijn laatste slok bier en meteen stond er een nieuw glas. De barkeeper bleef in de buurt om zijn stamgast te beschermen. 'Daar geloof ik niet in. Ik durf te wedden dat we op een dag ontdekken dat het allemaal flauwekul is, dat DNA, dat het hele verhaal door de overheid is verzonnen, zodat ze fatsoenlijke kerels de schuld in de schoenen kunnen schuiven. Ik bedoel, wat kun je er nou op zeggen? Dan moet je een of andere wetenschapper zijn. Bovendien is het nooit honderd procent zeker. Niets is ooit honderd procent.'

'Wist de politie van de aangiftes en het bloedonderzoek? Hebben ze er vragen over gesteld?'

Haar prooi kroop weg als ze dit soort rechtstreekse vragen stelde. Plunkett staarde weer naar de televisie, zodat ze alleen zijn profiel zag.

'Sorry. Ik weet dat je er liever niet over wilt praten, maar je verdient geld, vergeet dat niet.' Ze wees op de twee briefjes van twintig, nog steeds onder haar elleboog. 'Ik moet het weten. Hebben ze je echt als een verdachte behandeld, of vonden ze het genoeg dat die vriendin van je bevestigde dat je bij haar was?'

'Ze hebben het me niet lastig gemaakt. Ik heb het namelijk niet gedaan.'

'Hebben ze je meerdere keren verhoord? Hebben ze een leugendetector gebruikt?'

'Ze zijn bij me thuis geweest, en ze hebben in alle huizen van mijn familie rondgeneusd. Toen ze geen nieuwe apparatuur konden vinden, wisten ze dat ik het niet had gedaan. Weet je wel waar ik helemaal naar toe zou moeten als ik een gloednieuwe koelkast wilde verkopen aan iemand die niet wist wie ik ben? Ver, geloof me. Bovendien is het niet mijn ding. Je hebt mijn strafblad gezien, hè?'

Tess knikte. Dat leugentje kon er ook nog wel bij.

'Oké dan. Je hebt dus gezien dat ik nooit ben aangeklaagd voor inbraak. Ik steel niet.'

'Nee, je slaat vrouwen en je weigert alimentatie te betalen.'

Hij draaide zich weer naar haar opzij. Zijn ogen waren nu halfdicht, een slaperige blik die sommige mensen slaapkamerogen noemen. Zijn blik had echter niets sensueels.

'Ik zal je iets uitleggen. Een man moet voor zichzelf opkomen in deze wereld. Ik heb andere mannen geslagen, als ik mezelf moest verdedigen. Als ik een kind zou hebben – en voorzover ik weet heb ik geen kind – en hij was brutaal tegen me, dan zou ik hem misschien een klap geven. Vrouwen hebben het altijd over gelijke behandeling. Nou, dat is wat ze van mij krijgen. Het enige dat mij ervan weerhoudt om jou een lesje te leren, is dat Joe hier geen knokpartijen wil, en dat respecteer ik. Je kunt dus misschien beter oprotten, voordat ik het in mijn hoofd krijg om achter je aan te komen.'

'En als jij een vrouw slaat, vergeet ze dat echt niet.' Tess dreef de spot met zijn eerdere gepoch.

'Ik hou niet van het halve werk.'

'Hoe heette ze?'

'Dat heb je zelf al gezegd: Tiffani. Tiffani Gunts. Domme Gans. Haar broer zat op de middelbare school bij mijn broer in de klas. Je bent een slim vrouwtje, dus je snapt zelf wel hoe ze Wally Gunts noemden toen hij een kind was.'

Tess snapte het. 'Ik had het niet over Tiffani. Ik bedoelde de vrouw bij wie je in bed lag, je alibi.'

'Shit, dat weet ik echt niet meer. Dat is vijf jaar geleden.'

'Zes.'

'Dat maakt het alleen maar moeilijker. Heb je enig idee met hoeveel vrouwen ik de afgelopen zes jaar naar bed ben geweest?'

'Geen idee. Hoeveel vrouwen in Frederick County hebben een IQ van onder de honderd?'

De betekenis ontging hem. 'Wie het ook was, ze was gewoon een mokkel waar ik een nachtje heb geslapen. Zo was het met Tiffani ook. Dat ergert me echt mateloos van vrouwen. Je wilt het gewoon leuk hebben, meer niet. Ze zeggen dat ze de pil slikken, dat je geen kapotje hoeft te gebruiken. Dan komen ze opeens met een baby aanzetten, zelfs al weten ze dat je absoluut geen kinderen wilt, en proberen ze vadertje en moedertje te spelen. Dat is niks voor mij.'

Tess had huize Plunkett gezien, dus dat kon ze niet bestrijden.

'Wat doe je voor de kost?'

'Alles wat ik krijgen kan. Als je weet waar je moet zoeken, is er zat zwart werk te krijgen.' Opeens leek hij te schrikken. 'Hé, als jij soms van de FIOD bent – '

'Nee. Ik heb je de waarheid verteld, ik ben privé-detective. Ik doe onderzoek naar politiewerk, niet naar jou.'

'Ik ben geen grote vriend van de politie, maar wat mij betreft heeft die domkop van een sheriff zijn werk goed gedaan. Ze hadden maar wat graag gewild dat ik het had gedaan en ze probeerden me op alle mogelijke manieren de schuld in de schoenen te schuiven. Maar ik heb het niet gedaan, en het is ze niet gelukt.'

Tess schoof het geld naar hem toe. 'Beschouw dit maar als een gift. Denk vooral niet dat je het moet opgeven bij de belastingdienst.'

Haar gesprek met Troy Plunkett bleek achteraf nog het productiefste van die dag. Zoals Tess al had gevreesd waren de rechercheurs die de zaak destijds hadden behandeld inmiddels weg. De een werkte tegenwoordig als handelsreiziger voor een bedrijf dat alarmsystemen verkocht, de ander was gaan studeren om apotheker te worden.

'Apotheker?'

'Hij hoorde dat er een tekort aan was,' zei de sheriff. De man was nieuw, nog maar net gekozen. Hij zag er zelfs splinternieuw uit met zijn glimmende, goed geboende gezicht en glanzende witte haar. 'Waarom heeft u belangstelling voor zo'n oude zaak? Is er nieuwe informatie aan het licht gekomen? Het is een openstaande zaak. Als iemand iets weet, rekenen we op uw medewerking.'

'Het is een routinekwestie. Een beetje zoals een accountantsonderzoek.'

'Levensverzekering, zoiets.'

'Ja,' zei Tess, 'zoiets.'

'Ik kan u het dossier niet ter inzage geven – het is een openstaande zaak, zoals ik net al zei. Dit soort zaken wordt alleen opgelost als de dader voor iets anders wordt opgepakt en een bekentenis doet. Het kan jaren duren. Of het lukt nooit. Zo gaat het soms. Niemand wil het horen, maar wij zijn ook mensen. We kunnen niet meer doen dan we doen.'

'Kunt u me in elk geval vertellen of haar ex-vriend is verhoord, de vader van haar kind?'

Hij keek naar het dossier. 'Troy Plunkett? Uiteraard. Troy is hier kind aan huis.'

'En de verloofde, Eric Shivers?'

'Het schijnt van wel. Twee agenten zijn die ochtend naar Spartina gegaan. Hij logeerde daar in een motel. Een van de agenten moest in zijn auto terugrijden. Die man was er helemaal kapot van. Ik heb begrepen dat er zoveel werk is gemaakt van de ex-vriend omdat ze niet wilden dat de nieuwe vriend Plunkett te grazen zou nemen. Ze moesten hem ervan overtuigen dat het niet iemand was geweest die hij kende. Dit blijft onder ons, maar er is ook gekeken naar de vader, de broer en haar collega's uit de supermarkt. Wat onze agenten ook waren, ze waren niet slordig en ze waren niet lui.'

'Wat weet u van de plaats van het misdrijf? Onervaren technici kunnen ongewild belangrijk bewijsmateriaal onbruikbaar maken.'

De sheriff richtte zich op. 'Luister, miss, ik mocht mijn voorganger niet. Daarom heb ik me verkiesbaar gesteld. Maar we zijn hier niet een stelletje uit de klei getrokken idioten. We weten heel goed hoe we ons werk moeten doen. Soms is iemand gewoon op het verkeerde moment op de verkeerde plek. Als uw verzekeringsmaatschappij een claim wil aanvechten, is dat iets tussen u en uw geweten. Laat ons er buiten.'

Het was niet wat Whitneys bestuursleden wilden horen, besefte Tess, maar ze werd niet betaald om te leveren wat de klant wilde. Daarom was het beter om een detective te zijn dan een verslaggever.

De baas kon je geen verwijten maken als de werkelijkheid niet strookte met het verhaal zoals hij zich dat had voorgesteld.

Tess had besloten om die dag al een eind richting Sharpsburg te rijden, waar ze de volgende dag moest zijn. Ze wist een hotelletje ten westen van de Potomac waar ze verrukkelijk Duits eten serveerden. Het enige probleem was dat ze geen honden toelieten, dus zou ze moeten wachten tot het donker was voordat ze Esskay naar haar kamer kon smokkelen. Om onderweg nog wat tijd te doden, ging ze naar de wijk met rijtjeshuizen waar Tiffani Gunts was overleden, en daar belde ze Crow met haar mobiele telefoon.

'Hoe gaat het?'

'Niet geweldig,' zei ze, 'maar dat is meestal zo in het begin. Ik sta nu voor het huis waar de eerste vrouw werd vermoord.'

'Een leuk huis?'

'Nee, verloederd. Triest.'

'Zou je dat ook zeggen als je niet wist dat er iemand was vermoord?'

Als ze niet al van Crow hield, zou een vraag als deze de doorslag geven.

'Het ziet eruit als een huis dat grootse plannen heeft voor zichzelf, als je snapt wat ik bedoel. Plannen gebaseerd op dromen die geen werkelijkheid zijn geworden. De locatie is mooi, niet ver van de Monocacy River, maar de huizen vallen van ellende uit elkaar.'

Tess bekeek het complex in de vallende schemering en besefte dat de details die de huizen cachet moesten geven – de muurlampen, de tegels met het huisnummer naast elke voordeur – juist van het verval getuigden. De muurlampen waren kapot of hingen scheef, de cijfers op de tegels waren flets geworden en nauwelijks nog leesbaar. Ook uit andere dingen bleek de verwaarlozing. Terrasmeubels waren kapot en vuil omdat ze de hele winter buiten hadden gestaan, de vuilcontainers puilden uit en sommige ramen hadden krantenpapier als gordijnen.

'Misschien heeft de moord de buurt wel veranderd,' opperde Crow. 'Soms mijden mensen een bepaalde plek als ze weten dat er een moord is gepleegd.'

'Het is een uithoek,' zei Tess. 'Een van de wijken die als paddestoelen uit de grond rezen toen de economie onoverwinnelijk leek.'

'Wat omhooggaat, moet ook weer omlaag.'

Ze wist dat Crow het over de beurzen en de dot-com-hype had,

75

maar de opmerking ging ook op voor Tiffani. Ze was onderweg omhoog – nieuwe baan, nieuwe man, nieuw huis, nieuw leven – en iemand had haar neergehaald. Dat soort dingen gebeurden nu eenmaal, had de sheriff in Frederick gezegd. Op het verkeerde moment op de verkeerde plek.

Maar de verkeerde plek was haar eigen keuken geweest, en het verkeerde moment midden in de nacht. 'Als dat verkeerd is,' zei Tess hardop, 'dan is niemand ooit veilig.'

'Wat?'

'Niks. Wil je alsjeblieft aan de telefoon blijven tot ik de Potomac over ben?'

'Oké.'

7

Sharpsburg was een mooi plaatsje, net een ansichtkaart: huizen van rode baksteen koesterden zich in de ochtendzon, de hoge bomen waren fris groen, en bloembakken met viooltjes en petunia's stonden in de vensterbanken.

De onopgeloste moord op Hazel Ligetti had zich in een minder pittoreske wijk afgespeeld, weg van de straten waar de toeristen kwamen. Huizen als eentonige blokkendozen, uit hout opgetrokken, regen zich troosteloos aaneen, straat na straat. Huurhuizen, aan de tuintjes te oordelen, want het gras was korter geknipt dan het hoofd van een marinier.

Behalve op de plek waar het huis van Hazel Ligetti had gestaan. Twee jaar na de brand had de natuur dit stukje land weer in bezit genomen. Er groeiden hemelbomen en grote struiken wilde rozen, zoals de braamstruiken rond het kasteel van de Schone Slaapster. Tess baande zich een weg door het onkruid, en ze zat binnen de kortste keren onder de klitten.

Uit de krantenknipsels die ze op het internet had gevonden wist ze dat er geen bewijs van brandstichting was gevonden, alleen de sporen van een klein kampvuur in het schuurtje een paar meter van het huis. Het schuurtje was er natuurlijk ook niet meer. Tess paste het af, probeerde vast te stellen waar de brandhaard was geweest. Het was in maart gebeurd, op een ongewoon koude avond. Verondersteld werd dat een langslopende dakloze, of misschien opgeschoten jongeren, een vuurtje hadden gestookt. Er stond die nacht een harde wind, en de vlammen sloegen al snel over naar het huis. De buurman die de brandweer had gebeld, was volgens de transcriptie van het alarmnummer verbijsterd geweest over de vuurbal bij zijn buren. 'Allemachtig!' had hij tijdens het gesprek uitgeroepen. 'Krijg nou wat!'

De beller kon het zich permitteren om de brand als een spektakel te beschouwen. De wind blies de andere kant op van zijn huis, en hij had zelfs geen vonken op zijn dak gekregen.

Hazel Ligetti overleed aan rookvergiftiging, waarschijnlijk in haar slaap. Het was brandstichting omdat een voorbijganger de brand had veroorzaakt. Het was doodslag omdat er iemand was omgekomen, maar dat maakte het nog geen moord, geen opzet: Probleem Nummer Een.

Probleem Nummer Twee: dit geval paste niet in het plaatje van huiselijk geweld. Volgens de huisbaas woonde Hazel Ligetti alleen en was ze ook alleen gestorven. Ze had geen echtgenoot, geen partner. Geen vriend, geen vriendin, geen vrienden. Er waren dus werkelijk geen nabestaanden, het was niet zo dat ze de nabestaanden in de overlijdensadvertentie waren vergeten te vermelden.

'Ze was niet wat je een eh... aantrekkelijke vrouw noemt,' zei Herb Proctor, de huisbaas, later die ochtend toen hij met een zucht achter zijn bureau ging zitten. 'Scheel. Dik. Haar zo dun dat ze kale plekken had.'

Tess maakte in gedachten een lijstje van Proctors uiterlijke kenmerken. Bierbuik. Pokdalige huid. Toupet zo lelijk dat hij net zo goed bruin geverfd nepgras op zijn schedel kon plakken.

Uiteraard zei ze heel andere dingen hardop. 'Zou het kunnen dat het brandstichting is geweest, en dat het eruit moest zien als een ongelukje? Ik heb de andere huizen in de straat gezien. Je hoeft geen genie te zijn om te bedenken hoe makkelijk ze in brand vliegen. Ze zijn zo ongeveer van aanmaakhout gebouwd.'

Proctor rolde met zijn ogen en klopte voorzichtig op zijn haar, alsof door elke beweging van zijn hoofd het toupet kon verschuiven. 'Dat is nooit met zekerheid vastgesteld. Ik durf te wedden dat een of ander kind met lucifers heeft gespeeld. Het joch raakte in paniek en is op de vlucht geslagen.'

'Een jong kind kan zoiets toch niet heel lang geheimhouden?'

'Hoe dan ook, het moet een ongeluk zijn geweest. Die lui van de verzekering hebben alles bekeken, geloof me. Hoe ze mij aan de tand hebben gevoeld, vreselijk gewoon. Je zou nog gaan denken dat ik zelf brand had gesticht. Alsof ik een vrouw zou vermoorden om vijftigduizend dollar op te strijken. U bent er geweest; het was niet de moeite om de boel weer op te bouwen. Hazel Ligetti was een droomhuurder, betaalde elke maand keurig op tijd de huur. Soms hoop je dat een huis afbrandt omdat de huurders er een puinhoop van maken, maar Hazel was ongelooflijk netjes. Als huisbaas mag je je handen dichtknijpen met een vrouw die geen bezoek ontvangt, niet rookt en een goed gehoor heeft.'

'Een goed gehoor?'

'De radio en de televisie stonden nooit te hard, dus de buren klaagden niet. Hazel had niet eens een kat, zoals veel alleenstaande vrouwen.'

'Waar werkte ze?'

'Voor de overheid. Ze was secretaresse bij de overkoepelende uitkeringsinstantie in Hagerstown. Ze noemde zichzelf een "administratief assistent". Snapt u waarom?'

'Omdat iedereen graag belangrijk wil zijn,' zei Tess, kijkend naar het visitekaartje met de tekst: HERBERT L. PROCTOR, PRESIDENT-DIRECTEUR HALCION PROPERTIES INC. Ze vroeg zich af of hij zijn bedrijf naar het bekende medicijn had willen noemen, of dat hij niet kon spellen en *halcyon* had bedoeld, ijsvogel. 'Heeft iemand het stoffelijk overschot opgeëist en de begrafenis geregeld?'

'Ja, ik.' Tess voelde zich meteen schuldig over haar onaardige gedachten. 'Ze had een bescheiden begrafenisverzekering, en dan bedoel ik zéér bescheiden. Ik moest het verschil uit eigen zak bijpassen.' Tess voelde zich niet langer schuldig.

'Waar is ze begraven?'

'Op de plaatselijke begraafplaats.'

'Is er een grafsteen?'

'Een kleine, heel eenvoudig.' Tess fronste haar wenkbrauwen, en Proctor haastte zich om het uit te leggen. 'Zo doen ze het nu eenmaal, dat is hun gewoonte. Niks geen poespas.'

'Ze?'

'De joden.'

'Hazel Ligetti was joods? Had ze de achternaam van haar man?'

'Nee. Ik zei al, ze is nooit getrouwd geweest. Ik dacht zelf eerst ook dat ze Italiaans was, en ik heb haar een keer gevraagd of ze lekker kon koken. Ze heeft me uitgelegd dat haar naam Hongaars was, en dat de spelling oorspronkelijk anders was geweest: L-c-g-c-t-c, uitgesproken als Legèt. De immigratiedienst heeft er een i van gemaakt.'

'En zo van een joodse vrouw een Italiaanse gemaakt.'

'Wie kan zich daar nou over beklagen? Een grote verbetering is het niet, maar het is beslist een stap vooruit.'

'Umpf,' bromde Tess, een geluid dat ze had leren maken als ze niet wist wat ze moest zeggen. De meisjesnaam van Tess' moeder was Weinstein, en zelf had Tess Esther als tweede naam, naar de koningin van de joden – niet die uit de bijbel, maar de zus van haar grootmoeder, de oudste en meest dominante vrouw in een familie van dominante vrouwen. 'Die Essie,' zei oma Weinstein altijd, 'dacht dat ze de koningin van de joden was.' Maar met de achternaam Monaghan en de zomersproeten die ze nu al had, zag Tess eruit als het brave Iers-katholieke meisje dat ze nooit was geweest.

'Kunt u mij vertellen waar de begraafplaats is?'

'Hoezo?'

'Iemand moet kaddisj zeggen,' zei ze.

'Is dat hetzelfde als *gesundheit*?'

'Zoiets.'

Het was niet zo heel moeilijk om Hazel Ligetti's graf te vinden op de kleine begraafplaats aan de rand van de stad. De steen was eenvoudig, zoals Proctor had gezegd, met alleen Hazels naam, haar geboortedatum en de datum van overlijden, een davidster en een paar regels in het Hebreeuws, een taal die Tess niet kon lezen.

Toch was er ook iets onverwachts: een paar kiezels op de rand van de grafsteen.

Er was nog iemand die wist dat Hazel joods was, dacht Tess. Iemand die dit gebruik kende.

Het duurde heel even voordat er een andere gedachte bij haar opkwam: er was iemand die Hazel had gekend. Iemand had haar graf bezocht.

Maar hoe kon dat nou? Ze had geen familie, en Proctor had gezegd dat niemand aanspraak had gemaakt op het stoffelijk overschot. Toch was er iemand bij dit graf geweest, iemand die zich geen zand in de ogen had laten strooien door de Italiaans klinkende naam.

Aan de andere kant stond er een davidster op de steen en een Hebreeuwse tekst. Misschien dat een bezoeker aan een ander graf medelijden had gekregen met arme, eenzame Hazel. Tess ging op zoek naar een kiezelsteen en legde die bij de andere. Ze voelde een merkwaardig kriebelen in haar nek, het gevoel dat wel wordt beschreven als iemand die over je graf loopt. Tess had die beschrijving nooit begrepen. Als je dood was, voelde je niets meer. Ze kon op dit graf op en neer gaan springen, en Hazel Ligetti zou het nooit weten.

Op de terugweg naar Baltimore stopte Tess in Antietam, een van de slagvelden uit de Burgeroorlog. Ze was hier al meerdere keren geweest; het leek wel of ze altijd mannen uitzocht met een fascinatie voor de Burgeroorlog. Crow was zo enthousiast dat hij zelfs had overwogen om mee te doen aan het naspelen van de verschillende slagen, maar daar was het tot nu toe nog niet van gekomen. Jonathan Ross hield meer van lezen over de oorlog.

Aan de andere kant waren misschien wel alle mannen geobsedeerd door de Burgeroorlog, of door oorlog in het algemeen. Hoe kwam dat toch? Waarschijnlijk ging het zo: jongetjes speelden met auto's, en dan kwamen de tanks en vliegtuigen vanzelf. Maar waarom kenden ze alle namen van de generaals en van al die slagen? Tess begreep geen jota van oorlog, zelfs niet van oorlogsfilms, met als enige uitzondering *The Great Escape*. Ontsnappen kon ze begrijpen, maar een hele dag gevechten van man tot man, totdat de velden rood waren van het bloed? Onbegrijpelijk.

Hoe deden mannen het toch? vroeg Tess zich niet voor de eerste keer af. Hoe maakten ze zichzelf wijs dat het zinvol was om naar geweervuur te marcheren, om te vechten voor een of ander groot en nobel doel? Hoe groot en nobel het doel ook was, Tess kon zich niet voorstellen dat ze zich er ooit voor zou opofferen. Ze wilde helemaal niet dood.

Jakkes. Daar wilde ze niet aan denken, en nu gebeurde het toch. Op een dag zou ze doodgaan, zou ze ophouden te bestaan. Hoe kon dat toch? Ze wilde geloven in een hogere macht, in reïncarnatie, in alles wat de belofte inhield dat ze niet gewoon zou ophouden te bestaan. Maar zo werkte het niet. Je moest er eerst in geloven, en alleen dan werd je beloond met het hiernamaals, of een tweede leven, of het eeuwige leven door reïncarnatie. Je kon niet op de valreep onsterfelijkheid afdwingen, zonder ergens in te hebben geloofd. En het enige wat zij heel zeker wist, was dat ze bang was om dood te gaan.

Ze reed zo snel mogelijk terug naar Baltimore, een race tegen de zon, hoewel ze zichzelf wijsmaakte dat ze in de stad wilde zijn voordat het spitsuur op gang kwam.

8

'Je gaat nu eenmaal dood, Tess.'

Het was maandag, en ze was terug in de spreekkamer van dokter Armistead, frunnikend aan de draadjes van haar stoel. Zelf had ze gedacht dat haar openbaring in Antietam precies het soort verhaal was waar je bij je psychiater mee kwam aanzetten, maar hij was niet onder de indruk of zelfs maar geïnteresseerd. Het was alsof ze voor een etentje was uitgenodigd en de gastheer aanmerkingen had op de door haar meegebrachte fles wijn.

'Ik weet niet wat ik u verder nog kan vertellen. Ik vond het zelf het meest interessante moment van mijn week.'

'Werkelijk? En je ontmoeting met die man in dat café dan?'

'Troy Plunkett? Dat was geen interessante ontmoeting. Het hoort gewoon bij mijn werk. Ik praat met mensen. Soms moet ik ze betalen.'

Ze had hem alleen over haar werk verteld als context voor het moment in Antietam, hoewel ze niet goed wist hoe het nu met de vertrouwelijkheid zat. Schond ze haar beroepsgeheim als ze over haar werk vertelde aan iemand die zelf een beroepsgeheim had?

'Ik vind het juist wel interessant. Het valt me onwillekeurig op dat er een overeenkomst is tussen de ontmoeting van verleden week en die waardoor je hier terecht bent gekomen.'

'Overeenkomst? Ik heb in een café met een vent gepraat. Hij heeft geen avances gemaakt, en ik heb niet geprobeerd zijn lichaam te ontharen.'

'Je ging met een bepaald doel naar dat café, met een agenda die je gedeeltelijk hebt verhuld. Als je er werkelijk van overtuigd was geweest dat die man zes jaar geleden zijn vriendin had vermoord, zou je naar de politie zijn gegaan om ze te vertellen wat je had ontdekt, en zou je niet in je eentje met hem zijn gaan praten.'

'Ja, dat is wel waar, maar zo gaat het nu eenmaal niet in mijn werk. Ik los geen zaken op, niet doelbewust. Ik doe onderzoek, ik schrijf verslagen. Soms stuit ik via een zijweg op de waarheid, soms helemaal niet. Ik kom op basis van mijn ervaring tot een oordeel. Ik bedoel, tegen die huisbaas in Sharpsburg ben ik wel openhartig geweest.'

'Dat is iets wat we met elkaar gemeen hebben, denk ik.'

Ze kon hem niet volgen.

'Het verkeerde beeld dat mensen hebben van wat we doen, en de rol die de massamedia spelen bij het instandhouden van stereotypen.'

'Zeker,' beaamde Tess. Jij praat bijvoorbeeld meer dan ik, dacht ze. Maar dat was juist fijn. Ze was bang geweest dat zij het hele uur zou moeten vullen, een van de redenen om hem zo gedetailleerd over Antietam te vertellen. Als het altijd ging zoals nu, als het eerder een gesprek was dan een verhoor, kon ze het waarschijnlijk best zes maanden volhouden. Tess was een aantal jaren verslaggever geweest, en zo had ze geleerd om mensen aan de praat te krijgen. En ze was al haar hele leven een vrouw, dus wist ze dat mannen altijd graag over zichzelf praten.

'De massamedia waren trouwens veel oneerlijker over mijn vorige beroep.'

'Je vorige beroep?'

Ze bleef denken dat hij alwetend was, dat hij alles over haar leven tot nu toe wist.

'Ik was verslaggever voordat ik officieel privé-detective werd, bij de oude *Star*. Toen de *Star* op de fles ging, wilde de *Beacon-Light* me niet aannemen, dus moest ik op zoek naar een andere carrière. Ik was toen al zevenentwintig.'

'Vond je dat vervelend?'

'Natuurlijk vond ik dat vervelend.' Tess probeerde het achteloos te zeggen, maar ze was zelf verbaasd dat die afwijzing nog steeds zo'n pijn deed: het pro forma sollicitatiegesprek met de redactrice die nieuwe kandidaten beoordeelde, een vrouw zo lelijk als een bulldog die zich niet eens verwaardigde om Tess' cv aan te raken. Ze voelde het bloed naar haar gezicht stijgen, het gloeien van haar wangen.

'Hoezo?'

'Ik had altijd alleen maar verslaggever willen zijn. Ik heb er twee jaar voor nodig gehad om een ander beroep te vinden, en dat was eigenlijk toeval. Nu zie ik in dat het uiteindelijk beter is zo. Ik ben als detective veel beter dan als verslaggever. Ik ga nog steeds op stap, ik stel vragen, ik verzamel feiten. Maar nu hoef ik ze niet langer in het beperkte stramien van de krantenjournalistiek te persen. Ik ben nu veel gelukkiger.'

Hij reageerde niet meteen, liet de laatste zin hangen, naakt en bibberend.

'Het is goed dat je dat hebt geleerd.'

'Wat?'

'Een vernietigende afwijzing is vaak de enige weg naar een beter leven. Een einde kan het begin zijn.'

'Als je die levensles op je eenendertigste nog steeds niet hebt geleerd, zou je niet los over straat mogen lopen zonder iemand die op je let.'

Hij leek een beetje verbolgen dat zijn wijze inzicht zo nonchalant van tafel werd geveegd, maar hij was goed in wat hij deed en hij ging door.

'Dat weet ik zo net nog niet. Er moet een reden zijn waarom zoveel mensen zich aangesproken voelen door het gedicht "The Road Not Taken" van Robert Frost. Als hij die avond halt houdt in het besneeuwde bos, is hij geen kind. Hij is een volwassen man, en het is niet duidelijk of hij blij is met zijn keuze, alleen dat die keuze belangrijk was. Hij neemt de minder druk bereden weg, en volgens het gedicht verandert zijn leven daardoor.'

'Maar hij zegt niet of het een verandering ten goede of ten kwade is, alleen dat er een omslag is.'

'Ik heb altijd aangenomen dat de uitkomst positief was.'

Tess haalde haar schouders op, niet overtuigd. Frost had een vervolg moeten schrijven om het te verduidelijken. 'U haalt trouwens twee gedichten door elkaar.'

'Wat bedoel je?'

'U zei dat hij 's avonds halt houdt in een besneeuwd bos, maar dat komt uit een ander gedicht, "Whose house is this" bla, bla, bla. Frost is een groot dichter, maar hij is zo vreselijk Amerikááns, vindt u niet, zo geliefd dat het een beetje blijft steken in je keel, net havermout. Geef mij maar Auden of Yeats.'

'Heb je een favoriet gedicht?'

'Ja, maar het is net zo'n afgezaagd geval als "The Road Not Taken", als ik eerlijk de waarheid moet zeggen.'

'Dat is de enige regel hier,' zei hij op ernstige toon. 'Dat je eerlijk de waarheid vertelt. Tegen mij liegen is net zoiets als naar de dokter gaan

84

en hem vertellen dat de pijn in je knie eigenlijk in je nek zit. Het helpt niet en het zou slecht voor je kunnen zijn. Nou, wat is dat... afgezaagde geval?'

'"To His Coy Mistress", voor zijn kuise geliefde, van Andrew Marvell.' Armistead gaf geen blijk van herkenning. 'Een gedicht over een man die een vrouw ervan wil overtuigen dat het leven te kort is voor een langdurige verloving, dus dat ze het meteen moeten doen.' Dit was niet de manier waarop ze het op school in een werkstuk had omschreven, maar wel bondig.

'Volgens mij ken ik het niet.'

'Natuurlijk wel. Ze laten je niet van school gaan als je het niet hebt gehad.

Thus though we cannot make our sun
stand still, yet we will make him run.
The grave's a fine and private place,
but none, I think, do there embrace.'

'Een nogal morbide beeld.'

'Het doet me altijd denken aan een liedje dat we zongen toen ik klein was, over een lijkwagen die je voorbij ziet komen en dat je dan bedenkt dat je zelf ook een keer doodgaat. Er zit een regel in over wormen die zitten te kaarten in je neus. Dát is nog eens morbide.'

Armistead lachte, wat ze om onbegrijpelijke redenen prettig vond. 'Ik moet zeggen dat je een breed referentiekader hebt, van de Burgeroorlog naar Andrew Marvell en kaartende wormen. En we zijn terug bij het begin.'

'En dat is?'

'Bij het graf, die mooie en rustige plek. Of je het leuk vindt of niet, Tess, je gaat dood. Iedereen gaat dood.'

'Tot nu toe wel, maar ik heb gehoord dat ze op de Johns Hopkinsuniversiteit bezig zijn het probleem op te lossen.'

Was het toeval dat de oude nachtmerrie die nacht terugkwam? Tess dacht van niet. Ze zette de openslaande deuren in haar slaapkamer open en liep zachtjes de veranda op. Van haar nog steeds niet helemaal opgeknapte huis was de veranda een van de weinige dingen die af waren. Die ellendige psychiater met al zijn gepraat over de dood. En het was natuurlijk ook stom geweest van haar, een beetje op begraafplaatsen en slagvelden rondhangen en aan de dood denken. Jonathan Ross was meer dan twee jaar geleden begraven, en het was een jaar geleden dat ze voor het laatst de nare droom had gehad waarin ze hem keer op keer dood zag gaan.

Het was koel buiten op deze avond in april, en ze droeg alleen een dunne katoenen ochtendjas, maar de koelte voelde goed, verdreef de afschuwelijke beelden. Ze leunde over de balustrade en keek naar het donkere Stony Run Park in de verte. Aan de randen van het uitzicht was wel licht – straatverlichting van de doorgaande straten naar het noorden en het zuiden. Maar hier, zonder licht in de huizen van haar buren, was alles aardedonker en stil.

Jonathan was niet haar vriend, tenminste niet meer toen hij werd vermoord. Ze hadden veel minder en tegelijk veel meer met elkaar. Hun relatie was voor hen allebei de eerste geweest na de universiteit, zodat ze de vergissing hadden gemaakt om elkaar voor volwassen aan te zien. Later werden ze elkaars referentiepunt, vroegere geliefden die aan elkaars prestaties afmaten hoe ver ze zelf waren gekomen. Jonathan was haar ver vooruit geweest toen hij overleed, een rijzende ster bij de krant. Hij werd vermoord vanwege een geheim dat hij nog niet had onthuld, zodat Tess ernaar moest raden, wetend dat ze haar mond zou moeten houden. Tess, die geen krant had om haar vermoedens te publiceren, was niet zo belangrijk gevonden dat ze ook uit de weg geruimd moest worden.

Dat had Luisa O'Neal haar destijds althans laten weten.

Was Jonathans dood de katalysator geweest waardoor haar leven was veranderd? Tess wist het niet zeker. Ze was een mislukking geweest in de tijd dat hij stierf, ze had geen werk en ze had geen vriend. Nu had ze haar eigen bedrijfje en haar eigen huis – en in dat huis lag het leukste vriendje van de wereld nu te slapen. Haar avontuur met Mickey Pechter had al deze dingen in gevaar gebracht. Ze trok de ochtendjas strakker om haar schouders.

'Als je me nu zou kunnen zien,' fluisterde ze tegen de donkere lucht, 'zou je trots op me zijn.'

Toen dacht ze aan haar werk, en dat ze voor het eind van de week verslag moest uitbrengen aan het bestuur, terwijl ze maar heel weinig te melden had. Voorlopig had ze nog lang niet genoeg informatie waarmee de instellingen om geld konden lobbyen.

'Een beetje trots,' voegde ze eraan toe.

Tess kon niet langer dan vijf minuten wegblijven uit hun bed voordat Crow ook wakker werd. Hij zei dat de temperatuur daalde als ze weg was, maar volgens haar nam de windhond stiekem haar plaats in, en Esskays stinkende, vissige adem zou zelfs de beste slaper wekken.

'Je hebt al heel lang geen slapeloze nacht meer gehad,' zei hij toen hij bij haar kwam staan. Zijn borstkas was bloot, hij droeg alleen een wijde trainingsbroek die laag op zijn smalle heupen hing. Ze wist dat mannen zoals Crow rond de middelbare leeftijd meestal dikker werden, maar ze kon hem zich onmogelijk met een extra pondje voorstellen. Ze kon hem zich onmogelijk als middelbaar voorstellen.

'Ik heb naar gedroomd.'

'Hetzelfde als altijd?'

Crow wist alles van Jonathan Ross, maar hij misgunde haar geen enkele herinnering, en dat was meer dan ze van zichzelf kon zeggen. Voor een in principe monogame jongen was Crow bijzonder kwistig geweest met zijn charmes voordat zij elkaar leerden kennen.

Toch wilde ze hem niet de waarheid vertellen, want dan wilde hij er misschien over praten. En door erover te praten zou de nachtmerrie alleen maar terugkomen.

'Nee, nee,' loog ze. 'Het was er zo een waarin ik met mijn armen sta te maaien.'

'Wie was dit keer het doelwit?'

De eerste leugen was er een om bestwil geweest, maar daar wilde ze geen tweede aan toevoegen, dus probeerde ze zich te herinneren wanneer ze voor het laatst een maaidroom had gehad.

'Mijn ouders, natuurlijk. Het zijn bijna altijd mijn ouders.'

'Ben ik het nooit?'

'Nooit.'

'Zou je het me vertellen als ik het was?'

'Ik denk het niet.'

Ze lachten allebei, Tess van opluchting omdat ze van een leugen bij de volle waarheid was uitgekomen. Ze had nooit een van haar maaidromen gehad waarin Crow voorkwam. En als het zou gebeuren, zou ze het hem waarschijnlijk niet vertellen. Deze dromen waren even verontrustend als de herhaling van Jonathans dood, in sommige opzichten nog verontrustender – ze maaide hulpeloos met haar armen, als molenwieken, hysterisch krijsend, en probeerde iemand naar haar te laten luisteren, maar haar uithalen waren nietig en zwak, haalden niets uit. En de persoon op wie ze het gemunt had, liep weg, niet onder de indruk. Het zou uiteraard fantastisch materiaal zijn voor dokter Armistead. En daarom zou ze er natuurlijk nooit over beginnen.

'Hé,' zei ze om van onderwerp te veranderen, 'hebben we vannacht al seks gehad?'

'Weet je dat niet eens meer? Over een opsteker voor mijn ego gesproken.'

'Ik ben gewoon een beetje verward. Te veel werk, te veel analyseren.'

'Ik ben tot laat in de club geweest, en je lag al te slapen toen ik thuiskwam.'

'Ik weet het weer.' Crow regelde de muzikale optredens in haar vaders bar op de Franklintown Road. Hierdoor leefden ze in een nogal verschillend ritme, maar dat vond ze juist goed. Op deze manier hield je de sleur op afstand. En als ze elkaar ooit als vanzelfsprekend zouden gaan beschouwen, dan had hij een litteken op zijn buik om hen eraan te herinneren hoe dom dat zou zijn. Ook hem was ze bijna kwijt geweest. Eigenlijk was ze een echte zwarte weduwe.

'Nu dan?' zei ze.

'Oké.' Hij richtte zich op om naar binnen te gaan.

'Nee.' Ze deed de ochtendjas uit en spreidde die als een deken op de planken vloer. 'Hier.'

Verbaasd en geamuseerd keek hij haar aan. Meestal was Crow degene die nieuwe dingen wilde uitproberen, terwijl Tess meer van de hitparade was.

'Straks horen de buren ons nog,' merkte hij op.

'Alleen als je het goed doet.'

Hij gaat weg als ze met elkaar gaan vrijen. Dat hoeft hij niet te zien en zelfs niet te horen. Wat niet wil zeggen dat hij jaloers is. Integendeel zelfs. Hij heeft medelijden met haar, vindt het jammer dat ze een vaste relatie heeft. Haar vriendje is niet meer dan een jongen. Als hij haar eenmaal opeist, zullen ze een ongekend hechte band met elkaar hebben, zoals ze dat met niemand ooit eerder heeft ervaren. Hun levens zijn nu al met elkaar vervlochten, alleen weet zij dat niet. Bovendien heeft ze respect voor het lot. Ze zal blij met hem zijn, hem in haar armen sluiten, dankbaar zijn. Ze begrijpt heel veel – kogelbanen, fysica, kansberekening. En wat ze niet begrijpt, zal hij haar leren. Getijden, giftige stoffen, het aantal plaatsen dat nooit op een kaart verschijnt in een wereld die wordt geregeerd door metingen.

Nee, hij gaat weg omdat hij aan het werk moet. Gelukkig voert deze klus hem naar Anne Arundel County, en kan hij bij zijn moeder langs als hij klaar is.

De westelijke kust was een compromis. Ze had graag dichter bij huis willen blijven, maar dat was erg onpraktisch. Ze hielden het huis op het eiland aan, zonder dat er iemand woonde, en hij had hier een huis voor haar gevonden, niet ver van de Severn River. Ze klaagde over het gebrek aan uitzicht, zei dat hij haar uitzicht op het water had beloofd, maar dat is helemaal niet waar. Verder beweert ze dat hij haar een gratis kabelaansluiting heeft beloofd, en dat ze een echt gasfornuis zou krijgen, geen elektrische kookplaat. Hij begrijpt niet waar ze het vandaan haalt.

De laatste tijd klaagt ze helemaal niet meer, en hij merkt dat hij haar verongelijkte klaagzangen mist. Ze krimpt, ze wordt angstig en klein. Ze is nog geen vijfenvijftig, maar ze ziet er veel ouder uit dan haar buren. Die hebben natuurlijk een veel makkelijker leven gehad. Vrienden heeft ze hier niet gemaakt, en dat is waarschijnlijk maar goed ook, al vindt hij het wel triest voor haar. Het is een schat van een vrouw, zijn moeder, maar door haar achtergrond is ze verlegen, zeker hier, tussen al die snobs. Echt rijke mensen – en hij weet inmiddels iets van echt rijke mensen, beseft achteraf hoe rijk Becca's vader was – zijn veel aardiger dan deze burgerlijke en bekrompen lieden. Echt rijke mensen zijn niet bang om kwijt te raken wat ze hebben.

Zijn moeder hoeft zich in elk geval geen zorgen te maken over geld, daar heeft hij voor gezorgd. Maar ze zit toch te piekeren. Zij, die vroeger zo kalm en dapper was, maakt zich over alles te sappel.

Ze slaapt nog als hij de voordeur openmaakt en naar haar slaapkamer gaat. Haar haar is dunner, maar nog steeds bruin. Zou zijn eigen haar dan nooit wit worden? Hij strijkt het naar achteren van haar voorhoofd en fluistert: 'Ma, ma. Wakker worden, ma.'

In paniek opent ze haar ogen. 'Wie... wat?'

'Ik ben het, ma.'

'O.' Ze kijkt naar hem en knippert met haar ogen, alsof ze het moet controleren. 'Hoe laat is het?'

'Nog geen zeven uur. Ik had hier in de buurt werk te doen.'

'Goed betaald?'

'Ze betalen altijd goed.'

'Je kunt gerust om meer vragen.'

'Dat zal ik doen als het moet.'

'Ik bedoel, dat je een eigen bedrijfje hebt, betekent nog niet dat je geen last hebt van de inflatie. En zeker nu de gasprijzen zo stijgen – '

'Ik verdien meer dan de meeste mensen, ma. Je hoeft je geen zorgen te maken.'

'Ik zag gisteravond iets op het nieuws.'

Hij zucht, wetend dat ze het misschien gisteren heeft gezien, maar het kan ook een week of een maand geleden zijn. Het is misschien zelfs nooit op het nieuws geweest.

'Ze hebben botten gevonden in een of ander bos. En ze konden uitvinden wie het was. Een vrouw ging tien jaar geleden op oudejaarsavond de deur uit om melk te kopen en is nooit teruggekomen. En ze hadden alleen die botten maar, en toch wisten ze dat ze was doodgeschoten en daar gedumpt. Er zat een kerf, weet je, in een van die botten. Het is ongelooflijk wat ze allemaal kunnen.'

'Zeker,' beaamde hij om aardig te zijn.

'Geen enkel geheim blijft altijd bewaard. Alles komt boven water. Niets blijft voorgoed begraven of verloren, zoals jij misschien denkt.'

'Sommige dingen wel.'

'Maar je hebt zelf gezegd dat er zelfs met jouw werk soms – '

'Soms, maar dat is meestal de fout van iemand anders. Niet de mijne. Andere mensen worden hebberig of onvoorzichtig. Ze denken dat ze mij niet nodig hebben, ze proberen het zelf te doen, ze nemen geen voorzorgsmaatregelen, ze beseffen het niet als een bepaalde plek in de smiezen loopt. Díé lui worden gepakt, ma.'

Ze fronst haar voorhoofd, werkt zich overeind totdat ze zit. Veel verder zal ze vandaag niet komen; ze zit hier in bed of in haar kleine woonkamer. Haar lichaam verschrompelt. Wat maakt het uit of ze een gasfornuis heeft of een elektrische kookplaat? Ze leeft van kant-en-klaarmaaltijden uit de magnetron. Vreselijke dingen, magnetrons. Hij zou nooit zo'n ding in huis willen hebben.

Hij bewondert zijn moeder op een manier die de artsen niet begrijpen. Dieren weten het als hun dood nadert. Waarom zijn moeder dan niet? Hij weet niet goed of deze nieuwe angst met het verleden te maken heeft, en met wat daar verborgen ligt, of met het gebrek aan toekomst. Kijkt ze uit naar de dood omdat ze denkt dat die een eind zal maken aan al haar angsten? Ze was zo sterk toen hij haar nodig had, zo verstandig. Alles heeft hij aan haar te danken. Dat zullen de artsen nooit begrijpen. Ze is een goed mens, lief en betrouwbaar. Twee keer heeft ze hem het leven geschonken. Wat was het saai, wat was het banaal, om over haar aan de tand gevoeld te worden. Zij was niet het probleem, ze was juist de oplossing.

Hij maakt ontbijt voor haar, pap met warm water, een banaan in plakjes erop. Ze heeft al haar tanden nog, maar ze wil het liefst zacht en papperig voedsel. Wanneer zal hij haar haar eten lepel voor lepel moeten voeren? Over vijf jaar, over tien, twintig, dertig? En dan wat? Hoe kan hij haar de vernederingen van de ouderdom besparen? Hij maakt een kop Sanka voor haar, cafeïnevrije oploskoffie. Smerig spul. Hij vraagt zich af of ze het etiket ooit heeft gelezen. Hij doet er een paar Hydrox-koekjes bij, chocoladekoekjes met vanillevulling, die zij zal soppen in de oploskoffie tot ze zacht zijn.

De dokter heeft gewaarschuwd dat ze niet te vet mag eten. Ze is dol op zoetigheid, en nu ze geen taarten van vijf lagen meer kan bakken, wil ze in elk geval koekjes. Hydrox, geen Oreo's, nooit Oreo's. En het wordt steeds lastiger om Hydrox te vinden. Hij moet ze via het internet bestellen bij een bedrijf in Texas dat zeldzaam geworden producten opspoort. De vrouw bij wie hij de bestellingen plaatst is leuk, pittig en vol enthousiasme over haar werk. Er moet in zoveel behoeften worden voorzien op deze wereld. Eigenlijk zou er een wet op Uitstervende Snacks moeten komen, vindt hij, bescherming voor Hydrox en Hostess Snowballs en Charleston Chews.

Ze houdt het koekje zo lang in de koffie dat het bijna uit elkaar valt en steekt het dan in haar mond. Hij zet de televisie aan, een of ander dom ontbijtprogramma. Een beetje bruin speeksel loopt vanuit haar mondhoek omlaag en hij veegt haar kin af. Slikken kost haar steeds meer moeite, hoewel de dokter daar geen medische verklaring voor heeft. Ze heeft voortdurend last van brandend maagzuur.

'Alles komt weer boven,' zegt ze afwezig, haar blik op het scherm gericht. Hij weet niet of ze het over haar eten of over het verleden heeft. 'Alles komt weer boven.'

'Ik weet het, ma. Ik weet het.'

9

Op dinsdagochtend ging Tess weer op pad, optimistisch over het leven in het algemeen en hoopvol over haar werk in het bijzonder. Het was zo'n heerlijk frisse lentedag waar iedereen hoopvol van werd, behalve T.S. Eliot. Ze voelde gewoon aan haar water dat de zaak van vandaag, die met het dunste dossier, resultaat zou opleveren.

Dat gevoel verdween toen een dode vrouw de deur van haar huis opendeed en Tess op de thee nodigde.

Het bakstenen huisje met een schuin dak ten noordwesten van Baltimore County was belachelijk klein, net als de bewoonster. De vrouw achter de tochtdeur was nog geen één meter vijftig groot. De pop in het poppenhuis had lang donker haar, grote blauwe ogen, en witte wangen met roze blosjes. Ze zag er fragiel en breekbaar uit; ze was zo'n type dat bij mannen en vrouwen de behoefte om te helpen opriep.

Wel was ze onmiskenbaar en ontegenzeglijk in leven, dus aanvankelijk nam Tess aan dat ze een familielid of een vriendin van de overledene moest zijn.

'Ik ben op zoek naar iemand die me wat meer kan vertellen over Julie Carter,' begon Tess.

'Ik denk niet dat er iemand is die je meer over haar kan vertellen dan ik,' zei ze luid, zodat ze verstaanbaar was door de tochtdeur heen. De stem was onverwacht, heel droog. Tess moest aan een western denken, niet door het accent maar door het rokerige, door de zon geblakerde timbre, dat beelden opriep van steile rotswanden en cactussen en sieraden met turkooizen. 'Maar ik vind het niet prettig als mensen me persoonlijke vragen stellen.'

'Persoonlijk?'

'Ja, ik ben Julie Carter. Dat hoor je te weten, lijkt mij, als je naar me op zoek bent en vragen over me stelt. Wat ben jij?'

Niet wie ben jij, maar wát, merkte Tess op. Het zei haar een hele hoop over Julie Carters leven.

93

'Volgens mijn informatie... ik had begrepen – ' Tess kon geen beleefde of bondige manier bedenken om iemand te vertellen dat ze op een lijst met slachtoffers van doodslag stond. 'Ik ben privé-detective en ik doe onderzoek naar een aantal oude zaken. Volgens mijn informatie was je... dood. Kennelijk is er sprake van een misverstand.'

'Dat weet ik niet, hoor. Er zijn dagen dat ik me dood voel.' Ze sloeg haar armen over elkaar en leunde tegen de deurpost. Het huisje was vrijstaand, alsof het een boerderijtje was geweest voordat projectontwikkelaars dit stukje platteland ontdekten. 'Kom je uit Baltimore?'

'Ja.'

'Het is verder dan je denkt, hè? Vanuit Baltimore, bedoel ik.'

'Een beetje, ja.' Tess was in de war. Mensen hadden de deur in haar gezicht dichtgesmeten als ze veel minder pijnlijke vragen had gesteld, maar Julie Carter leek hun gesprek juist te willen rekken.

'Ik vond het een echte vondst, dit huisje. Goedkoop, en het is niet al te ver van de I-83. Hemelsbreed dan, maar ik kan niet vliegen. Je doet er minstens een halfuur over voordat je in Baltimore bent en leuke dingen kunt doen.' Ze glimlachte breed. 'Zeg, wil je soms binnenkomen? Dan zet ik koffie.'

Waarom niet. 'Waarom niet?'

'Cool.' Ze klapte in haar handen, zoals een klein meisje dat blij is, en ze haalde de grendel van de deur. 'Alleen moet het thee zijn. Ik bedenk net dat ik geen koffie in huis heb. Dat is een ander nadeel van een huis in de rimboe. Ik kan niet even naar de buurtwinkel op de hoek als ik iets nodig heb. Er is geen winkel op de hoek. Er is zelfs geen hoek. Iemand die in een avondwinkel werkt hoort eigenlijk altijd van alles in huis te hebben, maar als ik eindelijk klaar ben met mijn werk, wil ik alleen nog maar weg. Vandaar dat ik nooit eten in huis heb. Is dat paradoxaal of niet?'

Nuchtere Tess was geneigd om nee te zeggen, het was niet paradoxaal maar gewoon vergeetachtig. Maar ze voelde dat Julie Carters vrolijke gebabbel iets verborg; ze moest eenzaam zijn hier, een jonge, alleenstaande vrouw tussen allemaal burgerlijke gezinnetjes.

'Ik ben dol op thee.'

'Zo, er is dus iemand die denkt dat ik dood ben.' Julie zette een ketel water op en pakte een mandje met theezakjes, nog geen twee dezelfde. 'Ik neem ze mee uit cafés en restaurants. Je zou mijn verzameling mosterdzakjes moeten zien. En ketchup. Ik heb heel veel ketchup. Hoe ben ik doodgegaan?'

'Niet, dat lijkt me duidelijk.'

'Ik weet het. Waarschijnlijk is het een andere Julie Carter. Dat heb ik heel vaak.'

'Waarschijnlijk. Alleen had ik wel dit adres. Ik had dit adres en je naam.'

'Was ik vermoord?'

Tess was zo onder de indruk van Julies misthoornstem dat ze niet goed naar de woorden luisterde, alleen naar de door tabak gekleurde klanken. Julie was een zware roker. In haar huis voelde Tess zich net in een pakje Marlboro.

'Nou?'

'Nou, wat?'

'Was ik vermoord?'

'Je naam stond op een lijst met vrouwen die door een misdrijf om het leven zijn gebracht,' verbeterde Tess haar. Ze klonk betweterig, maar het leek Julie niet te deren.

'Schotwond? Mes? Vergif?' De fluitketel begon zacht te fluiten, en Julie drukte Tess een mandje met zoetjes in handen, tientallen verschillende witte en blauwe en roze zakjes.

'Daar heb ik geen informatie over. Die is er ook niet. Je leeft gewoon.'

'Ik heb ooit een keer overwogen om privé-detective te worden, maar ik denk dat ik beter mijn eigen bloemenzaak kan beginnen.' Ze lachte alsof het een geweldig goeie mop was. 'Moet je mij nou horen! Als ik niet snel iets onderneem, bereik ik helemaal nooit iets.'

'Dat valt vast wel mee,' zei Tess, die voelde dat er een protest van haar werd verwacht. 'Je hebt in elk geval een leuk huis.' Het was netjes en goed onderhouden, al waren de witte muren geel geworden van de sigarettenrook.

'Ik huur het. Ik zou hier nooit zijn gaan wonen zonder de goser met wie ik toen een verhouding had. Eerst heeft hij me overgehaald om hier te komen wonen, en vervolgens dumpt hij me. De verhalen die ik je kan vertellen! Ik heb ook altijd pech.'

Tess bedacht dat de vergissing die haar naar Julie Carters deur had gebracht misschien wel op feiten was gebaseerd. 'Foute vriendjes?'

'Aan de lopende band.'

95

'Heb je ooit last gehad van een... stalker?' Op de een of andere manier leek dit minder erg dan een onbekende vragen of ze was geslagen of verkracht. 'Een onhoudbare situatie?'

'De meeste mannen met wie ik wat heb zijn niet te houden. Dat is nou juist het probleem. Ik ben inmiddels zo ver dat ik tegen een nieuwe vriend ga zeggen: Luister, ga nou maar gewoon meteen met een van mijn vriendinnen naar bed, dan hebben we dat tenminste gehad. Eerlijk waar. Als hij het in het begin doet, heeft hij gescoord en hoef ik niet het gevoel te hebben dat hij me bedriegt.'

'O.' Dat soort onhoudbaar.

'Ze zijn anders, hè?'

'Wie?'

'Mánnen. Daar hebben we het toch over. Hoewel ik moet toegeven dat ik me stierlijk verveel als ik eens een goede vind. De goeien zijn zo ontzettend saai. Neem nou de vent die wilde dat ik hier ging wonen. Hij betaalde de huur en zo, dus ik dacht: Waarom niet? Maar hij was zo saai, had nooit ergens zin in, en hij werd kwaad als mijn vrienden langskwamen. Hij vond dat ik moest kiezen tussen hem en mijn vrienden. Toen ging hij bij me weg, en hoefde ik helemaal niet meer te kiezen. Wat doe je? Kies je voor saai en trouw, of spannend en onbetrouwbaar?' Ze richtte haar blik op Tess alsof die een of ander orakel was.

'Dat wisselt, afhankelijk van je situatie op dat moment.'

'Nee, ik bedoel wat jíj doet. Je lijkt me een leuke meid, je hebt flitsend werk. Ben je getrouwd? Of loop je nog los rond?'

'Ik eh... geen van beide. Ik heb een geweldige vriend.' Crow was geweldig. Door het hardop te zeggen, besefte ze weer hoe geweldig hij was, hoe geweldig ze had geboft. 'Hij is lief en geestig en spontaan, zo trouw als een hond.'

'Dat soort mannen bestaan niet,' zei Julie. Haar verbijsterend donkere stem gaf de woorden een niet verdiende geloofwaardigheid.

'Hoe oud ben je trouwens?'

'Tweeëntwintig.'

'Je bent nog heel erg jong. Zoveel vriendjes kun je niet hebben versleten.'

'Het waren er genoeg. En van alle leeftijden, tot iemand van dertig aan toe.'

'Dertig. Wauw.'

Het sarcasme ontging Julie. 'En toen was ik pas zeventien. Ik hou niet van oude mannen. Ze zijn saai. Hoe oud is jouw vriend?'

Tess deed het rekensommetje. 'Vijfentwintig.'

'O, hij is jónger dan jij.' Deze gevolgtrekking deed een beetje pijn. Tess dacht van zichzelf dat ze nog makkelijk voor vijfentwintig kon doorgaan. 'Ach, misschien is dat wel de manier. Als je eenmaal boven de dertig bent, bedoel ik. Ik wil gewoon geen armoedzaaier. Is dat nou te veel gevraagd? Een aardige vent, goeie seks, en wat geld zodat we in het weekend gezellig uit kunnen gaan en niet hoeven te beknibbelen. De laatste goser met wie ik uitging werd kwaad toen ik een derde rum-cola bestelde. Weet je wat hij zei? Hij zei: "Je bent nu al wel dronken genoeg om me te naaien." Ik zei: "Zal ik jou eens wat vertellen, schat? Zo dronken word ik nooit." Ik ben weggelopen uit die bar en liftend thuisgekomen. Maar goed, dat is weer een ander verhaal.'

'Ja,' beaamde Tess, die een beetje duizelig werd van alle woorden, alle verhalen.

'Ik heb ontzettend veel meegemaakt. Ik bedoel, écht veel. Maar ik leef, en dat is nooit anders geweest. Ik heb zelfs nog nooit een hechting gehad, ook al was mijn teen er een keer bijna af.' Ze legde haar blote voet op tafel en pakte haar tweede teen beet, alsof ze een spelletje met een kind deed. De tweede teen was een stuk langer dan de grote. De voet was idioot klein, zelfs voor iemand die zo klein was als Julie Carter, mollig en wit als een babyvoetje.

'Zie je dit?'

'Wat moet ik zien?'

'Het litteken. Ik liep door het water in Ocean City na mijn eindexamen – je weet wel, we zijn met zijn allen gegaan, zes meiden op een motelkamer, zes haardrogers, elke avond sloegen de stoppen door – en ik voelde iets trekken aan mijn teen, alsof een vis me te pakken had. Ik zei tegen mijn beste vriendin: "Ik ga naar mijn handdoek, er zitten hier vissen in het water." Toen zag ik mijn teen, hij bungelde aan mijn voet, helemaal slap, en ik begon te gillen. Er was een jongen op het strand die medicijnen studeerde, die die heeft zijn T-shirt om mijn voet gewikkeld. Toen heeft hij me naar het ziekenhuis gebracht, en daar wisten ze eigenlijk niet wat ze eraan moesten doen. Alles zat er nog op en aan, dus die dokter heeft de boel weer zo'n beetje vastgezet, en het is allemaal goed gekomen. Ik heb een hele week met krukken moeten lopen. Als je nou echt een goeie manier wilt om jongens te ontmoeten, dan moet je op krukken gaan lopen.'

'Het ziet er... goed uit.' Tess vond het een nogal vreemd verhaal, niet erg geloofwaardig. De huid bij de aanzet van de teen zag er helemaal niet uit als een litteken. Het verhaal had haar een beetje misselijk gemaakt, en ze wilde geen vragen stellen uit angst dat Julie Carter dan met nog meer onsmakelijke details zou komen.

'Ik heb dus nooit hechtingen gehad, ik heb nog nooit in een ziekenhuis gelegen. Alleen toen ik werd geboren natuurlijk. Ik heb nooit een bijna-doodervaring gehad. Dat is als je leven als een film aan je voorbijgaat, toch? Als me dat ooit overkomt, hoop ik dat ik leukere dingen doe dan vakken vullen in een supermarkt. Wat zou dat een afgang zijn.'

Julie wiegde heen en weer in haar stoel, trommelde met haar handen op de keukentafel, en liet haar thee onaangeroerd. Ze snoof, en toen nog een keer. Het puntje van haar neus was zo roze als het neusje van een konijn. Eindelijk begon het Tess te dagen: Julies behoefte om regelmatig naar Baltimore te gaan, de spraakwaterval, de ogen die helemaal uit iris bestonden. Misschien was het speed, misschien was het cocaïne of zelfs crack. Het was in elk geval een upper en geen downer.

En toen besloot Julie dat het tijd was om de oogst binnen te halen, als een gehaaide colporteur.

'Luister,' begon ze, 'ik weet dat ik je nog maar net ken, maar ik voel gewoon dat je hartstikke aardig bent. Niet bekakt. Er is iets helemaal mis met de computer op mijn werk. De betalingen zitten vast omdat de computer van de bank is gecrasht, en we krijgen nu pas over twee dagen uitbetaald, want er moet eerst geld komen van een ander filiaal, of zoiets. Zou jij me wat kunnen lenen zodat ik eten kan kopen? Ik betaal het je heus terug, maar ik heb altijd net genoeg tot aan het eind van de maand, en als mijn geld dan laat is, heb ik een probleem.'

De makkelijkste manier zou zijn om haar een briefje van twintig te geven. Het zou zinloos zijn om een preek af te steken, of haar te wijzen op de flauwekul die ze uitkraamde. Tess koos ervoor om Julie een koekje te geven van eigen deeg en leugen op leugen te stapelen.

'Jeetje, ik wilde dat ik geld had, maar ik heb zelfs mijn pinpas niet bij me. Ik sta zelf rood, weet je. Ik heb me vorige maand een beetje laten gaan met de fruitmachines. En de mensen voor wie ik werk hebben me nog geen cent betaald. Ik moet zelf tot het eind van de maand wachten tot ik mijn geld krijg.'

Julie snoof, en nog een keer. 'Ik geloof je graag, want de lui die jou hebben verteld dat ik dood ben, hebben ze niet allemaal op een rijtje. Je doet echt bizar werk, vind ik, een beetje bij mensen aankloppen en ze vertellen dat ze dood zijn.'

Tess was het roerend met haar eens.

10

'Blijf rustig, wees beleefd, speel het spel mee.'

Whitneys advies, op fluistertoon gesist in de gang van het pand waar de stichting van haar familie kantoor hield, was onmiskenbaar goed. Toch ergerde het Tess, die vond dat ze het recht had om haar zegje te doen.

'Het spel meespelen? Sorry hoor, ik wist niet dat dit een spel was. Ik dacht dat ik werkte voor een groep mensen die serieus naar een betere wereld streven.'

'Laten ze het maar niet horen.' Whitney was verschrikkelijk als ze zich redelijk opstelde. 'Je komt niet binnenstormen bij een bespreking met mensen die je betalen – en heel goed betalen, voeg ik eraan toe – met de beschuldiging dat ze incompetent zijn. Iedereen laat wel eens een steekje vallen.'

'Een steekje laten vallen? Er is een steekje los, zul je bedoelen! Ik krijg te horen dat Julie Carter dood is, en ze is springlevend. Hazel Ligetti is omgekomen bij een brand die hoogstwaarschijnlijk per ongeluk is veroorzaakt door iemand die haar niet eens kende. De politie in Frederick heeft geen briljant werk gedaan, maar ze waren wel competent. Die zaken zijn waardeloos.'

'Laat het nou maar aan ons over hoe we het lobbyen bij de General Assembly aanpakken,' zei Whitney. 'Nu vraag ik alleen van je om aardig te zijn voor het bestuur. En je werkt voor de hele groep, weet je nog?'

Tess wist het nog. Ze haalde diep adem en streek een losgeraakte lok haar van haar voorhoofd naar achteren. Ze zou braaf zijn, braaf doen wat er van haar werd gevraagd.

Ze kwamen als laatsten binnen, typisch een machtsspelletje van Whitney: je draagt iedereen op naar je kantoor te komen, en dan laat je ze wachten. Bovendien was het een lunchbijeenkomst waarbij iedereen zijn eigen lunch moest meenemen. Tess keek met nauwelijks verholen spot – en ongeduld – toe terwijl de andere leden van Whitneys samenwerkingsverband de meegebrachte lunch uitpakten. Lunch zei zoveel over iemand, zelfs de manier waarop je je eten meenam. Slechts één persoon had een ouderwets bruin papieren zakje, en dat was het enige manlijk lid van de groep, Neal Ames. Hij haalde witbrood met worst, een appel en een zakje pretzels uit het gekreukelde zakje, dat duidelijk al voor de zoveelste keer werd gebruikt. Ernstig en idealistisch, maar geen fantasie, concludeerde Tess.

De vrouw in het midden van de tafel, Miriam Greenhouse, voorzitter van de raad van bestuur van het meest bekende blijf-van-mijn-lijfhuis in de stad, had een trendy salade meegebracht, een chocolademuffin en een Red Bull: cafeïnejunkie, veel te druk om haar eigen lunch klaar te maken. De twee andere vrouwen, allebei twintigers, hadden cola light, een Griekse salade en magere yoghurt, wat Tess nogal deprimerend vond. Gewone yoghurt was al verantwoord genoeg. Whitney, tot slot, at helemaal niet. Waarschijnlijk ook weer machtspolitiek.

Tess pakte haar lunch uit en probeerde te bedenken wat haar eten over haar zei: een broodje kalkoen met sla, tomaat en extra hete saus, een zakje Utz-chips met krabsmaak, en een gewone coca-cola. Ze wist niet wat de anderen rond de tafel zagen, maar zij wist wie ze was: iemand die wars is van lijnen en allergisch is voor schaal- en schelpdieren en dus ook nooit krabkruiden had geproefd, totdat Utz op het briljante idee was gekomen om ze op chips te doen.

'Nou, steek maar van wal.' Miriam Greenhouse, de vrouw van het blijf-van-mijn-lijfhuis, nam de leiding. Ze was zo'n soort vrouw met een aangeboren overwicht – zelfverzekerd, kalm, met een zekere scherpte waardoor ze kalm en zelfverzekerd kon blijven, want niemand wilde ervaren wat er gebeurde als ze haar kalmte verloor. 'Wat voor soort fouten heb je tot nu toe ontdekt? Wat voor waarschuwingssignalen zijn genegeerd, welke duidelijke tekenen dat deze vrouwen gevaar liepen zijn over het hoofd gezien?'

Tess had net een hap van haar broodje genomen en moest eerst haar mond leegeten; ze hield een vinger omhoog terwijl ze voor haar gevoel eindeloos bleef kauwen.

'Het tegenovergestelde,' zei ze nadat ze de hap had doorgeslikt. Het voelde als een anticlimax.

'Heb je geen vooruitgang geboekt? Whitney vertelde dat je al onkosten hebt gedeclareerd voor een rit naar Frederick en de Washington-counties.'

'Ik declareer mijn onkosten wekelijks. Het is mogelijk om heel wat kilometers te maken zonder – ' Ze brak haar zin af, niet zeker van wat ze wilde zeggen, hoe ze het wilde verwoorden. Ze was hierheen gekomen met het voornemen om deze mensen eens flink de waarheid te vertellen. Hoe kwam het dan dat ze nu in de verdediging zat?

De man, Neal Ames, maakte handig gebruik van haar pauze. 'Je hebt bepaald niet goedkoop gegeten in West Virginia. Het motel was ook al aan de prijs. Had je niet ergens een pension kunnen nemen, in plaats van de Bavaria Inn?'

Niemand had ooit vraagtekens geplaatst bij haar uitgaven sinds ze weg was bij de krant, waar de boekhouding moeilijk deed over een fooi van meer dan vijftien procent. 'Ik had ook heen en weer kunnen rijden, zonder een hotel te nemen, maar dan zou ik twee keer zo lang onderweg zijn geweest, en ik word per uur betaald. Bovendien was de kilometervergoeding dan vijfenzeventig dollar hoger geweest. Als je dat in overweging neemt, vind ik dat ik het recht had om te logeren waar ik wilde en te eten wat ik wilde.'

Helaas had zijn aanval de anderen moed gegeven.

'Hoe zit het precies met deze extra post, veertig dollar voor Troy Plunkett?' vroeg het meisje dat Tess in gedachten Miss Aardbeien-yoghurt had gedoopt, want ze at niet alleen lichtroze yoghurt, ze droeg bovendien een lichtroze bloes en een geruite haarband met dezelfde schakering roze erin. 'Heb je daar een bonnetje van?'

'Ik heb Plunkett betaald om met me te praten. Dat is niet ongebruikelijk in mijn beroep.'

Miss Bananenyoghurt had haar kleren niet afgestemd op de kleur van haar eten, maar ze had wel haar dat net iets donkerder was dan haar yoghurt. Ze keek Tess met grote ronde ogen aan. 'Je betaalt mensen om met je te praten? Is dat niet onethisch?'

'Niet in mijn werk, nee. Het is een waardering voor hun tijd. Ik betaal mensen wat hun tijd – en informatie – in mijn ogen waard is.'

'En was de informatie van Mr. Plunkett veertig dollar waard?' Dat was Ames, zelfvoldaan omdat hij het onderwerp ter sprake had gebracht.

'Jazeker. Maar de meeste waar voor mijn geld heb ik gekregen door een rit te maken naar het noordwesten van Baltimore County, waar ik een van de "slachtoffers" heb gesproken. Julie Carter is springlevend, dames en heer. Dit feit, in combinatie met twee andere zaken die niets hebben opgeleverd, roept bij mij de vraag op of dit bestuur wellicht collectief ziende blind is. Hoe is deze lijst met namen eigenlijk tot stand gekomen – hebben jullie met pijltjes naar een dartbord gegooid? De woorden "doodslag" en "Maryland" ingetikt bij een zoekmachine en afgewacht wat het zou opleveren?'

Whitney keek naar Tess en trok een wenkbrauw op, en Whitney was iemand die een opgetrokken wenkbrauw boekdelen kon laten spreken. Het probleem was alleen dat Tess dit signaal niet kon decoderen. Ging ze haar boekje te buiten, vergat ze voor wie ze werkte? Ze was van plan geweest om aardig en netjes te zijn, maar van dat voornemen was weinig overgebleven toen ze over haar onkosten gingen zeuren. De Yoghurttweeling keek geschokt, terwijl Neal Ames met een pen tegen de rand van de tafel tikte alsof hij wenste dat hij iets tegen haar hoofd kon laten stuiteren.

Miriam Greenhouse, de onbetwiste leider, keek echter geamuseerd. 'Onze selectie is willekeurig, dat geef ik toe. Dat leek ons zuiverder. We hebben openstaande gevallen van doodslag gekozen, buiten de grote steden. Neal, jij hebt die lijst toch samengesteld?'

'Het was een vrijwilliger voor de Tree Foundation, om precies te zijn.' Dit was dus Luisa O'Neals afgevaardigde in het bestuur, dat was Tess even vergeten. Nou, ze had meteen op het eerste gezicht een hekel aan hem gehad, dus het was een onpartijdige afkeer. 'Een onbetaalde vrijwilliger,' voegde hij eraan toe.

'Dit in tegenstelling tot de betaalde variant?' Maar Tess' haarkloverij zeilde over het hoofd van de advocaat heen. Hij gaf de schuld aan zijn arme anonieme vrijwilliger, en hulde zich vervolgens in de mantel van iemand die het grootste gelijk van de wereld heeft – iederéén zou immers een arme anonieme vrijwilliger de schuld in de schoenen schuiven.

'We zitten in elk geval met twee zaken goed. De zaak-Tiffani Gunts wordt toch heropend? De nieuwe sheriff zegt dat de vorige zijn werk niet goed deed.'

'Ja, maar de ex-vriend is geen verdachte, dus is er geen sprake van huiselijk geweld. Luister, ik heb die vent gesproken. Je kunt veel van hem zeggen, maar hij is geen crimineel genie dat een inbraak in scène heeft gezet om zijn vriendin te vermoorden omdat ze ruzie hadden over de alimentatie. Hij heeft andere manieren om zich aan zijn verplichtingen te onttrekken.'

'Hoe dan?' vroeg Miriam met gefronste wenkbrauwen. Financiële steun was een belangrijk aspect van het werk dat ze deed; als het personeel van Safehouse niet in staat was om de echtgenoot te dwingen zijn mishandelde vrouw alimentatie te betalen – of hem uit het huis te laten zetten – was het voor zo'n slachtoffer veel moeilijker om een nieuw leven op te bouwen.

'Hij heeft me verteld dat hij zwart werkt. Je kunt van een kale kip geen veren plukken, en je kunt geen geld loskrijgen van een man die officieel niets heeft. Je kunt geen beslag laten leggen op de teruggave van zijn inkomstenbelasting als hij geen inkomen opgeeft. Je kunt hem zijn huis of zijn auto niet afnemen als hij die niet heeft.'

'We kunnen zijn rijbewijs laten intrekken,' opperde Bananenyoghurt.

'Iemand zoals Troy Plunkett rijdt ook zonder rijbewijs. We kunnen zelfs niet dreigen dat we zijn bezoekrecht intrekken, want hij wil zijn kind helemaal niet zien. Die man is zo vals als een slang. Tiffani's familie heeft het na een tijdje opgegeven.'

'En toch,' zei Miriam peinzend, 'beantwoordt deze zaak aan onze opzet. Hij sloeg haar toen ze een relatie hadden. En nu is ze dood.'

'Doodgeschoten,' zei Tess, 'door een inbreker. Hoe willen jullie die informatie wegpoetsen?'

'Laat dat maar aan ons over. Breng straks gewoon verslag uit over de andere twee zaken. Als die net zo weinig opleveren als de eerste drie, zorgen we dat er nieuwe zaken komen die je kunt onderzoeken. We streven een nobel doel na. De feiten zullen uiteindelijk kloppen. We zorgen ervoor dat ze kloppen.'

Iets in Miriams betoog zat Tess niet lekker. Uiteraard was ze tegen huiselijk geweld. Wie niet? Maar ze geloofde ook in andere dingen. In eerlijkheid, bijvoorbeeld, in geen loopje met de waarheid nemen omdat het beter in je kraam te pas kwam.

'Toen ik aan deze zaak begon,' vertelde Tess, 'ben ik over het onderwerp gaan lezen.' Iedereen keek verbaasd. De privé-detective kan lezen! Whitneys wenkbrauwen bewogen op en neer alsof ze een tic had. 'En ik heb een interessant artikel gevonden, gebaseerd op statistieken van het ministerie van Justitie. Het aantal gevallen van doodslag door huiselijk geweld is de afgelopen twintig jaar niet gedaald, althans niet noemenswaardig.'

'Ja, en?' zei Miriam. 'Dat bewijst toch dat we goed bezig zijn? Het is een misdrijf dat te voorkomen is, en toch gaat het aantal gevallen niet omlaag.'

'Het gelijk van dit bestuur zou bewezen zijn als er de afgelopen twintig jaar niets was gedaan, maar er is juist heel veel gedaan. Er zijn blijf-van-mijn-lijfhuizen gekomen, de wet is veranderd. Ondanks deze inspanningen blijft het aantal vrouwen dat door hun partner wordt gedood even groot. Hoe komt dat?'

Miriams geduld met Tess was op. 'We hebben meer wetten nodig, meer geld. Ik heb er genoeg van om telkens in de krant te lezen dat mannen hun vrouw doodslaan omdat ze zoveel van haar houden. Dat is geen liefde.'

Ze sloeg zelfs met haar vuist op tafel onder het spreken, en haar hese stem had een schrille klank gekregen. Het gaf Tess een kijkje in de keuken van het samenwerkingsverband: als Miriam ook op deze manier tegen politici tekeerging, zou ze nooit haar zin krijgen.

'Mee eens,' zei Tess. 'Als een man met een gebroken hart moordzelfmoord overweegt, moet hij beginnen met de zelfmoord. Zo heb ik er altijd over gedacht. We staan aan dezelfde kant. Ik stel dus nog een keer dezelfde vraag: hoe zijn jullie aan deze namen gekomen?'

Iedereen staarde haar glazig aan. Dat wil zeggen: de vrouwen staarden haar glazig aan, terwijl Neal Ames eruitzag als iemand die probeerde om glazig te kijken.

'Hebben de mensen op deze lijst voordat ze overleden hulp gezocht bij jullie, of bij een zusterorganisatie? Zijn jullie zo aan de namen gekomen?'

Een lange stilte werd door Miriam verbroken. 'Dit soort informatie is vertrouwelijk.'

'Maar jullie kunnen het weten,' betoogde Tess. 'Jullie hebben toegang tot die gegevens.'

'De namen zijn willekeurig gekozen,' zei Neal Ames, 'uit bronnen zoals databanken van kranten.'

'Dat zei je net al. Door een ónbetaalde vrijwilliger. Maar hoe komt het dat een vrijwilliger Julie Carter op de lijst zet? De naam is correct, de leeftijd, het adres, alles klopt, alleen heeft ze nooit een kogel door haar hoofd gekregen. Hoe wordt zo'n vergissing gemaakt?'

'Fouten maken is menselijk, Miss Monaghan,' merkte Ames op, zijn stem nasaal en sarcastisch. 'Jij hebt bijvoorbeeld een verkeerde kilometerprijs berekend. Officieel is het tweeëndertigeneenhalve cent per mijl.'

'Hoe komen jullie aan deze namen?' herhaalde Tess. 'Ik kan het altijd rechtstreeks aan de vrijwilliger zelf vragen als jullie het niet weten.'

'Geen sprake van,' snauwde Ames. 'Je zou het haar alleen maar moeilijk maken, en dat verdient iemand die behulpzaam wil zijn niet. Mag ik je eraan herinneren dat er nog twee namen op de lijst staan? Waarom hou je je daar niet mee bezig? Dan doe je tenminste het werk waar je voor wordt betaald, en misschien vind je nu eindelijk iets bruikbaars. Het is alleen jammer voor je dat er in Cecil County nergens een luxehotel is.'

Miriam Greenhouse keek Tess aan met een blik die zowel meelevend als waarschuwend was. *Hij is een eikel,* leek haar gezicht te zeggen, *maar maak alsjeblieft geen ruzie.*

'Ik breng verslag uit over de dingen die ik aan de weet kom,' zei ze, en ze verfrommelde het zakje waar haar broodje in had gezeten. 'En ik zal de volgende keer beter op de kilometers letten.'

Twee jaar terug, misschien iets langer, had Tess een brief aan zichzelf geschreven en die naar haar tante Kitty gestuurd.

Omdat Tess Tess was, had ze een nogal melodramatische tekst op de envelop gezet: *Pas na mijn dood openen.*

Omdat Kitty Kitty was, had ze de envelop niet opengemaakt en er zelfs geen vragen over gesteld. Evenmin toonde ze nieuwsgierigheid toen Tess na haar lunch langskwam in de winkel en vroeg of ze in de kluis mocht kijken om te zien of haar brief er nog lag. Kitty was afwezig, want Crow gaf haar les in haar eigen computersysteem.

'Inventaris,' zei ze vaag. Ze ging met haar vingers door haar haar totdat de rode krullen alle kanten op stonden. Maar Kitty zag er zelfs op *bad hair days* goed uit, zoals ze er ook elegant en sexy uitzag in de wijde, hippieachtige kleren die ze droeg. 'Het is veel moeilijker nu Tyner het systeem heeft gecomputeriseerd, hoewel hij blijft volhouden dat het makkelijker is als ik het eenmaal onder de knie heb. Ik moest je trouwens vragen of je je aan de voorwaarden van je proeftijd houdt.'

'Van a tot z.'

Kitty was te verstrooid om te merken hoe kribbig Tess het zei, maar

Crow niet. Hij keek haar vragend aan, maar ze wendde haar blik af. Het bracht haar soms van haar stuk dat hij haar zo feilloos aanvoelde.

'Is de combinatie nog hetzelfde?'

'Ja, ja,' zei Kitty. 'Oké, waarom zegt de computer dat ik tweehonderdveertig exemplaren van *Valley of the Dolls* in huis heb? Dat kan niet kloppen.'

Kitty's boekwinkel was gehuisvest in een voormalige apotheek, en ze woonde erboven. Tess haalde de envelop uit de kluis en ging met de lift, die speciaal voor Tyner was geïnstalleerd, naar de keuken annex eetkamer op de eerste verdieping. Ze haalde een biertje uit de ijskast, en ook een puntje roquefort en wat druiven. De brief stond op tafel, geleund tegen een peper-en-zoutstel, slank en onschuldig. Ze hoefde het zegel niet te verbreken, want ze wist maar al te goed wat erin stond.

De brief vertelde het verhaal van Luisa O'Neal, die een pact had gesloten met de duivel, een vlees geworden duivel in dit geval: Tucker Fauquier, een in de staat Maryland beruchte seriemoordenaar. Via allerlei tussenpersonen had O'Neal Fauquier overgehaald om nog één dode aan zijn waslijst toe te voegen, dat van een kind dat door haar eigen zoon was gedood. Fauquier had twaalf doden op zijn geweten en was al ter dood veroordeeld. Wat betekende nou een extra lijk tussen vrienden? Vooral omdat deze vriendin de beste juridische bijstand bood, en financiële hulp aan Tuckers moeder. Vervolgens had Luisa O'Neal haar zoon laten opnemen in een streng beveiligd psychiatrisch ziekenhuis, waar hij zou blijven, had ze Tess verzekerd, tot aan zijn dood. Dit was gerechtigheid à la Luisa O'Neal.

En misschien had Tess haar mening uiteindelijk wel gedeeld, ware het niet dat Jonathan Ross was vermoord toen hij te dicht bij de waarheid was gekomen.

'Hoi.'

Ze schrok zo van Crows stem dat ze overeind sprong en haar knie stootte aan de onderkant van de tafel. 'Shit, Crow. Wil je alsjeblieft niet zo op me af sluipen.'

'Sluipen? Als je het knarsen en piepen van de lift niet hebt gehoord, was je heel ergens anders.' Hij kwam naast haar zitten. 'Dus je brief is er nog, na al die tijd.'

'Ja.'

'Waarom moest je er opeens weer aan denken?'

'Luisa's stichting is een van de groepen die mij opdracht hebben ge-
geven om naar onopgeloste moordzaken te kijken.'
'Dat heb je me verteld. Ik dacht dat Luisa min of meer ontoereke-
ningsvatbaar was na haar beroerte. Je werkt niet voor haar, je werkt
voor haar geld. En het is voor een goed doel.'
'Misschien.'
'Misschien is het een goed doel?'
'Misschien is het toeval dat de Tree Foundation erbij betrokken is.
Luisa en Whitneys moeder hebben ooit samen gedubbeld met tennis.
Zo gaat het in Baltimore: tennispartners doen samen filantropisch
werk, leden van de Maryland Club nemen elkaars zonen in dienst.'
'Kamergenoten op de universiteit,' zei Crow, 'helpen elkaar uit de
brand.'
'Ook waar. Toch zit het me niet lekker. Whitney zei dat het Luisa's
idee was om mij aan te trekken, maar ik twijfel. De Tree Foundation
heeft zich altijd meer beziggehouden met het bouwen van dingen dan
het doen van dingen. Zoals Whitney zei, als de O'Neals er geen ge-
denkplaat op konden hangen, zagen ze het nut er niet van in. Het
klopt gewoon niet.'
'Misschien dat Luisa nog iets goed wil maken voordat ze doodgaat.
Een goede daad voor onderweg.'
'Luisa bewaarde alle goede daden altijd voor haar eigen familie.'
Crow masseerde haar nekspieren. Totdat hij haar aanraakte, had ze
zelf niet beseft hoe gespannen ze was. Te veel kilometers in haar oude
Toyota, te veel tijd in vergaderzaaltjes.
'Stop het weg, Tess. Letterlijk en figuurlijk.'
Schoorvoetend pakte ze de envelop en stond op om de brief weer in
de kluis te leggen. Het was misschien verbeelding van haar, maar de
brief leek warm aan te voelen, een beetje zoals een koortsig voor-
hoofd, of een ontstoken lichaamsdeel.

11

Het plaatsje North East lag waar je het zou verwachten, namelijk ten noordoosten van Baltimore. Maar daar was alles mee gezegd.

Tess berispte zichzelf. North East lag aan de oorsprong van de Chesapeake en had wel degelijk een slaperige charme, ondanks alle vakantiehuizen en de overdaad aan de onbegrijpelijke souvenirwinkels die je bij toeristische trekpleisters altijd aantreft. Het was een echt stadje, een plek waar mensen het hele jaar door woonden en werkten. Water was hier een bron van inkomsten en een manier van vrijetijdsbesteding: de jachthavens buiten de stad lagen vol zeilboten en kleine motorjachten, zelfs uit Philadelphia en New Jersey. Gelukkig ontbraken de grote resorts.

Tess besefte dat ze prikkelbaar was omdat Cecil County zoveel verder weg was dan ze het zich herinnerde, en ze had gehoopt vandaag klaar te zijn. Dit was haar laatste stop. Ze werd heen en weer geslingerd tussen de behoefte om iets – wat dan ook – te ontdekken wat ze haar opdrachtgevers kon vertellen en het verlangen om van de hele zooi verlost te zijn. Haar tocht door Maryland stemde ook al somber. Zoveel trieste, vermoeide levens – behalve dat van dokter Shaw natuurlijk, hoewel ze een beetje bang werd van zijn dood.

Ze was de dag met hem begonnen, was vanuit Baltimore naar het zuiden gereden over de snelweg waar Michael Shaw was omgekomen tijdens het hardlopen. Hij had gewoond op Gibson Island, een beveiligde kolonie voor de zeer rijken. Het was letterlijk een eiland, met een poort waar de bewaker ongewenste bezoekers de toegang ontzegde.

Dat ze Michael Shaws naam gebruikte om binnen te komen, maakte hem nog achterdochtiger.

'Hij woont hier al een tijd niet meer,' zei de man. Het viel Tess op dat hij niet zei dat Shaw dood was. Hij was de behoedzaamheid zelve, deze bewaker.

'Dat weet ik, maar ik vraag me af of zijn gezin – '

'Heeft geen gezin.'

'Geen gezin dat hier woont.' Maar haar stem was vragend omhooggegaan, en de bewaker merkte dat ze onzeker was.

'U kende hem niet, hè?'

'Nee, maar – '

'Tja,' zei de man, 'nu is het te laat.'

De politie van Anne Arundel County was wel hartelijker, maar niet veel behulpzamer. Ze maakten kopieën van alle verslagen met betrekking tot Shaws dood, in december van het jaar daarvoor, en haalden de rechercheur die het onderzoek had geleid erbij om met haar te praten. Earl Mutter – wat mompelen betekent, al zou je dat aan zijn duidelijke manier van praten niet zeggen – was ronduit opgewekt over het weinige dat hij wist van het Incident, zoals hij het fatale ongeval bleef noemen.

Mutter legde uit dat Shaw hardlopen zeer serieus had genomen en trainde voor de marathon van het Marine Corps in Washington. Hij was in de stromende regen geschept, en zijn lichaam was in een greppel terechtkomen, waar hij uren was blijven liggen. Officieel was het doorrijden na een ongeval, maar Mutter geloofde dat de bestuurder niet eens had gemerkt dat hij iemand had geraakt en gedood.

'Het regende die dag zo hard dat je nauwelijks een hand voor ogen kon zien,' vertelde hij Tess. 'Niets wees erop dat iemand de macht over het stuur had verloren, geen remsporen op de weg, geen sporen van banden in de modder van de berm. Ik vermoed dat de dokter heel dicht langs de weg liep en zo ver werd weggeslingerd dat de bestuurder zijn lichaam niet eens gezien zou hebben als hij was gestopt om rond te kijken. De auto kwam waarschijnlijk net over een heuveltje en... *whomp*.'

'Ze zeggen dat de wereld zo zal eindigen,' zei Tess. 'Niet met een *big bang* maar met een *whomp*.'

'Huh?' zei Mutter.

'Laat maar.'

Eigenlijk begreep ze wel waarom Mutter de kant van de automobilist koos. Ze dacht aan alle keren dat er opeens een menselijke vorm uit de duisternis was opgedoemd als zij in haar auto reed – onvoorzichtige voetgangers die een snelweg wilden oversteken, fietsers die tegen de rijrichting in reden. Het verbaasde haar dat er niet meer ongelukken gebeurde. Ze bekeek het verslag van het ongeluk.

'Hier staat dat hij een fel oranje reflecterend vest droeg.'

'O ja?' Mutter draaide het verslag om zodat hij het kon lezen. 'Ja, maar het was ochtend. Zo'n vest reflecteert alleen als de koplampen aan zijn.'

'Volgens mij staat er in de wet dat je altijd licht moet voeren als je je ruitenwissers gebruikt. Als het zo hard regent, gebruik je toch zeker je ruitenwissers?'

'Je hoeft mij niet te vertellen wat er in de wet staat. De mensen hier op het platteland zijn anders, weet je. Wij denken een beetje onafhankelijker dan stadsmensen.'

Het was een lachwekkende opmerking, vond Tess. Anne Arundel County was niet meer dan een grote voorstad van Baltimore, en van onafhankelijk denken hadden ze hier nog nooit gehoord.

'Toch is het technisch gesproken dood door schuld, dus blijft de zaak open.'

'Uiteraard. En we hebben al het mogelijke gedaan. We zijn ermee naar de media gegaan, voor het geval iemand iets had gezien. Of misschien wilde de automobilist zich wel melden als hij wist wat hij had gedaan. Ook zijn we naar alle garages hier in de buurt geweest om te vragen of iemand misschien een auto had laten uitdeuken, zogenaamd na een aanrijding met een hert of zo.'

'Hebben jullie ook naar Shaws privé-leven gekeken?'

'Hoe bedoel je?'

'Was hij getrouwd, had hij een vriendin, was er iemand die geld erfde na zijn dood?'

'Er was een type dat zichzelf Shaws *partner* bleef noemen, maar ik geloof niet dat ze samen zaken deden.' De rechercheur deed geen moeite om een honend lachje te verbergen. 'Ik vermoed dat Shaw zich getrouwd voelde, al erkende de staat dat niet. De dokter was alleen vergeten dat de dood niet altijd een afspraak maakt. Er was geen testament, dus de hele nalatenschap is naar de speciale rechtbank voor testamentaire zaken gegaan. Daar is de zaak nog niet behandeld, denk ik. Hij is pas vijf maanden dood.'

Tess bekeek haar aantekeningen. Volgens het in memoriam was dokter Michael Shaw psychiater geweest in het Johns Hopkins Hospital, waar hij aan meerdere baanbrekende studies had meegewerkt, waaronder een onderzoek naar chemische castratie. Verder had hij ook in een tbs-kliniek gewerkt.

'Jullie hebben de partner toch zeker onder de loep genomen? Alibi, strafblad, nagegaan of er veel strijd was in hun relatie?'

'Die vent? Als je hem had gezien, zou je weten dat hij zoiets nooit gedaan kan hebben. Hij had het zelfs niet kunnen laten doen. Die man was compleet kapot. Vertelde dat ze ruzie hadden gehad, vlak voordat het gebeurde.'

Tess keek op van haar aantekeningen.

Mutter schudde zijn hoofd. 'Over hardlopen in de regen. Hij wilde niet dat Shaw zou gaan. En toen voelde hij zich klote omdat het hun allerlaatste gesprek was geweest. Ik heb nooit begrepen waarom mensen zich daar zo vreselijk over voelen. Ik bedoel, als je leven echt als een film aan je voorbijgaat, dan herinner je je toch zeker ook de leuke dingen?'

'Ik weet het niet,' zei Tess. 'Ik kan me zo voorstellen dat veel mensen humeurig doodgaan. Zo gaat het bij mij, dat weet ik nu al. Nou, wat is er van de partner geworden?'

'Weggegaan. Naar Californië, als ik het me goed herinner, ergens waar hij familie heeft. Een advocaat is bezig met het uitrafelen van de nalatenschap. Shaw had geld, maar niet zoveel als je zou denken. Het meeste zat in dat huis. Het is verkocht, en de meerwaarde is op een speciale rekening gestort. Heb jij een testament?'

Op die vraag was ze niet voorbereid. 'Ik ben pas eenendertig.'

'Ik ben achtendertig, en ik heb een testament laten opmaken toen mijn eerste kind werd geboren, op mijn vijfentwintigste. Ik vind het onfatsoenlijk om je zaken niet op orde te hebben. Zo kun je het ook bekijken.'

'Ik bekijk het liever helemaal niet.'

'Precies,' zei Mutter, en hij zwaaide waarschuwend met zijn wijsvinger. 'Zo dacht Shaw ook, en daarom zit zijn partner nu zonder een rooie cent in Californië.'

Onderweg terug naar Baltimore vroeg Tess zich af wie van de anderen op haar lijst was vergeten een testament op te maken. Tiffani Gunts had niets, maar ze had wel een dochter. Had ze misschien een levensverzekering, een spaarpotje? Alles wat Hazel Ligetti bezat was waarschijnlijk naar de staat gegaan, en dan stond het nu op zo'n mysterieuze rekening waar de thesaurier om de zoveel tijd mee adverteerde. Julie Carter leefde en zou, als ze even roekeloos bleef als nu, waarschijnlijk niet veel achterlaten voor haar erfgenamen. Dat waren de eerste vier. Nu de laatste nog.

Lucy Fancher, je bent de laatste hoop van mijn hopeloze amateurs. Als ik niets kan vinden wat op huiselijk geweld lijkt, is het over en uit.

Het was dom van haar dat ze niet naar testamenten had gevraagd, besefte Tess, en ze sloeg af naar Perryville toen ze een bord met Dairy Queen zag. Het was gewoon gênant; ze velde een oordeel over de manier waarop de politie moordzaken onderzocht, en zelf vergat ze zoiets belangrijks na te trekken.

Aan het eind van de dag zou ze er spijt van hebben dat ze nog iets belangrijks over het hoofd had gezien, al had ze wel degelijk overwogen, zij het vluchtig, om de sectierapporten op te vragen.

Het was gewoon nooit bij haar opgekomen dat iemand die aan een schotwond was overleden in stukken gehakt zou worden gevonden.

12

Aan het eind van de middag vond Tess het huisje waar Lucy C. Fancher had gewoond. Het was niet veel, maar meer informatie had ze niet. Misschien had Lucy er net zo over gedacht. Voorzover Tess het had kunnen achterhalen, waren er geen andere Fanchers in de streek – de naam kwam niet voor bij de burgerlijke stand en evenmin bij de plaatselijke rechtbank. Lucy was de enige Fancher die er te vinden was, en alleen een bekeuring wegens te hard rijden bevestigde officieel haar bestaan. Er was een dagvaarding uitgegaan omdat ze niet had betaald, en de rente op het niet-betaalde bedrag was in de jaren na haar dood steeds verder opgelopen.

Een snelheid van 50 waar 40 mijl per uur was toegestaan. Weersomstandigheden: droog en helder. De overtreding was op 29 oktober begaan, drieëneenhalf jaar geleden. Twee dagen voor Lucy Fancher overleed.

Ze bekeek de artikelen in de plaatselijke krant, de *Elkton Democrat*. De berichtgeving over haar dood was in Tess' ogen onvolledig, maar dat schreef ze toe aan onervarenheid van de verslaggeefster. Margo Duncan schreef waarschijnlijk zelden over moord. De krant had het verhaal groot gebracht, maar wel met rommelige stukjes die meer vragen opriepen dan beantwoordden. In het eerste bericht stond alleen dat de staatspolitie onderzoek deed naar de moord op Lucy C. Fancher. Twee dagen later volgde een artikel waarin sprake was van een 'doorbraak', en de mededeling dat de politie van Cecil County inmiddels samenwerkte met de staatspolitie en agenten van de Maryland Transportation Authority. Ook werd in dit stuk de doodsoorzaak genoemd: een schotwond in de borst. Margo Duncan gaf echter geen informatie over de doorbraak en ze legde niet uit waarom drie verschillende korpsen de handen ineen hadden geslagen.

En dat was dat. Een jaar na Lucy Fanchers dood publiceerde de krant een obligaat verhaaltje over de onopgeloste moord, 'die alle inwoners van North East diep heeft geschokt'. Lucy studeerde ten tijde van haar dood aan het Cecil County Community College, en daarnaast werkte ze parttime op een klein makelaarskantoor. Ze had geen vrienden gehad, althans geen vrienden die de krant had kunnen opsporen, en de rechercheurs die aan de zaak werkten weigerden elk commentaar. Er werd duidelijk iets achtergehouden – details die de krant niet meldde of niet wilde melden. Een verkrachting? Iets wat alleen de moordenaar kon weten? Tess kon naar de krant gaan en Margo Duncan te spreken vragen, maar het was onwaarschijnlijk dat de verslaggeefster er nog werkte. Drie jaar was een eeuwigheid als je voor een sufferdje werkte.

Vandaar dat ze op zoek ging naar het huis waar Lucy had gewoond, en meerdere keren verdwaalde op kleine kronkelweggetjes die allemaal doodliepen op de rivier.

Het was een vrijstaand huis, omgeven door bomen, niets bijzonders – een saaie rechthoek met rode dakspanen in plaats van dakpannen. Zo te zien stond het al een tijd leeg. Bij de oprit stond een bord met 'Te Koop', met vlekken van water en vuil erop. Tess stapte uit en liep om het huis heen, voornamelijk om iets te doen. Het huis zelf was lelijk, maar het uitzicht aan de achterkant was adembenemend, lucht en water. De bomen, een mix van amberbomen en naaldbomen, vormden aan weerszijden een natuurlijk scherm dat de naburige huizen aan het zicht onttrok. Er was geen pier, maar waarschijnlijk was het alleen een kwestie van tijd voordat Fanchers huisbaas het huis zou verkopen. Dure nieuwe huizen verrezen overal aan deze smalle weggetjes. Het terrein moest een vermogen waard zijn.

'Belangstelling?'

De stem, hees en rauw, maakte Tess aan het schrikken. Ze draaide zich om en zag een man van in de veertig met een verweerd gezicht onder een oude pet. Hij zag eruit als een zwerver, groezelig en onverzorgd, maar ze kon de motor van een auto horen aan de andere kant van het huis. North East was kennelijk zo klein dat mensen stopten als ze een onbekende auto zagen.

'Neem me niet kwalijk?'

'Heeft u belangstelling voor dit huis?' Door de donkere schaduw onder de bomen kon ze niet veel van zijn gezicht zien. 'De eigenaar vraagt er een zacht prijsje voor. Het staat al een tijd leeg.'

'Sinds – ' Ze zweeg om te bedenken hoe ze het zou verwoorden, hoeveel ze zou onthullen. 'Sinds wanneer?'

De man krabde zijn kin. 'Vier jaar? Drie? Zoiets. Ik woon een eindje verderop.'

'De plek is schitterend. Vreemd dat het niet allang is verkocht.'

'De eigenaar was te hebberig, volgens mij. De mensen hadden veel geld toen hij het te koop zette. Daarna niet meer, en hij wilde het erg graag verkopen. Nu gaat er telkens iets mis als er belangstellenden zijn. Er wordt gepraat.'

'Wat bedoelt u?'

'Er is hier iets gebeurd.'

Hij deed ergerlijk geheimzinnig, en Tess besloot er vaart achter te zetten. 'Het meisje dat hier woonde' – een vrouw van drieëntwintig werd hier vast en zeker een meisje genoemd – 'is vermoord, nietwaar?'

De man knikte.

'Kende u haar?'

'We groetten elkaar, meer niet.' Hij tilde zijn linkerarm op en zwaaide alsof hij in een auto zat.

'Had ze een vriend?'

'Ze woonde met iemand samen. Ik neem aan dat het haar vriend was.'

'Weet u hoe hij heette?'

'Nee, ik kende hem alleen van gezicht.' Opnieuw zwaaide hij met zijn linkerhand. 'Zijn bestelwagen was altijd heel schoon, en in de tijd dat hij hier woonde onderhield hij de tuin. Nu is alles overwoekerd.'

Een schone bestelwagen en een keurig onderhouden tuin. Het vertelde Tess niet bijster veel over 's mans karakter.

'Wat is er van hem geworden?'

'Dat weet niemand.' De man boog zich naar voren en liet zijn stem dalen. 'Mensen zeiden dat hij... compleet gek werd. Niet meteen, vreemd genoeg. Het eerste ging nog wel, maar het tweede niet.' Vol verwachting keek hij haar aan, alsof hij de rest van het verhaal van haar wilde horen.

'Het tweede wat? Is er nog iemand vermoord?'

'Nee, nee,' zei hij op verbolgen toon. 'Weet u het dan niet? Ik bedoel, het ís toch heel erg?'

'Ik weet dat zijn vriendin is doodgeschoten en dat de zaak nooit is opgelost.'

De man krabde weer aan zijn kin. 'Ik was vergeten dat het nooit in de krant heeft gestaan. Iedereen hier weet het.'

Tess schudde haar hoofd. 'Ik niet.'

'Het was op eenendertig oktober, Halloween.'

Ze knikte, bevestigde dat eenendertig oktober Halloween was.

'Dat was het eerste deel.'

'Het eerste deel?'

'Het hoofd van Lucy Fancher werd gevonden midden op de brug van Route 40, rond twee uur 's nachts. Het lag in de middenberm, bijna precies op de grens tussen Cecil en Haford. Haar hoofd en haar rijbewijs, voor het geval het hoofd niet geïdentificeerd kon worden.'

Opeens was alles te scherp: de opdringerige geur van de naaldbomen, de bries die naar de baai rook, de blauwe ogen van haar vrolijke informant.

'Dat was natuurlijk niet het ergste.'

Natuurlijk niet.

'Twee dagen later werd het lichaam gevonden, hier aan de achterkant, op de trap. Het had zich helemaal volgezogen met water, alsof het dagenlang ondergedompeld was geweest. Er werd gezegd dat de dader een uitgeholde pompoen op de romp had gezet, zo'n lampion die over was van Halloween. Ja, ze had een schotwond, en dat was de doodsoorzaak, maar het leek wel of iemand haar vriend te grazen wilde nemen door zo'n rotstreek uit te halen.'

Tess begon te begrijpen hoe de incomplete krantenartikelen in elkaar zaten. Als Fanchers hoofd op de brug was gevonden, was een agent van de Maryland Transportation Authority waarschijnlijk als eerste ter plaatse geweest. En pas toen het lichaam eenmaal was gevonden kon de doodsoorzaak worden vastgesteld – de zogenaamde doorbraak. Wat betekende dat het hoofd na de dood verwijderd moest zijn. Het detail van de uitgeholde pompoen was typisch informatie die de politie achter zou houden, zelfs als iedereen erover roddelde.

'Was ze – '

'Verkracht?' Het was bijna eng, zo snel als hij zei wat zij dacht. 'Dat is nooit bekendgemaakt.'

'Hoe is het met haar vriend afgelopen?'

De man had een klein wondje op zijn kin opengekrabd, maar hij bleef krabben, zodat hij bloed over zijn hele kin smeerde. 'Dat weet ik niet. Hij is weggegaan. Er werd gezegd dat hij gek was geworden. Geen wonder.'

'Had ze hier ook nog een ex-vriend of een ex-echtgenoot?'

'Niet dat ik weet. Ik kende haar alleen van gezicht, dat zei ik net al, en de enige man die ik hier ooit heb gezien was haar vriend. Het was een leuk jong stel, en ze hadden in alle opzichten de wind mee. Ik vraag me wel eens af of dat erachter zat.'

'Wat?'

'Wat die verknipte kerel heeft gedaan. Hij moet verknipt zijn geweest, of niet soms? En het moet een man zijn geweest – alleen al om haar helemaal hierheen te dragen, bedoel ik. Dat kan niet makkelijk zijn geweest met een van water verzadigd lichaam. Het is trouwens ook niet zo makkelijk om iemands hoofd van de romp te scheiden, zelfs niet bij een lijk. Daar moet je het juiste gereedschap voor hebben. Hoe dan ook, ik heb altijd gedacht dat de dader een grotere hekel had aan hem dan aan haar.'

'Iemand heeft Lucy Fancher vermoord om wraak te nemen op haar vriend?'

'Ik zeg niet dat hij ze kende. Ik zeg alleen dat hij ze misschien samen heeft gezien. In de stad, of in het wegrestaurant. Ze zagen eruit als een gelukkig stel. Sommige mannen misgunnen een andere man de liefde van een knappe vrouw. Hield u vroeger van dammen, toen u klein was?'

'Wat?' Het gesprek werd met de minuut surrrealistischer.

'Ik ging vroeger na school vaak met een vriendje mee naar huis om te dammen. Zijn kleine broertje wilde meedoen, maar dammen is een spel voor twee personen, dat kun je niet met zijn drieën spelen. Bovendien snapte hij het hele spel niet. Wij zeiden dus tegen hem dat hij weg moest gaan. Nou, en toen...' De praatzieke man leek opeens om woorden verlegen te zitten. Toen hij zijn verhaal hervatte, liet hij zijn stem dalen alsof hij bang was dat hij werd afgeluisterd. 'Hij haalde 'm eruit en sproeide over het dambord als een hond die zijn territorium afbakent. Als híj niet mocht dammen, dan mocht níémand dammen.'

'Zeg, die theorie van u – hoort die bij de plaatselijke roddels, of is die gebaseerd op uw mensenkennis?'

Ze had het netjes willen zeggen, maar de man was hevig in zijn wiek geschoten.

'Mijn theorie is net zo goed als alles waar zij mee zijn gekomen. Beter dan alles wat Carl Dewitt wist te bedenken, en ik ben er niet gek van geworden!'

'Wie is Carl Dewitt?' vroeg Tess, maar de man liep al weg. Zij bleef alleen achter in de tuin. Ze keek naar het betonnen trapje, en probeerde zich voor te stellen hoe het tafereel er op een grijzere, koudere dag uitgezien zou hebben, in een jaargetijde dat de zon zoveel eerder onderging. Vanuit de verte, in het donker, had het lichaam waarschijnlijk op een stropop geleken, een smakeloze grap van een kind. En van dichtbij? Van dichtbij moest het erg genoeg zijn geweest om een man letterlijk gek te maken. Ze vroeg zich af of Carl Dewitt Lucy's vriend was geweest, de man op wie een andere man misschien jaloers was geworden.

Nu wist ze ook dat het heel lang zou duren voordat de huisbaas van Lucy Fancher dit huis kon verkopen.

Na bijna vijf jaar bij de *Elkton Democrat* stond Margo Duncan stijf van de ambitie. Toen ze hoorde dat een privé-detective uit Baltimore iemand wilde spreken over de zaak-Fancher, stak ze in drie grote stappen de kleine redactie over en praatte ze al voordat ze bij Tess was.

'Dat was míjn verhaal,' zei ze. 'De hoofdredactie heeft het helemaal verknald. Ze bleven maar zeggen: *Je kunt niet met onthoofdingen komen in een familieblad!* Waarom niet? Het is nieuws, het is een feit. Ik heb de details heus niet breed uitgemeten. Weet je wel hoe moeilijk het is om een menselijk hoofd van de romp te scheiden?'

Tess knikte, uit angst dat deze jonge vrouw het zou uitleggen als ze nee zei.

'Dus zij is het, ja? Ik bedoel, ze hebben het hoofd en haar rijbewijs. Alleen mag ik niet zeggen dat ze alleen het hoofd hebben. Ze hebben het veranderd in: "Vrouw uit North East dood aangetroffen op de tolbrug. De politie vermoedt dat er sprake is van een misdrijf." Bla, bla, bla. Alsof het zelfmoord kon zijn! En toen het lichaam opdook, zittend tegen het trapje aan de achterkant – '

'Met een lampion erop, heb ik gehoord.'

'Nou, hoe schrijf je dat als je om te beginnen niet mocht vertellen dat er alleen een hoofd was? Bovendien moest ik dat van die lampion van de politie achterhouden omdat het iets was wat alleen de moordenaar kon weten, en mijn bazen kozen hun kant. Zo kleingeestig. Ik stond compleet voor paal. Volgens mij dacht de uitgever alleen maar aan de prijzen van onroerend goed. De prijzen in die wijk gingen omhoog. Visioenen van onroerendezaakbelasting dansten voor zijn ogen.'

Margo's geratel hield het midden tussen het kakelen van een opgewonden kip en Rosalind Russell in *His Girl Friday*. Tess voelde zich moe. Het was een lange dag geweest en ze was zeker honderd kilometer van huis. Ze verlangde naar haar bed, haar vriend, en haar honden, min of meer in die volgorde.

Ze legde een hand op Margo's elleboog. 'Hebben jullie hier ergens een koffiekamer?'

Die was er, die was er altijd. Geen enkele krant kon verschijnen zonder een rij automaten met zoute snacks en frisdrank en smerige koffie die drie van de vijf keer het papieren bekertje miste. Margo nam een doosje Mike & Ikes en begon de fruitsnoepjes in haar mond te gooien alsof het tranquillizers waren en zij de hoofdpersoon was in een meidenfilm.

'Wil je er een?' Ze ratelde met het doosje naar Tess.

'Nee, bedankt.'

'Geen vet. Ik zeg niet dat ze goed voor je zijn, of dat er weinig calorieën in zitten, maar het is puur suiker. Die verbrand je.'

Dat was aan Margo duidelijk te zien. Ze was niet groot en had de gespannen zenuwen van een dwergpoedel.

'Ik ben vroeger verslaggever geweest,' vertelde Tess. 'In Baltimore.'

'Bij de *Beacon-Light*? Kun je een sollicitatiegesprek voor me regelen?'

'Ik werkte voor de concurrentie voordat die krant op de fles ging.' Margo's gefronste voorhoofd wees erop dat ze was vergeten dat Baltimore vroeger twee kranten had gehad. 'Maar je kunt mijn naam gebruiken om een voet tussen de deur te krijgen. De redacteuren kennen me.'

Ze hadden ook een hekel aan haar, maar dat mocht Margo zelf ontdekken.

'Waarom heb je belangstelling voor de zaak-Fancher? Zit er een verhaal in voor mij?'

Typisch een vraag van een verslaggever. 'Nee, het is nogal saai allemaal. Ik doe onderzoek naar openstaande moordzaken, willekeurig gekozen. Het gaat om de analyse van de statistieken.'

Dat maakte direct een einde aan haar belangstelling. Margo had duidelijk de pest in. Ze zakte onderuit in haar stoel, viste de groene snoepjes uit het doosje.

'Ik zou graag willen weten of er nog meer dingen niet in de krant hebben gestaan – afgezien van dat gedoe met het hoofd, bedoel ik.'

'Wat een afgang was dat. Ze zeiden dat het geen ontbijtvoer was. Ná het overlijden, bleef ik herhalen, erná.'

'Ik kan me zo voorstellen dat het niet meevalt om iemands hoofd te verwijderen vóórdat hij of zij dood is.'

'Wat nog niet betekent dat het nooit is gedaan. Geloof me, ik heb alle boeken gelezen, alle levensverhalen: Bundy, Dahmer, en minder bekende namen als Marylands eigen Metheney. Mensen doen echt de goorste dingen.'

Margo had alleen in boeken gelezen over de gore dingen die mensen deden. Ze was niet ouder dan zevenentwintig, maar ze zag er jonger uit, met een open en zorgeloos gezicht waar Tess uit opmaakte dat ze weinig van het leven wist. Margo Duncan had veel praats en meer niet.

'Hoe vond jij,' begon Tess, en Margo veerde iets overeind omdat haar mening werd gevraagd, 'hoe vond jij dat de plaatselijke politie de zaak behandelde?'

'Die deden het supergoed. Die vent van de staatspolitie was een beetje een sul, maar hij bleek nog nooit zo'n zaak te hebben gedaan. Carl Dewitt was de koning van het *geen commentaar*. Alsof hij iets te zeggen had.'

Het was de tweede keer dat Tess die naam hoorde in evenzoveel uren. 'Carl Dewitt was een rechercheur?'

'Carl Dewitt was de agent van de Toldienst die het hoofd heeft gevonden en hij was, neem me niet kwalijk dat ik het zo zeg, net een hond met een bot. Hij kon de zaak niet loslaten. Het was schadelijk voor zijn gezondheid. De staatspolitie heeft hem de zaak uiteindelijk uit handen genomen toen hij met ziekteverlof moest wegens een operatie aan zijn knie.' Ze dacht even na en peuterde met haar wijsvinger een stukje snoep tussen haar tanden vandaan. 'Of misschien was het een operatie aan zijn rug. Het was in elk geval zo erg dat hij werd afgekeurd, dat weet ik nog wel.'

'Waren er verdachten? Was het zo'n zaak die ze gewoon niet rond konden krijgen?'

Margo schudde haar hoofd. 'Ze hadden niets.'

'Hebben ze haar vriend nagetrokken?'

'Uiteraard. Alan Palmer was aan de kust in Saint Michaels. Hij kampeerde daar vanwege een grote veiling.'

'Hoezo?'

'Palmer was een soort tussenpersoon voor binnenhuisarchitecten en dure antiekhandelaars in Baltimore en Wilmington, zelfs in Philadelphia. Het zijn een soort loopjongens, geloof ik.'

'Scouts noem je ze,' zei Tess.

'Echt waar?' Margo trok haar neus op. 'Hoe dan ook, hij ging met hun boodschappenlijstjes naar veilingen en verkopingen. Die keer ging het om de inboedel van het huis van een of andere schrijver, en de verkoping begon om acht uur 's ochtends op eenendertig oktober. Palmer ging er op de negenentwintigste naartoe. Ze zouden om vijf uur 's ochtends nummertjes uitdelen, en hij wilde bij de eerste mensen zijn die naar binnen mochten. Hij zou in zijn bestelbus slapen.'

'Dus de politie is naar Saint Michaels gegaan en daar was hij aanwezig bij een veiling?'

Margo knikte.

'Hoe reageerde hij?'

'Beter dan je zou denken. Dat wil zeggen: bij Deel Een. Misschien had hij nog een shock, weet ik veel. Maar het lukte hem om het hoofd te identificeren. Pas toen het lichaam opdook... Ik geloof dat iemand hem heeft weggehaald, onopgemerkt. De politie heeft me later verteld dat hij opgenomen moest worden in een of andere kliniek buiten de staat.'

'Gebruikte hij drugs?'

'Nee, hij moest revalideren. Hij had zijn nek gebroken bij een auto-ongeluk. Misschien had hij een slok op, dat weet ik niet. Je kunt het hem moeilijk kwalijk nemen.'

'Was Lucy al eerder getrouwd geweest? Had ze een ex, of misschien familieleden die de politie verdacht?'

'Er is een ex-vriend, een supergriezel. Zijn armen zijn helemaal getatoeëerd, zodat het net lijkt alsof hij altijd lange mouwen draagt. Hij is nooit in staat van beschuldiging gesteld. Voorzover ik weet, heeft de politie het opgegeven.'

'De staatspolitie heeft het zomaar opgegeven?'

'De zaak is nog open. Moordzaken worden nooit – '

'Afgesloten, ik weet het. Toch lijkt het me onwaarschijnlijk dat ze zo'n soort zaak opgeven.'

'Ze denken dat het een zwerver was, iemand die toevallig in de buurt was. Het is dus niet zo dat de dader een gevaar voor de samenleving is. En het is niet nog een keer gebeurd. Volgens mij hebben de andere rechercheurs gezien wat er met Dewitt gebeurde, en zo wilden zij beslist niet eindigen.' Margo keek peinzend, wat in haar geval betekende dat ze haar schokkerig bewegende lichaam en gezicht ongeveer vijf seconden stil wist te houden. 'De zaak-Fancher is net zo'n graftombe van een mummie, weet je. Er rust een vloek op iedereen die ermee te maken krijgt. Dewitts knie gaat aan gort – of zijn rug, wat dan ook – de vriend rijdt zijn auto in de prak. Ik vraag me af of ik de volgende ben.'

Ze sloeg haar armen om haar bovenlichaam, verrukt over haar spookachtige theorie. Margo probeerde waarschijnlijk te bedenken of een verslag in ik-vorm verkoopbaar zou zijn. Wat had het voor zin om je met een grote zaak bezig te houden als je er zelf niet beter van werd?

'Hoe heette die ex-vriend?'

'Bonner. Bonner Flood.'

'Dat klinkt als iemand uit een roman van Faulkner.'

'Dat zou hij wel willen. Het is een griezel, maar geen crimineel. Zoals ik al zei, de politie heeft hem nooit als verdachte beschouwd. Hij werkt in een van de jachthavens, als hij tenminste niet voor de zoveelste keer is ontslagen.'

Tess ging staan, en bedacht toen dat ze nog een laatste vraag had. 'Heb jij die Alan Palmer ooit geïnterviewd?'

'Nee, maar het schijnt dat hij voor Lucy een geschenk uit de hemel was. Ze had een baantje voor het minimumloon en ze had geen enkel diploma, en toen leerde ze hem kennen. Hé, ik heb een vraag voor je. Wat vind je van Margo A. Duncan?'

Het was altijd een slecht teken als iemand in de derde persoon over zichzelf praatte.

'Dat je... dat je me geweldig hebt geholpen,' probeerde Tess.

'Nee, van de naam bedoel ik. Ik wil mijn naam flitsender in de krant, meer *New York Times*-achtig. Mijn tweede naam is Alice, dus als ik er M.A. Duncan van maak, lijkt het net alsof ik een graad in donuts heb. Of ik zou voor M. Alice Duncan kunnen kiezen.'

Tess had er de puf niet voor om uit te leggen dat Margo dan gewoon in Malice zou veranderen: Venijnige Duncan. Alsof ze daar ver mee zou komen. 'Klinkt goed,' zei ze, al onderweg naar de deur. 'Heel flitsend en *New York Times*-achtig.'

13

De man met de gatatoeëerde armen besloot zijn dag met een cheeseburger en een biertje, dat hij zo ongeveer inhaleerde, zodat een klodder schuim aan zijn neus bleef hangen. Het was een lange, puntige neus, als de snuit van een hond. De neus zou het enige scherpe aan Bonner Flood blijken te zijn.

Toen hij zijn glas neerzette en Tess zag, die klaarstond met haar visitekaartje, slaakte hij een zucht. 'Ik wil niet,' zei hij.

'Wat bedoel je?'

'Wat je ook van me wilt, ik wil er niet over praten. Ik ben vrij. Mijn werk zit erop, dit is mijn etenstijd.'

'Ik trakteer.'

'Ik wil niet.'

'En ik betaal je voor je tijd.'

'Ik wil niet,' herhaalde hij. 'Kom morgen maar terug.'

'Dat wil ik niet,' zei Tess, en ze kwam tegenover hem aan het tafeltje zitten. Het was niet zo moeilijk geweest om te achterhalen dat Bonner Flood zijn avondmaaltijd gebruikte in dit wegrestaurant aan Route 40. De Riverview Diner was een authentiek wegrestaurant en het was er bar ongezellig. De clientèle vond de prijzen duidelijk belangrijker dan het eten. Een serveerster slofte naar het tafeltje en noteerde zuchtend Tess' bestelling: een cola, een cheeseburger met alles erop en eraan, en frites met jus.

'Lucy Fancher,' begon Tess.

'Zeg maar tegen Carl Dewitt dat hij de tering kan krijgen.'

'Pardon?'

'Mijn advocaat zegt dat hij op moet houden met deze shit. Als de politie me wil, moeten ze me officieel arresteren. Ze mogen me niet om de haverklap lastigvallen.'

Alweer Dewitt. Het was niet mogelijk om een gesprek over Lucy Fancher te hebben zonder dat zijn naam opdook.

'Ik ken die man niet eens,' zei Tess. 'En waarschijnlijk wil hij mij niet kennen, want ik ben hier om te onderzoeken of hij zijn werk goed heeft gedaan. Ik bekijk hoe de politie haar werk doet.'

'O ja?' Nu kwam de neus uit de bierpul. 'Dat kan ik je zo wel vertellen. Alsof het hier nazi-Duitsland is, zo doen ze hier hun werk. Alsof je hier nul rechten hebt. Dewitt houdt maar niet op, en hij is zelfs geen smeris meer. Niet dat hij ooit een echte smeris is geweest.'

'Hij zat achter je aan?'

'Ik had bijna een aanklacht wegens mishandeling tegen hem ingediend.'

'Heeft hij je geslagen?'

'Hij volgde me op de voet, de godganse tijd. Elke keer kwam hij weer praten, weer en weer en weer. Hij wist vanaf het begin dat ik het niet had gedaan, dat heeft hij zelf gezegd. Maar om de een of andere reden wil hij dat ik mijn verhaal eindeloos herhaal. Ik heb zelfs een test met een leugendetector gedaan, niks aan de hand. En toch ging er geen week voorbij of die Dewitt liep weer achter me aan. In de jachthaven, in het café, hier. Het is net een geest met sproeten die me overal achtervolgt.' Het bleef even stil voordat hij eraan toevoegde: 'Ik háát sproeten.'

Flood dronk met een lange teug de rest van zijn bier en veegde met zijn arm zijn mond af. Ooit waren de tatoeages afzonderlijke plaatjes geweest, maar het waren er zoveel, en de lijnen waren in de loop der jaren vervaagd, zodat het net leek alsof zijn armen verkleurd waren. De rechter was blauwpaars, als een blauwe plek, de linker was roder, alsof hij ernstige brandwonden had.

Tess nam een slok van het bier dat de serveerster had gebracht in plaats van het colaatje. Een slecht teken. Ze dronk alleen om Bonner Flood op zijn gemak te stellen. Ha, dat zou ze straks aan dokter Armistead vertellen, dat ze soms moest drinken voor haar werk, zelfs als ze er helemaal geen zin in had. Wat zou hij daarvan zeggen?

'Ik ben Tess Monaghan,' zei ze op de lieve, serieuze toon die het altijd goed deed bij mannen.

'Bonner Flood,' zei hij. 'Maar dat schijn je al te weten.'

'Vertel me eens over Lucy.'

'Ik dacht dat je niet was gekomen om me op m'n huid te zitten.'

'Niet over haar dood. Over háár, haar leven. Wat was ze voor iemand?'

'Ze was best oké. We zijn twee, drie jaar samen geweest, af en aan.'

Dit keer had Tess haar huiswerk wel gedaan en ze was langs geweest bij de rechtbank. Met het 'af' dat Flood zo achteloos had laten vallen, bedoelde hij de weekeinden dat hij dronken was en Lucy ervan langs gaf. Maandagochtend was hij dan weer nuchter, en zij bereid het hem te vergeven.

'Wie heeft het uitgemaakt, zij of jij?'

'Geen van beiden. Ik moest zes maanden zitten.'

'Mishandeling?'

'Nee, het was ernstiger. Stropen.' Er speelde nog geen schaduw van een glimlach over zijn gezicht. 'Ik zat vast tot aan het proces, en toen moest ik de rest van die zes maanden uitzitten. Toen ik vrij kwam, had Lucy een andere vent. En ik was blij voor haar, weet je, echt blij. Bovendien had ik toen geen last meer van haar. Ik hoefde niet meer de hele tijd te horen dat ik dit moest doen of dat. Lucy was niet beter dan ik, maar dat probeerde ze wel te zijn.'

'Waar kwam ze vandaan? Ik kon in deze streek geen andere Fanchers vinden.'

'Virginia? North Carolina? Ergens ten zuiden van hier, dat weet ik wel.'

'Had je niet de pest in dat je vriendin een ander had toen je uit de nor kwam?' De cheeseburger werd gebracht, maar kaal, zonder 'alles'. Er zat nauwelijks kaas op. Bij de frites zat inderdaad jus, maar ze waren ijskoud vanbinnen en de jus kwam uit een pakje.

'Het was niet haar schuld. Toen ik moest brommen, kon zij in haar eentje de huur niet betalen. Ze moest wel iemand anders vinden. Zo leeft een meisje als Lucy nu eenmaal. Ze werkt in de horeca en verdient niet genoeg om haar uitgaven te dekken. Ik had Lucy van iemand anders ingepikt, iemand anders pikt haar in van mij. Ze was net Tarzan.'

'Tarzan?'

'Ze ging van boom naar boom, en ze wist altijd waar de volgende liaan was.'

'Was ze mooi?'

Flood staarde naar het plafond alsof het een vraag van kosmisch belang was. 'Niet toen ik haar kende. Ze had een figuur – ze was zo'n klein en tenger meisje met grote borsten, weet je wat ik bedoel?'

'Nee,' zei Tess.

'Jij hebt ook – '

'Ik ben niet klein en tenger,' viel ze hem in de rede, niet gediend van dit soort complimenten. 'Je zei dat Lucy niet mooi was toen jij haar kende. Is er later iets veranderd?'

'Dat kun je wel zeggen. Ik zag haar bij Happy Harry's, ongeveer een maand voor haar dood. Haar haar was anders geknipt, heel kort, waar ik niet zo van hou. Toen bleek dat ze onder al dat haar een heel knap smoeltje had. Ze had haar tanden laten bleken en duidelijk een beugel gedragen – ze had eerst zo'n fietsenrek en een vooruitstekende tand met een gouden kroon. Ik vond wel dat ze vreselijke kleren droeg. Zoals ik al zei, ze had een goed figuur, en dat probeerde ze te verbergen, alsof het een geheim was. Ik probeerde een gesprek aan te knopen, maar ze had geen tijd. Ze kwam net van school en ze moest snel naar huis.'

'Dat was niet zo aardig,' zei Tess.

'Het was gewoon bot. Ik had er toch de ziekte over in. Ik kende Lucy Fancher. Ze was echt niet beter dan ik.'

'Misschien wel.'

'Wat bedoel je? Niemand is beter dan iemand anders. Niet in Amerika.'

'Geloof je het zelf? Wie je ook bent, er is altijd iemand beter dan jij en meestal iemand slechter. Iemand die aardiger is, met betere manicren cn mccr geld.'

'Goede manieren maken iemand nog niet superieur.'

'O nee? Waarom zeg je dan "de betere kringen"? Hoor eens, ik zeg echt niet dat het goed is. Ik zeg alleen dat het zo is. In de tijd dat jij Lucy elke zaterdagavond alle hoeken van de kamer liet zien – '

'Niet élke zaterdagavond,' protesteerde Flood gepikeerd.

' – stonden jullie op gelijke voet. Jij draaide de bak in, en Lucy begon zich op de maatschappelijke ladder omhoog te werken. Wilde je haar niet terug?'

'Nee. Ik had toen een meisje. Het kost me geen moeite om vrouwen te krijgen.'

Waarschijnlijk vertelde Flood de waarheid, wat niet bepaald voor haar sekse pleitte. Tess dacht aan een vroeger vriendje dat haar ontrouw was geweest. Het waren er meerderen geweest, en Jonathan Ross was lid geweest van de club, maar op dat moment dacht ze aan een uitzonderlijk gladde jongen op de universiteit, iemand die scheen te denken dat zijn pik te vergelijken was met de wortel van een plant: als hij zijn jongeheer niet regelmatig bevochtigde, lagen uitdroging en afsterving op de loer. De laatste keer dat ze hem op vreemdgaan had betrapt – wat was het beschamend dat het de láátste keer was, en niet de eerste en enige keer – de laatste keer dat ze hem betrapte, had hij zich verdedigd door te zeggen dat het meisje zijn ex-vriendin was. Kennelijk was een ex-vriendin een territorium waarop hij levenslange rechten had.

'Ik zeg niet dat je Lucy terug wilde,' zei Tess. 'Misschien één keertje, omdat het vroeger zo fijn was?'

'Ik heb haar de volgende dag gebeld, gezegd dat ik het zo leuk vond om haar weer te zien, en gevraagd of we een keer samen iets zouden gaan drinken. Dat vond ze leuk. Ze vond het beschaafd – zo zei ze het – om iets te gaan drinken met haar ex. Ze zei dat haar verloofde – niet haar vriend, haar verloofde – voor zaken de stad uit was, en ze wilde wel afspreken. Ik weet nog dat ze een droge witte wijn bestelde. O, wat was ze opeens deftig en zelfingenomen.'

'Hoe is de avond geëindigd?'

'Op de gewone manier.' Bonner Flood grijnsde breed, trots op zichzelf. 'Lucy met haar benen in de lucht, smekend om meer.'

Tess bestudeerde de man. Ze vond het onbegrijpelijk dat iemand hem seksueel aantrekkelijk zou vinden, onder wat voor omstandigheden dan ook. Zelfs een hele fles droge witte wijn kon hem nog niet sexy maken.

'Weet je,' zei ze, 'Oliver Twist vroeg niet om meer omdat de haverpap zo lekker was.'

'Huh?'

'Als Lucy altijd om meer vroeg, kreeg ze misschien nooit genoeg.'

Flood tilde zijn blauwpaarse arm op en bracht een hand naar zijn in groezelige spijkerstof gehulde kruis. 'Wil je soms zien wat ik hier heb? Zal ik het je even laten zien?'

'Alsjeblieft niet.'

'Nou dan,' zei hij alsof hij een of ander meningsverschil had gewonnen.

Tess kreeg niet vaak duidelijke signalen van haar intuïtie, en als die er wel waren, ging ze er behoedzaam mee om. Op dit moment wist ze echter heel zeker dat Bonner Flood zijn vroegere vlam níét uit de kleren had gekregen. Ze zag Lucy in gedachten in haar nette kleren buiten de bar waar ze net iets hadden gedronken – of zoals ze zich Lucy voorstelde, want ze had zelfs nooit een foto van haar gezien – en Flood afstandelijk de hand schudden. Lucy had Flood afgewezen.

Dat zou verklaren waarom de ex-agent, Dewitt, hem niet met rust had gelaten. Het was geen slecht motief – niet dat het motief altijd heilig was. En Flood werkte in een jachthaven, dus hij had makkelijk een lichaam dagenlang onder water kunnen houden.

'Je bent niet met haar naar bed geweest. Niet die avond.'

'Mooi wel.' De vermoorde onschuld, alsof liegen over seks met andermans vriendin erger was dan het doen.

'Ik geloof je niet.'

'Ik zou het terugnemen als ik kon. Geloof me, ik zou het terugnemen als ik had geweten dat een verknipte agent me dag in, dag uit lastig zou vallen met vragen over de laatste keer dat ik haar heb gezien, wat ze zei, hoe ze eruitzag, of ze nog iets opvallends had gezegd.'

'Carl Dewitt.'

'Carl Dewitt,' beaamde hij vermoeid.

Tess gaf het op. Het eten van de cheeseburger, die smaakte naar karton. De frites, het bier, dood en met een zoutige smaak alsof er rivierwater door zat – ze gaf het allemaal op. Pogingen om iets bruikbaars uit Bonner Flood te krijgen? Die gaf ze eveneens op. Wat er hier ook was gebeurd, de politie was niet lui of onverschillig geweest.

Ze legde wat geld op tafel, genoeg voor de twee maaltijden en drankjes, en beende naar buiten. Klus geklaard. Doodzonde van de tijd en de kilometers.

Ze gaf het niet graag toe, maar ze was teleurgesteld. Ondanks haar cynische protesten had ze gewild dat dit werk zou zijn wat Whitney had beloofd. Ze wilde voor de *good guys* werken. Ze wilde – durfde ze dat te denken? – goede dingen gedaan krijgen. Bijdragen aan de oplossing. Wat haar betreft hoefde de wet misschien niet veranderd te worden, maar ze wist hoe er in Maryland werd gedacht. Miriam Greenhouse had gelijk: elke keer dat een man een vrouw om het leven bracht, werd het gemeld als een liefdesverhaal met trieste afloop, vooral als de man vervolgens zichzelf van kant maakte. Wat had dat met liefde te maken?

Inmiddels was het zachtjes gaan regenen. April was een grillige maand in deze contreien. Tess zat in haar auto, verlangend naar huis, te moe om de motor te starten. Hier vandaan oogde het restaurant gezellig en knus. Over een trompe l'oeil gesproken. Een jong stel zat aan een tafeltje voor het raam, naar elkaar voorovergebogen, lachend om een of ander grapje, het soort lach dat bijna een kus was, alleen beter. De jongen streek over haar gezicht met zijn hand. Het maakte Tess' verlangen naar huis nog sterker.

Sommige mannen misgunnen een andere man de liefde van een knappe vrouw. Dat was de theorie van de verknipte buurman. Op klaarlichte dag had het bespottelijk geklonken. Mensen pleegden om allerlei redenen moorden, maar Tess had nog nooit van een moord uit ongegronde jaloezie gehoord. Bovendien, als je jaloers was op een gelukkig stel, zou je dan niet eerder de man vermoorden en vervolgens proberen de vrouw te versieren? Nee, het klopte van geen kant.

Toch bleef er iets aan haar knagen. Ze zocht tussen de dossiers op de lege stoel naast haar en vond Tiffani Gunts, de grofkorrelige kopie van de schoolfoto die bij de diploma-uitreiking was genomen. Een grote bos donker haar, een klein gezichtje. Dezelfde beschrijving was van toepassing op Lucy Fancher, voordat ze naar de kapper was geweest. De twee levens leken op elkaar als twee druppels water. Agressieve ex-vriend, gevolgd door een nieuw leven, vol belofte, een nieuw huis, een verloofde. Dan rijt een plotselinge gewelddadige kracht het huiselijk geluk wreed uiteen. De vrouw is dood, de man is kapot.

Tess ging terug naar binnen, naar de telefooncel, zocht in het telefoonboek en scheurde de pagina die ze hebben moest eruit. In haar auto, met het lampje boven haar hoofd brandend en de kaart opengevouwen tegen het stuur, reed ze op goed geluk door de straten van North East en kreeg ze te maken met dezelfde ergerlijke doodlopende weggetjes als die middag. 's Nachts was het in North East donkerder dan in Baltimore. Zelfs met de volle maan was het net zwemmen in donker water. Tess begon bang te worden dat ze in een greppel of tegen een boom zou eindigen.

Toch vond ze uiteindelijk het huis dat ze zocht, een witte bungalow met een veranda aan de voorkant en een klein stukje land tussen het huis en het water. Er was een steiger, en in het maanlicht zag ze de omtrek van een zeilboot. Er brandde geen licht, ze zag alleen het flakkerende blauwwitte schijnsel van een televisie achter de vitrage.

De man die opendeed had rossig haar, trieste blauwe ogen, en zoveel sproeten op zijn ronde, onbewogen gezicht dat hij wel gestreept leek, als een rode lapjeskat.

'Ik ben Tess Monaghan, een privé-detective uit Baltimore, en volgens mij is er reden om de zaak-Lucy Fancher te heropenen.'

'Het zou tijd worden,' zei Carl Dewitt.

14

'Ik heb alles bewaard,' vertelde Carl Dewitt. 'Kopieën, bedoel ik. Ik heb geen officiële stukken gehouden, zelfs mijn eigen aantekeningen niet. Maar ik heb wel van alles wat ik kon vinden fotokopieën gemaakt.'

Hij grabbelde in een kartonnen doos, bekeek verschillende papieren, fronste zijn wenkbrauwen, duidelijk op zoek naar iets bepaalds. De doos stond in het midden van de kleine zitkamer, alsof de heer des huizes had gewacht op Tess' klopje op de deur. Of in elk geval op een klopje. Te oordelen aan de kringen op de bovenkant gebruikte hij de doos als een soort salontafel om er glazen op te zetten als hij vanuit zijn luie stoel naar de enorme breedbeeldtelevisie keek.

Als hij foto's vond, gaf hij die aan Tess en ging hij zelf door met zoeken. Ze wilde dat hij het niet zou doen. Wat ze nóg erger vond dan de foto's van Lucy Fanchers hoofd, waren de foto's van haar lichaam. Carl leek het niet eens te merken. Toonloos neuriënd zocht hij verder. Hij was totaal niet verbaasd geweest dat een vreemde in het donker zomaar bij hem op de stoep stond en ratelde dat de moord op Lucy Fancher misschien iets te maken had met een moord in Frederick, een aantal jaren daarvoor. Als Tess zijn stemming had moeten beschrijven, zou ze zeggen dat hij blij was, opgetogen zelfs.

'Kende je Lucy voordat...' Tess viel stil, zoekend naar de juiste woorden.

Hij keek op van zijn doos. 'Voordat ik haar hoofd vond?'

'Ja.'

'Zo klein is North East nou ook weer niet. Volgens mij heb ik haar één of twee keer gezien in de stad. Maar dat is *wishful thinking*.'

'Hoezo dat?'

'Zou jij iemand niet liever kennen als een compleet, levend en ademend mens dan als alleen maar een hoofd?' Hij zei het rustig, als iemand die vertelt dat hij chocola lekkerder vindt dan broccoli. Hij had gevonden wat hij zocht en nestelde zich weer in zijn leren chester-field, het enige meubelstuk in de kamer dat hem leek te passen – letterlijk. De stoel had de contouren van zijn lichaam aangenomen, zodat het zitmeubel een soort maatpak was geworden. De rest van de inrichting was samen te vatten onder de noemer bloemen, kanten kleedjes en chintz.

'Kijk, hier heb ik me eindeloos het hoofd over gebroken,' zei hij, en hij gaf een grote kartonnen rechthoek aan Tess. 'Ze hielden een kalender bij. De dagen dat haar vriend weg was werden omcirkeld – zie je het?'

Het was een kalender van een plaatselijke verzekeraar, met voor elke maand een nogal amateuristische softfocusfoto van de Chesapeake Bay. Onder een oogsttafereel waren de laatste drie dagen van oktober omcirkeld.

'Je zei net dat je overal kopieën van had gemaakt, maar dit is het origineel. Hoort deze kalender niet in het officiële archief, bij de rest van het dossier?'

Carl bloosde, waardoor zijn hele gezicht net zo oranje werd als zijn haar. 'Deze heb ik later pas gevonden, en niemand had er belangstelling voor, dus heb ik hem maar gehouden. Anders was het in een grote doos beland, met de rest van de spullen uit het huis. Ik had het gevoel dat het belangrijk was.'

'Hoezo?'

'Zoals ik al zei, omdat de dagen dat haar vriend weg was erop zijn aangegeven.'

'Er staat niet bij wat de cirkeltjes betekenen,' merkte Tess op. 'Het zijn gewoon rondjes.'

'Ja, maar we weten dat hij er die drie dagen in oktober niet was, en met die wetenschap ben ik teruggegaan in de tijd. Iemand anders had het ook kunnen bedenken.'

'Dus jij denkt dat iemand deze kalender van tevoren heeft gezien? Dat de moordenaar over deze informatie beschikte?'

'Misschien wel, ja. Alleen hing deze kalender niet op een plek waar iedereen hem kon zien, zoals bij de meeste mensen. Ik heb hem gevonden in de keukenla, zo'n la met allemaal rommel erin.'

'Als de kalender in een la lag, hoe kon iemand dan weten dat de vriend – hoe heette hij?'

'Alan Palmer.'

132

'Hoe kon iemand dan weten wanneer hij weg zou zijn?'

'Ik denk dat de moordenaar de kalender heeft weggestopt, zodat niemand het verband zou leggen. Hij heeft ooit op de ijskast gehangen – kijk maar, er zit een afdruk van een magneet op – maar dan had iedereen hem kunnen zien.'

Tess hield de kalender onder een kleine schemerlamp, met een roze kap en roodbruine franje. Er was inderdaad een vaag roestkleurig streepje dat op een ijskastmagneet kon duiden.

'Laten we zeggen dat je een loodgieter bent, of iemand van de kabeltelevisie. Je komt de hele tijd bij mensen thuis, en je ziet dingen. Je beseft dat de leuke jonge vrouw bij wie je thuis bent een vriend heeft die veel op reis is. Je beseft dat de kalender de sleutel tot zijn zakenreizen is. Misschien vertelt ze je zelfs waar de cirkels voor staan, of je maakt een afspraak en zij zegt: "Nee, dan niet, want Alan is aan het eind van de maand een paar dagen weg." Als je dat ding van de koelkast haalt en wegstopt in een la, legt verder niemand het verband.'

'Was er bij Lucy werk in huis gedaan in het jaar voor haar dood?'

Carls schouders zakten omlaag. 'Niet dat ik heb kunnen achterhalen, maar dat betekent niet dat er nooit iemand is geweest. Er zijn genoeg klusjesmannen die zwart werken, weet je. Die worden contant betaald.'

Tess volgde haar eigen gedachtegang, langs een ander pad. 'Als dezelfde man Tiffani Gunts en Lucy Fancher heeft vermoord, hoe heeft hij ze dan leren kennen, hoe heeft hij ze uitgekozen? Dit soort vrouwen ontmoet je niet zomaar toevallig. Er is een verband waar we nog niet achter zijn. En waarom zijn ze op zo'n compleet verschillende manier gedood?'

'Je zei dat het meisje in Frederick is neergeschoten,' merkte Carl op. 'Lucy ook.'

'Ja, maar Tiffani's lichaam was eh... intact. Lucy's hoofd is na het intreden van de dood afgesneden, en de moordenaar heeft haar lichaam een aantal dagen gehouden. Dat is wel een heel grote verandering in niet meer dan een paar maanden tijd.'

'Seriemoordenaars veranderen hun modus operandi wel degelijk, al denken de meeste mensen van niet. En ze laten geen briefjes achter om de politie op te hitsen: pak-me-dan-als-je-kan.'

'Wie zegt er iets over een seriemoordenaar? We hebben het over twee gevallen van moord, en we hebben zelfs nog niet bewezen dat

er een verband is. Ik heb gewoon het gevoel dat het zo is, meer niet.'
'Een seriemoordenaar hoeft geen tientallen mensen te vermoorden,'
zei Carl. 'Vroeger moesten het er volgens de wet drie of meer zijn,
maar anderen zeggen dat twee meer dan genoeg is. Misschien zien we
deze kerel aan het begin van zijn carrière.'
'Gebruik dat woord alsjeblieft niet in verband met moord, oké?
Moorden is geen carrière, tenzij je een huurmoordenaar bent.'
Carl leunde naar voren, wat de nodige moeite kostte omdat hij in
de stoel paste als een pudding in een vorm. Het leer leek aan hem te
blijven plakken, en hij kwam er met een zuigend geluid van los.
'Jij stond bij mij op de stoep, weet je nog. Jij hebt dit verband gelegd.
Wees toch niet bang voor je eigen intuïtie. Ik werk nu al drie jaar niet
meer, maar ik ben altijd blijven hopen op een doorbraak in deze zaak.'
'Ik werk in opdracht, en dit is niet wat ik moest vinden. Integendeel. Ik zoek naar bewijs dat politiemensen die niet vaak met doodslag te maken krijgen elementaire fouten maken – ' Ze brak haar zin
af, besefte net een seconde te laat hoe beledigend dit moest klinken.
Ik *ben hier omdat jij en je collega's dom en onzorgvuldig zouden zijn.*
Maar Carl knikte alleen en wachtte op wat ze verder te zeggen had.
'Mijn opdrachtgevers houden zich bezig met huiselijk geweld, niet
met de willekeurige daden van een of andere psychopaat. Dit heeft
niets te maken met wat ik behoor te onderzoeken.'
'Ik weet het niet.' Carls gezicht gloeide in het lamplicht. Zijn hoofd
was heel erg rond, en de oranje gloed van zijn haar en huid deden Tess
aan een lampion denken – wat haar helaas weer aan Lucy Fancher herinnerde. De foto's die Carl uit zijn kartonnen doos had gevist lagen
nog open en bloot op een elegant bijzettafeltje met een kanten kleedje. Ze schoof ze weg met haar elleboog.
'Dit zijn misdaden tegen vrouwen,' vervolgde Carl. 'Jij zei dat het
misschien met jaloezie te maken heeft, dat iemand moedwillig het
geluk van twee mensen kapot heeft gemaakt. Weet je wat er van de
vriend van dat andere meisje terecht is gekomen?'
Tess schudde haar hoofd. 'Volgens haar familie is hij naar een andere staat verhuisd. Hij was er helemaal kapot van dat hij niet de
voogdij over de dochter van zijn vriendin kon krijgen. Het was kennelijk makkelijker voor hem om het contact te verbreken.'
'Nou, zoals je weet ligt Alan Palmer in het ziekenhuis, als een kas-
plantje. De maatschappelijk werkster van het ziekenhuis belde me

toen hij naar een andere afdeling werd overgebracht, en ze vertelde dat hij waarschijnlijk de rest van zijn leven zo zal slijten.'

'Volgens de verslaggeefster van de plaatselijke krant is hij ingestort.'

'De verslaggeefster van de plaatselijke krant,' zei Carl, 'kletst uit haar nek. Ze denkt dat iedereen altijd op instorten staat omdat ze het zelf zo voelt.'

Tess had Margo Duncan ontmoet, dus ze begreep precies wat hij bedoelde.

'Hoe dan ook, laten we zeggen dat je gelijk hebt. Laten we zeggen dat de moordenaar het niet alleen op het meisje had gemunt, maar ook op de man. Misschien wel meer. Daarom moest hij er een schepje bovenop doen. Het was hem niet gelukt om de eerste man te breken, maar Alan Palmer heeft hij echt compleet kapotgemaakt. Volgens mij had die man niet eens gedronken voordat het gebeurde. Twee vrouwen dood, twee mannen in zak en as. Is dat soms geen huiselijk geweld?'

'Je blijft het over een "hij" hebben. Is dat gewoonte, of ga je ervan uit dat een seriemoordenaar – als het een seriemoordenaar is – een man moet zijn?'

'Flauwekul.' Carl bewoog met zijn hand voor zijn gezicht alsof hij een vies luchtje weg wilde wuiven. 'Er zijn genoeg vrouwelijke seriemoordenaars. Maar ik denk wel dat dit een man is. Dit soort jaloezie is typerend voor mannen, weet je. Ik zeg het niet graag over mijn eigen soort, maar als je een vent ziet met een knappe vrouw, denk je bij jezelf: "Hé, hoe heeft hij dat geflikt?" En dan: "Waar vind ík er zo een?" Alan Palmer was een aardige kerel, maar heel gewoontjes. Als mensen hem zagen met een leuk meisje, zouden ze willen weten hoe hij het had klaargespeeld. Hoe zit het met die vent van jou?'

Even dacht Tess dat hij het over Crow had. Hoewel ze de vraag begreep, vond ze het niet prettig om op deze manier informatie uit te wisselen. Het leek een beetje op opscheppen over de grootste, de beste.

'Ik weet niet hoe Eric Shivers eruitzag, maar Tiffani was een mooi meisje, bijna als een wisselkind. Het tere elfje paste niet in dat gezin van verzuurde, bleke mensen.'

'En wat deed die vent van jou?'

'Vertegenwoordiger – in fotoapparatuur, als ik het me goed herinner. Iets met fotografie.'

'Hmmm.' Carl streek over zijn kin. 'Het is dus niet waarschijnlijk dat er sprake was van een contact via het werk, bij allebei niet. Waar was die kerel op de nacht dat ze doodging?'

'In Spartina, Virginia, een stadje in de Shenandoah Valley.'

'De stad uit. Net als Alan.'

'Ja.'

Carl ging staan, met enige moeite. Het was niet alleen dat hij aan zijn stoel vastplakte, hij had zo te zien last van zijn linkerknie. Hij wankelde even, maar verloor zijn evenwicht niet.

'*Let's go*,' zei hij op vergenoegde toon.

'Gaan? Waarheen? Het is negen uur. De enige plek waar ik vanavond nog naartoe ga, is terug naar Baltimore. Ik heb al heel lang niet meer zo'n akelige dag gehad, en ik wil in mijn eigen bed slapen, met mijn hond. En mijn vriend.'

Carl keek teleurgesteld. 'Ik bedoelde niet echt... snap je het dan niet? "Let's go."'

'Naar Spartina, nu? Het is bijna negen uur.'

'Nee, je snapt het niet. "Let's go." Het zijn de gevleugelde woorden van *The Wild Bunch*. William Holden zegt: "Let's go," en dan...' Zijn stem stierf weg toen hij zag dat ze hem niet-begrijpend aankeek. 'Het is de beste film die er ooit is gemaakt, je moet hem echt een keer zien. Ik heb hem op dvd en breedbeeld. De schorpioen in de openingsscène lijkt wel twee meter lang!'

Hij gebaarde naar de boekenkasten die zijn enorme televisie flankeerden. Er stonden wel wat boeken in, maar veel meer dvd's en videobanden.

'Dus je wilt niet op dit moment ergens naartoe? Je haalt iets aan uit een film?'

'Misschien niet nu, maar ik vind wel dat we naar Spartina moeten gaan. Die vent van jou kwam daar toch vaak?'

'Minstens een keer per maand, volgens zijn schoonouders.'

'En Alan was heel regelmatig aan de kust om veilingen af te struinen. Oké, probeer je dit eens voor te stellen. Er is een barkeeper, werkt ergens in een of ander gat. Man laat de foto van zijn meisje zien als hij een paar biertjes op heeft. Ze is knap. Ze is lief. Hij gaat met haar trouwen. Vindt het vreselijk dat hij zo vaak van huis is. Of misschien laat hij haar foto zien aan een andere vertegenwoordiger, een vent die geen meisje kan krijgen en thuis niemand heeft.'

'Het klinkt idioot.'

Even zag ze een fonkeling in Carl Dewitts ogen; de typische op-vliegendheid van iemand met rood haar.

'Het is niet idioot. Vergezocht misschien, maar ik denk gewoon hardop, in de hoop dat het iets oplevert. Jij stond bij míj op de stoep, weet je nog. Nu ben je hier, dus dan moet je ook naar me luisteren.

Ik weet alles van de manier waarop Lucy Fancher aan haar einde is gekomen. Ik weet gewoon alles over Lucy Fancher. Ik weet haar ge-boortedatum en welk geurtje ze gebruikte – lelietjes-van-dalen. Ik weet dat ze een kleur droeg die maagdenpalmblauw wordt genoemd, al noemen de meeste mensen het gewoon lavendel. Ik weet dat ze honderd dollar had aanbetaald voor een bruidsjurk met sleep. Ze zou-den met Kerstmis trouwen. Ik weet wat voor weer het was op de avond van haar dood – koud voor oktober, en vochtig. Ik ken de getij-den van die dag en ik weet dat het nieuwe maan was. Haar naaste buurman heeft naar het nieuws van tien uur gekeken voordat hij naar bed ging, de buren daarnaast deelden snoepjes uit aan kinderen die aan de deur kwamen.'

'Ik – '

Maar Carl ging zo op in zijn verhaal dat hij haar niet hoorde, dat hij niets meer hoorde. 'Denk jij soms dat de over het paard getilde agent van de staatspolitie die de leiding had van het onderzoek ook maar de helft weet van wat ik weet? Een kwart? Een tiende? Ik weet niet of er een verband bestaat tussen haar en het dode meisje in Frederick, maar als er een verband is, ben ik degene die het kan zien. Niemand anders kan je helpen – aangenomen dat je hulp wilt tenminste. Aangenomen dat je echt beseft wat je hier hebt gevonden.'

De foto's van Lucy Fancher lagen nog steeds op het tafeltje. Het waren zwartwitfoto's, slecht belicht, typische politiefoto's van lijken, en Tess kreeg er altijd de rillingen van als ze ernaar keek. De dood ont-deed iemand van zijn of haar waardigheid. Mensen zagen er stom uit als ze dood waren.

'Als je morgen naar Baltimore komt, kunnen we samen naar Spar-tina rijden. Het is een lange rit, maar als we elkaar afwisselen valt het wel mee.'

Carl knikte naar de foto's. 'Dus ze raakt je, hè?'

Tess wilde haar hoofd schudden, maar besefte dat ze het met hem eens was. 'Uiteindelijk raakt ze iedereen.'

Hij wordt aan de kant van de weg wakker en raakt even in paniek omdat hij niet weet waar hij is. Hij weet zelfs bijna niet wíé hij is. Geleidelijk komt het allemaal weer terug. Onder zijn wang ligt het oude kussen met de patchwork hoes – hij verbeeldt zich dat het naar vroeger ruikt, naar zijn jeugd, hoewel de hoes heel vaak is gewassen. Elke week gaat hij een keer naar een wasserette en ziet hij de verschoten lapjes ronddraaien achter de patrijspoort van een wasdroger.

Hij ligt achter in zijn bestelwagen, op een parkeerplaats ergens aan Route 5, in het zuiden van Maryland. De achterdeuren van de bus hebben geen ramen, maar langs de randen van de voorruit schijnt licht naar binnen. Het was heel laat toen hij de vorige avond klaar was, en hij was hondsmoe. Het is zwaar, het werk dat hij doet, het vergt grote fysieke inspanning. De mensen die hem inhuren weten dat niet altijd. Ze begrijpen dat het onfris is, dat voorzichtigheid en discretie noodzakelijk zijn, maar ze beseffen niet hoe sterk hij moet zijn, hoe hard hij moet werken. Uitgeput, niet in staat om door te rijden naar huis, had hij zijn auto neergezet op een parkeerplaats niet ver van de vlooienmarkt van de Amish, en hij had zoals gewoonlijk droomloos geslapen. Nu is hij wakker. Alles is goed.

De vorige avond in Saint Mary's City is hij behoorlijk geschrokken. Hij dacht dat hij een vrouw zag die hij van vroeger kende, en ze keek hem priemend aan. Gelukkig is zijn baard eraf en heeft zijn haar weer de gewone kleur, maar iemand die hem goed heeft gekend zou de gelijkenis kunnen zien. Aan de andere kant zien mensen niet wat ze niet verwachten te zien, en niemand verwacht hem te zullen zien. Toch herinnerde het voorval hem aan alle plaatsen waar hij niet meer kan komen.

Vandaar dat hij probeert alles onder controle te krijgen. Het is nooit de bedoeling geweest dat hij zo zou leven. Hij wil zich ergens settelen, ergens wonen. Hij wil wat iedereen wil, en dat is geen misdaad.

Hij rolt zijn slaapzak op, legt het kussen op de passagiersstoel voorin en rijdt in noordelijke richting weg. De opkomende zon is bijna pijnlijk volmaakt van vorm en egaal van kleur. Dit is niet de zon waar hij mee is opgegroeid. Dit is een boze zon, prikkelbaar en verongelijkt, en hij klimt snel langs de hemel omhoog, alsof hij de dag achter de rug wil hebben. Hij heeft zijn moeder een keer gevraagd of het haar was opgevallen dat ze zoveel kleuren is kwijtgeraakt sinds ze hierheen is verhuisd, dat alle schakeringen en tinten uit de lucht en het water zijn weggefilterd, zelfs uit de bomen en het landschap. Ze keek naar hem zoals ze zo vaak doet – vertederd maar niet-begrijpend, helemaal in de war. Liefde garandeert geen begrip.

Vandaag, kijkend naar de zon die rechts van hem van kleur verandert, van diep rood naar dof geel, beseft hij dat ze in feite hetzelfde zijn, hij en de zon. Ze zijn in ballingschap, ongelukkig en hol. De aarde draait nog steeds om de zon, maar dat lijkt de wereld te vergeten, zelfs terwijl de stralen van de zon door de dunner wordende atmosfeer heen dringen en steeds meer slachtoffers eisen.

Maar gelukkig heeft hij een plan om iets aan zijn leven te doen. De zon moet maar voor zichzelf zorgen.

15

Carl Dewitt had de gewoonte om ongemakkelijk lang en diep te zwijgen. Dat iemand zo lang stil kon zijn, viel misschien aan een grote innerlijke kracht toe te schrijven – als de persoon die met half toegeknepen ogen naar de horizon staarde Clint Eastwood was, of de door Carl zo bewonderde William Holden.

Maar in Carls geval lag dat anders – dat hij tijdens de lange rit door Virginia niet in staat was om een gesprek te voeren, maakte Tess alleen maar bewust van zijn verlammende verlegenheid. Afgezien van Lucy Fancher leek geen enkel onderwerp hem te boeien. Soms kreeg hij zelf last van de stilte tussen hen en begon hij de borden langs de weg hardop voor te lezen.

'HET LEKKERSTE TUSSENDOORTJE,' las hij bij de afslag naar het zuiden. Een paar kilometer verder: 'FLYING J TRUCK STOP. SCHONE KAMERS MET DOUCHE. GEZELLIG CAFÉ. REGIONALE PRODUCTEN.'

Zijn teksten waren echter niet wervend bedoeld. Hij was haast verontwaardigd toen Tess hem vroeg waar hij wilde stoppen om te ontbijten. 'Ik heb een pak crackers meegenomen,' zei hij, en hij liet het pak zien, een merk waarvan Tess had gedacht dat het al jaren niet meer bestond. Ze sloeg de aangeboden cracker af, en bij wijze van compromis stopten ze bij een drive-through bij Martinsburg, in West Virginia. Tess had gesmuld van een broodje met bacon en veel jus.

Terug in de auto leek Carl ook de zenuwen te krijgen van de radio, en hij kreunde als Tess aan de knopjes draaide om de frequentie van de nieuwszender aan te passen.

'Is dat nieuws?' vroeg hij op een gegeven moment, na een verslag over een noodlijdend Italiaans operagezelschap.

'Natuurlijk is het nieuws. Je moet zo'n uitzending zien als een krant. Dit verhaal zou op de kunstpagina staan.'

Meer gekreun.

'Laat me eens raden. Jij leest de sport, de voorpagina en verder niets.'

'Ik werp een blik op de voorpagina. De sport volg ik niet meer.'

'Niet meer?'

'Ach, wat moet je ermee? Vroeger was ik supporter van de teams in Philadelphia, maar eigenlijk alleen omdat ik die zender beter kon ontvangen dan Baltimore. Nu heb ik, zoals de bijbel zegt, de kinderachtige dingen weggeborgen.'

'Ben je gelovig?'

'Niet praktiserend. Ik herinner me dat vers van toen mijn ouders me vroeger meesleepten naar de kerk.'

'En dat was...'

'We waren methodisten.'

'Nee, ik bedoel waar ben je opgegroeid?'

'In North East, in het huis waar ik nu nog woon. Ik heb mijn hele leven in Cecil County gewoond, behalve toen ik studeerde.'

'Waar?'

'De universiteit van Delaware.' Hij glimlachte vluchtig. 'De Fighting Blue Hens. Ik heb mijn studie niet afgemaakt.'

'Waarom niet?'

'Mijn moeder werd ziek, dus ik ben thuisgekomen en aan het werk gegaan bij de overheid. Toen ik hoorde dat ik op de brug gestationeerd zou worden, vlak buiten mijn geboortestad, kon ik mijn geluk niet op. En het was toen ook...'

Hij maakte de gedachte niet af, maar Tess had het gevoel dat ze het begreep. De moord op Lucy Fancher had het leven van deze man in tweeën gehakt; hij was afgesneden van de man die hij eens was geweest, even definitief als de moordenaar Lucy's hoofd van de romp had gescheiden. Ze vroeg zich af of Carl er vroeger van had gedroomd om iets spannenders te doen dan gestrande automobilisten helpen, of mensen oppakken die de tol niet hadden betaald. Het leek haar logisch dat een jonge man van een betere toekomst had gedroomd.

Het was nog begrijpelijker dat hij nu met heimwee aan die dromen terugdacht.

'En je moeder?'

'Overleden, deze zomer acht jaar geleden. De tijd vliegt.'

'Zeg dat wel. We zijn bijna in Spartina.'

Spartina lag aan een lang stuk snelweg die de Blue Ridge Mountains in Virginia doorsneed, niet ver van de Shenadoah River. Het was een stadje zoals alle andere kleine stadjes aan een snelweg. Veel fastfood-restaurants en een winkelcentrum, zodat er in het centrum alleen nog maar lege winkelpanden waren en eethuizen die 's middags al dicht-gingen. Alleen aan het landschap en het stroperige zuidelijke accent wist Tess dat ze een heel eind bij Baltimore vandaan waren.

Ze begonnen hun zoektocht bij het kleine, ouderwetse motel waar Eric Shivers zijn laatste onbezorgde dag op deze aarde had doorge-bracht. Er waren verschillende grotere motels in Spartina, maar Eric was een stamgast geweest in dit afgelegen familiehotel, een witge-pleisterde U-vorm met geraniums bij de ingang. De voorzieningen die de meeste zakenmensen onontbeerlijk vonden ontbraken – een res-taurant dat vierentwintig uur open is, voicemail, een internetaanslui-ting in elke kamer – maar het was er gezellig en rustgevend, en de ri-vier was zichtbaar vanuit een platgetrapte tuin aan de zijkant.

'Eric Shivers?' De man achter de balie zag er met zijn ronde, blo-zende gezicht opgewekt uit. Op het midden van zijn hoofd was hij kaal, en de krans van haar die hem restte was lang en wollig, zodat hij een beetje op een clown leek, maar op een leuke manier. 'O Heer, ik heb al jaren niet meer aan die arme jongen gedacht.'

'Dus u weet nog wel wie hij was?' Tess nam automatisch de leiding, hoewel Carl en zij dit niet van tevoren hadden afgesproken.

'Natuurlijk. Ik zou me Eric ook herinneren als er niet zoiets vrese-lijks was gebeurd. Ik weet nog dat de politie belde, en toen kwamen ze hierheen vanuit Maryland. Hij kon niet rijden, een van de twee moest zijn auto nemen. Hij was helemaal kapot.' De oude man schud-de zijn hoofd, mijmerend over toen. 'Hij kwam hier heel regelmatig, een halfjaar lang minstens één keer per maand, als hij voor zaken op reis was. Waarschijnlijk zou hij hier nog steeds komen als er niets was gebeurd.'

'En wat deed hij precies?'

'Vertegenwoordiger?' Maar zijn stem ging onzeker omhoog. 'Hij ging langs bij klanten, maar hij heeft nooit precies uitgelegd wat hij deed. Was het niet iets met chemicaliën?'

'Benodigdheden voor fotozaken?'

'Dat was het,' zei de manager/eigenaar opgelucht. 'Chemicaliën voor fotografie.'

'Ging hij naar fotozaken, of misschien naar fotostudio's?'

'Dat weet ik niet precies.'

'Had hij een vaste klant waar hij altijd naartoe ging?'

'O Heer, dat weet ik echt niet. Als hij kwam, noteerde ik zijn gegevens en ik stelde verder geen vragen. Meestal kwam hij 's avonds, zodat hij de volgende ochtend vroeg op pad kon. Hij deed zijn ronde, sliep hier dan nog een nacht, en vertrok de dag daarop weer. Ik neem dus aan dat hij een flink aantal klanten in deze contreien had, maar ik heb nooit geweten wie het waren. Ik was blij met zijn klandizie. We moeten het hier in principe meer van de vakanties en lange weekeinden hebben.'

Terwijl Tess met de manager in gesprek was, had Carl de plaatselijke gele gids op de balie gelegd, fotozaken en fotostudio's opgezocht en alle namen en adressen genoteerd.

'Waar is Eric nu?' informeerde de man. 'Is hij teruggegaan naar huis?'

'Ik weet het niet. Zijn schoonouders' – het leek beleefd om het echtpaar Gunts zo te noemen – 'vertelden dat hij terug is gegaan naar het zuiden.'

'Het zuiden? Dit is het zuiden. Maryland is het noorden.'

'Het ligt allebei onder de lijn Mason-Dixie,' zei Tess. 'Maar ik bedoelde waar hij oorspronkelijk vandaan kwam.'

'O. Ik heb altijd aangenomen dat hij in Maryland woonde. Hoe kwam ik daar nou bij? Jeetje, ik heb echt in geen jaren aan hem gedacht. We hebben die winter een paar keer een leuk gesprek gehad.'

'Waarover?'

'Hij vertelde me over zijn plannen, vroeg me zelfs een keer wat voor soort diamant een meisje volgens mij het mooist vond. "Grote," zei ik bij wijze van grapje. Maar hij nam altijd alles even serieus. Zijn ogen werden heel groot en donker en hij zei: "Zo is mijn meisje niet, Mr. Schell. Als ik haar een stukje ijzerdraad gaf, zou ze het dragen alsof het de Hope-diamant was. Ze houdt van míj, niet van de dingen die ik haar geef." Hij vatte alles zo letterlijk op, je kon nooit een geintje met hem maken.'

'De Hope-diamant?' Het was de eerste keer dat Carl iets zei sinds hij zijn naam had gebromd. 'Is dat ding niet vervloekt?'

Mr. Schell stond perplex. 'Ik dacht dat het die grote oude diamant was die Richard Burton aan Elizabeth Taylor gaf, maar ik kan me vergissen. Mijn geheugen is niet wat het geweest is.'

Aan het einde van de dag waren Tess en Carl in bijna alle fotozaken en fotostudio's in heel Spartina geweest. Tess had het gevoel dat ze vrijwel iedereen in Spartina hadden gesproken die een camera had, zelfs de mensen met een wegwerpcamera.

'De moderne samenleving is veel te mobiel,' mopperde ze.

'Wat bedoel je?'

'In geen van die zaken of studio's werken nog dezelfde mensen als zes jaar geleden, toen Eric Shivers hier voor het laatst is geweest.'

'Zelfs de managers zitten er nog niet zo lang,' beaamde Carl. 'Wat had je eigenlijk verwacht? De persoon die we zoeken komt hier waarschijnlijk allang niet meer. Je hebt gehoord wat die man van het motel zei. Eric Shivers vertelde iedereen trots over zijn vriendin. Een of andere onderbetaalde idioot onthoudt het, hij gaat naar Frederick en vermoordt haar. Daarna verdwijnt hij.'

'En hoe heeft die man Alan Palmer leren kennen als hij in een fotozaak werkt?'

'Weet ik veel. Misschien maakt hij studioportretten in een supermarkt. Lucy had een week of twee voor haar dood zo'n portret laten maken. Misschien verkocht hij hotdogs.'

'Wat doen we hier dan?' Tess begon boos te worden op zichzelf. Ze had er een hekel aan om fouten te maken omdat ze overhaast te werk was gegaan, zonder eerst na te denken. Het was iets wat ze zoveel mogelijk probeerde te voorkomen. 'Wat kunnen we nou vinden als we zoeken naar iemand die niet langer in Spartina komt?'

'Iets. Wat dan ook. We hebben Cecil County binnenstebuiten gekeerd op zoek naar antwoorden over Lucy's dood. En volgens jou is de sheriff in Frederickstown grondig te werk gegaan. Dit is dus het enige wat we hebben.'

'Nee, dít is het enige.' Tess stopte voor een stoffige fotostudio die duidelijk betere tijden had gekend. De portretten in de etalage van Ashe's Studio Portraits & Fine Photography waren zo te zien vijftien of twintig jaar oud, voornamelijk van glimlachende jonge mensen die hun diploma hadden gehaald. De hoofddeksels en toga's waren door de jaren heen niet veel veranderd, maar de kapsels wel, en de make-up ook. Het was jaren geleden dat vrouwen van die volle wenkbrauwen hadden en dat vele lagen lipgloss mode was geweest.

Toch was de man in de zaak niet zo oud als Tess had verwacht. Halverwege de veertig, misschien, lang en mager, met de gekromde houding van elleboogjesmacaroni. Hij moest zelf student zijn geweest in de tijd dat de portretten in de etalage werden gemaakt. Hij keek verrast toen er mensen binnenkwamen – en niet blij verrast.

'Zijn jullie verdwaald? Willen jullie terug naar de snelweg?'

'Nee,' zei Tess, 'we zijn bezig met een onderzoek – '

'Zijn jullie van de staat? Dan wil ik wel een legitimatie zien.'

'Ik ben een privé-detective uit Baltimore,' zei ze terwijl ze haar portefeuille pakte en openklapte.

'En hij?' De man maakte een hoofdgebaar naar Carl.

'Hij werkt met mij samen. Hij is een stagiair.' Het was eruit voor ze het wist, en ze was zelf verbaasd, zoals zo vaak gebeurde als ze een leugentje vertelde. Carl was er niet blij me; ze zag dat hij zijn wenkbrauwen fronste en hoorde hem binnensmonds 'stagiair' mompelen. Dat de man meteen had gevraagd of ze 'van de staat' waren, gaf te denken. Iemand die niets van de autoriteiten te vrezen had reageerde niet zo.

'U bent Ashe?'

'De zoon. Wat wil Maryland van me?'

'We zijn op zoek naar mensen die vroeger zaken deden met ene Eric Shivers, een man uit Maryland die in dit gebied werkte als vertegenwoordiger.'

'Ja?'

'Is dat: "Ja, ik kende hem," of: "Ja, ga verder"?'

Ashe had zo'n gezicht waarvan de tekortkomingen geleidelijk duidelijk werden. Hij had een vlekkerige en ongave huid, zijn neus was net een puntig snaveltje, en een kin had hij helemaal niet. Zijn geelbruine ogen puilden een beetje uit en leken door het vele melkachtige oogwit net spiegeleieren.

'Allebei,' zei hij uiteindelijk. 'Mijn vader leefde toen nog, dus hij was degene die met Eric te maken had.'

'Gecondoleerd met het verlies van uw vader,' zei Tess. 'Is hij al lang dood?'

'Een aantal jaren,' antwoordde de man terwijl hij aan zijn niet-bestaande kin krabde. 'Vijf jaar, zoiets. En het was geen drama. Hij was oud.'

'Wat verkocht Eric precies?' Dit was Carl, zijn stem te luid, te gejaagd. Het was de stem van een tolambtenaar, niet die van een doorgewinterde rechercheur.

Desondanks was de man overrompeld door de vraag. 'Wat – ik bedoel, jullie zeiden dat hij in fotoapparatuur handelde, niet ik.'

'Nee, dat hebben we juist niet gezegd.' Carl deed een stap naar voren en kwam zo dicht bij Ashe junior staan als de groezelige toonbank toeliet. 'We zeiden dat hij vertegenwoordiger was. Wat verkocht hij?'

'Papier?' Maar het was duidelijk een vraag.

'Dat denk ik niet.'

'Nou, ik weet het niet. Oké? Ik weet het niet. Ik weet dat Eric bij mijn vader kwam, maar ik heb me er nooit mee bemoeid. Ik hou deze zaak open totdat de markt weer aantrekt en ik er een behoorlijke prijs voor kan krijgen. Ik ben geen fotograaf, en als ik in zaken ga, wil ik een dynamisch bedrijf met ruimte om te groeien. Ik wil iets anders met mijn leven doen dan in een zaak als deze staan.'

'O ja?' Carl boog naar voren totdat hij bijna neus aan neus stond met deze magere, futloze man. 'Nou, je bent niet de enige, makker.'

16

'*Did anything about that strike you as unusual?*'
Carl bleef op de stoep buiten de fotostudio stokstijf staan. 'Wacht,
die zin komt me bekend voor. Het komt uit een film. Niet zeggen. Ik
kan de man die het zegt voor me zien, hij zegt het heel ernstig. Hij is
een beroemde acteur.'
'Nee, ik bedoel – '
'Niet zeggen! Ik weet het zo weer. Jeetje, ik ben er zo dichtbij. *48
hours*? Nee, die is het niet. Een van de *Godfathers*?'
'Carl – ' Het was niets voor Tess om mensen die ze niet goed kende
aan te raken, maar in dit geval greep ze Carls arm beet en draaide ze
hem om. 'Ik speel geen spelletje filmpje-raden. Ik stel geen retorische
vraag. Ik herhaal: is je daarnet iets opgevallen?'
'Ja,' mompelde hij. Hij trok zijn arm los en wreef erover, alsof ze
een vlek op zijn mouw had gemaakt. 'Je noemde me je stagiair, en dat
is net een tree boven je lakei. Waarom zei je dat?'
Tess stapte in haar auto, wachtte tot Carl naast haar kwam zitten,
startte de motor en reed weg, zonder te weten waarheen. Ze waren
nog lang niet klaar in Spartina, dat wist ze wel.
'Die vent was duidelijk als de dood voor de autoriteiten. Het was
zijn eerste vraag: "Zijn jullie van de staat?" Ik wilde hem op zijn gemak stellen, dus vertelde ik hem een leugentje. Ik wilde je niet klei-
neren. Je hebt geen legitimatie. Wat wou je die kerel laten zien, je lid-
maatschapskaart van de videotheek?'
Carl sloeg zijn armen over elkaar en dacht na. Uiteindelijk knikte
hij. 'Als het maar niet is wat je werkelijk denkt.'
'Hij zei vijf jaar.'
'Wat?'
'Hij zei dat zijn vader vijf jaar dood is, "zoiets".'
'Vijf jaar, vier jaar, zes jaar.' Carl haalde zijn schouders op. 'Niet iedereen is goed in het onthouden van data.'

'Wanneer is jouw moeder overleden?'

'Dat was in februari acht jaar geleden.'

Tess vond het niet nodig om iets te zeggen, ze liet hem gewoon nadenken over zijn eigen woorden.

'Als zijn vader was overleden in de periode dat Eric hier was, zou het hem scherper voor ogen staan. Er zou een verband zijn tussen het een en het ander.'

Tess knikte. 'Dat denk ik ook, ja.'

'Waarom liegt hij erover?'

'Omdat hij niet wil dat wij hem met Eric associëren. En daarmee dus ook met Tiffani. Die man in het motel kletste honderduit over Eric, en kennelijk was Eric ook behoorlijk praatgraag. Ashe loog tegen ons. Meestal hebben mensen een reden om te liegen.'

'Oké, we gaan terug en nemen hem onder handen.'

'We zijn niet van de politie, Carl,' betoogde Tess. 'We kunnen Ashe niet naar het bureau slepen en hem urenlang vasthouden en onder druk zetten. Meestal bedriegt mijn intuïtie me niet, maar daar kunnen we geen rechten aan ontlenen.'

'Wat doen we dan?'

'Ik weet iets. Ik vind het de ideale plek als ik vastloop.'

De openbare bibliotheek van Spartina was niets bijzonders, maar had wel de internetverbinding die Tess nodig had. Met behulp van het draadloze modem dat Dorie voor een astronomisch bedrag op haar laptop had geïnstalleerd logde Tess in en ging ze naar het archief van de *Spartina Messenger*, terwijl Carl door de gebonden kranten zelf bladerde. De database van de krant was alleen de laatste dertig dagen gratis, voor oudere artikelen moest worden betaald.

'Ga je dat doen?' vroeg Carl, tijdelijk afgeleid door een pagina met filmrecensies.

'Natuurlijk. Daar krijg ik een onkostenvergoeding voor.' Tess ging naar het archief en begon relevante stukken te downloaden, te beginnen met de overlijdensadvertentie van Ashes vader.

'Kijk eens naar de datum.'

Carl keek over haar schouder. 'Eikel. Het is zéven jaar geleden.'

'Die deed dus zes jaar geleden met helemaal niemand meer zaken.'

Er kwamen nog andere Ashes voor, maar geen voor wie Tess belangstelling had. De krant bleek een lijst van kleine criminaliteit bij te houden, gerangschikt op adres. Ze probeerde het adres van de fotostudio. Er waren ruim tien meldingen van de laatste tien jaar, maar alleen het soort criminaliteit dat je in zo'n soort verloederde wijk kon verwachten: ingegooide ruiten, inbraken in auto's. Alleen de straatnaam werd genoemd, niet het huisnummer, dus het was niet duidelijk of de fotostudio ergens bij betrokken was geweest. Rond de maanden voor en na de moord op Tiffani vond ze drie telefoontjes naar de brandweer over een 'verdachte stank', maar dat verklaarde nog niet waarom Ashe junior over Eric Shivers had gelogen.

Een gedempte stem uit de luidsprekers liet weten dat de bibliotheek om vijf uur dicht zou gaan. Tess keek op haar horloge en zocht nog snel Ashes telefoonnummer op in het plaatselijke telefoonboek. Het nummer verscheen op het scherm, compleet met een kaartje en routebeschrijving naar zijn huis. Het moderne leven was bijna te makkelijk.

'Let's go,' zei ze tegen Carl, en ze had er meteen spijt van. Ze was bang dat ze weer een lesje filmgeschiedenis zou krijgen, maar hij was er met zijn gedachten niet bij.

'Je zei toch dat het geen zin had om nog een keer met hem te gaan praten als we verder niets weten.'

'Dat weet ik wel, maar mensen gaan soms rare dingen doen als je bij ze thuis voor de deur staat. Ze beseffen niet hoeveel van hun leven in deze' – ze klopte op haar laptop – 'schatjes zit. Langsgaan in iemands winkel is tot daar aan toe, zonder uitnodiging bij ze thuiskomen is iets heel anders. Machtspolitiek.'

'Jij stond bij mij thuis voor de deur, en dat vond ik helemaal niet erg.'

Tess vertelde Carl maar niet dat dit juist bewees hoe ongewoon hij was.

Ashe woonde in een nieuwbouwwijk omgeven door modderige velden. Een groot bord aan de rand van de wijk beloofde luxueuze gezinswoningen, maar de huizen in aanbouw zagen er weinig veelbelovend uit.

Het huis van Ashe was het enige in zijn doodlopende straat dat voltooid was. Er stonden twee auto's op de oprit, een Japanse middenklasser en de onvermijdelijke terreinwagen. Achter de 4x4 stond een kinderfietsje, en Tess vermoedde dat het de volgende dag onder de banden van de grote auto vermorzeld zou worden.

Een vermoeid uitziende blondine in haar werkkleren van overdag deed open. Op de achtergrond stond een televisie keihard aan, en een kind probeerde het geluid te overstemmen. De vermoedelijke Mrs. Ashe keek tegelijk geschrokken en hoopvol. Haar mondhoeken gingen omhoog, alsof ze nog steeds hoopte dat haar fantasie over het winnen van de loterij werkelijkheid zou worden. Het volgende moment zuchtte ze, wetend dat elk nieuws slecht nieuws was.

'Henry is in de huiskamer,' zei ze.

Mooi. In de huizen van tegenwoordig grensde de huiskamer doorgaans aan de open keuken, zodat iedereen alles van elkaar kon horen. Ashe zou met hen moeten praten terwijl zijn vrouw alles kon horen en zien – of hij moest haar argwaan wekken door voor te stellen om ergens anders te gaan zitten. Tess wist niet wat voor geheimen Ashe voor zijn vrouw had, maar het kwam goed uit dat het er in elk geval een paar waren.

'Wat komen jullie hier doen?' vroeg hij toen hij zijn blik van het televisiescherm losmaakte. Hij keek naar het financiële nieuws, met het beursoverzicht van die dag.

'Uw vader is zeven jaar geleden overleden,' zei Tess.

'U hoeft mij niet te vertellen wanneer mijn vader is overleden.'

'Juist wel. Want toen we vanmiddag in de winkel waren, zei u dat hij zaken had gedaan met Eric Shivers, en Shivers is hier zes jaar geleden voor het laatst geweest.'

Ashe keek weer naar de televisie, maar het was alleen een manier om oogcontact te vermijden. 'Allemachtig, het spijt me. Neem me niet kwalijk dat ik in alle drukte rond het overlijden van mijn vader, mijn huwelijk en het krijgen van een kind ben vergeten wanneer ik ene Eric Shivers heb ontmoet. Ik ben duidelijk door en door slecht.'

Ashe zat in een leunstoel, met zijn voeten op een voetenbankje. Carl liep naar hem toe en schopte zijn benen van het bankje.

'Hé!' kermde Ashe, en zijn vrouw draaide zich naar hen om in de keuken, waar ze zogenaamd druk aan het koken was. Tess kwam naar voren en ging tussen de twee mannen in staan. Ze had een hekel aan dit soort intimidatie. Het was zo onproductief en zo vals. Alsof ze een film naspeelden.

'U was niet vergeten wannéér u hem had ontmoet,' zei ze, 'u was vergeten dát u hem had ontmoet. Daarom zijn we teruggekomen. We willen graag weten waarom u liegt over zo'n kleinigheid. Kennelijk vindt u het om de een of andere reden heel belangrijk om afstand te nemen van Eric Shivers.'

'Luister, ik weet niet wat die Shivers heeft uitgespookt, ik weet alleen dat ik hem jaren niet heb gezien. We hebben één keer zaken gedaan, meer niet. Hij zei dat hij zich aan de voorschriften zou houden, en ik geloofde hem. Leek zijn prijs te mooi om waar te zijn? Ja. Kon ik me iemand anders permitteren? Nee.'

Tess kon hem niet volgen. 'De voorschriften?'

'Toen mijn vader overleed, erfde ik alleen een fotostudio. Een ouderwetse, verwaarloosde zaak met antieke apparatuur die minder waard was dan de grond waar hct pand op staat.'

'En?'

'En ik heb Eric betaald om de boel op te ruimen, alle oude rotzooi eruit te halen. Er stonden liters en liters chemicaliën en fixeer, spul waar ik niets aan had, zó oud dat zelfs mensen die nog op de ouderwetse manier ontwikkelen en afdrukken het niet wilden hebben. Eric zei dat hij overal voor zou zorgen, en dat ik nooit bang zou hoeven zijn voor dít.'

'Dit?'

'Inspecteurs die me lastigvallen en me willen bekeuren omdat ik illegaal chemisch afval heb gedumpt. Hij heeft het me verzekerd.'

'Dus de laatste keer dat u hem heeft gezien was zes jaar geleden – '

'Toen hij het restant van zijn geld kwam halen.'

'In contanten?'

'In contanten.' Ashe haalde zijn schouders op. 'Hij was goedkoop, en hij deed wat hij had beloofd. Hij haalde alles weg uit de studio, zodat ik de zaak te koop kon zetten. Jammer genoeg kelderden de prijzen. Maar als ik er ooit een koper voor vind, hoef ik tenminste niet bang te zijn voor de inspectie.'

'Behalve dat er asbest in de isolatie zit,' zei zijn vrouw vanuit de keuken op nuchtere toon, alsof ze hem eraan wilde herinneren dat ze er was en dat ze luisterde, en dat ze van zijn geheimen op de hoogte was.

Carl fronste zijn wenkbrauwen. 'Bent u volgens de wet niet verplicht om volledige openheid van zaken te geven? Moet u een eventuele koper niet vertellen dat er ooit chemicaliën en andere rotzooi waren opgeslagen?'

'Waar zijn jullie nou eigenlijk van? Het is een fotostudio. Als een koper bodemonderzoek wil laten doen, zal hij dat zelf moeten betalen.'

Tess nam de leiding weer over. Carl liet zich te snel afleiden. 'De laatste keer dat u Eric hebt gezien, weet u nog welke dag dat was?'

'Het was ergens in maart, het was nog koud. De dag weet ik niet meer precies, sorry.' De toon waarop hij het zei gaf aan dat het hem allesbehalve speet.

'Heeft u met hem over uw privé-leven gepraat?'

'We deden zaken. Ik heb nooit iets over zijn leven gevraagd en hij niet over het mijne. Laat u babyfoto's zien aan de vuilnisman?'

Het zou kunnen dat hij loog, bedacht Tess. Ashe had al eerder gelogen, en misschien was hij wel de jaloerse, wraakzuchtige man die ze zochten. Maar zijn hele houding getuigde van een ongelooflijke luiheid. Het leek ondenkbaar dat hij de energie zou kunnen opbrengen om iemand te vermoorden, om wat voor reden dan ook.

'En hij is alleen langs geweest om zijn geld te halen. Hoeveel was het?'

'Dat weet ik echt niet meer. Het kan niet meer zijn geweest dan driehonderd dollar, want ik had het geld opgenomen bij een geldautomaat.'

'U zegt dat u de datum niet meer weet. De tijd nog wel?' vroeg Carl.

''s Avonds laat, in het donker. Er brandde nergens meer licht in de straat.'

Carl keek naar Tess, en ze knikte. Eric was 's avonds in het motel aangekomen en had de volgende dag 'zijn ronde' gedaan. Na zijn terugkeer in het motel had zijn bestelbus de hele nacht op het parkeerterrein gestaan, aldus de oplettende manager. De volgende ochtend had de politie Eric uit zijn slaap gewekt en hem verteld dat zijn verloofde dood was. Een van de politiemannen had Erics bestelwagen naar huis gereden omdat hij er zelf niet toe in staat was.

'Wat voor auto had hij?'

'Wat voor auto? Weet ik veel. Wat maakt dat nou uit? De klus was geklaard.'

'Vertel het nog een keer.'

'Wat moet ik nog een keer vertellen?'

'Hoe laat was hij hier? Hoe laat ging hij weer weg?'

Onderuitgezakt in zijn stoel, zijn kinloze gezicht rustend op zijn sleutelbeen, zag Ashe eruit als een schildpad die zijn kop intrekt. 'Ik weet het echt niet. Het is zes jaar geleden. Het was donker, het was laat. Wat willen jullie verder nog weten?'

'We willen weten,' zei Tess, 'of er op loopafstand van het oude motel bij de rivier een bedrijf is waar je auto's kunt huren.'

'In de buurt van die gribus? Het lijkt me heel onwaar...'

'Je vergist je, Henry,' onderbrak zijn vrouw hem. 'Het is je waarschijnlijk nooit opgevallen, maar het benzinestation daar heeft ook een kleine supermarkt met een autoverhuurbedrijf. Als je na zes uur 's avonds een auto wilt huren, kun je bijna nergens anders terecht. Weet je nog toen je die aanrijding had gehad met de Explorer en we een hele maand een auto moesten huren omdat de reparatie zo lang duurde? Nou, toen ben ik daar geweest om – '

'Ja, ja, ja,' zei Ashe. 'Je kunt daar dus auto's huren. Nou en?'

Tess had al een pen gepakt en de plattegrond die ze hadden gebruikt om Ashes huis te vinden opengevouwen. 'Kunt u ons een routebeschrijving geven? We zijn hier niet bekend en het is al bijna donker.'

'Een supermarkt met een autoverhuurbedrijf en een videotheek,' zei Carl. 'Hoe verzin je het. Wat kun je nou allemaal onder één dak bij elkaar brengen?'

'Alles,' zei Tess afwezig. 'Het is een wonder dat de grote ziekenhuizen nog geen begrafenisondernemingen opkopen, zodat ze kunnen adverteren met een "*birth-to-earth*"-service.'

'Dat komt uit – '

'*West Side Story*, ik weet het. Maar ik durf te wedden dat ik iets over de film weet wat jij niet weet.'

'Wat dan?' Carl hield dit duidelijk niet voor mogelijk.

'In de theaterversie van *West Side Story* werd gezegd dat ze vrienden zouden zijn "*from sperm to worm*", maar dat kon je in een film niet zeggen, niet in de jaren zestig.'

'Echt waar?'

'Echt waar. Geen sperma, niet in de jaren zestig.'

'En nu hoor je om de twee woorden fuck dit en shit dat. En dat soort schuttingtaal heb je niet eens nodig. In *The Wild Bunch* – '

Ze waren bij het pompstation, zodat Tess een verdere verhandeling over William Holden en de grote schorpioen bespaard bleef.

De manager van dit multidimensionale winkelbedrijf was een veteraan – hij werkte er al een ontzagwekkende drie jaar, 'twee jaar langer dan alle andere medewerkers,' vertelde hij hun trots. Het was on-getwijfeld een indrukwekkende prestatie, maar Tess en Carl hadden er weinig aan.

'Tenzij – ' zei Tess terwijl ze met haar vingers op de balie trommelde.

'Tenzij wat?' Met glinsterende ogen keek de manager haar aan. Hij behoorde tot een vrijwel uitgestorven soort: een jongeman in de dienstverlenende sector die zowaar graag een dienst wilde verlenen. 'Wat kan ik voor jullie doen?'

'We zijn scenarioschrijvers' – de leugen floepte eruit, ongetwijfeld geïnspireerd door het gesprek over *West Side Story* – 'en we proberen zo dicht mogelijk bij de waarheid te blijven. We werken nu aan een thriller voor – '

'Een regisseur wiens naam we niet kunnen noemen,' vulde Carl aan toen hij merkte dat Tess aarzelde. 'Maar geloof me, het is iemand die je kent.'

'Wordt de film hier in Spartina opgenomen?' De manager zette gro-te ogen op.

Carl legde een vinger tegen zijn lippen en glimlachte samenzweer-derig.

'Jemig! Nou, wat willen jullie precies weten?'

'Houden jullie gegevens bij van de auto's die jullie verhuren? Als jullie een naam hebben van, zeg, een jaar of zes geleden, is die dan in jullie systeem te vinden?'

'Misschien met een datum – '

'Laten we zeggen – ' Carl had nu volledig de leiding genomen, en Tess liet hem zijn gang gaan, onder de indruk van zijn techniek. In het alledaagse leven was hij een raar klein mannetje, maar als hij over-schakelde op zijn rol van smeris kon hij erg goed zijn, zolang hij ten-minste geen benen van voetenbankjes schopte. 'Laten we zeggen ne-gentien maart, zes jaar geleden. En dan nemen we als naam eh... Eric Shivers.'

'Wat een rare naam.'

'Het is de naam van onze hoofdpersoon,' vertelde Carl hem met een knipoog. 'En we kunnen die naam niet gebruiken als er echt een Eric Shivers bestaat die een auto heeft gehuurd in Spartina. Dat kan pro-blemen geven.'

De manager, apetrots dat hij mee kon werken aan een film, tikte de gegevens in op zijn toetsenbord, maar het leverde niets op. 'Jullie hebben geluk. Geen Eric Shivers, zelfs geen Shivers. Ik zei toch dat het een rare naam is.'

'Dus je kunt op naam zoeken?' zei Tess.

'Ja, meestal wel. We zetten mensen in de computer, zodat we hun gegevens bij de hand hebben. Het bedrijf doet alsof het zo attent van ons is omdat het twee minuten scheelt bij het invullen van het formulier, maar als je het mij vraagt – en dit blijft onder ons – verkopen ze de gegevens aan van die direct-mailfirma's.'

'Kun je ook op datum zoeken, een uitdraai maken van elke auto die hier op een bepaalde dag is verhuurd?'

'Ik weet vrij zeker dat dat níét kan.' Meer geklik van het toetsenbord. 'Nee, we zijn in de tussentijd op een ander computersysteem overgegaan, en de oude gegevens zijn niet bijgewerkt. Misschien op het hoofdkantoor.'

'O.' Teleurgesteld leunde Tess tegen een rek met chips. Even had het ernaar uitgezien dat ze iets te pakken hadden. Wat wist ze niet precies. Het feit dat Shivers zijn bestelbus de hele nacht bij het motel had laten staan en met een andere auto naar Ashe was gegaan, had een belangrijke ontdekking geleken, zoals vaak het geval was met losse stukjes informatie. Maar hij had misschien wel een taxi genomen, of de manager van het motel vergiste zich. Eric was misschien wel gewoon een halfuur weggeweest zonder dat iemand het had gemerkt.

Wat betreft de draai die hij aan zijn werkzaamheden in Spartina had gegeven... nou, waarschijnlijk leverde hij inderdaad fotoapparatuur en had hij een kans gezien om een extraatje te verdienen. Voorzover zij wisten, had hij een deel van de chemicaliën gerecycled. Ze pakte een zakje chips en bestudeerde het etiket alsof de calorieën of de ingrediënten haar ervan konden weerhouden om er trek in te hebben. Over chemicaliën gesproken! Maltodextrine, dextrose, zetmeel, smaakversterker, kleurstoffen, plantaardige olie –

'Palmolie,' zei ze.

'Smerig spul,' zei Carl. 'Hebben ze niets met koolzaadolie?'

'Ik bedoel' – de manier waarop ze woorden associeerde leek vergezocht en stom – 'palmolie. Palmer.'

Zijn ogen werden groot. 'Denk je dat – '

'Probeer Alan Palmer eens,' droeg Tess de manager op.

'Is dat een ander personage in de film?'

'Doe het nou maar gewoon.'

'Oké. Jeetje, ik kan me niet voorstellen dat jullie zoveel research doen en dat we dan toch van die idiote films krijgen.' Klik, klik, klik, klik. Het leek een eeuwigheid te duren. 'Krijg nou wat! Alan Palmer heeft die dag inderdaad een auto gehuurd. En hij kwam ook uit Maryland, net als jullie.'

'Om een auto te kunnen huren heb je toch een geldig rijbewijs nodig?'

'O ja, beslist. Een geldig rijbewijs en een creditcard, geen gewone pinpas.'

Het kostte Tess de grootste moeite om haar stem te vinden en de jongeman te bedanken, om de winkel te verlaten en terug te lopen naar haar auto. Het voelde alsof het kleine parkeerterrein kilometers breed was. Carl kwam achter haar aan, al even onthutst als zij. Ze stapten niet in de Toyota maar leunden ertegenaan, kijkend naar de sterrenhemel. Ze waren zo ver bij de grote steden vandaan dat er ontelbare sterren fonkelden in het donker.

'Wat gebeurt hier?' vroeg Carl uiteindelijk. 'Kenden Eric Shivers en Alan Palmer elkaar? Was het een *Strangers on a train*-scenario? Jij vermoordt de mijne en ik de jouwe?'

'Nee,' zei Tess, zelf verbaasd dat ze zo zeker was. 'Alan Palmer had Lucy Fancher nog niet eens ontmoet toen Tiffani Gunts werd vermoord. Het zou toen nog een jaar duren voordat ze elkaar leerden kennen, weet je nog? Hun relatie begon in de lente van het jaar daarop.'

'Dan kan ik er geen chocola van maken.'

'Er is maar één mogelijkheid.' Haar mond was droog, en ze moest haar lippen likken voordat ze weer iets kon zeggen. 'Eric Shivers en Alan Palmer zijn een en dezelfde persoon.'

'Onzin. Dat kan helemaal niet. Je hebt gehoord wat die jongen zei. Alan Palmer had een rijbewijs en een creditcard. Hoe kan hij die hebben als hij Eric Shivers is?'

'Je kunt documenten vervalsen,' zei Tess, denkend aan de vervalser die Mickey Pechter haar nog maar een paar weken terug had aanbevolen. 'Snap je het dan niet? Tegen de tijd dat Tiffani Gunts om het leven kwam, had Eric Shivers al voorbereidingen getroffen om te verdwijnen en was zijn volgende identiteit al kant-en-klaar. Alan Palmer kan hetzelfde hebben gedaan – alles geregeld voor een nieuwe identiteit, dan huurt hij een auto en laat hij zijn bestelbus goed zichtbaar achter, daar waar men hem verwacht.'

'Alan Palmer ligt in Connecticut in het ziekenhuis.'

'O, er ligt vast een zekere Alan Palmer in het ziekenhuis. En ik durf te wedden dat hij een gebroken nek heeft van een auto-ongeluk. Heb je nagetrokken wanneer hij precies is opgenomen, of ben je afgegaan op wat die maatschappelijk werkster je vertelde?'

Carl keek naar de grond. 'Het leek me niet iets waar iemand over zou liegen. Hij lag in het ziekenhuis. Het is nooit bij me opgekomen om te vragen sinds wanneer, want ik dacht dat ik dat wist.'

'Eric is waarschijnlijk ook een bestaand iemand. Dat is alleen niet de Eric Shivers die Tiffani Gunts het hof heeft gemaakt.'

'Weet je wel wat je zegt?'

'Dezelfde man heeft Tiffani Gunts en Lucy Fancher omgebracht. En hij loopt nu nog ergens los rond, waarschijnlijk met een nieuwe vriendin. Hij heeft een ander meisje met donker haar gevonden, een meisje dat slechte ervaringen heeft met mannen, en nu verandert hij haar leven. Hij laat haar gebit reguleren, hij geeft haar zelfvertrouwen, hij dringt erop aan dat ze teruggaat naar school en beter werk zoekt. Haar vrienden en ouders zijn weg van hem, ze durven te zweren dat hij een sprookjesprins voor haar is. Ze zijn gelukkig, ze zijn verliefd, en ze hebben trouwplannen.'

'Jij denkt – '

'Ik denk dat deze man de ideale vriend is – tot aan de dag dat hij je vermoordt.'

17

De staatspolitie van Maryland is vreemd genoeg vrijwel onzichtbaar voor de mensen die ze beschermen. Gevraagd om uit te leggen wat dit politiekorps doet, zou een gemiddelde burger zeggen dat ze bekeuringen uitdelen voor te hard rijden op de snelwegen. Degenen die de kranten lezen, weten misschien dat er vrijwel altijd een undercoveragent van de staatspolitie bij betrokken is als een Marylander iemand uit de weg wil laten ruimen door een huurmoordenaar. De meeste aandacht kregen de staatsagenten als ze omkwamen in diensttijd.

Afgezien daarvan weet eigenlijk niemand precies wat ze doen of waarom ze bestaan. Tess wist het in elk geval niet, maar Carl had met staatsagenten – *troopers* – samengewerkt aan de zaak-Fancher en scheen te weten wat ze deden.

'Ik wilde dat we niet van deze jongens afhankelijk waren,' verzuchtte Carl toen hij en Tess tien, twintig, dertig minuten na het afgesproken tijdstip nog steeds zaten te wachten. 'Hadden we niet rechtstreeks naar de FBI kunnen gaan?'

'Jij weet beter dan ik dat de FBI geen bevoegdheid heeft. Onze man heeft wel een auto gehuurd in Virginia, maar voorzover we weten heeft hij alleen binnen de grenzen van Maryland moorden gepleegd. Bovendien leek de staatspolitie erg happig toen ik belde.'

'Als ze zo happig zijn,' vroeg Carl, 'waarom laten ze ons dan zo lang wachten?'

'Om ons in te peperen dat zij belangrijker zijn dan wij,' legde Tess uit. 'Of omdat ze zichzelf van hun eigen belang moeten overtuigen.'

'Geloof me, die lui twijfelen nooit aan hun eigen belang. Het zijn eikels. Ik heb slechte herinneringen aan de keren dat ik met ze moest samenwerken.'

'Zij hadden toch officieel de leiding in de zaak-Fancher?'

'Ja, en het waren hufters. Ze wisten altijd alles beter. Ik weet zeker dat ze ons dit onderzoek meteen uit handen nemen. Ze zullen ons als gewone burgers behandelen.'

'We zíjn gewone burgers,' merkte Tess op. 'Als je mij straks mijn gang laat gaan, zorg ik dat we erbij betrokken blijven.'

Er verstreken nog vijf minuten voordat een secretaresse hen meenam naar een vergaderzaaltje waar drie geüniformeerde mannen op hen zaten te wachten. In hun stijve kaki uniformen, hun breedgerande hoeden op de tafel voor hen, wekten ze de indruk dat ze zonnebrillen met spiegelglas droegen, al was dat niet zo – hun ogen waren gewoon volkomen uitdrukkingsloos. Niemand verontschuldigde zich voor het feit dat Tess en Carl hadden moeten wachten, hoewel de jongste van de drie naar Carl knikte.

'Carl,' zei hij.

Carl knikte terug. 'Korporaal Gregg.'

'*Craig*. En ik heb inmiddels promotie gemaakt.'

'Dat is waar ook, u heeft enige tijd assistentie verleend bij de zaak-Fancher, Mr. Dewitt,' zei de middelste van de drie, luitenant Green volgens zijn naamplaatje. 'Sergeant Craig heeft ons op de hoogte gebracht. Helaas was het oplossen van de zaak een brug te ver, als ik het zo mag noemen.'

Het was geen leuk grapje. Tess had medelijden met Carl.

'We hebben inmiddels gekeken naar de twee zaken die volgens u met elkaar in verband staan en contact gezocht met ViCAP,' vervolgde luitenant Green. 'We hebben geen opvallende overeenkomsten gevonden, maar we hebben wel veertig openstaande zaken van moord op volwassen vrouwen in de afgelopen vijf jaar – waaronder nog een onthoofding, hoewel er in die zaak een arrestatie is verricht. Bovendien werd in dat geval het lichaam eerder gevonden dan het hoofd,' voegde hij eraan toe, voldaan omdat hij wist dat de chronologie belangrijk was.

De oudste van het trio, majoor Shields, beloonde hem met een glimlach. Hierop hengelde ook sergeant Craig, jongensachtig en blond, naar een complimentje.

'We kijken ook naar huiselijke drama's die als moord-zelfmoord zijn opgelost.'

'Opgelost?' echode Tess op ongelovige toon.

'Opgelost in de zin dat het geen lopende zaken meer zijn,' suste majoor Shields. 'Maar we moeten er ook rekening mee houden dat deze moordenaar – aangenomen dat het er inderdaad maar één is – geen moorden meer pleegt omdat hij dood is. Of hij bevindt zich in een andere staat. In dat geval kunnen we weinig anders doen dan waarschuwen en hopen dat er meer instanties zijn die ViCAP raadplegen.'

'Die man pleegt geen zelfmoord,' zei Carl.

Tess was er niet zo zeker van, maar ze wilde een gesloten front vormen tegenover deze mannen, dus legde ze waarschuwend een hand tegen de zijkant van Carls been, onder de tafel, zodat niemand het kon zien. Hij liet haar hand even liggen, schudde haar toen af.

'Nee,' beaamde de majoor, 'niet als u gelijk heeft wat het patroon betreft. Het is alleen moeilijk om uit slechts twee zaken een patroon af te leiden. Mijn collega Sam' – hij knikte naar luitenant Green – 'heeft in Quantico een opleiding tot profiler gedaan. Het is lang niet zo eenvoudig als de meeste mensen denken om een karakterschets van een moordenaar te geven.'

Opnieuw kostte het Tess moeite om haar gezicht in de plooi te houden. Een vriend van haar die in Baltimore bij de recherche werkte, was een keer naar Quantico geweest om advies te vragen over twee ogenschijnlijk willekeurige moorden in een van de duurdere wijken van de stad. De profiler had de dossiers bekeken en gezegd: 'De moorden zijn allebei 's nachts gepleegd, dus we weten dat deze moordenaar een nachtmens is.' Dat was zo ongeveer de enige bruikbare informatie geweest die de sessie had opgeleverd, en zelfs dit bleek achteraf niet te kloppen. Later werden er twee verschillende daders opgepakt, recidivisten die in het verleden op alle tijden van de dag en de nacht misdaden hadden gepleegd.

'Hoe zit het met gesloten zaken?' Ze zei het zo beleefd mogelijk. Er hing een nare atmosfeer in het vertrek, het gevolg van de haast tastbare animositeit tussen Carl en sergeant Craig.

'Gesloten zaken?' Luitenant Green kon haar niet volgen. 'Gesloten zaken zijn gesloten.'

'Maar stel nou dat de persoon die deze moorden heeft gepleegd voor een ander misdrijf in de cel zit?'

'Ja, met die mogelijkheid houden we natuurlijk altijd rekening.'

'Of stel nou dat er met een van jullie opgeloste zaken een fout is gemaakt? Stel nou dat de verkeerde man is veroordeeld, zodat de moordenaar gewoon door kan gaan?'

'Dat is een' – de majoor zocht naar een woord – 'interessante invalshoek. We zullen erover nadenken. Het is fijn dat u ons zo heeft geholpen. Deze zaak zou wel eens heel belangrijk kunnen zijn.'

De troopers schopten hen zonder pardon op straat, precies zoals Carl had gevreesd. Tess kon voelen dat hij steeds bozer werd, maar ze wist dat ze tactvol moesten zijn, bijna onderdanig, om hun zin te krijgen. Ze moesten zich als bètahonden op hun rug rollen voor de alfahonden. Voor mannen was het een harde les, maar de meeste vrouwen deden het van nature.

'We hebben jullie gebeld omdat we willen helpen. We willen graag met jullie samenwerken.'

Majoor Shields glimlachte naar haar. 'De staatspolitie werkt niet met burgers samen.'

'Dat begrijp ik.' Ze wachtte even, en de troopers glimlachten, vol van het warme gevoel dat opwelt als je moeiteloos je zin hebt gekregen. 'Alleen is deze uiterst gevoelige informatie voortgekomen uit óns onderzoek. Ik heb nog steeds een contract, mijn werk is niet af. Je zou zelfs kunnen zeggen dat deze informatie van mij is. Van mij en mijn opdrachtgevers.'

De troopers glimlachten niet langer.

'U mag natuurlijk doorgaan,' zei de majoor, 'zolang u het officiële politiewerk maar niet in de weg zit.'

Het was bluf. Tess schudde haar hoofd. 'Mijn opdrachtgevers hebben goede connecties. Ze zijn het niet gewend om op wat voor manier dan ook terzijde te worden geschoven of beperkingen opgelegd te krijgen. Ze weten al wat ik heb ontdekt, en tot nu toe zijn ze niet naar de media gegaan om het aan de grote klok te hangen. Dat zullen ze ook niet doen – zolang ik bij de zaak betrokken blijf. Als ik ze vertel dat jullie me het werken onmogelijk maken, stappen ze onmiddellijk naar de televisie omdat deze zaak in de doofpot wordt gestopt.'

'De doofpot?'

'Mijn opdrachtgevers ijveren voor meer subsidie om huiselijk geweld te voorkomen. Ze kunnen profiteren van de zaak-Fancher, aangezien jullie haar vriend hebben laten lopen. Vooral als blijkt dat hij daarna nog meer moorden heeft gepleegd.'

'Alan Palmer had iedereen zand in de ogen gestrooid,' sputterde sergeant Craig. 'Hij was door en door fatsoenlijk. Iedereen die Lucy kende vond hem aardig. En hij ligt nota bene in het ziekenhuis!'

'Iemand met de naam Alan Palmer ligt in het ziekenhuis,' corrigeerde Tess hem, 'maar daar lag hij al voordat de Alan Palmer die jullie kenden wegging uit North East.'

'De man die wij kenden had een verdomd goed alibi. Wat mij betreft heeft hij nog steeds een alibi. Alleen maar omdat – '

De majoor legde hem met een blik het zwijgen op, en zei op indrukwekkend autoritaire toon: 'Geen dreigementen, Miss Monaghan.'

'Dit zijn geen dreigementen, het zijn feiten. Mijn opdrachtgevers beschouwen de informatie die ik heb verzameld min of meer als hun eigendom. De beste manier om hen ervan te verzekeren dat ze niet worden buitengesloten, is om mij – en Carl – met jullie te laten samenwerken.'

'U bent niet in overheidsdienst, en Carl is dat niet langer. Wat zouden jullie kunnen doen?'

'Kleine dingen, saaie klusjes. Gesprekken met mensen die mogelijk iets weten, en waar jullie de tijd niet voor hebben. We kunnen de telefoon opnemen, tips noteren, folders met de foto van Alan Palmer verspreiden. Is het trouwens dezelfde als die van Eric Shivers?'

De troopers wierpen elkaar een snelle blik toe, waaruit Tess opmaakte dat ze het niet hadden bekeken. Ze zag dat luitenant Green een aantekening maakte.

'Carl en ik kunnen zelfs de achtergrond van de twee mannen natrekken om te zien of er overeenkomsten zijn.'

'Ze zijn niet – ' begon sergeant Craig, hetgeen hem alweer op een waarschuwende blik van de majoor kwam te staan, het soort blik waardoor woorden verschrompelen op de tong. Majoor Shields dacht na over haar verzoek, of anders wilde hij niet dat de jonge trooper een of andere onthulling deed.

'Als we jullie met ons laten samenwerken, zelfs al is het maar op een heel oppervlakkige manier,' zei de majoor, 'dan alleen op voorwaarde dat alles vertrouwelijk is. Er wordt niet gelekt naar de pers. Als deze man in Maryland is gebleven, dan denkt hij dat hij de dans is ontsprongen. Zijn gevoel van veiligheid is een van de weinige dingen die in ons voordeel zijn.'

'In dat geval kunnen we ook constateren dat hij zich lange periodes koest houdt,' merkte de luitenant op.

Ja, duh, had Tess het liefst willen zeggen, maar Craig en Shields keken hem bewonderend aan.

'Vertel ons eens wat jullie verder uit de dossiers aan de weet zijn gekomen.'

'De moordenaar gaat zeer systematisch te werk.'

Duh-huh.

'Aangenomen dat het één moordenaar is. Dat is helemaal niet zeker.'

'Wat is er eigenlijk wél zeker?' vroeg Tess, alsof ze tot nu toe niet minstens de helft van de feiten zelf had verzameld. 'Hebben jullie een chronologisch overzicht gemaakt?'

'Tiffani Gunts is zes jaar geleden in april vermoord. Een maand of twee voor haar dood heeft "Alan Palmer" zijn rijbewijs laten vernieuwen, bij het Department of Motor Vehicles in de wijk Mondawmin in Baltimore City.'

'Laten vernieuwen?'

De luitenant haalde zijn schouders op. 'In Maryland is een rijbewijs vijf jaar geldig. De echte Alan Palmer kreeg op zijn zesentwintigste een motorongeluk, en zijn rijbewijs was toen nog anderhalf jaar geldig. Dat je in coma ligt, maakt het rijbewijs niet ongeldig. Het blijft gewoon in het systeem zitten.'

'Zelfs als je geen verzekering meer hebt?'

'Het rijbewijs staat los van de verzekering. Volgens het computersysteem van de DMV mocht Alan Palmer gewoon rijden, hersendood of niet. Zelfs met een verlopen rijbewijs mag je nog een jaar lang autorijden. Degene die zijn identiteit heeft aangenomen moet dit hebben geweten. Op de een of andere manier is hij aan andere documenten gekomen waarmee hij het rijbewijs kon vernieuwen – een Social Security-nummer, een geboortebewijs.'

'Welk adres stond er op Palmers rijbewijs? Het meest recente, bedoel ik.' Tess legde haar kin op haar hand en leunde naar voren alsof ze brandde van nieuwsgierigheid naar het antwoord.

'Dat hebben we nagetrokken.' Luitenant Green glimlachte naar haar. Hij begon haar duidelijk aardig te vinden. De meeste mannen vonden vrouwen die zo geboeid naar hen luisterden aardig. 'Het leek een gewoon adres, maar het bleek een postbus te zijn bij zo'n keten van Mail Boxes. Hij gebruikte de straatnaam van het kantoortje en het nummer van zijn postbus alsof het een huisnummer was. Een maand voordat hij een nieuw rijbewijs aanvroeg wijzigde hij zijn adres, dus alle post ging naar die postbus.'

'Toch moeten ze een foto van de echte Palmer hebben gehad, en die klopte niet met de man die voor ze stond.'

De luitenant wreef over zijn kin. 'Ja, maar het is een jonge vent, en

163

jonge mensen kunnen in zes jaar tijd flink veranderen. Bovendien was hij een stuk magerder. De echte Alan Palmer woog ruim honderd kilo, en de ander nog geen tachtig. Als de kleur van de ogen en het haar kloppen, en lengte en leeftijd ongeveer overeenkomen, moet zoiets lukken.'

'Bovendien is hij naar Mondawmin gegaan,' zei sergeant Craig. 'Daar zitten de meest – '

Hij slikte de rest van zijn woorden in, maar Tess reageerde als door een wesp gestoken. 'Toe maar, sergeant, maak gerust een racistische opmerking. Of heeft u soms problemen met de sekse van de DMV-medewerkers?'

'Ik ben geen racist,' zei hij. En een seconde later: 'Of een seksist.'

'Dat valt te bezien. Waar het om gaat, is dat u waarschijnlijk gelijk heeft.'

Carl, majoor Shields en luitenant Green keken Tess geschokt aan.

'Nee, ik bedoel dat de pseudo-Palmer waarschijnlijk met opzet naar Mondawmin is gegaan, omdat de ambtenaren daar vrijwel allemaal donker zijn. En zal ik jullie eens wat vertellen? In hun ogen zien we er écht allemaal hetzelfde uit.'

'Wie is er hier nou de racist?' sputterde Craig.

'Een vriendin van me heeft een peutertje van drie. Laatst zag ze Julia Roberts op de televisie, en ze begon te wijzen en te roepen dat ik het was. Alleen maar omdat ze haar haar in een vlecht droeg.'

De troopers begrepen pijnlijk snel wat ze bedoelde. Craig mompelde zelfs de naam van de actrice en schudde toen ongelovig zijn hoofd. 'U bent zoveel groter en – '

Tess kapte de rest van zijn zin af. 'Luister, die vent is slim, wie hij ook is. Hij moet natuurlijk een zeker risico nemen, maar dat doet hij heel berekenend. Door gebruik te maken van een levende persoon die in coma lag, creëerde hij een heel nieuw leven voor zichzelf. Zolang Palmer comateus was, liep hij nauwelijks risico – als hij tenminste niet op de een of andere manier de aandacht trok. Hij is net een parasiet die na een tijdje weer verdwijnt. Je merkt niets van een teek die een klein beetje bloed zuigt en dan meteen weer van je af springt.'

De majoor en de luitenant knikten. Tess had ze nog niet allemaal voor zich ingenomen, maar er was nu wel een meerderheid.

'Meestal,' zei majoor Shields, 'steelt iemand de identiteit van een ander om mensen op te lichten: je opent een bankrekening en gaat weer verder als de buit binnen is. Palmer had maar één bankrekening, met een betrekkelijk kleine kredietlimiet, en rekeningen betaalde hij keurig op tijd. Ik begrijp helemaal niet waarom hij de moeite heeft genomen om een creditcard aan te vragen.'

'Omdat hij een auto moest huren,' zei Tess. 'Dan heb je een rijbewijs en een creditcard nodig. Vertel me eens, heeft Alan Palmer nog steeds een bankrekening?'

'De creditcard is een jaar of twee geleden opgeheven,' zei Green.

'Sergeant Craig leunde naar voren om zijn aanwezigheid kenbaar te maken. 'Naar later is gebleken een maand nadat ik werd gebeld door een maatschappelijk werkster die me vertelde dat hij naar een ziekenhuis in een andere staat was overgebracht.'

'Ze heeft mij ook gebeld,' zei Carl. Tess gaf onder de tafel opnieuw een por tegen zijn been.

'Heeft u het ziekenhuis gebeld om het te controleren?'

'Natuurlijk.' Het sierde Craig dat hij schaapachtig keek. 'Ik heb zijn Social Security-nummer en geboortedatum gecontroleerd, maar niet gevraagd wanneer hij was opgenomen.'

'Vond u het niet vreemd dat u een telefoontje kreeg van een onbekende vrouw?'

'Nee, want Alan had ons elke maand gebeld om te vragen of we al iets wisten. Hij begon me zelfs op mijn zenuwen te werken. Toen ik het hoorde, dacht ik alleen maar dat die man wel erg veel pech had.'

'Zelfs als je denkt dat je het antwoord weet, moet je de saaie en oninteressante vragen toch stellen,' zei Shields. 'Zo vind je de dingen die niet kloppen.'

'Ik ben ook door een vrouw gebeld,' herhaalde Carl.

Iedereen keek hem aan, verbaasd dat hij er zo'n punt van maakte.

'Het duidt op een medeplichtige,' zei hij.

Een punt voor Carl, dacht Tess, al klopte het niet met wat zij over deze man meende te weten. Hij was een eenling, iemand die van stad naar stad trok, van vrouw naar vrouw.

'Of een nieuwe vriendin,' opperde ze. 'Een ander lief meisje met donker haar dat niet te veel vragen zou stellen als haar in alle opzichten ideale nieuwe vriend haar vroeg om voor hem te bellen. Misschien heeft hij haar verteld dat sergeant Craig en Carl oude vrienden waren en dat hij een grap wilde uithalen.'

Iedereen verviel in somber stilzwijgen bij de gedachte dat de man een nieuwe vriendin had. Of zou hebben, totdat het patroon zich herhaalde. Waarom vermoordde hij vrouwen, waarom trok hij dan weer verder, wanneer ging het mis?

'Hoe zit het met zijn andere identiteit, Eric Shivers?' vroeg Tess. 'Is dat zijn echte naam of is dat ook de naam van iemand anders?'

'Eric Shivers is vijftien jaar geleden overleden, op zijn zeventiende,' zei majoor Shields. 'Maar hij had tien jaar na zijn dood nog wel een geldig rijbewijs. Het verliep ongeveer een jaar na de dood van Tiffani Gunts. Daarna is er geen nieuw meer aangevraagd.'

'Hoe is Shivers gestorven?' vroeg Tess.

'Aan een zware astma-aanval, naar het schijnt. In een ziekenhuis in Salisbury, hoewel zijn ouders in Crisfield woonden.'

'Ziekenhuizen.' Carls stem was te luid, bijna blaffend. 'Dat is een verband tussen Shivers en Palmer, een plek waar iemand die toegang heeft tot persoonsgegevens aan een Social Security-nummer kan komen. Daar moeten jullie naar kijken.'

'We zijn ermee bezig,' zei de majoor niet onvriendelijk. 'We hebben ook in het archief van de kentekenregistratie gezocht, maar noch Eric Shivers, noch Alan Palmer heeft ooit een auto op zijn naam gehad, niet in deze staat.'

'Toch rijdt hij in een auto,' zei Tess. 'Dat zou ook op een medeplichtige wijzen – of op nóg weer een andere identiteit, een vaste waar hij naar teruggrijpt in de periodes dat hij niet actief is.' En dat zulke periodes er waren, lange zelfs, was duidelijk.

'Zijn organisatietalent is indrukwekkend, dat moet je hem nageven,' zei Carl. 'De meeste mensen hebben al moeite met de bureaucratie als ze de juiste papieren hebben, en deze man zeilt met valse papieren overal tussendoor.'

'Ik weet het niet,' zei Tess, denkend aan Mickey Pechter. 'Vervalsers doen goede zaken. Zelfs de eerste de beste nerd weet hoe hij aan een vals legitimatiebewijs kan komen. Wat mij dwarszit, is dat hij zo ontzettend zorgvuldig is en alles tot in de kleinste details regelt. Toch had hij geen financiële reden om die vrouwen om te brengen. Ze waren straatarm, hadden niets te bieden, en ze waren niet in de positie om van hem iets te nemen. Ze waren zelfs niet officieel met hem getrouwd. Hij had zo weg kunnen lopen, zonder zich ook maar ergens zorgen over te maken.'

'Misschien heeft hij bindingsangst,' opperde Craig. Het was niet als grapje bedoeld, besefte Tess, wat het nog erger maakte.

'Weten jullie wat ik denk? Hij beraamt alles van tevoren. Op het moment dat hij een meisje versiert, weet hij dat hij haar op een gegeven moment gaat vermoorden. Toch lijkt zijn verdriet oprecht. Jij hebt toch nooit aan Palmers emoties getwijfeld?'

De vraag was voor Carl, niet voor Craig. Ze had zo haar twijfels over diens mensenkennis. Helaas was die van Carl maar net iets beter.

Hij dacht er even over na, schudde toen zijn hoofd. 'Nee, geen moment. Daar snap ik nog steeds geen snars van. Hij was compleet kapot. Ik heb natuurlijk niet zoveel ervaring met moordzaken, maar ik heb nooit begrepen hoe hij verdriet kon veinzen voor een vrouw die hij had vermoord. Die hij zelfs had afgeslacht.'

'Na haar dood,' vulde Tess aan. 'Allebei de vrouwen zijn aan een schotwond bezweken.'

'De wapens – ' begon majoor Shields op hoopvolle toon.

'Niet dezelfde,' zei luitenant Green met een zucht.

'Hij heeft Lucy's hoofd afgezaagd om zijn zenuwinstorting geloofwaardig te maken.' Tess besefte dat ze praatte alsof ze het zeker wist. Ze kroop in de huid van de moordenaar, maar niet op de manier van een profiler. Het leek op wat ze vroeger op school deed als ze verliefd was op een jongen die ze niet kende. Je zorgde dat je zijn lesrooster leerde kennen, je keek naar wat hij at in de kantine, je hield in de gaten met wie hij bevriend was – totdat je genoeg wist om een 'toevallige' ontmoeting bij de fontein te ensceneren en je indruk op hem kon maken met je grappige opmerkingen en je lange haar.

De majoor keek sceptisch. 'Hij schiet een vrouw dood, snijdt haar hoofd van de romp en houdt haar lichaam een paar dagen bij zich. In water. Iemand die zó gek is kan niet voor normaal doorgaan.'

'Toch is hem dat gelukt. Telkens weer.'

Tess had het heel zacht gezegd omdat ze niet de indruk wilde wekken dat ze de majoor tegensprak. Hij had namelijk slechts ten dele ongelijk. De man die ze zochten kon voor normaal doorgaan, maar niet voor altijd. Op een gegeven moment gebeurde er iets, en dan moest hij vluchten. Waarom moesten de vrouwen sterven? Wist hij echt van tevoren dat hij ze zou vermoorden, of probeerde hij een normaal leven te leiden en lukte dat uiteindelijk toch niet?

'Ergens,' zei Tess, 'is er een meisje met donker haar en lichte ogen. Ze is klein en tenger en geen echte schoonheid, maar daar brengt hij verandering in – hij stuurt haar naar een orthodontist, en naar een kapper die wonderen doet met haar haar. Ze werkt in een avondwinkel, net zoals Tiffani en Lucy. Op dit moment kan dat meisje wel blozend een klant bedienen, lachen om de innemende onbekende die de laatste tijd steeds vaker in de winkel komt. Wat ik graag zou willen, is het leven van dat meisje redden.'

'Dat heeft u al gedaan,' zei Shields, 'gewoon door ons te bellen. Laat ons nu dan ook ons werk doen.'

Tess schudde haar hoofd. 'Ik kan het niet loslaten, dat lukt me gewoon niet. Er moeten dingen zijn die Carl en ik kunnen doen, hoe onbelangrijk het ook is.'

'Krijg nou wat,' zei sergeant Craig, 'jullie zijn allebei even gek als die kerel.'

Carl wilde al overeind komen, maar Tess zag het aankomen en haakte haar hand achter de tailleband van zijn broek om hem weer op zijn stoel te trekken. Majoor Shields kneep peinzend zijn ogen tot spleetjes, alsof het gebaar hem iets vertelde wat hij moest weten.

'Oké dan,' zei hij. 'Jullie krijgen hier een kantoor en jullie kunnen elke dag komen. Ik zal zorgen dat jullie werk te doen hebben en dat jullie op de hoogte blijven. Maar dit spreken we af: jullie vertellen ons alles wat jullie weten en zodra jullie het weten. Jullie praten er met niemand over zonder van tevoren met mij te overleggen. Als ik op een dag zelfs maar een klein detail in de krant lees, staan jullie het volgende moment op straat. Kunnen jullie hiermee leven?'

Tess keek naar Carl. Hij knikte met tegenzin, alsof hij dacht dat er een betere deal mogelijk was. Maar schoorvoetend of niet, hij had toegestemd, dus stond ze op en gaf ze majoor Shields een hand, zoals haar vader het haar had geleerd – stevig, waarbij ze hem recht in de ogen keek.

Sergeant Craig leek de pest in te hebben, maar luitenant Green stond ook op om Tess een hand te geven.

'U bekijkt de dingen vanuit het perspectief van de vrouw,' zei hij. 'Dat zou van pas kunnen komen.'

'Ach,' zei Tess, 'er is voor alles een eerste keer.'

18

Hun eerste taak was klein, zoals te verwachten was: ga met een foto van 'Alan Palmer' naar het kantoortje waar hij een postbus had. Het kantoortje was op Guilford Avenue, op een steenworp afstand van de gevangenis.

Een steenworp was in deze buurt beslist niet altijd figuurlijk. Glasscherven van gebroken autoruiten knarsten onder hun voeten toen ze de straat overstaken. Er zaten zoveel gaten in het wegdek dat de rails van de trams die allang niet meer reden hier en daar zichtbaar waren.

Carl keek ongemakkelijk om zich heen. 'Zijn er mensen die hier wónen?'

'Zo erg is het niet,' zei Tess. 'Loop twee straten naar het westen en je ziet een paar van de mooiste huizen van Baltimore.'

'En loop twee straten naar het oosten en je bent dood.'

'Nee hoor. De wijk rond de gevangenis is waarschijnlijk veiliger dan heel wat andere buurten, gewoon omdat er altijd politie komt en gaat. Kijk, ga je anderhalve kilometer ten oosten van hier, maak dan je borst maar nat.'

Het kantoor was al klein, en door wankele torens van lege kartonnen dozen leek het nog veel kleiner. Tess en Carl baanden zich door het kartonnen oerwoud een weg naar de balie, waar een opgewekte jongeman naar zijn walkman luisterde en een broodje at boven een doos die hij aan het inpakken was. Hij had een rond gezicht dat een wonderlijk gemengde etnische achtergrond verried; amandelvormige groene ogen met gele vlekjes erin, lichtbruine wangen met donkere sproeten. Als Tess een gokje had moeten wagen, zou ze deels Japans en deels donker hebben gezegd, met misschien ook een drupje Iers bloed, net als zijzelf.

Wat zijn afkomst ook was, hij was honderd procent blij. Hij was misschien wel de vrolijkste persoon die Tess ooit achter een balie had gezien.

'Hallo-o-o!' Zijn begroeting was haast gezongen.

Tess liet hem de foto van Alan Palmer zien. De pasfoto in zijn rijbewijs was vergroot op de computer en vervolgens geprint, dus de kwaliteit was goed. Maar op de foto had Palmer een volle baard, een veelzeggend detail. Carl herinnerde zich een man zonder baard; het maakte onderdeel uit van zijn plan, een manier om de mensen die zagen dat hij niet leek op zijn zogenaamd jongere zelf op het verkeerde been te zetten. De baard verhulde de vorm van zijn gezicht, die volgens sergeant Craig en Carl ovaal was. Ze wisten niet of Eric Shivers een baard had gehad toen hij een nieuw rijbewijs aanvroeg; dat had hij gedaan voordat de staat op een digitaal systeem was overgestapt, dus was er nergens een kopie te vinden. Tess durfde er echter om te wedden dat hij toen een baard had gehad, dat hij zijn baard liet staan als hij van plan was een nieuwe identiteit aan te nemen, een baard die hij afschoor zodra zijn metamorfose compleet was.

Misschien liet hij zich zelfs wel door zijn nieuwe vriendin overhalen om de baard af te scheren.

'Hoe lang werk je hier al?' vroeg Tess de jongeman.

'Veel te lang,' verzuchtte hij, maar zonder wezenlijke pijn. Hij was een acteur, een clown.

'Wij werken samen met de staatspolitie.' Grappig, de waarheid klonk als een grotere leugen dan ze ooit had verteld. 'We willen graag weten of deze man een klant van jullie is.'

'Onze klanten,' zei de jongen zangerig, 'krijgen de garantie van geheimhouding, precies zoals bij de posterijen. Post is vertrouwelijk. Post is héílig.'

Tess nam aan dat je met een lullig baantje als het zijne wel moest doen alsof je Zeer Belangrijk was.

'We willen zijn post niet lezen, we willen alleen weten of hij nog steeds een postbus heeft. Vijf jaar geleden had hij er een op dit adres.'

'Vijf jaar geleden? Dat is voor ons een eeuwigheid.' Toch haalde hij de microfoontjes uit zijn oren en bestudeerde de foto. Salsamuziek, blikkerig maar pakkend, was hoorbaar. 'Misschien, misschien ook niet. Hij is zeker niet iemand die hier nu nog komt. Zo'n gezicht vergeet je echt niet.'

'O nee?' Tess vond de man verontrustend normaal. Niet knap, maar niet onaantrekkelijk. Gemiddelde lengte, gemiddelde lichaamsbouw, zo iemand die nergens ooit opviel.

'Man, hij ziet eruit als de Unabomber.' Hij tikte op de baard, in Tess' ogen de enige gelijkenis tussen Alan Palmer en Ted Kaczynski.
'Blaast hij dingen op?'
'Alleen mensenlevens,' zei Carl.

Ze hadden meer foto's, alleen geen plaatsen om ze te verspreiden. Majoor Shields had gezegd dat ze terug mochten gaan naar Spartina, als ze dat wilden, om Ashe te vragen of de foto van Alan Palmer soms de Eric Shivers was die hij had gekend. Maar dat antwoord wist Tess al – in Spartina hadden ze immers hun spectaculaire ontdekking gedaan. Ze zou veel liever nog een keer naar de familie Gunts gaan om te zien hoeveel zij zich wisten te herinneren. Uiteraard vond de staatspolitie dat gesprek zo belangrijk dat Carl en Tess het niet mochten doen, en ze mochten er ook niet bij zijn.
'Eric Shivers,' zei ze. 'Zou hij familie hebben?'
'Bijna iedereen heeft familie.'
'Kwam hij niet uit Crisfield?'
'Ja... nee.'
'Hoezo, nee?'
'Dat mogen we niet.'
'We mogen niet met ziekenhuispersoneel praten, en we mogen niet zoeken naar een verband tussen de plaats waar Eric is overleden en de plaats waar Alan Palmer is behandeld. We mogen niet met mensen praten die rechtstreeks met de slachtoffers zijn verbonden. Maar hoe zit het met de familie van Eric Shivers?'
'Wat bedoel je?'
'Zij kunnen ons meer over hem vertellen. Het ziekenhuis is een mogelijkheid, maar het is niet de enige mogelijkheid. Misschien waren hij en Alan Palmer wel lid van hetzelfde... muziekkorps.'
'Een muziekkorps? Wat, dit is allemaal voortgekomen uit een gemeenschappelijke liefde voor hoempamuziek? Je hebt wel een erg levendige fantasie. We moeten ons meer op de feiten richten, systematisch te werk gaan.'
Ze stonden weer buiten op Guilford Avenue. Tess keek omhoog naar het viaduct van de snelweg. Het zou zo makkelijk zijn om daarheen te rijden en naar het oosten te gaan, in plaats van naar het westen.
'Luister, we kunnen twee dingen doen. We kunnen teruggaan naar Spartina en nog een keer met dezelfde kerel gaan praten. Of we kun-

nen nu dat kantoor weer binnengaan, de foto naar Ashe faxen, en dan naar de Eastern Shore gaan om nieuwe dingen te ontdekken.'

'Dat hebben ze ons verboden.'

Tess begon ongeduldig te worden. Crow of Whitney zou er meteen voor in zijn, maar ze zat opgezadeld met deze betweter, dit braafste-jongetje-van-de-klas.

'Ze hebben gezegd dat we niet mogen praten met de mensen die op hun lijstje staan, maar ze kunnen niet moeilijk doen als we nieuwe aanwijzingen vinden, toch? Als we niets ontdekken, hoeven zij nooit te weten dat we in Crisfield zijn geweest. En als we wel iets vinden, zullen ze ons alleen maar dankbaar zijn.'

'Dankbaar genoeg om te vergeten dat we de grondregels hebben geschonden?'

'Welke grondregels?'

'Uit *RoboCop*,' legde Carl uit. 'Verdedig het openbaar belang. Bescherm de onschuldigen. Handhaaf de wet.'

'Luister, laat de staatspolitie nou maar aan mij over,' zei Tess, verbaasd over haar eigen zelfverzekerdheid. 'We hebben mijn troefkaart nog steeds, weet je. Als ze ons buitensluiten, ga ik naar de pers.'

'Je hebt me verteld dat je een hekel hebt aan de pers.'

'Ja, maar dat weten zij toch niet.'

Carl kon haar niet meer volgen en kauwde op de binnenkant van zijn wang. Zijn verstand werkte maar op één niveau tegelijk, besefte Tess. Als je hem een football toegooide, rende hij recht op het doel af. Als je hem slechte kaarten deelde met pokeren, paste hij. Hij was niet dom, verre van dat, maar hij had een rechtlijnigheid die een handicap kon zijn.

Dat moest ze onthouden – en er rekening mee houden.

19

Tess vergat altijd hoe ver Crisfield was, hoe ver Maryland aan de andere kant van de baai omlaag ging. Het was drie uur rijden, en dat was ze vergeten toen ze wegreed.

Ze was ook vergeten dat je in Crisfield het gevoel had dat je het einde van de wereld had bereikt. De hoofdstraat liep dood op de baai, die hier wel een oceaan leek – het uitzicht was een en al water en lucht. Het licht was haast ondraaglijk fel op deze lentedag. Tess voelde zich naakt en kwetsbaar.

'We moeten naar Princess Anne Court,' zei Carl. 'Ga hier maar naar links.'

'Zullen we niet eerst ergens lunchen? Het is bijna één uur.'

'Nee. Bovendien heb ik toen ik onderweg belde gezegd dat we er rond halftwee zouden zijn.'

'Het is toch nog geen halftwee.'

'Ik lunch nooit.'

Carl Dewitt at helemaal geen conventionele maaltijden, had Tess ontdekt. Hij leefde de hele dag op Red Bull en at 's avonds een keer een enorme portie vet en proteïne – een beetje als een boa constrictor. Toch gaf ze zich gewonnen, deels omdat er in Crisfield maar weinig restaurants waren voor krabhaters. Ze zou op de terugweg wel iets halen bij een Dairy Queen.

Wel moest ze natuurlijk het laatste woord hebben. 'Als je zo doorgaat, ben je straks moddervet, weet je.'

'Hoe kom je daar nou bij? Ik krijg nooit meer dan tweeduizend calorieën binnen, en nooit nutteloze calorieën zoals alcohol.' Hij keek haar veelbetekenend aan. Carl vond de consumptie van alcohol decadent, en hij was een keer bijna flauwgevallen van ontzetting toen Tess een biertje bij de lunch bestelde. 'Ik verbrand minstens tweeduizend calorieën per dag. Bovendien wil ik niet zo'n magere lucifer worden, zoals dat vriendje van jou.'

Crow was die ochtend in zijn pyjamabroek naar buiten gekomen om haar succes te wensen met haar programma voor die dag. Tess had hem bewonderenswaardig slank gevonden, een beetje zoals de windhond naast hem. Die ochtend, Baltimore, Crow – het leek allemaal heel ver weg.

'Om te beginnen is het verschrikkelijk wat je met je spijsverteringsstelsel doet. Ik heb een theorie – mijn eigen, dat geef ik toe – dat het lichaam gedurende een enkele sessie niet meer dan een bepaald aantal calorieën kan opnemen, en dat het surplus wordt omgezet in vet. Je lichaam is geen kasboek. Aan het eind van de dag wordt niet de balans opgemaakt, op grond waarvan je gewicht wordt aangepast.'

'Maar als je rood staat op het moment dat je gaat eten, ben je net een lege benzinetank. Het is beter dan wat jij doet, jezelf elke drie uur volproppen zodra de peilstok geen vol meer aangeeft.'

'Je haalt autotechnische metaforen door elkaar.'

Carl snoof. 'Dat was ik even vergeten. Meestal ben je net een normaal iemand, maar in feite ben je zo'n veel te hoog opgeleide intellectueel. Wat heb je gestudeerd? Laat me eens raden, waarschijnlijk zoiets buitenissigs waarvan niemand precies weet wat het is. Etnografie? Symbiose?'

Ze wilde hem al corrigeren, maar zag toen zijn satirische glimlachje. 'Het feit dat je genoeg weet om een grapje te maken over semantiek bewijst dat je niet zo dom bent als je mensen wil laten geloven.'

'Man, ik ben opgegroeid in Cecil County en op mijn twintigste bij de Toldienst gegaan, zonder mijn opleiding af te maken. Ik ben gewoon een onwetende boerenkinkel. Dat bleek toch duidelijk uit de manier waarop die troopers me behandelden?'

'Ik weet alleen dat je graag die rol speelt. Maar er stonden wel boeken in je boekenkast, en dat waren geen gebonden afleveringen van *Reader's Digest*. Daaruit blijkt dat je leest. Als je geen filmdialogen uit je hoofd leert, bedoel ik.'

Nu hij was betrapt reageerde hij schaapachtig. 'Ik hou van geschiedenis, vooral van de Burgeroorlog.'

Tess zuchtte en nam zich voor om het woord Burgeroorlog nooit in de mond te nemen, hoe vaak ze ook samen lange ritten zouden maken.

De leeftijd van de vrouw die de deur van huize Shivers opendeed was moeilijk te schatten; ze kon ergens tussen de vijfentwintig en de vijfenveertig zijn. Ze had kraaienpootjes bij haar ooghoeken, en haar trieste mond wees als een haakje omlaag. De prijs die je betaalt voor al dat licht, dacht Tess.

'Mrs. Shivers?' vroeg Carl. Het viel Tess op dat hij opeens anders praatte, dat hij het accent uit zijn streek aanzette. Niet dat een Crisfielder sympathie zou voelen voor iemand uit Cecil County, maar het was altijd beter dan iemand uit Baltimore.

'Hallie Langley. Ik ben – was – Erics zus.' Na al die jaren sprak ze nog steeds als vanzelfsprekend in de tegenwoordige tijd over hem.

'Ik dacht dat uw ouders hier zouden zijn.'

'U vindt het misschien raar, maar het kost ze nog steeds moeite om over Erics dood te praten. Het was zo plotseling, zo onverwacht, en hij... nou ja, hij was hun lieveling. Niet dat ze mij slecht behandelden, absoluut niet. Maar hij was hun eerste kind en hun enige jongen. Ze hebben het nooit kunnen verwerken.'

Vroeger zou Tess misschien verbaasd zijn geweest over zoveel openhartigheid, maar ze had geleerd dat mensen het vaak fijn vonden om hun geheimen te vertellen. Vreemden waren de beste vertrouwelingen. Hallie Langley nam hen mee naar een schemerdonkere zitkamer waar zo te zien al in geen twintig jaar iets was veranderd.

'Eric is in het ziekenhuis in Salisbury geboren?' Alweer Carl. Ze hadden afgesproken dat hij de leiding zou nemen.

'Hij is er geboren en hij is er gestorven. Maar we hebben altijd hier gewoond.'

'Ik begrijp niet goed hoe hij is overleden. Volgens het ziekenhuis was het een allergische aanval, maar er is geen sectie verricht.'

'Je zou het een uitzonderlijke samenloop van omstandigheden kunnen noemen. Het gebeurde bij de grote *bull and oyster roast*, de jaarlijkse braderie hier.'

Tess wist wat ze bedoelde. Zo lang ze het zich kon herinneren, hadden politici in de staat Maryland er hun gezicht laten zien; het was een verplicht nummer.

'Nou, er kan je daar niets gebeuren, dus mijn ouders namen ons er mee naartoe. We kregen wat geld van ze en we mochten doen waar we zin in hadden. Eric was vier jaar ouder dan ik, en hij had echt geen zin om zijn kleine zusje op sleeptouw te nemen.'

'Ach ja,' verzuchtte Carl. 'Jongens.'

Dat moment van begrip had het effect van een drug op Hallie. Ze

175

begon heel snel te praten. 'Hij zei dat ik hem met rust moest laten, zodat hij met een paar jongens uit zijn klas kon gaan stappen. Er waren ook meisjes bij. Ze wilden meisjes ontmoeten. Ik was boos, maar hij gaf me wat geld en zei dat hij me om vijf uur zou oppikken bij de ingang van het terrein. Hij gaf me meer dan genoeg geld, maar toch was ik kwaad op hem. Ik hoopte dat mijn ouders eerder bij de ingang zouden zijn dan hij, zodat ik ze kon vertellen wat hij had gedaan. Het werd vijf uur, en hij kwam niet, hij kwam maar niet...' Haar harde, zongebruinde gezicht verslapte, en Tess kon haar bijna zien als het kleine meisje dat ze was geweest, verloren wachtend op haar broer, terwijl de tijd tergend traag verstreek, zoals altijd als je moet wachten. Als de minuten verstrijken, gaat ongeduld over in boosheid. Boosheid slaat om in angst, dan weer in boosheid.

Tenzij de persoon nooit komt.

'Mijn ouders kwamen en ze vroegen me natuurlijk waar Eric was. Tegen die tijd wilde ik helemaal niet meer vertellen dat hij me alleen had gelaten, want ik wist dat hij op zijn kop zou krijgen, niet al te erg, want hij was hun lieveling. Ik heb zelfs altijd het gevoel gehad dat mijn moeder het een klein beetje mijn schuld vond dat ik me door Eric had laten afkopen. Ze draait het altijd zo dat dingen mijn schuld zijn. Hoe dan ook, we vonden hem bij een paar bomen buiten het kermisterrein.'

'Was hij dood?' Tess vond Carl veel te bot, maar het leek Hallie niet te deren.

'Waarschijnlijk wel. Er kwam een ambulance om hem naar het ziekenhuis te brengen, en de broeders waren de hele tijd met hem bezig. Maar zelfs als klein meisje dacht ik al dat ze het voor ons deden.'

'Maar toch,' zei Carl. 'Dat je doodgaat aan een astma-aanval.'

'Het was geen astma, het was een allergie voor schaaldieren. Hij was heel erg allergisch. Het was bijna grappig dat iemand die hier opgroeit allergisch is voor schaaldieren. We zeiden wel eens dat Eric dood zou gaan als de wind van de verkeerde kant kwam. Een klein beetje krabvlees in een hamburger is zijn dood geworden. Er was een kraam waar hamburgers en krabkoekjes op dezelfde grillplaat werden gebakken.'

'Ik ben ook allergisch voor schaaldieren,' vertelde Tess, 'maar als het misgaat, is er meestal genoeg tijd voor een injectie. En als de allergie echt heel erg is, kun je zorgen dat je altijd een EpiPen bij je hebt.'

'Dat kan nú, maar er was toen nog geen EpiPen en de hulp kwam niet snel genoeg.'

'Was hij alleen?' Het was een goede vraag, en Tess keek Carl goedkeurend aan.

'Ze zeiden dat hij alleen moet zijn geweest.'

'Dat zeiden "ze". Maar wat denkt u zelf?'

Hallie Langley perste haar lippen tot een harde streep, vechtend tegen de tranen. Tess besefte dat het gezicht niet alleen door de zon was getekend, maar ook door haar verdriet.

'Nee. Nee, ik denk van niet. Er moet iemand bij hem zijn geweest. Die persoon is waarschijnlijk in paniek geraakt. Ze hadden' – ze liet haar stem dalen alsof dit nog steeds een geheim was, al die jaren later – 'een jointje gerookt en bier gedronken. Ik heb de blikjes en de peuk zelf gezien. Mijn vader deed de peuk in een blikje, maar ik ben het nooit vergeten.'

'Heeft u gezien met wie hij precies was?'

'Hij was met zijn vrienden van de middelbare school, maar die zeiden later dat hij er met een of ander meisje vandoor was gegaan. Zij hield bij hoog en bij laag vol dat ze niets met Eric had gedaan, en een van haar vriendinnen verklaarde dat ze bijna de hele middag samen waren geweest. Dus iedereen kan bij hem zijn geweest, of niemand. Ik weet het niet.'

Carl boog zich naar voren. Hij had Hallies hand in de zijne kunnen nemen, maar hij was verstandig genoeg om dat niet te doen.

'Wat denkt u zelf, Mrs. Langley?'

'Miss Shivers.'

'Ik dacht – '

'Ik ben zes weken geleden bij mijn man weggegaan, dus ik gebruik nu weer mijn meisjesnaam.' Ze fronste haar wenkbrauwen. 'Langley is wel een mooiere naam, hè?'

'Ja, Langley is een mooie naam. Hij past bij u. Maar Shivers is ook een goede naam, en het is de familienaam.'

'En er is niemand meer om de naam voort te zetten, niet nu Eric er niet meer is.' Hallie schudde haar hoofd, in gedachten duidelijk bij het verleden. 'Sorry. Om antwoord te geven op uw vraag, nee, ik denk niet dat hij alleen was. Ik denk dat hij met dat meisje was. Becca. Becca Harrison. Zijn vrienden zouden hebben geweten wat ze moesten doen als hij een aanval kreeg, want zij waren met hem opgegroeid.'

'Kwam ze ook uit Crisfield?'

'Ze zat hier op de middelbare school, maar ze woonde op Notting Island.' Hallie glimlachte. 'We noemden de kinderen van het eiland de Not-koppen. Gemeen natuurlijk, het maakte ze woest. Waarom zeggen kinderen toch van die gemene dingen tegen elkaar?'

'Ik dacht dat ik de baai kende, maar ik heb nog nooit van Notting Island gehoord.'

'Bijna niemand kent het.'

'Ligt het aan de kant van Maryland of van Virginia?'

'Wij zeggen altijd dat het van het tij afhangt,' zei Hallie, 'maar officieel is het Maryland. Voorbij Smith. Het is eigenlijk net alsof het een stuk is dat van Smith is afgebroken.'

Tess kon zich niet langer inhouden. 'Wonen haar ouders daar nog?'

Carl keek Tess aan alsof ze iets vroeg wat nergens op sloeg, maar ze scheen het belangrijk te vinden. Een jongen was onder mysterieuze omstandigheden overleden, waarna een man die redenen had om een valse identiteit aan te nemen zich zijn naam en Social Security-nummer had toegeëigend. Wie zou er beter weten dat de identiteit beschikbaar was dan iemand die getuige was geweest van zijn dood? Misschien dat Becca Harrison zich meer van de bewuste dag kon herinneren.

'Ik weet het echt niet. Het is vijftien jaar geleden. Ik herinner me zelfs niet zoveel van haar. Becca Harrison. Niet Rebecca, let op, Becca. Als je haar Rebecca noemde, reageerde ze verontwaardigd en dan zei ze: "Rebecca is uit de bijbel. Ik ben Becca." Alsof ze het beschamend zou vinden als ze naar een figuur uit de bijbel was genoemd.'

'Deze Becca,' zei Carl, 'zou misschien niet zeggen, zoals Rebecca: "Ja, ik wil met deze man meegaan." U weet wel, als Abrahams knecht een vrouw voor Isaak gaat halen.'

Tess, die Rebecca en Isaak altijd verwarde met Jakob en Rachel, moest hier bijbels gezien de handdoek in de ring werpen.

Maar Hallie knikte. 'Nee, dit meisje heeft nog nooit van haar leven tegen iemand gezegd: "Ik doe wat je van me vraagt."'

'Hoe groot is de kans dat ze er nog woont?'

'Heel klein. Ze was zo iemand die al wegging als ze ergens net was. Maar misschien dat iemand op het eiland weet waar ze nu is. Niet dat jullie veel aan haar zullen hebben.'

'Waarom niet?' drong Tess aan. Carl fronste zijn wenkbrauwen, maar Tess was nu eenmaal niet iemand die haar mond kon houden.

'Ze is zo iemand die nooit zal toegeven dat ze iets verkeerd heeft gedaan. Ze gedroeg zich alsof ze zichzelf volmaakt vond. Luister, mijn ouders weten dat niemand Eric kwaad heeft willen doen. Mensen raken in paniek als er iets misgaat. Het was een ongeluk. Het enige wat je vraagt, is dat mensen eerlijk vertellen wat ze hebben gedaan. Dan pas kun je ze vergeven, eerder niet.'

'En je kunt pas doorgaan met je eigen leven als je hebt vergeven.' Carl zei het zo zacht dat het leek alsof hij tegen zichzelf praatte.

'Hoe kom je – Sorry, ik ben nu alweer vergeten hoe dat eiland heet.'

'Notting,' zei Hallie. 'Het is het meest westelijke van de bewoonde eilanden, voorbij Smith. Als je zo ver bent gegaan als je kunt en er is verder niets meer – nou, dát is Notting Island.'

'Hoe kom je er?'

Hallie glimlachte voor de eerste keer. 'Per boot is de aangewezen manier. Tenzij je heel goed kunt zwemmen.'

20

'Er gaat geen boot naar Notting Island,' zei de man. Hij had een verweerd gezicht en nuttigde op zijn boot aan een van de steigers in Crisfield een late lunch, die hij wegspoelde met iets uit een papieren
zakje. Tess besefte dat ze de hele dag mensen had zien eten, maar zelf
niets meer had gehad sinds haar bagel van zeven uur 's ochtends.

'Hoe komen mensen er dan?' vroeg Carl.

'Ik bedoel dat er geen veerdienst is, geen regelmatige boot. Als jullie naar dat eiland willen, zullen jullie iets moeten huren.'

'Er gaat wel een boot naar Smith Island,' zei Tess. 'Notting is maar
net iets verder.'

'Dat klopt, dame. Er is een boot omdat mensen een reden hebben
om naar Smith Island te gaan. Je kunt er eten, je kunt er slapen, en er
is dat hoe-heet-het, het bezoekerscentrum. Dat heeft Notting allemaal niet. *Notting has nothing.* Er wordt zelfs gezegd – '

'Ja, we weten wat er wordt gezegd,' zei Tess. Ze liepen nu al bijna
drie kwartier rond in de haven van Crisfield en ze hadden al minstens
vier keer het langdradige verhaal over de naam Notting gehoord.

Maar een manier om er te komen hadden ze nog steeds niet gevonden.

'Als u maar weet,' zei de niet zo oude zeerot, gepikeerd omdat hij
zijn verhaal niet mocht vertellen, 'dat d'r niemand naar Notting gaat
die d'r niet woont, en de mensen die d'r wonen hebben d'r eigen boot.
Er is natuurlijk de schoolboot – '

'Zet ons daar dan op,' viel Carl hem in de rede.

'Het is niet aan mij om iemand op die boot te zetten. Bovendien zou
de schoolboot jullie om vier uur afzetten, en dan kun je niet meer
terug, dus dan zit je de hele nacht vast op het eiland. D'r is geen hotel,
geen pension of zo.' Hij liet zijn blik over Tess aan. 'U ziet d'r niet uit
als iemand die wel op de grond kan slapen en 't niet erg vindt om gestoken te worden door insecten. Nee, u kunt het beste 's ochtends iets

huren. Dan zijn jullie vrij om te doen en te laten wat jullie willen.'

'Is er iemand van wie we nu een boot kunnen huren?'

'Degenen die boten verhuren hebben niks meer, zo laat op de dag, niet met zulk mooi weer. Als je gaat vissen, wil je vroeg weg.'

'Ik ben opgegroeid met boten,' zei Carl. 'Als we uw boot mogen gebruiken, of misschien huren – '

'Ik ben Hertz niet,' zei hij na een slok uit zijn zakje. 'Ik ben Avis niet. Ik doe niet aan veilig en voordelig.'

De man lachte een beetje laat, alsof hij verbaasd was over zijn eigen kwinkslag. Zijn gezicht was een topografisch wonder, een met rimpels doorgroefde huid, en een neus en voorhoofd die als bergketens uit de plooien oprezen. Zijn dikke witte haar leek op een bontvacht. Hij zag eruit alsof hij onder de steiger woonde, in het daglicht naar buiten kroop om in de zon te zitten en zich dan bij het vallen van de nacht weer in de schaduw terugtrok.

'Hadden we al gezegd dat we samenwerken met de staatspolitie?' vroeg Carl.

De niet zo oude zeerot spuugde bij wijze van antwoord op de steiger.

Maar Tess telde inmiddels knisperende biljetten van twintig dollar in haar portefeuille, heimelijk, want mensen zien het eerder als je iets stiekem probeert te doen, zoals ze ook de oren spitsen als je fluistert. Ze had er in totaal tien. Er klikte iets in het hoofd van de man toen ze het vijfde biljet afpelde. Ze gaf hem het geld, samen met haar legitimatie.

'Zo weet u tenminste dat we terugkomen.'

'Zijn jullie voor het donker weer hier? Ik wil graag thuis eten.'

'Beloofd.'

Niet geheel overtuigd nam hij Carl schattend op. 'Heb jij echt verstand van boten?'

'Nou, en of. Ik ben opgegroeid in Cecil County, en ik heb mijn eigen zeilboot. Ik heb hier in de baai gezeild, in het noorden, en in de Susquehanna.'

'Goed dan,' zei de man. 'Dat is bijna hetzelfde als op het water opgroeien.'

De kale motorboot ging niet erg snel, en toch werd Crisfield haast te snel kleiner. Tess had het gevoel dat het heel lang duurde voordat er land in zicht kwam, en dat was Smith Island, na bijna vijftien kilometer. Ze gingen verder, waarbij Carl de kaart van de baai die hij had gekocht raadpleegde, totdat een kleiner eiland in zicht kwam. 'Notting Island,' kondigde hij aan.

'Sommige mensen zeggen dat het bedoeld was als Nothing Island.'

'Yeah,' zei hij, 'dat is waar.' In hetzelfde accent als de niet zo oude zeerot.

'Anderen denken dat het Knot Island had moeten zijn.'

'Yeah,' beaamde hij, 'dat is waar.'

Tess begon te lachen, en Carl glimlachte. Tijdens hun zoektocht naar een manier om op het eiland te komen, hadden ze het verhaal over de merkwaardige naam meerdere keren moeten aanhoren. Volgens de een heette het eiland eigenlijk Knot – knoop – omdat de vorm leek op een gebalde vuist, of een strakke knoop. Anderen hielden het op Nothing Island, afgaand op het dagboek van pastoor Andrew White, die tijdens zijn eerste reis naar Maryland en een tocht door de baai schreef over 'een eiland dat zo klein is dat het net zo goed niets kan zijn'.

Volgens de mannen in de haven van Crisfield was Notting Island aan het begin van de twintigste eeuw bijna verdwenen. Letterlijk. Het water beukte er van alle kanten op in. Andere eilanden in de baai, zoals Shank, waren op deze manier onbewoonbaar geworden, en het had er naar uitgezien dat Notting hetzelfde lot beschoren was. Toen raasde er een zware storm over Maryland, en toen de wind weer ging liggen, leek het alsof de baai had besloten om Notting te sparen. Dat zeiden de oude mannen tenminste.

Ze zeiden ook dat Notting vervloekt was, dat de geest van een jonge visser die omkwam bij een dronkemansgevecht er rondspookte – overigens het enige niet-natuurlijke sterfgeval op de eilanden in de laatste vijftig jaar. De man was beschuldigd van stropen, wat op de eilanden gelijkstond aan het stelen van paarden in het Wilde Westen. Ten onrechte, bleek later, want na zijn dood ging het stropen gewoon door. Volgens de verhalen spookte hij nog steeds op het eiland rond, stal hij andere jonge mannen zoals hijzelf.

'Geloof jij in geesten?' vroeg Tess aan Carl toen ze afkoersten op de steiger van Tyndall Point, het grootste van de twee dorpen op het eiland. Ze had geleerd dat dit soort onpersoonlijke vragen de beste manier waren om hem uit zijn tent te lokken. Hij was inmiddels wel een beetje uit zijn schulp gekropen, maar hij trok zich altijd weer snel terug.

'Heer, nee. En al helemaal niet in deze geest. Het is gewoon een verhaal. Die dienen alleen een bepaald doel.'

'En dat is?'

'Verhalen maken de waarheid minder pijnlijk. Jonge mensen gaan weg van deze eilanden omdat er geen werk is, omdat ze niet in hun levensonderhoud kunnen voorzien. Ik durf te wedden dat er nu hooguit tweehonderd mensen wonen. De baai heeft Notting dan wel gespaard, maar dat zal de eenentwintigste eeuw niet doen. Het eiland gaat dood. Het is makkelijker om een niet-bestaande geest de schuld te geven dan onder ogen te zien dat deze manier van leven gaat verdwijnen.'

Nog geen tweehonderd mensen. Tess probeerde dat aantal in perspectief te zien. Op haar middelbare school deden 1200 leerlingen tegelijk met haar eindexamen. Camden Yards had vijfenveertigduizend supporters. Tweehonderd was niets.

Aan de andere kant, uit hoeveel mensen bestond de kring waarin zij zich bewoog? Zelfs met haar grote familie en haar haast kritiekloze houding tegenover vriendschap konden er nog geen vijftig mensen op deze planeet werkelijk belangrijk voor haar zijn. En die vijftig mensen had ze opgeduikeld in een verstedelijkt gebied met bijna twee miljoen inwoners. Als je met tweehonderd begon, had je dan meer of juist minder goede vrienden?

Tyndall Point was op een eenzame manier pittoresk, met witte houten huizen langs kronkelstraatjes. Het middelpunt was duidelijk een haveloze winkel, groezeliger wit, met twee benzinepompen – een op de steiger en een op het land – hoewel niet helemaal duidelijk was waar je op dit eiland met een auto naartoe kon. Aan de andere kant moesten auto's hier toch ergens goed voor zijn, want op nog geen honderd meter van de winkel was een autokerkhof met roestige wrakken.

'Laten we hopen,' zei Carl, 'dat we in die winkel een oude roddeltante vinden die al sinds mensenheugenis alles en iedereen in de gaten houdt. Dit is nou niet bepaald een plek waar je als vreemde op deuren gaat kloppen.'

Het meisje achter de toonbank was jonger dan Tess, in elk geval in jaren, maar haar gezicht had een merkwaardig wijze uitdrukking, een koele onverschilligheid die in Baltimores rosse buurt niet zou misstaan. Het woord glad kwam bij Tess op – het meisje had glanzend haar, glad naar achteren geborsteld en vastgezet in een paardenstaart die er zijdezacht uitzag, een roomkleurige huid, en heel donkerblauwe ogen die haast ondoorschijnend waren. En haar gedrag was zo glad als marmer; beleefd maar hard, zonder iets van houvast.

'We zijn op zoek naar mensen van het eiland,' zei Carl geleund op de toonbank. Tess betreurde het in stilte dat hij niet wat knapper was, of wat charmanter. 'Als ze hier wonen, ken jij ze vast en zeker.'

'Dat zou ik niet durven beweren,' zei het meisje.

'Ik weet niet zeker of het meisje – inmiddels is ze een vrouw – hier nog woont. Ze woonde hier als tiener, een jaar of vijftien geleden.'

'Dan is het waarschijnlijker dat mijn moeder haar heeft gekend.' Ze bood niet aan om haar moeder te gaan halen.

'Haar naam was Becca,' voegde Tess eraan toe. Carl gedroeg zich wel beleefd, maar ze begreep niet waarom hij niet had verteld wie hij was, waarom hij niet met zijn penning had gewapperd en gezegd dat ze voor de staatspolitie werkten. De meeste mensen wilden graag met de politie samenwerken. Niet in West-Baltimore misschien, maar hier zou het gezag welkom zijn.

'Becca,' herhaalde het meisje zonder een spoor van herkenning. 'Niet Rebecca?'

'Nee, gewoon Becca.'

'Hmmm. Weet u de achternaam?'

'Harrison,' zei Carl.

'Dat is niet een van de vijf families.'

'Vijf families?'

'De vaste bewoners. Er zijn maar vijf achternamen in Tyndall Point, op een enkele neef, nicht of nieuwkomer na. Ze moet een zomergast zijn geweest, maar die komen altijd maar één seizoen en dan zie je ze nooit meer terug. Geef ze eens ongelijk. Ik zou er ook niet voor kiezen om hier te wonen.'

Ze projecteerde haar woorden, sprak voor de oren van iemand anders. Maar voor wie? De winkel was leeg.

'Dus er gaat geen belletje rinkelen?'

'Huh?' Haar gedachten waren afgedwaald, ze verveelde zich.

'Harrison,' zei een stem achter een lang gordijn van zeildoek in een deuropening achter de toonbank. Een vrouw kwam uit de achterkamer, en Tess had het gevoel dat ze keek naar zo'n pijnlijk wrede computergestuurde voorspelling van hoe een gezicht oud wordt. Dit was namelijk het gladde meisje dertig jaar later, opgedroogd en knokig.

Het glanzende bruine haar zou grijs en stug worden, de huid vlekkerig. De handen vond Tess het meest opvallend. Het waren kolenschoppen, met touwachtige pezen en lange vingers, zo dik dat ze permanent gespreid leken.

'De Harrisons hebben hier jaren geleden gewoond. Deze hier droeg nog een luier, als ze toen al geboren was.' De moeder wierp haar dochter een harde blik toe. 'Verstandiger is ze er met de jaren niet op geworden. Hoe lang is het nu geleden, twintig jaar?'

'Eerder vijftien,' zei Carl.

'Twintig, zeventien, vijftien, tien. Aan de ene kant lijkt het een eeuwigheid geleden, aan de andere kant alsof het gisteren was. Daaraan weet je dat je oud wordt, als alles in elkaar overloopt.'

Oud? Die vrouw kon niet veel ouder zijn dan veertig.

'Dus u heeft dat meisje gekend, Becca Harrison?'

'Gekénd is een groot woord.' Tess begreep dat 'kennen' geen begrip was dat hier lichtvaardig werd gebruikt. 'We wisten natuurlijk dat ze er waren. En ze zeiden van de vader dat hij beroemd was. Of nee, hij zei het zelf. Ik had nog nooit van hem gehoord, en later is hij ook niet bekend geworden, dus zo beroemd kan hij niet zijn geweest.'

'Beroemd vanwege wat?'

'Hij schreef voor tijdschriften. Dat zei hij tenminste. Ik heb zijn naam nooit ergens in zien staan.' Ze gebaarde naar een stoffig rek met tijdschriften, *TV Guide, People* en *Sports Illustrated*. 'Hij zei dat hij een boek over het eiland zou gaan schrijven, maar dat is er ook nooit van gekomen.'

'Weet u nog hoe hij heette?'

'Harry Harrison. Sommige ouders zijn misschien dom genoeg om hun zoon zo te noemen, maar ik hoop voor hem dat hij ook een echte naam had. Alleen heb ik die nooit gehoord.'

Tess' vingers jeukten om aantekeningen te maken, maar ze had geleerd dat er geen betere manier is om mensen de mond te snoeren dan met een pen en blocnote. Ze probeerde informatie in haar geheugen te prenten, maar ze herinnerde zich later vaak niet zoveel als ze wel zou willen.

'Hoe lang is het geleden dat hij hier wegging?'

'Zoals ik al zei, hij wilde een boek schrijven over Notting, een verzonnen verhaal. Ik neem aan dat hij op zoek is gegaan naar een andere plek om over te schrijven.'

'En Becca is met hem meegegaan?'

'Ik vind dat kinderen bij hun ouders horen, vindt u niet?'

De vrouw had de vraag handig omzeild; ze had geen ja en geen nee gezegd, en ze keek zo sluw als een kat.

'Is er iemand op het eiland die Becca goed heeft gekend, iemand die met haar bevriend was? Of met haar vader misschien?'

'De Harrisons waren erg op zichzelf. De vader beweerde dat hij het prettig vond. Zei dat hij op die manier beter kon observeren. Wij vonden het allang best. Hij was een... een lichtzínnige man.'

'Hoe bedoelt u dat? Dronk hij, deed hij rare dingen?'

'O, u hoort mij geen oordeel vellen over mensen die drinken. Alcohol is legaal hier in Tyndall Point.' Ze knikte naar de koelkasten, drie in totaal. Achter twee van de glazen deuren lagen verschillende soorten bier, terwijl de derde etenswaren zoals eieren, kaas en melk bevatte. 'Alleen bier, geen sterkedrank. In de winkel in Harkness verkopen ze helemaal geen alcohol.'

'Waarom noemde u Harry Harrison dan lichtzinnig?' vroeg Carl.

'Nou, niemand heeft hem ooit een dag zien werken. De mensen werken hard hier. Hij liep een beetje rond en stelde iedereen onfatsoenlijke vragen, en dat noemde hij werken. Kijk, mensen die hebben gestudeerd, daar zijn we aan gewend. Studenten, verslaggevers, de lui die onkruid belangrijker vinden dan menselijke wezens – '

'Biologen?'

'Precies, die. Hoe dan ook, we weten wel iets van mensen die ergens een studie van maken. Maar Harry Harrison was alleen maar geïnteresseerd in zichzelf en in wat Notting voor hem kon betekenen. Hij kon niet zien wat voor effect hij zelf op Notting had.'

De vrouw keek peinzend, alsof ze iets had gezegd wat ze tot op dat moment niet onder woorden had kunnen brengen.

'Maar Becca – is er iemand op het eiland die zich haar zou herinneren, of misschien nog steeds contact met haar heeft?' drong Tess aan. Hoe interessant het ook was om te filosoferen over de excentrieke Harrison en zijn solipsistische zwerftochten over het eiland, het was zijn dochter die ze nodig hadden.

'O, dat betwijfel ik. Zoals ik al zei, ze bemoeiden zich niet met andere mensen. Zo' – de vrouw leunde naar voren en legde handen als de klauwen van een griffioen op de toonbank – 'ik neem aan dat jullie iets willen kopen.'

Tess begreep dat ze de vrouw moesten terugbetalen voor haar tijd, hoewel tijd op Notting Island in overvloed aanwezig leek te zijn. Ze pakte een zakje Oreo's. De vrouw trok een wenkbrauw op. Tess deed er een paar blikjes bier bij. De wenkbrauw bleef opgetrokken en kwam pas weer omlaag toen Tess voor ongeveer veertig dollar aan boodschappen op de toonbank had gelegd, allemaal dingen die ze niet nodig had. Werkelijk, deze vrouw kon Whitney verslaan in een wedstrijdje wenkbrauw-optrekken.

'Denk jij dat ze de waarheid vertelde?' vroeg ze aan Carl op de terugweg naar Crisfield, de ondergaande zon tegemoet. Het was een heldere dag geweest, maar nu zorgden een paar verdwaalde wolken aan de westelijke horizon voor een spectaculaire zonsondergang, alles om hen heen was roze en paars. Tess dronk een van de biertjes uit de winkel en vroeg zich af of het mens altijd zes dollar rekende voor zes blikjes Old Milwaukee.

Ze waren niet afgegaan op de bewering van de oude vrouw dat niemand in Tyndall Point zich Becca Harrison zou herinneren, laat staan dat er iemand was die wist waar ze nu woonde. Oude vrouw – grappig dat ze zo aan haar bleef denken. Het leeftijdsverschil was waarschijnlijk niet meer dan vijftien jaar, maar Tess was niet van plan om op haar vijfenveertigste oud te zijn. De vrouw in de winkel was net een waarzegster in een sprookje, vol obscure toespelingen en waarschuwingen.

En net als de helden in een sprookje hadden ze haar hints in de wind geslagen. Ze hadden op bijna elke deur in Tyndall Point geklopt. Soms werd er opengedaan, maar meestal niet. De paar mensen die ze spraken, waren allemaal vrouwen. Er waren wel vrouwen van een jaar of dertig bij, maar niemand herkende de naam Becca Harrison. Als de vader werd genoemd, gaven ze toe dat ze haar misschien hadden gekend, maar niemand had contact met haar gehouden. Een vrouw meende zich te herinneren dat Becca actrice had willen worden, een andere dat ze droomde van een carrière als zangeres.

'Ik heb nooit iets over haar gehoord,' zei de laatste vrouw, 'dus ze kan niet zo goed zijn geweest als ze zelf dacht.' Tess vroeg zich af of alle eilanders die vader en dochter Harrison hadden gekend zulke kwaadaardige gevoelens jegens hen koesterden. Het was in elk geval duidelijk dat niemand het duo miste.

'Waarom is Becca belangrijk?' vroeg ze nu. Crisfield kwam in zicht en ze konden de niet zo oude zeerot al zien op de steiger, zijn witte baard en haar wapperend in een briesje.

'Jij moest zo nodig naar dat eiland, niet ik.'

'Heb nou even geduld. Ik denk gewoon hardop. Eric Shivers ging dood. Dat heeft misschien iemand gezien. In elk geval wist de persoon die zijn identiteit heeft aangenomen dat het kon. Hij wist dat er een rijbewijs in het systeem zat en dat de echte Eric Shivers het niet meer kon gebruiken.'

'Denk je soms dat Becca onze moordenaar is? Dat ze zich tot man heeft laten ombouwen, compleet met prothese, en toen de vrouwen met wie ze een relatie begon ombracht? En dan zeg je dat ík te veel films heb gezien!'

'Nee, ik denk in een andere richting. De man die jij als Alan Palmer hebt gekend, kan een vrouwelijke medeplichtige hebben gehad. Je bent gebeld door een vrouw, weet je nog? Net als sergeant Craig. Ze zei dat ze maatschappelijk werkster was. Misschien dat de man die de identiteit van Shivers heeft aangenomen ook hulp had. Misschien zijn er twee mensen geweest die Eric dood hebben zien gaan, en beschermen zij elkaar. Hoe vaag al die eilanders ook waren, ze hebben wel bevestigd dat Becca vijftien jaar geleden op Notting heeft gewoond, en dat was niet lang na de dood van Eric Shivers. Misschien heeft haar vader haar weggestuurd om haar te beschermen.'

'Een intelligente man zoals hij? Als hij het wist, zou hij ervoor zorgen dat zijn dochter verantwoordelijkheid nam voor wat ze had gedaan.'

'Dat denk jij,' zei Tess. Zelf had ze ervaren dat fatsoenlijke burgers het niet zo nauw namen met de wet als het om henzelf ging. Dat was Luisa O'Neals fatale fout geweest.

'Luister, toen jij bij de Toldienst werkte, heb je toen wel eens achter automobilisten aan gezeten omdat ze geen tol betaalden en gewoon hard doorreden?'

Carl verstijfde zichtbaar. 'Er kwam veel meer kijken bij het werk dat ik deed.'

'Dat geloof ik graag. Ik vraag het gewoon. Waren er mensen die geen kwartje in het mandje gooiden?'

'Het is een keer gebeurd dat iemand die geen tol had betaald een politieman doodreed. Een stom joch dat een bestelbus had gestolen, helemaal uit New York City. Ik had niet zomaar een lullig baantje. Het was belangrijk.'

'Ik weet het, ik weet het. Ik probeer gewoon iets duidelijk te maken. Waren er geen mensen – keurig nette burgers in mooie auto's – die doorreden zonder tol te betalen?'

'Ja, natuurlijk. Dat gebeurde wel eens.'

'En hadden ze dan niet altijd, áltijd, een reden om iets te doen wat niet mocht? Hadden ze niet besloten dat de regels niet voor hen golden?'

Carl snapte het, glimlachte.

'Rationalisatie,' zei Tess. 'Dát is wat de mens onderscheidt van het dier. Het is het tegenovergestelde van darwinisme. Dieren doen wat ze moeten doen om te overleven, maar dat is allemaal instinct. Mensen doen wat ze moeten doen, en dan proberen ze achteraf te beredeneren waarom het essentieel was om te overleven.'

'Dus jij denkt dat Eric-Alan een reden heeft voor wat hij doet?'

'Ik zeg alleen dat hij zijn handelen tot op zekere hoogte rechtvaardigt.'

'Misschien. Of misschien is hij gewoon een monster.' De zon was verbijsterend snel achter de horizon verdwenen, en Tess kon Carls gezicht niet meer zo goed zien. 'Sommige mensen worden gewoon slecht geboren.'

'Je gelooft niet in geesten, maar wel in monsters?'

'Ik geloof in het kwaad, ja.'

'Ik ben er niet zo zeker van. Het is niet zo dat er kwaad in je DNA zit. Je karakter wordt gevormd.'

'Nu doe je waar je andere mensen daarnet van beschuldigde: je rationaliseert. *Mijn mama deed dit, mijn papa deed dat, en toen ging het met mij helemaal mis.* Ik heb geen geduld met dat soort mensen. Ik heb niet veel geduld met psychiatrie in het algemeen.'

'Ik eigenlijk ook niet, maar – Shít!'

'Ga ik te snel?'

'Nee, ik herinner me net dat ik vandaag een afspraak had met mijn eigen psych. Glad vergeten. En ik durf te wedden dat mijn vergeetachtigheid straks wordt gebruikt om te bewijzen dat ik me tegen het hele proces verzet.'

Dacht ze nou echt dat hij niet zou weten dat ze op Notting Island was geweest? Zijn moeder had nog contact met haar oude vriendinnen. Het was slechts een kwestie van uren voordat een van hen opbelde en vertelde – achteloos, alsof het haar net te binnen was geschoten – dat er vreemden op het eiland waren geweest en naar Becca Harrison hadden gevraagd. Ze was ervan geschrokken, en nu hing ze aan de telefoon, bijna in paniek.

'Maak je nou toch geen zorgen, ma. Het doet er niet toe waarom ze zijn gekomen of wat ze hebben gevraagd. Je weet dat niemand op het eiland vreemden in vertrouwen neemt.'

'Maar ze kenden haar naam – '

'En ze denken dat ze haar kunnen vinden.'

Dat stemde zijn moeder tot nadenken. Zelfs op de krakende lijn van zijn mobiele telefoon kon hij merken dat ze de gedachte nader bekeek, schiftte zoals een goudzoeker die tussen de kiezels naar goudklompjes zoekt. Wat had ze toch een goed verstand. Hij wilde graag denken dat hij het van haar had geërfd, dit vermogen om een probleem te analyseren. Aan de andere kant vroeg hij zich vaak af of haar gewoonte om dingen zo grondig te onderzoeken niet was voortgekomen uit het werk dat ze jarenlang had gedaan: peuteren in krabben om al het vlees uit de schaal en de poten te pulken. In dat geval kon het geen erfelijke eigenschap zijn. Maar je kon het wel leren, als je maar genoeg je best deed.

Natuurlijke selectie – het begrip zwom naar de oppervlakte uit zijn schooltijd, even fris en goddeloos als toen. Hij was thuisgekomen uit school en popelde om zijn moeder te vertellen hoe de evolutie werkelijk in elkaar zat; dat de giraffe geen lange nek had gevormd, maar dat de giraffen met de korte nek uitstierven zodat alleen de dieren met een lange nek overleefden.

'Laat je vader dit soort schandelijke dingen maar niet horen,' had ze hem gewaarschuwd.

Maar toen zijn vader het die avond hoorde, had hij gezegd dat het heel logisch klonk. 'Als de krabben slimmer worden,' zei hij, 'zitten zij straks in de boten en kruip ik weg in de modder zodat ze me niet zo makkelijk kunnen vangen. Wat heeft het voor zin om getrouwd te zijn met de beste krabfileerder van het hele eiland als je haar niet genoeg krabben kunt brengen om schoon te maken?'

Ze was niet de beste; zijn liefhebbende vader zei het alleen maar om haar een complimentje te maken. Een vrouw zoals zijn moeder, die de kost had verdiend met het schoonmaken van krabben, kon dingen met een krab doen die een normaal mens niet voor mogelijk hield. Haar persoonlijke record was vijftien pond in een uur. Toch blonk ze niet zozeer uit door haar tempo, maar door haar grondigheid. Als zijn moeder klaar was met een krab, zat er werkelijk niets meer in.

Technisch gesproken was het illegaal wat zijn moeder en de andere vrouwen op het eiland deden. Het krabvlees was niet goedgekeurd door de inspecteurs van de dienst volksgezondheid. Ze wisten allemaal wat het was als er een doos in beslag werd genomen en een hele dag werk van je werd afgepakt. Wat hadden ze een hekel aan de bleke ambtenaren van de dienst volksgezondheid, de bekakte, kieskeurige spelbrekers.

De mannen hadden de politie te water als grootste vijand; die controleerde de voortdurend veranderende regels voor de visserij en de krabvangst. Opgroeien op een eiland was te vergelijken met leven in een kolonie of een reservaat. Door schade en schande wijs geworden, stonden eilanders sceptisch tegenover elke autoriteit behalve God. Dus áls er al iemand was die vraagtekens had geplaatst bij het nooit hardop vertelde verhaal van Becca's vlucht, zoveel jaren geleden, dan zou die persoon er nooit met een buitenstaander over praten.

Maar er waren geen vraagtekens geplaatst. En er werd niet over gepraat, zelfs niet onder elkaar, want ze wilden zijn moeder niet kwetsen — men nam aan dat ze in een toestand van ontkenning leefde sinds de dag dat zijn boot was gevonden, eenzaam dobberend in de buurt van Shank Island. Zelfmoord was zo beschamend. De mogelijkheid dat een jongen van het eiland was verdronken, zich had laten verrassen door de storm, was natuurlijk bijna net zo beschamend. Geconfronteerd met deze twee mogelijkheden, kozen de mensen ervoor om gewoon hun mond te houden over wat er met Audreys zoon was gebeurd. Ze had immers al haar man verloren aan een bloedvergiftiging, en toen had ze ook geen zoon meer. Vijftien jaar had ze nu met deze leugen geleefd, zonder ooit te aarzelen. Pas de laatste tijd leek ze zich te veel zorgen te maken.

'June Petty zei — ' begon ze nog een keer.

'June Petty. Die vrouw is even onbeduidend als haar naam.'

'June zei dat ze met zijn tweeën waren. Ze dacht dat ze misschien van de politie waren, maar ze hadden geen legitimatie of zo en ze hebben ook niet precies uitgelegd waarom ze naar Becca op zoek waren.'

Hij wist dat wel, maar dat kon hij zijn moeder niet vertellen. Ze kon maar een zeker aantal geheimen bewaren. Ze wist niet hoe Eric Shivers als bij toverslag weer tot leven was gekomen, laat staan waarom. Ze wist dat hij een heel arsenaal aan valse namen gebruikte, maar nam aan dat dit met zijn werk te maken had. Zijn moeder had geen probleem met de manier waarop hij zijn geld verdiende. Iemand wier voorouderlijk huis bijna door de baai was verzwolgen heeft van nature meer respect voor de natuur, maar ook minder. Alles wat de aarde voortbrengt, moet weer ergens een plek krijgen. *Survival of the fittest.*

'Heeft June gezegd hoe ze eruitzagen?' vroeg hij, alsof hij dat niet wist. Zijn moeder kon niet bevroeden dat hij het wist.

'De man was rossig, net zo'n rode lapjeskat, met meer sproeten dan een kwartelei. De vrouw was groot, met een vlecht. June zei dat je haar net niet mooi kon noemen.'

'June Petty,' herhaalde hij, feller dan de bedoeling was geweest, 'denkt dat je niemand mooi kunt noemen, behalve haar dochter en haarzelf. Ik vraag me af of ze onlangs nog in de spiegel heeft gekeken. Ze was al een ouwe heks toen God nog maar een jongen was.'

'Als jonge vrouw was ze de knapste vrouw van het eiland.'

'Een hele prestatie als je bedenkt dat er in Junes hoogtijdagen wel drie-honderdvijftig mensen op het eiland woonden.'

'Wat heb jij toch, jongen? Het is niks voor jou om zo kribbig te zijn.'

'Niets.' Hij nam afstand van zijn boosheid. 'Het spijt me, ma. Het zit me gewoon niet lekker dat June naar de telefoon rent om jou dit allemaal te vertellen. Ze zwelgt in haar... medelijden met jou, en dat is altijd al zo geweest. Eerst toen pa ziek werd, en toen nadat ik – ' Hij hoeft zijn zin niet af te maken. 'Weet je zeker dat jij niet het mooiste meisje van het eiland was en dat June Petty na al die jaren nog steeds jaloers op je is?'

Zijn moeder lacht, het fijnste geluid dat hij in een week tijd heeft gehoord. Op dat moment geeft een zoemend geluid aan dat zijn batterij bijna leeg is. De verbinding begint weg te vallen. Haastig neemt hij afscheid, wat hij vreselijk vindt. Hij heeft nog net genoeg tijd om 'Dag' te zeggen en, zoals altijd: 'Ik hou van je.'

Hij legt de telefoon in het vakje onder de radio en rijdt verder. Het regent en het is maar net iets boven de tien graden. De afgelopen dagen waren zonnig en bijna warm geweest, met temperaturen van boven de twintig graden. Een typische lente in dit deel van het land. Even ervaart hij een gevoel van afgunst en wrok. Zij is op het eiland geweest, een plaats waar hij al vijftien jaar niet meer kan komen. Hij durft zich zelfs niet in Crisfield of Princess Anne te vertonen. Degenen die hem willen straffen, zullen hem nooit zoveel pijn kunnen doen als de marteling die hij nu ondergaat, verbannen van de plek waar hij zo intens van houdt.

Eind april in Harkness. De *hackberry* zou nu in bloei staan, en het moerasgras zou nu in de zachte tint groen gehuld zijn die hij op de vaste wal nooit ergens is tegengekomen. Het is nog te vroeg voor de sneeuwbalstruiken, maar lang kan het niet meer duren. Vooral moest de opwinding voelbaar zijn nu het paarseizoen van de blauwe krabben eraan komt en het mannetje het vrouwtje het hof maakt, waarbij hij haar urenlang tegen zich aan houdt. Prachtige zwemmers.

Hij vraagt zich af of de ogen van dit stadsmeisje in die paar uur in staat zijn geweest om de volle pracht van de natuur op te nemen. Hij zou het haar kunnen leren. Hij kon het haar laten zien.

Er zijn zoveel dingen die hij haar wil leren.

21

'Gemiste afspraken worden in rekening gebracht. Ik dacht dat ik dat de eerste keer duidelijk had gemaakt. Je moet vierentwintig uur van tevoren afzeggen, anders betaal je het volle pond.'

'Maar in geval van nood – ' protesteerde Tess.

'Een onverwacht uitje naar de Eastern Shore is in mijn ogen geen noodgeval.'

'Sorry,' zei ze, pruilend als een kind, terwijl haar vingers met de draadjes van de oude fauteuil speelden. 'Ik probeer alleen een serie-moordenaar op te sporen, dus kom ik op woensdag in plaats van op dinsdag. God verhoede dat ik daardoor een dag te laat ben voor de pop-penkast die de rechter me heeft opgelegd.'

Aan het begin van de sessie had ze oprechter berouw getoond, maar de psychiater had haar uitleg ergerlijk onverschillig aangehoord. Carl had gelijk. Het ging allemaal over mijn-moeder-dit, mijn-vader-dat, en dokter Armistead toonde nul komma nul belangstelling voor haar werk. Het enige wat hij wilde weten, was waarom ze niet had gebeld en hoe ze haar afspraak met hem had kunnen vergeten.

Soms leek hij meer op een gepikeerde aanbidder dan op een dokter. 'We denken allemaal dat ons werk belangrijk is, Tess,' zei hij nu.

'Ja, maar ik heb gelijk. Mijn werk ís belangrijk. Deze man heeft in elk geval twee vrouwen vermoord en twee keer de identiteit van ie-mand anders gestolen. Hij kan inmiddels wel drie of vier slachtoffers hebben gemaakt. Hij kan wel een nieuwe relatie hebben en plannen maken om over een paar weken, een paar dagen, weer een vrouw om te brengen.'

Armistead had de gewoonte om zijn handen ineen te vouwen en twee wijsvingers tegen zijn lippen te houden, er zacht tegenaan te tikken. Veelzeggend, dacht Tess, al wist ze niet precies wat het gebaar dan zei.

'Laten we het eens over het beheersen van je impulsiviteit hebben, Tess.'

'Het beheersen van mijn impulsiviteit? Daar heb ik nooit problemen mee.'

'Ik zeg niet dat het zo is. Het is niet aan mij om te zeggen dat je dit of dat probleem hebt. Ik ben gewoon benieuwd of je wat je impulsiviteit betreft een patroon in je gedrag kunt herkennen. Denk je van jezelf dat je toegeeft aan elk nieuw idee dat in je hoofd opkomt?'

'Nee. Nee, helemaal niet.' Maar door haar eigen lichaamstaal besefte ze dat ze zich als een snotaap gedroeg. Ze zat onderuitgezakt in de stoel met haar kin op haar borst en haar benen waren gestrekt als die van een opstandige puber. Schaapachtig ging ze rechtop zitten, en ze maakte oogcontact met de psychiater. Dat viel trouwens niet mee omdat ze voortdurend werd afgeleid door de borstelige wenkbrauwen. 'Ik denk zelf dat er niets mis is met mijn zelfbeheersing,' zei ze, maar haar stem klonk aarzelender.

'Toch heb je Mickey Pechter aangevallen.'

'Ik heb hem níet aangevallen.'

'Oké, ik gebruik het verkeerde woord. Ik wil graag weten of je je handelwijze als impulsief bestempelt, of je het gevoel hebt dat de dingen escaleerden doordat je je emoties niet onder controle had. Zou je kunnen zeggen dat je je hebt laten gaan?'

'Gaan waarheen?'

'Dat weet ik niet. Ik vraag het juist aan jou. Ik zou het beschrijven als... een gevoel van rechtvaardigheid. De zekerheid dat je handelwijze gerechtvaardigd was.'

'Dat wás ook zo.'

'Misschien. De vraag of je in dat specifieke geval gelijk had interesseert me eigenlijk niet. Ik vind het veel belangrijker om te weten of je in het algemeen denkt dat je gelijk hebt.'

Hij beschuldigde haar ervan dat ze was zoals de mensen die ze voor Carl had beschreven, mensen die hun eigen handelen altijd rechtvaardigden. Maar zo was zij niet. Of toch wel?

'Ik probeer een moordenaar te pakken.'

Armisteads wijsvingers tikten sneller tegen zijn lippen. 'Ik dacht dat de staatspolitie het onderzoek deed en dat jij alleen assistentie verleende.'

'Jawel, maar – '

'Tess.' Ze vond het niet prettig om haar naam uit zijn mond te horen, hoewel ze niet kon zeggen waarom. Hij klonk belerend, alsof

195

hij dacht dat hij haar kende, en dit was pas de derde keer dat ze elkaar spraken. Hij kende haar niet, kon haar niet na drie sessies al kennen – na dertig sessies nog niet.

'Tess, ik probeer je te laten nadenken over je eigen handelwijze. Ik zeg niet dat je goed of fout zat. Je moet je gedrag gewoon zien als een deel van een groter geheel. Daar zou je wat aan kunnen hebben.'

Ze was het niet met hem eens, maar het leek haar makkelijker om instemmend te reageren. 'Ik weet het.'

'Goed dan, wat gaat er door je heen als je aan deze seriemoordenaar denkt?'

'Wat er door me heen gaat, is dat er twee soorten mensen zijn die aan je vragen wat er door je heen gaat: psychiaters en sportverslaggevers.'

'Waar hint je op?'

'Nergens op.' Ze vond het grappig dat hij zo'n domme taalfout maakte. Aan de andere kant had ze intelligente mensen, mensen die ze zelfs aardig vond, als en dan door elkaar horen halen. Het ergerde haar mateloos. Stel je voor, een seriemoordenaar die toesloeg als hij iemands taalfouten niet langer verdroeg. Eric Shivers/Alan Palmer, liefdevolle en toegewijde partner, tot op de dag dat Tiffani of Lucy thuiskwam en zei: Mijn baas heb gezegd...

Ze glimlachte om haar malle gedachten, herinnerde zich toen dat dit echte vrouwen waren, echte slachtoffers, en ze had meteen weer spijt van haar zwarte humor. Verslaggevers en politiemensen deden het om niet onderdoor te gaan aan de vreselijke dingen die ze zagen. Ze dacht vaak dat Jonathan een hele hoop grappen zou hebben gemaakt over zijn eigen dood.

'Heb je enig idee,' zei de psychiater, 'hoeveel verschillende uitdrukkingen er in luttele seconden over je gezicht spelen?'

'Nee.' Ze had altijd gedacht dat ze een pokerface had, maar misschien was dat alleen als ze poker speelde.

'Als je je gevoelens – sorry, ik blijf er op terugkomen, dat is mijn vak – als je je gevoelens nog duidelijker zou laten blijken, zou je een gevaar zijn voor jezelf.'

'Daar moet ik dan eens aan gaan werken.'

'Dat heb ik liever niet.' Hij glimlachte alsof hij een punt had gescoord, al wist Tess niet eens dat ze een spel speelden. Ging het erom de ander steeds een slag voor te zijn? 'Ik zal je de gemiste afspraak voor deze ene keer niet in rekening brengen, want je hebt meteen een nieuwe afspraak gemaakt. Maar laat het niet nog een keer gebeuren. Als er echt sprake is van een noodgeval – en we moeten samen bedenken wat we daaronder verstaan – komen we er wel uit.'

'Hoe zit het met mijn straf? Moet u het melden bij de rechtbank als ik een sessie mis?'

'Dit keer doe ik dat niet. Maar als het een patroon gaat worden... '

Hij hoefde zijn dreigement niet af te maken. Hij noteerde de datum en de tijd van hun volgende afspraak op een kaartje en gaf dat aan haar. 'Verder zal ik mijn secretaresse vragen of ze de dag van tevoren een boodschap wil inspreken op je voicemail om je te helpen herinneren.'

'Best. Dat doet mijn tandarts ook.'

'En ik ben ook gewoon een dokter, zoals ik je telkens duidelijk probeer te maken.'

Zijn stem was zacht en overredend. Als ze niet naar hem hoefde te kijken, dacht Tess, zou ze hem misschien aardiger vinden. Het was zo'n prettige stem, een donkere bas. Dus hij zag zichzelf als 'gewoon een dokter'. Eerlijk gezegd zou zij liever bloedzuigers op haar lichaam laten zetten.

'Kun je zien wat ik denk?' vroeg ze aan Carl toen ze twintig minuten later hun kantoor op het bureau van de staatspolitie binnenkwam.

De vraag leek hem te ergeren. 'Ik ken je nauwelijks. Als je de pest in hebt over iets wat ik doe, zeg het dan gewoon. Ik kan het niet uitstaan dat vrouwen altijd van die vage toespelingen maken.'

'Nee, ik bedoel in het algemeen. Verraadt de uitdrukking op mijn gezicht wat er in mijn hoofd omgaat?'

'Dat is wel heel veel voor een gezicht. Ik geloof niet dat een mond en een paar ogen alles over kunnen brengen wat er in een hoofd omgaat.' Hij tikte tegen zijn eigen rossige haardos. 'Ik zag die vraag bijvoorbeeld helemaal niet aankomen, en ik heb geen idee waarom je hem stelt.'

'Mooi. Nou, wat is er gebeurd terwijl ik weg was? Heb je telefoontjes gehad?'

'Geen belangrijke.' Carl keek om zich heen alsof hij dacht dat ze werden afgeluisterd. 'Doe de deur eens dicht.'

De politie had Tess en Carl een noodkantoor gegeven aan een gang die leidde naar de plek waar het echte onderzoek plaatsvond, maar wel zo ver mogelijk erbij vandaan. Tess dacht dat het misschien een blijk van respect was. Carl was ervan overtuigd dat ze in de gaten werden gehouden.

Het een, dacht Tess, sloot het ander niet uit. Ze keek naar links en naar rechts in de gang, zag niemand, en deed de deur dicht.

'Officieel,' begon Carl, 'beman ik de tiplijn. Majoor Shields is een beetje achterdochtig omdat we er gisteren niet waren. En toen ik hem vertelde dat jij vanochtend een afspraak had bij de dokter, dacht hij dat ik hem voor de gek hield.'

'Hoezo? Heb je verteld met wat voor soort dokter ik een afspraak had?'

Carl keek haar oprecht nieuwsgierig aan. 'Schaam je je ervoor dat je met boosheid moet leren omgaan?'

'Nee, maar... het is privé.'

'Ik heb tegen hem gezegd dat je naar podotherapie moest. Dat klinkt een beetje als psychotherapie, weet je. Een dokter voor je hoofd, een dokter voor je voeten – zo'n domme boerenkinkel weet toch het verschil niet.'

Tess grijnsde dankbaar. 'Nou, heeft de tiplijn iets opgeleverd?'

'Voornamelijk gekken. Maar ja, wat kun je nou helemaal verwachten als je posters met "vermist" ophangt in supermarkten.'

'Jij denkt – hoopt, bidt – dat er op een dag iemand is die Alan Palmers foto ziet en zegt: "Hé, die vent ken ik en hij wordt helemaal niet vermist."?'

Ze hadden het plan samen met de staatspolitie uitgedokterd. Palmers ouders, die uitvoerig waren ondervraagd over de contacten van hun zoon, wisten dat ze zich geen zorgen hoefden te maken als de posters verschenen. Het idee was om een plaatselijke vrouw die misschien bijna iets met de man had gehad uit haar tent te lokken. En als de man zelf de oproep zag? De tekst was zo opgesteld dat het leek of een van Lucy Fanchers niet-bestaande familieleden naar hem op zoek was in verband met haar erfenis. Het telefoonnummer had zelfs het netnummer van Cecil County, hoewel elk telefoontje op dit kantoor terechtkwam.

'En Becca Harrison?'

'Er is geen spoor te vinden van iemand met die naam, maar vrouwen trouwen en nemen de naam van hun man aan. Vrouwen zijn moeilijk te vinden.'

'Haar vader?'

'Ene Harold "Harry" Harrison met een geboortedatum die ongeveer klopt is volgens de databank van de Social Security dertien jaar geleden overleden. Zijn laatste adres was in de staat New York. Als hij ooit een boek heeft geschreven, dan kan ik het in elk geval niet vinden.'

'Als Harry Harrisons werk ooit is uitgegeven, is het nu vast niet meer te krijgen.'

'Heeft het jaarboek van de middelbare school iets opgeleverd?'

Ze keken naar een exemplaar van de *Crisfield Courier*, dun, met een groene kaft en een gouden zegel. Ze hadden het in de bibliotheek van Crisfield gevonden. Het mocht niet worden uitgeleend, maar het was niet moeilijk geweest om het mee te nemen. Tess was van plan het terug te sturen, met een anoniem briefje om verontschuldigingen aan te bieden en wat geld om nieuwe boeken van te kopen.

'Het is tegenwoordig veel te makkelijk om te verdwijnen,' merkte Tess op. 'We denken dat we zoveel hulpmiddelen hebben, maar als je echt wilt verdwijnen dan kan dat.'

'Het is Becca in de goeie ouwe tijd ook gelukt. Harry Harrison heeft haar trouwens wel als vermist opgegeven bij de politie van Talbot County, die op Notting Island patrouilleert.'

'Dat meen je niet! Hoe kom je dáár nou aan?'

Carl klopte op de zijkant van een oude IBM-kloon die ze mochten gebruiken. 'Dit ding heeft meer software dan je zou denken. Je moet alleen weten hoe je ermee omgaat. En dat weet ik toevallig. Het was in april, vijftien jaar geleden.'

'Een paar maanden na de dood van Eric Shivers.'

'Precies. Haar vader heeft tegen de politie gezegd dat ze misschien was gaan zwemmen.'

'Zwémmen, in april?'

Carl knikte. 'Ik weet het. Dan is het water ijskoud. Bovendien kan de baai een lichaam niet eeuwig vasthouden.'

'Oké, dus Becca verdwijnt twee maanden voor haar eindexamen – en toevallig een paar maanden nadat Eric Shivers doodgaat. Haar vader geeft haar op als vermist, maar de mensen op Notting Island denken dat ze de benen heeft genomen om actrice of zangeres te worden. Niet lang daarna verlaat haar vader het eiland. Is hij ziek van verdriet of probeert hij iets te verdoezelen? Denkt hij dat zijn dochter is verdronken of dat ze is weggelopen? Hem kunnen we het niet meer vragen, en we hebben al geprobeerd om de mensen op het eiland aan de praat te krijgen.'

Soms vond Tess het fijn om heel stil te zitten als ze nadacht. Carl wipte daarentegen op en neer op zijn stoel, totdat ze het liefst de poten van de stoel onder hem vandaan zou schoppen. Misschien had ze echt moeite met het beheersen van haar impulsiviteit. In plaats daarvan ging ze staan om de deur open te zetten. Dichte deuren wekten argwaan.

'Denk jij dat ze nieuwe info hebben na hun gesprekken met de ouders Gunts en de ouders Palmer?' Carl gebaarde met zijn kin naar de openstaande deur en de wereld van de officiële politie aan de andere kant van de drempel.

'Het zou kunnen.'

'Denk jij dat ze ons vertellen waar ze mee bezig zijn?'

'Waarschijnlijk niet.' Tess grijnsde. 'Ze hebben duidelijk gezegd dat het geen straat met tweerichtingsverkeer is. Wij zijn pachtboeren. We moeten onze oogst afstaan, maar zij hoeven niets met ons te delen.'

Als om te bewijzen dat ze gelijk had, liep sergeant Craig langs hun kantoor, opzettelijk snel om te voorkomen dat ze hem staande zouden houden.

Carl wreef over zijn knie. 'Het weer gaat veranderen.'

'Voel je dat in je slechte knie?'

Hij haalde zijn schouders op, alsof hij het zelf ook niet begreep.

'Luister, ik heb trek. Zullen we de boel de boel laten en ergens gaan lunchen?'

'Je weet dat ik alleen aan het eind van de dag eet.'

'Ja, ik ken die belachelijke gewoonte van je. Kom op, laten we iets gaan eten, misschien brengt het ons op nieuwe ideeën. Ik hou het echt niet langer uit in dit hok, doen alsof we werken.'

'Fruits de mer?' vroeg hij hoopvol. Geweldig, ze had Carl eindelijk zo ver dat hij 's middags wilde eten, en dan koos hij het enige wat zij beslist níet kon eten.

'Als je het niet erg vindt om er een eind voor te rijden.'

'Nee hoor.' Om er haast achterdochtig aan toe te voegen: 'Hoezo?'

'Ik ben geen grote fan van fruits de mer, maar ik zit graag bij Jimmy Cantler's, vooral in het voorjaar. Laten we daarheen gaan.'

'Je houdt niet van fruits de mer, maar je wilt wel aan het water eten?'

'Ja. Ben ik dan gek?'

'Geen idee. Vraag het maar aan je psychiater. Hij wordt er vorstelijk voor betaald om uit te vogelen hoe jij in elkaar zit.'

Een paar kilometer ten noorden van de afslag naar Annapolis kondigde Carl aan: 'We worden gevolgd.'

'Wat – '

'Niet kijken.' Hij legde zijn rechterhand in Tess' nek om te voorkomen dat ze haar hoofd omdraaide. 'Die auto rijdt al sinds Pikesville achter ons aan. Eerst kon het nog – veel mensen volgen deze route – maar nu weet ik zeker dat hij ons volgt.'

'Hij?' vroeg Tess.

'Ik geloof dat het een hij is. Door de spiegeling van de voorruit kan ik alleen met zekerheid zeggen dat het iemand alleen is.'

Tess klapte de zonneklep boven haar hoofd omlaag, zogenaamd om in het spiegeltje haar make-up bij te werken. Carl had gelijk – je kon niets zien behalve een silhouet. De schouders en het vermoeden van een honkbalpet wezen op een man, maar dat was het enige wat ze met zekerheid kon zeggen.

Ze reden in Carls auto, een niet zo oude en ook niet zo jonge Saturn. Geleidelijk voerde hij de snelheid op tot ruim honderdveertig kilometer. Interstate 97 werd soms Marylands *Autobahn* genoemd, want het was een goede weg zonder lastige bochten, zodat er door veel mensen te hard werd gereden. Carls auto protesteerde, trilde zo erg dat Tess haar hart vasthield. Tess kende de weg, wist dat er een wijde bocht aankwam, waar de 97 afboog naar het oosten, terwijl je op de oude snelweg kwam als je rechtdoor reed.

'Carl,' begon ze.

Hij leek haar niet te horen. Hij reed alsof alle andere auto's op de weg stilstaande voorwerpen waren en hij er tussendoor moest slalommen. Op de inhaalstrook ging hij nog harder rijden.

'Zit hij nog steeds achter ons?' vroeg Carl.

'Hij – '

'Niet kijken!' siste hij.

Carls Saturn ging nog harder. Tess haakte haar hand in het handvat boven het portier en zette zich met haar andere hand schrap tegen het dashboard. De splitsing naderde. Zelfs ervaren chauffeurs moesten in die bocht snelheid minderen. Carl maakte echter geen aanstalten. Het leek wel of hij grimmig aan het aftellen was.

'Bijna, bijna, bijna... nú!' Met een snelle, nauwkeurige draai aan het stuur zeilde hij terug naar de rechterrijstrook voor de afslag, pal voor een grote vrachtwagen, terwijl een donkerblauw auto – Tess kon niet zien welk merk of model het was, waarschijnlijk een Toyota of een Nissan – rechtdoor reed. Nu pas minderde Carl vaart.

'Moeten we terug zien te komen naar de 97, of komen we er zo ook wel?' vroeg hij alsof er niets was gebeurd.

'Carl, wat was dat nou voor achterlijke move? Als je wordt gevolgd, zorg je dat hij achter je blijft hangen en neem je hem mee naar bureau. Je gaat toch niet in een Saturn rijden alsof het een formule-1-Ferrari is.'

Hij verstijfde, duidelijk gekwetst. 'Als ik alleen was geweest, had ik een confrontatie met die kerel misschien aangedurfd, maar met jou in de auto leek het me beter om hem af te schudden.'

'Hé, we gaan hier niet de stoere ridder op het witte paard uithangen, oké? Ik heb een wapenvergunning. Ik kan heel goed op mezelf passen. Mijn vriend haalt nooit van dit soort macho shit met me uit. Kom van die knol af.'

'Misschien zou hij het wel moeten doen.'

'Wat bedoel je daar nou weer mee?'

'Wat ik bedoel – ' Hij haalde diep adem, en de adrenalinekick van zijn stunt begon weg te ebben. 'Ik bedoel helemaal niets. Ik weet dat je op jezelf kunt passen. Maar die kerel achtervolgde ons, dat weet ik zeker.'

'Daar heb ik geen moment aan getwijfeld,' zei Tess. Hoewel, nu ze erover nadacht, twijfelde ze misschien toch wel. Ze kende niemand die zo paranoia was als Carl Dewitt. 'Ik vond alleen de manier waarop je ermee omging niet zo fijn.'

Hij ging langzamer rijden en keek uit naar een mogelijkheid om te keren. 'Dat heb je duidelijk gemaakt. Moest dat nou op die toon?'

'Welke toon?'

'Die superieure ik-ben-de-baas-toon. Ik ben ook een professional, weet je. Ik verdien het om met respect te worden behandeld.'

Ze wilde gaan zeggen dat hij helemaal niet professioneel was, dat hij de meest amateuristische amateur was die ze kende. Hij verdiende geen stuiver aan deze zaak, terwijl zij elk gewerkt uur in rekening kon brengen. Maar die gedachte riep vraagtekens op. Waarom deed Carl dit eigenlijk? Wat leverde het hem op?

Uiteindelijk stelde ze een heel andere vraag. 'Waar leef je van nu je niet meer in overheidsdienst bent?'

'Mijn knie.'

'Levert je knie geld op?'

'Ik was aan het werk toen ik viel, op het parkeerterrein. Waarschijnlijk zou het toch mis zijn gegaan, maar door die val moest mijn knieschijf operatief worden vervangen. Dat zal nog een keer moeten, misschien zelfs twee keer. Het revalideren was zwaar, en ik kreeg problemen met mijn rug, zodat ik ook aan mijn ruggenwervels moest worden geopereerd. Tegen die tijd was ik al een halfjaar met ziekteverlof. Op mijn vijfendertigste werd ik afgekeurd.'

'Sommige mensen zijn vast jaloers op je.'

'Ach ja, in het land van de knielozen, is de man met één knie koning.'

Tess lachte. 'Dat is een goeie. Is die van jou of uit een film?'

'Ik weet het niet.' Carl reed nu zo voorzichtig als een oud opaatje, alsof hij goed wilde maken dat hij haar daarnet zo bang had gemaakt. 'Misschien wel. Het zou jammer zijn als het niet zo was, vind je ook niet?'

22

Tess had er een gewoonte van gemaakt om met de dossiers van Tiffani Gunts en Lucy Fancher te slapen, hoewel niet opzettelijk. Elke avond kroop ze in bed, van plan om de complete dossiers die ze inmiddels in haar bezit had door te spitten, maar telkens viel ze in slaap met het licht aan. Dit had ze elke avond gedaan sinds hun uitstapje naar Notting Island, en op deze zoele vrijdagavond deed ze het weer. Het volgende wat ze wist, was dat Crow haar wakker kuste, een keurig stapeltje maakte van de papieren die verspreid over het bed lagen en dat op haar nachtkastje legde.

'Hoe... was' – ze was zo slaperig dat ze het woord niet kon bedenken – 'werk?'

'O, leuk. We hadden de Iguanas voor een late Cinco de Mayo-viering. We konden ze niet krijgen voor de dag zelf.'

'Cool,' zei ze gapend. Ze was weg van de Iguanas.

'Ja, maar al die corpsballen riepen: *Happy Independance Day.*'

'Nou en?'

'Het is helemaal geen onafhankelijkheidsdag.'

'Het is de Mexicaanse onafhankelijkheidsdag. Hun onafhankelijkheid telt ook.'

'Het is helemaal niemands onafhankelijkheidsdag.' Hij deed het licht uit en kroop bij haar in bed. Ze hield van de warme, rokerige geur die hij meebracht van een avond werk. Het gaf haar het gevoel dat ze uit was geweest, de hele avond had gedanst.

'Huh?'

'Cinco de Mayo,' zei hij terwijl hij zijn armen om haar heen sloeg op zoek naar haar borsten, alsof ze die overdag misschien ergens kwijt was geraakt en hij zich er nu van moest vergewissen dat ze er nog waren. 'Op die dag wordt een zeeslag tegen de Fransen herdacht, bij Puebla. De Mexicaanse onafhankelijkheidsdag is op zestien september – *diez y seis.*'

'Daarom hou ik nou van je, omdat je dat soort dingen weet.'
'Laat me dat dan maar eens voelen.'
Dat deed ze.

Seks, meestal de ideale slaappil, had Tess dit keer juist klaarwakker gemaakt. Er gebeurde gewoon te veel in haar leven, peinsde ze, starend naar de schaduwen op het plafond, die bewogen als water. Ze sliep al een tijdje slecht, en ze probeerde te bedenken wanneer de slapeloosheid was begonnen. Sinds ze de zaak had aangenomen? Nee. Sinds ze Carl Dewitt had leren kennen? Nee.

Sinds ze Mickey Pechter een schop in zijn zij had gegeven? Misschien. Of misschien een paar weken later, toen haar psychiater was gaan rondneuzen in haar hoofd.

Ze dacht dat Crow sliep, maar hij draaide zich onverwacht om en legde een hand op haar onderbuik, haar minst favoriete lichaamsdeel. Hoe sterk of slank ze ook werd, haar buik was altijd zacht en rond, ontembaar. Gelukkig hield hij wel van haar buik.

'Ben je wel eens in verwachting geweest?' vroeg hij.

'Hemel, nee. Wat een rare vraag.'

'Niet zo heel raar. Het komt voor. Zelfs bij mensen zoals wij, die goed oppassen. In alle tijd dat we nu samen zijn, ben je nooit ook maar een dag over tijd geweest.'

'Hoe weet je dat? Hou je mijn cyclus bij?'

'Niet bewust. Ik heb alleen gemerkt dat er elke maand een periode van vijf dagen is dat je heel onvoorspelbaar bent en je emoties gewoon vulkanisch zijn, dus dan weet ik hoe laat het is.'

Ze gaf hem een duw tegen zijn schouder. 'Zo erg ben ik helemaal niet.'

'Je bent verschrikkelijk. Zelfs de honden hebben het door. Ik durf er geen eed op te zweren, maar volgens mij heeft Esskay een kalender in de achtertuin waar ze de dagen op wegstreept.'

'Hoe kom je er trouwens op?'

Hij lag achter haar zodat ze zijn gezicht niet kon zien, maar zijn stem klonk schaapachtig. 'Ik denk wel eens dat ik de eisprong zou moeten voelen, maar dat is waarschijnlijk fantasie.'

'Dat lijkt me wel,' zei Tess. 'Tenzij je een thermometer tussen je benen hebt.'

'Wát?'

'Dat is een methode om de vruchtbaarheid te testen.'

'O, ja. Dat wist ik wel.'

'Natuurlijk wist je dat. Jij weet alles, Mr. Cinco de Mayo.'

Ze lachten en genoten ervan om de rimpeling van de lach door hun verstrengelde naakte lichamen te voelen gaan.

Maar de lach bleef zo abrupt steken in Tess' keel dat het klonk alsof ze zich in een hap eten verslikte.

'Wat is er?' vroeg Crow.

'De dossiers. Geef me mijn dossiers eens aan.' Ze gaf hem niet eens de tijd om het te doen, knipte zelf het licht aan en griste ze van het nachtkastje.

'De politie heeft me geen lijst gegeven van de spullen die ze na Tiffani´s dood in beslag hebben genomen. Ik weet niet of ze iets in haar huis hebben gevonden, maar ze moeten in elk geval foto's hebben genomen. Carl heeft wel een lijst gemaakt van de dingen die in Lucy's huis zijn gevonden. Hij heeft me een kalender laten zien waarop was aangegeven wanneer Alan Palmer op reis was – dat dachten we tenminste. Elke maand waren er twee of drie dagen omcirkeld. Carl heeft hem in een la gevonden en geconcludeerd dat de moordenaar hem erin had gelegd. Als Lucy door een buitenstaander is vermoord, kan dat kloppen. Maar waarom zou Alan een kalender verstoppen? Die kalender vormde juist een deel van zijn alibi.'

'Wie heeft dat ding dan in de la gelegd?'

'Lucy. Ze hield haar cyclus bij om te zien wanneer ze vruchtbaar was. Het is een ouderwetse en niet erg betrouwbare methode, maar misschien zijn er nog steeds mensen die het op die manier doen.'

Tess had inmiddels de lijst gevonden van de voorwerpen die Carl uit het huurhuis had meegenomen. Ja, daar stond de kalender, met een beschrijving van de omcirkelde dagen in de laatste drie maanden van Lucy Fanchers leven. Ze hadden aangenomen dat Alan die dagen had gekozen om een eind aan Lucy's leven te maken.

In werkelijkheid had Lucy's lichaam de dagen gekozen. Vanaf het moment dat ze haar cyclus was gaan bijhouden, waarschijnlijk op verzoek van haar geliefde, was het aftellen naar de dag van haar dood begonnen.

'Doen vrouwen dat?' Carl werd roder dan Tess hem ooit had gezien.

'Sommigen wel, denk ik. Het is niet verplicht. Ze geven je niet op je dertiende een kalender met de mededeling: "Hé, aan de slag jij.'"

'Jemig, Tess.' Carl geneerde zich zo dat hij zijn hoofd boog en zijn voorhoofd zelfs bijna het tafeltje in het Suburban House raakte. Tess had hem voor de tweede keer in een week zo gek gekregen om samen te gaan lunchen. Dat ze hem mee had gekregen naar dit joodse eethuisje was een nog grotere overwinning. Alles leek Carl achterdochtig te maken, van de quasi-stoere serveerster tot de Jiddische moppen op de papieren placemats. En hij had de potjes schmaltz nog niet eens gezien.

'Ik weet van vriendinnen die graag een kind willen dat het geen betrouwbare methode is. Ik ben verbaasd dat ze het bijhielden. Ik ben verbaasd dat ze ermee bezig waren.'

Voorzichtig tilde Carl zijn hoofd weer op. 'Wat bedoel je?'

'Het was een kersverse relatie.'

'Nou en? Niet iedereen wacht tienduizend jaar met het krijgen van kinderen.'

Was dat een bedekte toespeling op haar en Crow? Tess liet het gaan. 'Oké, maar zelfs als ze hadden besloten om een kind te verwekken, zouden ze geen kalender nodig hebben gehad.'

'Ik kan je niet volgen.'

'Carl, ik probeer er rekening mee te houden dat je dit een gevoelig onderwerp vindt, maar als je jong bent en al dan niet oprecht verliefd, hoef je niet bij te houden wanneer je de grootste kans hebt om zwanger te raken.'

'Waarom niet?'

Tess' stem klonk luider dan haar bedoeling was. 'Omdat... Verdorie, Carl, omdat je de hele tijd seks hebt als je elkaar nog niet zo lang kent.'

Dat trok de aandacht van de andere gasten, en vooral van de serveerster, die naast hun tafeltje stond om de bestelling op te nemen.

'Willen jullie al bestellen?' vroeg ze, een grote, stevig gebouwde zwarte vrouw. 'Van de kaart, bedoel ik.'

Gedwee bestelde Carl een broodje rosbief en ook een kop matzeballensoep nadat Tess had uitgelegd dat het gewoon kippensoep met iets extra's was. Zelf bestelde ze kreplach en kishkes.

'Volgens mij kun je niet generaliseren wat voor seksleven mensen hebben.' Carl praatte heel snel, alsof hij wilde dat het onderwerp gewoon weg zou gaan. 'En in het geval van een seriemoordenaar moet je erkennen dat hij een hoop seksuele voldoening uit zijn misdaden kan putten. De man die we zoeken kan misschien niet normaal functioneren. Hij kan misschien zelfs helemaal niet functioneren.'

'Heb je Lucy's vrienden naar haar seksleven gevraagd?'

Carls gezicht was roder dan zijn haar. 'Niet rechtstreeks, zoals jij het zou doen, maar ik heb ze wel de ruimte gelaten om over de relatie te praten. De rest weet je – iedereen zei dat hij de ideale man was. Ze heeft nooit twijfels over hem uitgesproken, ze vroeg zich alleen af waaraan ze hem had verdiend.'

'Luister, jouw theorie en de mijne staan niet noodzakelijkerwijs haaks op elkaar. Laten we zeggen dat onze moordenaar het moeilijk vindt' – Tess probeerde te bedenken hoe ze het kon zeggen zonder dat Carl van pure schaamte onder de tafel dook – 'om op dat ene punt aan de verwachtingen te voldoen. Misschien draait hij het om. Hij zou tegen de vrouwen kunnen zeggen... ik weet niet, dat hij geen seks wil om de seks, dat hij een kind van ze wil.'

'Of dat hij gelovig is,' zei Carl, 'en wil wachten tot ze netjes zijn getrouwd. Bij ons op het hoofdbureau zat zo'n type.'

Tess knikte. Het kostte tijd, maar uiteindelijk zaten Carl en zij toch op dezelfde lijn. 'Denk je eens in hoe romantisch vrouwen zoals Tiffani en Lucy dat zullen vinden. Al waren ze nog zo jong, ze hadden waarschijnlijk hun buik vol van slechte, onverschillige seks. Misschien dat hij ze zelfs wel' – opnieuw zocht ze naar bedekte termen – 'op een alternatieve manier bevredigde.'

'Alternatief? O, je bedoelt...' Carl keek om zich heen in het restaurant, alsof hij ervan overtuigd was dat alle andere gasten met rode oortjes naar hen zaten te luisteren. Dat was niet zo; de meesten hadden het veel te druk met eten.

'Precies. Stel nou – niet meteen protesteren – dat hij een zij is?'

'Hoe zou hij dat dan doen?'

Hun eten werd gebracht, en Tess wachtte tot de serveerster weer weg was.

'Heb je *Yentl the Yeshiva Boy* gelezen?' Tess besefte dat Carl zelfs nog nooit van Isaac Bashevis Singer had gehoord. Bovendien hield Carl meer van films dan van boeken. 'Of die film *Boys Don't Cry*, over een jong meisje dat doet alsof ze een jongen is?'

Hij schudde zijn hoofd. 'Niet mijn soort film, maar de documentaire heb ik wel gezien, die kwam eerder uit. Bovendien werd ze ontdekt. Zoiets kun je niet zo lang geheimhouden.'

'Denk dan eens aan Billy Tipton, die heeft echt bestaan. Hij is vijf huwelijken lang voor een man doorgegaan. Tot aan de dag van zijn dood had niemand geweten dat hij als Dorothy was geboren.'

'Dat kan niet.'

'Het kan wel. Het is echt gebeurd. Billy bond zijn borsten af, zei dat hij de steun nodig had omdat hij zijn ribben had gebroken bij een auto-ongeluk. Ik zal geen details geven van hoe hij deed wat hij deed, uit angst dat je dan van je stokje gaat, maar mocht je nieuwsgierig zijn, er is een goed boek over zijn leven geschreven. Waar het om gaat, is dat het kan. Dat heeft Billy Tipton bewezen.'

Een gedachte knaagde aan Tess, zoemde als een mug om haar hoofd, en het lukte haar niet om hem te pakken te krijgen. Telkens als ze dacht dat ze hem had, vloog hij weer weg.

'Kunnen ze van een vrouw een man maken?' vroeg Carl, en het was alsof een kind een scherpzinnige vraag had gesteld, doordrong tot in de kern van de zaak. *Kunnen ze van een vrouw een man maken?*

De lepel kreplach die Tess naar haar mond wilde brengen, bleef halverwege steken. 'Dat weet ik eigenlijk niet. Het lijkt me wel lastiger dan een man ombouwen tot vrouw. Maar...'

Het was een idee, vergezocht misschien, dus wachtte ze even voordat ze het verwoordde om te zien of het op zou lossen in het daglicht. Nee, het was er nog steeds.

'Als Becca Harrison een man is geworden, op wat voor manier dan ook, dan bestaat ze nu niet meer. Het zou logisch zijn dat ze de naam van Eric Shivers heeft aangenomen, de jongen die ze heeft zien sterven.'

'Misschien heeft ze er zelfs de hand in gehad,' merkte Carl op.

'Dan is er nog steeds geen verband met Alan Palmer. Niet dat we weten. We zouden de politie haar naam kunnen geven, maar dan moeten we ook uitleggen hoe we eraan zijn gekomen.'

Zwijgend zaten ze te eten. Carl had als eerste zijn mond leeg.

'Weet je, als je een vrouw bent die doorgaat voor een man, is er één ding wat je niet kunt fingeren.'

'Wat dan?'

'Je weet wel.' Hij maakte een onbegrijpelijk handgebaar.

'Een erectie? Kom nou toch, Carl, heb je wel eens van dildo's gehoord? Of een sok gevuld met vogelzaad?'

'Dat bedoel ik niet.'

'Wat bedoel je dan wel?'

Hij maakte opnieuw een raadselachtig gebaar.

'Het spijt me, ik ben niet bij de Toldienst, dus ik kan die gebarentaal van jou echt niet volgen.'

'Sperma!' sputterde Carl, waarop de hoofden van alle klanten in de hele zaak naar hem werden omgedraaid. 'Zaad! Zonder dat spul kun je geen kindjes maken, dus waarom zou je dan zorgvuldig vruchtbare dagen bijhouden?'

'Dat weet ik niet,' gaf Tess toe. Nog steeds voelde ze de aanwezigheid van die ellendige mug, zoemend bij haar oor, maar nog steeds niet van plan om iets prijs te geven. 'Misschien zijn al deze dingen niet belangrijk. Vind jij dat we naar Frederick moeten gaan?'

Carl wist dat ze op de ouders van Tiffani doelde. 'Dat is uitdrukkelijk tegen de regels.'

'Klopt. Dus jij zit liever de hele dag in een kantoor, zelfs op zaterdag, wachtend op telefoontjes die nooit komen, bladerend in dossiers die je al uit je hoofd kent, allemaal in de hoop dat de politie het ons in elk geval zal vertellen als ze onze man hebben gearresteerd en we naast ze mogen zitten tijdens de persconferentie?'

Carl dacht even na. *'Let's go.'*

'The Wild Bunch,' zei Tess prompt. 'William Holden, Ernest Borgnine.'

'Heb je hem eindelijk gezien?'

'Gisteravond. Het is geen *Once Upon a Time in the West,* maar ik vond het wel een goede film.'

'Dus die film ken je ook?'

'Ja, maar geef mij maar *Once Upon a Time in America.'* Tess liet zich achterovervallen tegen de rugleuning van haar stoel en deed het kraken van de stervende James Russo na, die tegen Robert de Niro zegt: *'Noodles, I... slipped.'*

Carl glimlachte alsof ze hem een prachtig cadeau had gegeven.

23

Er was iets veranderd in Frederick, iets wat niet verklaard kon worden door het verstrijken van een kleine drie weken. Was het echt zo lang geleden? Was het echt nog maar zo kort geleden? Tess begon zich te voelen zoals het oude mens op Notting Island. Eén ding was duidelijk: de familie Gunts beschouwde haar niet langer als een bondgenoot, een vriendin. Zeker, ze waren de eerste keer stijf en gesloten geweest, maar nu waren ze ronduit koel en afstandelijk. Of misschien kwam het doordat hun vaste woordvoerder, de broer, er niet bij was. Zijn praatgrage vrouw, Kat, was ook aan het werk. Die dag waren alleen de ouders thuis, en ze waren geen van beiden spraakzaam.

'De staatspolitie is al bij ons geweest,' zei de vader.

'Ik weet het,' zei Tess. 'Ik dacht dat u blij zou zijn.'

'Blij om te horen dat die schat van een jongen het heeft gedaan?' Dit was Mrs. Gunts, maar de vader bromde op een instemmende manier.

Carl probeerde het met zijn kleinsteedse charme. 'Er zijn sterke bewijzen dat hij betrokken is geweest bij een moord ten noorden van hier, waar ik onderzoek – '

'We hebben alles gehoord over dat... dat... akelige ding. Maar Tiffani is in haar keuken doodgeschoten door een inbreker. Niet door een of andere gek die haar hoofd heeft afgezaagd en haar lichaam dagenlang... ' De moeder schudde haar hoofd. Het was duidelijk dat ze vond dat Tiffani's dood waardiger was dan die van Lucy.

'Ik begrijp heel goed dat u van streek bent,' zei Tess. 'U bent er zo lang van overtuigd geweest dat ze door een insluiper was gedood. U moet nu op een heel andere manier gaan denken, en dat valt niet mee. Ik heb nog een paar vraagjes voor u.'

'Ik geloof niet,' zei de vader, 'dat wij antwoorden hebben. Dat hebben we de politie ook al laten weten.'

De voordeur ging open, en de klank van vrolijke kinderstemmetjes drong door in de sombere huiskamer. De kleinkinderen kwamen thuis uit school. Nu Tess Troy Plunkett had ontmoet, kon ze zien dat het ene meisje sprekend op hem leek. Dit was zo overduidelijk zijn kind, en toch bleef hij het zelf glashard ontkennen. Het was jammer dat Tiffani's lieve maar onopvallende trekken door Troys sterkere genen waren verslagen. Als het meisje niet veranderde in de puberteit, zou ze straks voorgoed opgescheept zitten met het dierlijke uiterlijk van haar vader.

De kinderen hadden totaal geen oog voor de vier volwassenen in de huiskamer, ze renden linea recta naar de keuken, waar ze kastjes en de koelkast opendeden.

'Elk één!' riep Mrs. Gunts. 'Jullie mogen zelf kiezen wat jullie willen, maar niet meer dan één.'

'Telt fris?'

'Ja. Maar melk en sap niet.'

Er werd wat gesputterd, maar de kinderen legden zich erbij neer en begonnen aan het moeilijke selectieproces.

'Mag ik...' Tess gebaarde naar Tiffani's dochter.

'Néé!' De stem van Mr. Gunts klonk als een zweepslag. Tess kromp ineen en vroeg zich af hoe het zou zijn om op te groeien met de dreiging van dat geluid. Maar ze was niet zijn dochter. Hij had niets over haar te zeggen.

'Eén vraag maar. Een simpel vraagje, niet over de moord maar over iets wat haar moeder in de weken voor haar dood misschien tegen haar heeft gezegd.'

'Ze was nog maar net vier. Dat weet ze heus niet meer.'

'Ik kan me zo voorstellen,' zei Tess, 'dat de herinneringen in je geheugen gegrift staan als je moeder doodgaat wanneer je zelf nog heel klein bent.'

'U gaat iets over Eric vragen,' hield Mrs. Gunts vol. 'Iets vervelends.'

'Nee, ik zal zelfs zijn naam niet noemen. En geen woord over Tiffani's dood. Maar laat me alstublieft vijf minuutjes met haar praten.'

Ze verkeerden duidelijk in tweestrijd. Waarom wilden ze niet weten wat hun dochter werkelijk was overkomen?

'Alstublieft,' drong ze aan. 'Vijf minuutjes, dan gaan we weer weg.'

Het meisje – Darby, Tess was haar naam vergeten – leek het helemaal niet erg te vinden dat een onbekende vrouw met haar wilde praten.

'Wacht even,' zei ze. 'Ik neem een Kit-Kat.' Zeer geconcentreerd en heel behoedzaam scheurde ze het papier van de lekkernij, en toen gaf ze Tess een hand en nam ze haar mee naar de achtertuin. Tiffani had vreemden waarschijnlijk met dezelfde vanzelfsprekendheid vertrouwd.

'Weet je nog iets van je moeder?' vroeg ze toen ze eenmaal op het trapje aan de achterkant zaten.

'O, ja. Ze was mooi. Oma zegt dat ik sprekend op haar lijk.'

'Dat is waar,' loog Tess.

'Ze... vertelde me verhaaltjes. 's Avonds. Ze zei dat ik op een dag een hondje mocht hebben, maar dan moesten we eerst een tuin hebben.' Het meisje keek om zich heen. 'Nu heb ik een tuin, maar nog steeds geen hondje. Sommige mensen zijn er allergisch voor.'

'Heeft ze wel eens tegen je gezegd dat je een broertje of zusje zou krijgen?'

'In plaats van een hondje?' Ze trok haar neus op alsof het haar stukken minder leuk leek.

'Nee, alleen misschien. Op een dag.'

Darby droeg een strak roze T-shirtje en een spijkerbroek met ritsen aan de onderkant van de pijpen. Haar donkere haar was glad naar achteren geborsteld in een pluizige paardenstaart. Voor zo'n klein meisje had ze een verrassend zelfvertrouwen. Tess hoopte in stilte dat ze dit gevoel van eigendunk nooit kwijt zou raken.

'Ze vroeg een keer of ik het leuk zou vinden om een broertje of zusje te krijgen.'

'Echt waar?'

'Op mijn verjaardag. Ik had een partijtje, en ik kreeg heel veel cadeautjes. Oom Eric gaf me een poppenhuis. Dat heb ik nu nog.'

'En je mama zei...'

'Ze zei dat ik voor mijn volgende verjaardag misschien wel een broertje of zusje zou krijgen. Ze vroeg of ik dat leuk zou vinden. Ik zei dat ik liever een hondje had.'

'Wanneer ben je jarig, Darby?'

Ze vertelde het heel trots, zoals alle kinderen die het over de belangrijkste dag van het jaar hebben. 'Zeventien maart, op Saint Patrick's Day.'

Het was ook, wist Tess, niet meer dan een paar dagen voor de dag dat Tiffani Gunts was vermoord. Ze had Darby graag nog een paar vragen willen stellen, maar Mrs. Gunts kwam naar buiten met een kookwekker in haar hand. Ze had het verzoek om vijf minuten met Darby zo letterlijk mogelijk genomen.

'Breng je de volgende keer dat je komt een hondje voor me mee?' vroeg het meisje. Haar grootouders zeiden niets, maar hun kwaadheid leek haast in zichtbare dampen van hen uit te wasemen.

Ze haten me, besefte Tess. Ze zouden deze boodschapper doden als het kon. Vanwege haar moesten ze de dood van hun dochter opnieuw verwerken, moesten ze de verhalen die ze zichzelf hadden verteld herzien. De mythe die ze rond Tiffani hadden opgebouwd, was dat ze een jonge vrouw was die net het grote geluk had gevonden toen er een vreemde kwam die het van haar afpakte. Ze wilden deze nieuwe versie niet accepteren omdat het de laatste maanden van Tiffani's leven in een bittere leugen veranderde. Ze wilden niet toegeven dat haar geluk een illusie was geweest, en bleven hardnekkig geloven in de gouden tijd die ze maar zo kort had gehad.

Maar was het wel een illusie geweest? Als Tiffani zelf in haar liefde geloofde, was die echt geweest. In elk geval tot op het moment dat ze het licht in de keuken aandeed en oog in oog stond met haar geliefde, de ideale man die haar alles had gegeven. En ook de man die, met een schot in haar borst, alles weer van haar afnam.

'Het is iets,' gaf Carl toe toen ze terugreden naar Baltimore.

'Ik denk dat het meer is dan iets. Ik begrijp alleen niet...' Haar stem stierf weg. Carl luisterde niet naar haar, niet echt. Hij keek ingespannen in de achteruitkijkspiegel, zijn hoofd iets opzij gedraaid.

'Wat is er?' vroeg ze.

'Ik durf het niet met zekerheid te zeggen, maar ik geloof dat hij terug is.'

'Dezelfde auto?'

'Ja. Een donkere kleur, buitenlands fabrikaat.'

Tess legde een hand op zijn arm. 'Probeer hem dit keer alsjeblieft niet af te schudden.'

'Waarom niet?'

'Ik wil graag weten waarom we worden gevolgd, en door wie. Misschien houdt de staatspolitie ons wel in de gaten. Of misschien – '

'Denk je dat?'

'Alles kan.'

Carl reed op de linkerbaan, met een gestage snelheid van honderd kilometer per uur. Hij haalde een andere auto in, maar zonder te jakkeren, en zwenkte terug naar de rechterrijstrook, waar hij harder ging rijden. Het was een slechte manier van rijden, maar een goede manier om vast te stellen of ze werden gevolgd.

'Hij volgt,' zei Carl, 'maar blijft op afstand.'

'Neem de volgende afslag,' stelde Tess voor, 'maar gebruik dit keer wel de richtingaanwijzer. Geef hem een kans.'

Dat deed Carl, en de donkere auto volgde. Ook dit keer was door de glinsterende voorruit niet meer dan een silhouet achter het stuur te zien, en de afstand was te groot om de nummerplaat te kunnen lezen. De auto was waarschijnlijk een Nissan Sentra.

Iets ten zuiden van de afslag kwamen ze bij een rotonde. Carl nam de rotonde in zo'n vaart dat hij bijna achter de Nissan aan reed, maar de Nissan ging ook harder rijden, en nog steeds konden ze het kenteken niet ontcijferen. Carl gaf plankgas, en Tess zag dat er auto's bleven wachten aan de rand van de rotonde, bang om aan deze krankzinnige race mee te doen. Even stelde ze zich voor dat de twee auto's rondjes zouden blijven rijden totdat bij een van de twee de benzine op was.

Maar bij de volgende afslag schoot de Nissan in zuidelijke richting weg, net toen zij de auto inhaalden. Carl kon niet snel genoeg reageren, dus moesten ze de rotonde nog een keer helemaal rondrijden. Tegen de tijd dat ze dezelfde afslag namen, was de Nissan niet meer dan een stipje in de verte.

'Staatspolitie?' vroeg Tess.

'Volgens mij niet.'

'Eric-Alan die het huis van de familie Gunts in de gaten houdt om te zien of er iemand komt? Of schaduwt hij ons?'

'Nee,' zei Carl. 'Dat risico durft hij niet te nemen. Ik weet hoe hij eruitziet, weet je nog. Een baard, dikker of dunner – ik heb vaak genoeg met hem gepraat om hem te herkennen. Hij kan het zich niet permitteren om al te dicht bij mij of sergeant Craig in de buurt te komen.'

'Maar – '

'Niks maar. Hij verbrandt zijn schepen achter zich. Hij gaat niet terug. Voor hem is het allemaal verleden tijd – de plek, de vrouw. Hij is ermee klaar.'

Ze waren terug op de snelweg en naderden Baltimore. Tess herkende alles langs de kant van de weg, en ze vond troost in die vertrouwdheid.

'Carl?'

'Ja?'

'Soms klink je alsof je in zijn hoofd zit.'

'Dat is niet zo,' zei hij scherp. 'En dat wil ik ook helemaal niet. Ik probeer gewoon verstandelijk te beredeneren wat hij zou doen, gebaseerd op wat hij heeft gedaan. Hij is nooit teruggeweest in North East, niet één keer.'

'Dat weet je toch niet zeker.'

'Ik zou het hebben geweten. Er zou zijn geroddeld, die stomme verslaggeefster zou me hebben gebeld. Ik zit níét in zijn hoofd. Ik sta van een afstand naar hem te kijken, zoals je naar een dier in de dierentuin kijkt.'

'Behalve dat hij niet achter tralies zit.'

'Nee,' beaamde Carl. 'En dat zal ook nooit gebeuren.'

'Doe niet zo defaitistisch.'

Van opzij keek hij haar aan. 'Doe niet zo naïef.'

'Leg eens uit wat je bedoelt.'

'Als we deze vent pakken, moet je niet raar staan te kijken als er geweld aan te pas komt. Ik geef je op een briefje dat hij gewelddadig is.'

'Je hóópt dat hij geweld zal gebruiken.'

'Wat dan ook. In elk geval zullen we onszelf moeten beschermen.'

'We? Jij en ik? Of de politie?'

'Ik zeg alleen dat je niet raar moet staan te kijken.'

'Dus jij denkt dat ze hem doodschieten als ze het kunnen rechtvaardigen. Zoals met die vent in Baltimore County, die volgens de politie een wapen wilde pakken, alleen bleek het een mobieltje te zijn.'

'Heb jij wel eens deel uitgemaakt van een arrestatieteam? Ben jij wel eens in het holst van de nacht een huis binnengedrongen om iemand op te pakken van wie je weet dat hij vijf mensen heeft vermoord en net zo lang door zal gaan totdat hij krijgt wat hij wil? Dat is wat die kerel in Baltimore County had gedaan. Je moet niet zo snel zijn met je oordeel.'

'Dat doe ik ook niet. Maar deze kerel, onze kerel...' Het woordje 'onze' zette haar aan het denken en even raakte ze de draad kwijt. 'Deze man, wie het ook is, moet levend worden gepakt. Hoe komen we anders ooit te weten wat hij allemaal heeft uitgevreten? Wij denken dat hij in elk geval twee vrouwen heeft vermoord. Stel nou dat het er meer zijn?'

'Daar komen ze wel achter. Ze hebben zijn bekentenis niet nodig om al zijn gruweldaden boven water te krijgen. Hij begraaft de lijken niet, weet je, hij laat ze gewoon liggen.'

'Hoe dan ook, het is zinloos om erover te speculeren. We zijn er heus niet bij als er iets gebeurt, daar zorgen ze wel voor.'

'Het is misschien niet aan hen om dat te beslissen. Zelfs als we aan de zijlijn van deze zaak werken, kunnen we belangrijke ontdekkingen doen.'

'Belangrijk? Een paar minuten geleden scheen je nog te denken dat de rit naar Frederick alleen maar tijdverspilling was.'

'Dat was het ook – totdat iemand ons probeerde te volgen. Er is iemand die wil weten wat we doen en waar we naartoe gaan.'

'Ik denk nog steeds dat het de staatspolitie was,' hield Tess vol.

'Dan mogen we van geluk spreken.'

24

Terug op het hoofdbureau van de staatspolitie bleek daar iets aan de hand te zijn. Tess voelde het, zoals je het voelt als er onweer op komst is. De lucht leek te gonzen en iedereen bewoog een beetje sneller, alsof ze snel klaar wilden zijn, voordat het onweer losbarstte. Ze kon de verandering ook zien aan de snelle zijdelingse blikken van sergeant Craig, luitenant Green en majoor Shields als ze heen en weer draafden door de gang.

Maar het meest veelzeggend was wel dat majoor Shields er opeens zeer op gebrand was dat ze in hun kantoor bleven, wachtend op telefoontjes. Die zelden kwamen. Tess begon het gevoel te krijgen dat ze net als bij de rotonde achter hun eigen staart aan zaten. Niets is saaier dan doen alsof je werkt, en Tess vroeg zich af of de staatspolitie hoopte dat zij en Carl het van pure verveling zouden opgeven.

De impasse en het nietsdoen duurde drie dagen: dinsdag, woensdag en donderdag. Op de derde dag pakte Tess een schetsboek en begon ze lijstjes te maken.

'Wat ben je aan het doen?' vroeg Carl over zijn schouder. Hij was lusteloos aan het werk achter de computer, speelde met zoekmachines, las kranten van buiten de staat om te zien of er in naburige staten ook onopgeloste moordzaken waren.

'Ik ben aan het brainstormen. Ik zet alles wat we weten op een rijtje om te zien of er links zijn.'

'Dat heeft geen zin.'

'Heb jij soms een beter idee?'

Hij draaide zich om van achter de computer en keek toe terwijl Tess alles noteerde wat ze wisten van Tiffani en Lucy, op zoek naar overeenkomsten die ze tot nu toe over het hoofd hadden gezien.

'Knap. Klein, fijn gebouwd. Foute ex-vriendjes. Werkten allebei in een avondwinkel.'

'Een goede plek om vrouwen te ontmoeten als je ergens nieuw bent.'

Als een mokkend kind dat eerst heeft gezegd dat het geen zin heeft om een spelletje te spelen, kon Carl de verleiding toch niet weerstaan toen hij eenmaal zag dat zijn speelkameraadje er wel lol in had.

'Het helpt als ze slechte ervaringen hebben met een ex-vriend,' zei Tess, 'en dat kun je niet zien aan een vrouw die je een pak melk verkoopt.'

'Er is een gelijkenis die je nog niet hebt genoemd. Allebei die meisjes waren volgens de mensen die hen hebben gekend heel spontaan, het tegenovergestelde van gereserveerd. Waarschijnlijk vertelden ze hun levensverhaal aan iedereen die ze voor de tweede keer terugzagen. En kijk.' Hij wees op een ander punt op Tess' lijstje. 'Ze werkten 's avonds. Stel je voor, er komt regelmatig een vent in de winkel om een paar dingetjes te kopen. Hoe vaak moet hij komen voordat hij zegt: "Zo'n mooi meisje als jij moet haast wel een vriend hebben." En dan vertelt ze hem al haar problemen, alsof hij een grote broer is. Hij vraagt ze niet meteen mee uit. Lucy heeft hij eerst dat huis laten huren, en hij is pas later bij haar ingetrokken.'

'Dat heeft als extra voordeel dat zijn valse naam niet op het huurcontract en de elektriciteitsrekening staat.'

'Precies. Kom, laten we het in een grafiek zetten.'

'In een grafiek?'

'Op een kaart.'

'Dan zijn we gauw klaar. Er is alleen een rechte lijn van Frederick naar North East.'

'Ik weet het niet. Stel nou dat we nog iets toevoegen' – hij haalde een oude ingelijste kaart van de staat Maryland van de muur en prikte een punaise in de twee steden – 'namelijk de plaatsen waar hij de nacht ervoor was.' Hij prikte een punaise in Saint Michaels en nog een in de linkerbenedenhoek, ongeveer waar Spartina, Virginia, moest zijn.

'Ik zie nog geen patroon verschijnen,' merkte Tess op.

'Wacht nou even.' Carl haalde een doosje floss uit zijn zak.

'Heb jij altijd floss bij je?'

'Mijn vader had een aandoening aan zijn tandvlees. Jij zou ook na elke maaltijd flossen als je een vader had gehad die in de stemming was om zijn vrouw te slaan als hij terugkwam van de tandarts.'

'Interessante vergelijking,' zei Tess droog.

'Het was niet figuurlijk bedoeld.'

Hij stond met zijn rug naar haar toe, en Tess had er even voor nodig om te begrijpen wat hij had gezegd. 'O... hé, ik bedoel, wat naar. Wat afschuwelijk.'

'Het was niet jouw schuld.'

'Je weet wel wat ik bedoel.'

'Zo erg was het niet. Ik was groot voor mijn leeftijd. Tegen de tijd dat ik dertien was, kon ik hem aan. En daar heb ik gebruik van gemaakt. Hij is weggegaan en nooit meer teruggekomen.' Hij zette de floss vast aan de punaises op de kaart. Er liep een mintgroen lijntje van Frederick naar North East, elk met een klein lijntje omlaag naar de plaatsen die de moordenaar als alibi had gebruikt. 'Nou, veel is het nog steeds niet.'

Tess bestudeerde de kaart. Opnieuw had ze het gevoel van een mug bij haar oor, een zoemende herinnering die ongrijpbaar bleef.

'Laten we dit eens proberen.' Ze maakte de draadjes los die de steden met hun satelliet verbonden, pakte het doosje floss en brak nog twee stukken af. 'Kijk.'

Ze legde de kaart op haar schoot en spande een draadje van het piepkleine vlekje Notting Island naar Frederick en nog een tussen het eiland en North East. Er was een haast volmaakt gelijkbenige driehoek ontstaan, met als scherpste hoek de plek waar het draadje Notting doorsneed.

'Wat moeten we hier nou mee?' vroeg Carl. 'We weten helemaal niet zeker dat Notting Island er iets mee te maken heeft.'

'Er is een punt van overeenkomst,' zei Tess. 'Water.'

'Wat?'

'Water. Water, er is overal water. Overal waar hij heeft gewoond kon hij water zien. Van de achterkant van Tiffani's huis kijk je uit op de Monocacy, en Lucy's huis had ook uitzicht op een rivier. En er is geen enkel punt op Notting Island waarvandaan je de baai niet kunt zien.'

'Dat elimineert niet bepaald een groot aardoppervlak, Tess.'

'Maar we kunnen wel allerlei steden in Maryland wegstrepen. We hebben het niet over iemand die water gewoon wel mooi vindt, dit is iemand die altijd water wil kunnen zien. Ik ben in Tiffani's huis geweest – vanaf de veranda aan de achterkant kon je de rivier zien. Ik heb in Lucy's achtertuin gestaan – je kon tussen de bomen door het glinsteren van de rivier zien.'

'Water?' Het was majoor Shields, die quasi-nonchalant tegen de deurpost leunde.

Tess hield de kaart recht overeind tegen zich aan, zodat hij niet kon zien dat ze er schaamteloos punaises in hadden geprikt.

'Hebben jullie een aanwijzing?' drong hij aan.

'Nee,' zei Tess met een lieftallig glimlachje.

'Niet echt.' Carl speelde de domme provinciaal. Tess keek naar zijn Huckleberry Finn-gezicht, gebruind en overdekt met sproeten, en ze dacht aan wat hij haar net had toevertrouwd. Hij moest een uitzonderlijk geduldig en vastberaden jongetje zijn geweest, om jarenlang te wachten tot hij groot genoeg was om zijn vader in elkaar te slaan. Je moest heel sterk zijn om zoveel geduld te hebben.

Je moest ook goed zijn in intimidatie.

'Wij hebben wel iets,' zei de majoor traag.

'O ja?'

'In Saint Mary's City. Willen jullie soms mee?'

Tess en Carl keken elkaar aan. Het was alsof hij nee probeerde te schudden zonder zijn hoofd te bewegen. Zij voelde ook nattigheid, maar hoe moest je nee zeggen als je zo'n kans werd geboden? Zouden ze hem hebben gevonden?

'Graag,' zei ze, terwijl Carl tegelijkertijd 'Nee' zei.

'Nee? Ik dacht dat je blij zou zijn als je bij dit gesprek aanwezig mocht zijn, Carl. Waarom wil je niet mee naar Saint Mary's City?'

'We hebben het razend druk.'

De majoor liep om de tafel heen en keek naar hun kaart. 'Goh, dat ziet er... interessant uit. Maar dat kan toch wel even wachten? Saint Mary's City is niet om de hoek en ik wil hier het liefst voor het spitsuur terug zijn. Bovendien heeft het meisje niet de hele dag de tijd. Ze moet om drie uur werken.'

'Welk meisje?' vroeg Tess.

'Gewoon een meisje dat zegt dat ze iets weet. Misschien levert het niets op, maar het klonk interessant en het leek me een goed idee om jullie mee te nemen. Jullie zijn naar ons gekomen met deze zaak. We doen graag wat terug.'

Tess keek naar Carl en probeerde zo achteloos mogelijk op Saint Mary's City te wijzen: water. Saint Mary's City lag ook aan het water. Carl knikte, maar zonder enthousiasme. Later, achteraf, zou Tess de uitdrukking op zijn gezicht herkennen. Het was het gezicht van een man die in het nauw was gedreven.

Maryland was ooit begonnen in Saint Mary's City, met de komst van twee schepen, de *Ark* en de *Dove*. Het was jaren geleden dat Tess zo ver naar het zuiden aan de westelijke oever van de baai was geweest, en het eens zo prachtige landschap was inmiddels vervuild geraakt met hamburgertenten, garages waar je kon wachten op het verversen van de olie, winkelcentra die eruitzagen alsof ze in één nacht waren gebouwd.

'Waar gaan we naartoe?' vroeg ze de majoor, die erop had gestaan dat ze meereden in zijn auto, in plaats van achter hem aan in die van Carl, zoals Carl had voorgesteld. 'Waar precies in Saint Mary's City?'

'Vlak buiten de stad.'

'En die vrouw – wat weet ze?'

'Het is mogelijk dat ze onze man heeft gezien. Dat zou een grote doorbraak zijn.'

'Recent?'

'Nee, bijna twee jaar geleden. Maar ze weet vrij zeker dat hij het was.'

'U vergeet iets.' Ze leunde naar voren om oogcontact te maken met majoor Shields, die als passagier voorin zat terwijl sergeant Craig reed. 'Carl heeft hem ook gezien. Hij heeft hem meerdere keren gesproken. Wat is er dan zo belangrijk?'

'O, ik denk dat dit enorm belangrijk kan zijn,' zei de majoor. 'Jij niet, Carl?'

Waarom richtte hij zich de hele tijd tot Carl, die onderuitgezakt naast Tess zat, zijn armen over elkaar geslagen? Eerder had ze niet de indruk gekregen dat de majoor seksistisch was, maar nu gedroeg hij zich opeens alsof Tess lucht was.

'Waarom?' drong ze aan. 'Waarom kan het belangrijk zijn?'

Het duurde zo lang voordat de majoor antwoord gaf, dat ze eerst dacht dat hij haar niet had gehoord. Mannen, had ze ervaren, trokken zich vaak zo ver terug in hun eigen wereld dat sommige stemmen – vooral die van vrouwen – sterk vertraagd tot hen doordrongen. Zelfs Crow, die Whitney ooit eens de ideale postmoderne vriend had genoemd, kon afwezig en dromerig zijn, zodat ze aan zijn mouw moest trekken om hem terug te krijgen op aarde.

Om de een of andere reden deed haar dit aan dokter Armistead denken. Ook al vond ze hem nog zo irritant, hij luisterde altijd. Hij was niet altijd even goed met de nuances, maar hij hoorde tenminste elk woord. Misschien was dat de manier om een man naar je te laten luisteren: honderdvijftig dollar per uur.

Terwijl Tess een hand uitstak om majoor Shields op de schouder te tikken, dacht ze aan de man die ze zochten. *Hij luisterde.* O, wat kon die man goed luisteren. Vanaf het moment dat hij een vrouw leerde kennen, was hij de meest attente en zorgzaamste man die een vrouw zich kon wensen. Hij luisterde omdat hij informatie vergaarde, zich voorbereidde op de dag dat hij het vertrouwen van deze jonge, naïeve vrouwen zou schenden. Hij was de ideale man, de ideale vriend. Hij luisterde omdat de kans dat hij iets losliet over zijn eigen gecompliceerde verleden kleiner was als hij niet over zichzelf praatte.

'We zijn er,' kondigde de majoor aan. Hij draaide zich naar hen om, en leek niet eens verbaasd dat Tess nog steeds zo dichtbij was, haar hoofd vlak bij zijn oor.

'*Let's go,*' zei hij toen sergeant Craig stopte en de motor uitzette.

'Bent u ook een *Wild Bunch*-fan?'

'Nooit gezien.'

'Doodzonde,' zei Carl. Tess besefte dat dit de eerste keer was dat hij zijn mond opendeed sinds ze twee uur daarvoor uit Baltimore waren vertrokken. 'Het is een van de beste films aller tijden.'

'Het is toch allemaal van die afgezaagde shit over bandieten en zo?' De stem van majoor Shields, meestal zo losjes en gemoedelijk, had een harde klank gekregen. 'Ik snap geen jota van films over de *good guys* die geobsedeerd zijn door de *bad guys,* alsof ze een soort onsterfelijke relatie met elkaar hebben. Als het je taak is om de wet te handhaven, dan sluit je de *bad guys* op en ga je verder met iets anders. Het is niet persoonlijk. Het gaat niet om individuele roem, het is geen vendetta. Het is een baan, en je doet je werk zo professioneel en zo goed mogelijk.'

Heel even keek hij naar Carl, een blik als het blauwgele vlammetje van een aansteker. 'Kom maar mee, dan laat ik jullie zien hoe het moet.'

25

Het appartementencomplex was vrij nieuw en deed een voorzichtige poging om chique te zijn, een poging die begon bij de naam – Dove's Landing – en bij de voordeur eindigde. Eenmaal binnen bleef er van de schone schijn weinig over. De vloerbedekking in de hal was groezelig en er hing een geur van amonia.

'Ze woont op nummer 301, op de bovenste verdieping,' zei majoor Shields, en hij liep naar de trap.

Carl bleef achter. Tess keek over haar schouder om te zien of hij last had van zijn knie, maar hij liep gewoon heel langzaam, alsof boven komen wel het laatste was waar hij behoefte aan had.

De vrouw die opendeed droeg een oranje jasschort met een naamplaatje, Mary Ann. Klein en slank, met een gezicht dat aan een vos deed denken. Voorzover het zichtbaar was, want ze had een enorme bos donker krullend haar, met een föhn gedroogd tot een soort wollige stralenkrans, een stijl die aan het eind van de jaren zeventig hip was geweest. Toch was dit meisje in die tijd nog niet eens geboren, bedacht Tess. Ze zat toen zelf nog op de basisschool en had gedroomd van zo'n soort kapsel, alleen al omdat haar moeder haar haar altijd heel kort liet knippen.

'Miss Melcher?' vroeg majoor Shields.

Ze knikte en liet hen binnen. Het was netjes in de flat maar niet heel erg schoon. De vloerbedekking knerpte onder hun voeten. Aan de muren hingen ingelijste posters van kleine poesjes met grote ogen achter smoezelig glas. Ze had duidelijk een kat, want Tess rook een kattenbak die nodig verschoond moest worden.

Hun gastvrouw nam plaats in een kleine schommelstoel, terwijl majoor Shields en sergeant Craig wegzakten in een foeilelijke bank waarvan de katoenen bekleding aan de zijkant aan flarden was gescheurd door de onzichtbare kat. Tess nam de enige andere stoel in de kamer, en Carl bleef staan.

'Het is geen stoelendans,' zei de majoor. Hij schoof opzij en klopte naast zich op de bank. 'Kom toch zitten, makker.'

'Nee, bedankt.' Carl haalde een rechte stoel uit de eetkamer en zette die aan de rand van hun kringetje, zo dicht mogelijk bij de deur.

Mary Ann was duidelijk nerveus. Haar handen waren krampachtig verstrengeld in haar schoot, en haar hoofd wiegde voortdurend heen en weer. Het kwam misschien door het gewicht van al dat haar, dacht Tess. Toen kwam de vertraagde reactie.

Het haar. Het uniform. Mary Ann Melcher was het wandelende prototype van de slachtoffers. Zouden ze een moord kunnen voorkomen? Kwamen ze haar echt op het laatste nippertje redden, zoals de held in een oude western?

'Mary Ann,' begon majoor Shields, 'doe me een plezier en vertel deze mensen wat je mij gisteren hebt verteld toen je onze tiplijn belde.'

Zenuwachtig keek ze naar Carl, toen weer naar de majoor, die bemoedigend knikte. 'Ik werk bij de Wawa? Nu al drie jaar?' Ze bleef naar de majoor kijken alsof hij het verhaal beter kende dan zij. 'Een jaar of twee geleden begon een man regelmatig langs te komen. Hij kocht dan een Cherry Coke en een cola light, en die mixte hij. Hij zei dat het de beste combinatie was, zoet, maar met niet al te veel calorieën. De andere meisjes hadden eerder dan ik in de gaten dat hij me leuk vond.'

'Hoe heette deze man, Mary Ann?'

'Charlie. Charlie Chisholm. Net als het pad, zei hij, maar ik wist niet waar hij het over had. Later heeft hij het me uitgelegd. Het was iets met het Wilde Westen en koeien. Ik weet het niet meer.'

'Kregen jij en Charlie' – de majoor praatte vriendelijk, bijna teder tegen de jonge vrouw – 'een relatie?'

'Niet meteen. Hij was echt in me geïnteresseerd. Ik had problemen met mijn huisgenootje – '

'Wat voor soort problemen?' Dit was Carl, en zijn stem klonk even scherp als die van de majoor zacht was. Mary Anns gezicht stond opeens stuurs, alsof ze deze toon al te vaak had gehoord, alsof ze al te veel bazige bazen had gehad.

'Ze was een beetje wild. Ze had de foute vriendjes. Dat moest ze natuurlijk zelf weten, maar ik zat ook met ze opgescheept, en het waren niet míjn vriendjes. Al wilden sommigen dat wel. Als ze had geweten – '

225

'Mary Ann,' viel de majoor haar welwillend in de rede, 'vertel ons eens over Charlie Chisholm.'

Ze schudde haar haren naar achteren. Tess had haar wel willen vertellen dat het gebaar minder koket was dan ze dacht.

'Hij heeft me geholpen bij het kopen van deze flat. Hij leende me geld zodat ik een aanbetaling kon doen en hielp me toen met de hypotheek. Je opent een spaarrekening en dan zet je regelmatig wat geld opzij, en op die manier kun je alles kopen wat je nodig hebt. Hij vond ook dat ik weer naar school moest gaan, dat ik cursussen moest volgen om weg te komen uit de detailhandel.' Ze glimlachte bij de herinnering. 'Zo noemde hij mijn werk, de detailhandel. Of dienstverlening. Dat vond ik fijn.'

Tess kon haar niet volgen. 'Je vond het fijn om in de detailhandel te werken?'

'Ik vond het fijn dat hij er zo'n mooie naam aan gaf, dat hij niet op me neerkeek. Hij zei dat het helemaal niet zo makkelijk was, het werk dat ik deed. Hij zei dat ik heel getalenteerd was en dat ik mijn talent gewoon niet goed gebruikte.'

Zonder waarschuwing begon het meisje te huilen. Ze was misschien net eenentwintig, schatte Tess, en in veel opzichten nog heel jong, ook al woonde ze op zichzelf.

Majoor Shields was het soort man dat nooit zonder een zakdoek de deur uitgaat. Hij pakte hem en gaf hem aan Mary Ann. 'Wat is er met Charlie gebeurd?'

'Op een avond kwam hij thuis en zei dat hij me mee wilde nemen naar een duur restaurant. We gingen naar het Outback Steakhouse in Waldorf. Bij het toetje nam hij mijn hand in de zijne, en ik dacht dat ik een ring van hem zou krijgen, in zo'n klein fluwelen doosje. Ik dacht dat hij me een aanzoek zou doen.'

Dat had Tess ook verwacht. Maar misschien betekende het feit dat hij haar niet ten huwelijk had gevraagd het verschil tussen in leven zijn en eindigen zoals Tiffani Gunts en Lucy Fancher.

Majoor Shields bleef haar voorzichtig aansporen, alsof hij de rest van het verhaal niet kende. Toch had hij Mary Ann al telefonisch gesproken, dus hij wist waar dit naartoe ging. 'Dat deed hij niet? Wat zei hij dan wel?'

'Hij vertelde me dat hij ziek was. Hij was al heel lang ziek, maar hij had gedacht dat hij zichzelf beter kon maken met' – ze zocht naar woorden – 'alternatieve geneeswijzen. Inmiddels wist hij dat hij niet beter kon worden en hij wilde niemand tot last zijn. Hij vertelde me dat hij weg zou gaan.'

'Weggaan?' herhaalde de majoor. 'Gebruikte hij die woorden, weggaan?'

Mary Ann knikte. 'Ja, ik geloof van wel. Ik heb hem gesmeekt om niet weg te gaan. Ik heb gezegd dat ik hem zou steunen, dat ik hem zou verzorgen. Maar hij zei dat hij naar huis zou gaan en dat zijn ouders voor hem zouden zorgen. Dat was de eerste keer dat hij iets over zijn ouders vertelde. Ik vroeg of hij terug zou komen als hij beter werd, en dat beloofde hij. We hebben het toetje niet eens meer aangeraakt, en we zijn naar huis gegaan, hierheen.'

'Is hij die nacht met je naar bed geweest?' De mannen keken allemaal naar Tess, geschokt over haar tactloosheid. Maar ze wist dat het een belangrijke vraag was.

'Ja. Ja, we hebben seks gehad.'

'Normaal?'

Mary Ann tilde haar kin op. 'Ik weet niet precies wat je met normaal bedoelt, maar ik vond het in alle opzichten normaal.' Toen, weemoedig: 'Wat dat betreft was hij de beste. Heel erg attent, als je snapt wat ik bedoel.'

Tess snapte het. De mannen in de kamer dachten dat ze het snapten.

'Gebruikten jullie een voorbehoedmiddel?'

'Miss Monaghan!' riep de majoor hevig gechoqueerd.

'Ik hoef niets te gebruiken. Ik heb een kind gekregen toen ik zeventien was en toen is er iets misgegaan. Mijn baarmoeder moest worden verwijderd.'

'Waar is je kind nu?'

'Bij mijn moeder. Dat is beter voor Simma, want ze wonen een eind bij de stad vandaan. Er zijn goede scholen in de buurt, en mijn moeder hoeft niet te werken, zoals ik.'

'Heeft Charlie – ' begon Tess, maar de majoor vond dat ze nu wel genoeg vragen had gesteld. Hij legde haar met een priemende blik het zwijgen op, zo'n soort blik waarmee Tess in haar jeugd heel wat keren tot de orde was geroepen. Het volgende moment, verrassend snel, veranderde hij weer in de zachtaardige, vriendelijke vragensteller.

'Vertel ons eens wat er toen gebeurde, Mary Ann.'

'Twee dagen later ging ik naar mijn werk, en Charlie was hier. Toen ik om twaalf uur 's nachts thuiskwam, was hij weg. Er lag een briefje van hem: "Ik moest weg. Haat me alsjeblieft niet. Dit is de enige manier om afscheid te nemen." Ik was wel verdrietig, maar ik dacht dat hij bij zijn ouders was. Een week later stond de politie bij me op de stoep. Ze hadden Charlies auto en de trailer voor zijn boot gevonden, bij Point Lookout. De auto stond er al een week, sinds vlak voor een grote storm die over de baai had geraasd, en de boot was weg. Hij had een route uitgestippeld, die vonden ze in de auto. Hij was van plan om helemaal naar zee te varen en daar te gaan vissen. En onderaan had hij geschreven: "En ik kom nooit meer terug."'

'Is de boot gevonden?'

'Alleen b-b-brokstukken.' Ze begon te snikken. 'Het was allemaal gelogen. Charlie had helemaal geen familie waar hij naartoe kon. Hij koos ervoor om zelfmoord te plegen in plaats van langzaam dood te gaan en al zijn spaargeld uit te geven. Later bleek dat hij de avond voor zijn vertrek tienduizend dollar naar mijn bankrekening had overgemaakt. Het moet alles zijn geweest wat hij bezat.'

Het was ook, wist Tess, het maximale bedrag dat je iemand kon schenken zonder dat er belasting over betaald moest worden. 'Wat heb je met het geld gedaan?'

'Ik heb er rekeningen van betaald en een nieuwe auto gekocht. Mijn oude was aan zijn eind. Weet je wat zo raar was? Charlies auto bleek op mijn naam te staan. Dat hebben ze ontdekt nadat hij bij Lookout Point was gevonden. Alles klopte, dus ik heb de auto ook kunnen verkopen.'

Majoor Shields keek naar Tess en Carl. 'We hebben de plaatselijke politie en de dienst kentekenregistratie gesproken. Charlie Chisholm wordt vermist en men vermoedt dat hij dood is.'

'Men vermoedt,' schamperde Carl. 'Ja, daar rekent hij natuurlijk op. Vermoedens.'

'Het is twee jaar geleden,' zei majoor Shields. 'Twee jaar, en we hebben al die tijd in heel Maryland geen onopgeloste moord gehad die lijkt op de eerste twee. Hij heeft nooit eerder zijn eigen dood in scène gezet. Waarom zou hij? Hij neemt gewoon een andere identiteit aan en gaat verder, wetend dat zijn spoor doodloopt op de echte zo-en-zo – Eric Shivers, Alan Palmer. De echte Charlie Chisham ligt trouwens sinds de tweede Golfoorlog in het Veterans Hospital in Baltimore. Ongeveer dezelfde geboortedatum als de anderen, ongeveer dezelfde uiterlijke kenmerken.'

'Alweer een ziekenhuis,' zei Carl. 'Alweer een chronisch zieke patiënt die iemand geen strobreed in de weg zal leggen als die zich zijn identiteit wil toe-eigenen. Er zijn een hele hoop ziekenhuizen in de staat Maryland, en er zijn een hele hoop mannen die tweeëndertig jaar geleden zijn geboren.'

Majoor Shields ging staan. 'Ik weet het, ik weet het. Je hebt allerlei argumenten om te beweren dat die man nog leeft. Daarom heb je Miss Melchers naam en telefoonnummer ook niet doorgegeven toen ze verleden week de tiplijn heeft gebeld. Als ze zelf niet nog een keer had gebeld, zouden we nu nog steeds niet weten wat ze ons allemaal heeft verteld. We zouden niets hebben bereikt en tijd en geld hebben verspild, alleen maar omdat jij deze man beter denkt te kennen dan wij allemaal.'

'Dat is ook zo,' zei Carl. 'Ik heb hem ontmoet. Ik heb hem gesproken. Hij zou nooit zelfmoord plegen.'

'Misschien heeft hij dat niet gedaan, maar zijn boot is gevonden, weet je nog? Aan stukken geslagen in een storm. Hij heeft dit meisje laten leven, om wat voor reden dan ook. Misschien begon hij oprecht berouw te krijgen, weet ik veel. Het kan me niet schelen. Het enige wat ik weet, is dat hij dood schijnt te zijn, en daarmee zijn deze zaken gesloten.'

'U kunt een zaak niet sluiten zonder dat zijn ware naam bekend is,' protesteerde Carl. 'Hij is niet Eric Shivers. Hij is niet Alan Palmer. Hij is niet Charlie Chisholm. Hij leeft, en hij is ergens.' Tegen Mary Ann zei hij, zijn stem vreemd hysterisch, vond Tess: 'Heb je toevallig een foto van hem? Misschien is het niet dezelfde man. Het zou een totaal ander iemand kunnen zijn.'

Mary Ann schudde haar hoofd, nog steeds huilend. 'Hij hield er niet van om op de foto te gaan.'

Majoor Shields keek naar Tess. 'Heeft hij je van haar telefoontje verteld?'

Zwijgend schudde ze haar hoofd, denkend aan de dag dat ze terug was gekomen van haar afspraak met dokter Armistead. Carl had onderuitgezakt achter de computer gezeten toen ze hem had gevraagd of er telefoontjes waren geweest. *Geen belangrijke.*

'Carl,' begon de majoor, op bijna even vriendelijke toon als tegen

Mary Ann, 'ik weet dat je deze man nog een keer tegenover je wilt hebben. Je wilt hem ter verantwoording roepen, je wilt met hem afrekenen. Dat hoort bij je ziekte.'

Carl draaide zich om naar de deur alsof hij van plan was om terug te lopen naar Baltimore. 'Ik heb geen ziekte.'

'Een posttraumatisch stresssyndroom is niet iets waarvoor je je hoeft te schamen. Veel politiemensen krijgen het. Ambulancemedewerkers. Je ziet vreselijke dingen, dat doet je wat. Maar het geeft je niet het recht om op deze manier een onderzoek te dwarsbomen. Je hebt tegen ons gelogen. Wij wisten alleen van Mary Anns telefoontje omdat jullie telefoon wordt afgeluisterd.'

'Onze telefoon wordt afgeluisterd?' Onwillekeurig dacht Tess aan de gênant intieme telefoontjes die ze vanuit hun kantoor met Crow had gevoerd.

Shields knikte. 'De telefoon wordt afgeluisterd en de computer is zo geprogrammeerd dat we elke aanslag op het toetsenbord kunnen natrekken. We weten dat jullie met allerlei aanwijzingen bezig zijn geweest waarover jullie ons niets hebben verteld. We weten dat jullie laatst niet naar Spartina zijn geweest, al weten we niet waar jullie dan wel zijn geweest. Mogen we het weten?'

'Eigenlijk niet,' zei Tess, die bijna instinctief bewaakte wat ze wist.

'Het maakt niet uit. We weten dat jullie terug zijn geweest bij de familie Gunts, ondanks onze instructies. Dit soort dingen hadden we nog wel door de vingers willen zien, want het zat het onderzoek niet in de weg.

Maar dit meisje hier is van cruciaal belang. Onze moordenaar is even plotseling opgehouden als hij ooit is begonnen. Op een dag komen we zijn naam aan de weet. Maar wat nu telt, is dat hij is opgehouden. En zijn dood is daarvoor de enige plausibele verklaring.'

'Seriemoordenaars hebben soms lange periodes dat ze niets – ' Carl brak zijn zin af toen hij zag hoe verdrietig Tess naar hem keek.

'Ik vertrouwde je,' zei ze. 'Ik dacht dat we samenwerkten.'

'We werkten ook samen,' zei hij. 'Dit is niet belangrijk. Geloof me.'

'Carl,' zei de majoor, 'je hebt hulp nodig. Misschien moet je overwegen om terug te gaan naar die kliniek in Havre de Grace, waar de staat je de vorige keer naartoe heeft gestuurd.'

Mary Ann, niet langer het middelpunt van de belangstelling, was nog harder gaan huilen. 'Zou hij me echt hebben vermoord?'

'Waarschijnlijk wel,' zei Shields, 'maar kennelijk heeft hij zich bedacht. Misschien was hij inderdaad ernstig ziek, zoals jij ons hebt verteld. Misschien besefte hij dat zijn geestesziekte net zo dodelijk was als kanker.'

'Denkt u... denkt u...' hakkelde ze luid snikkend, en door haar tranen heen keek ze de majoor hoopvol aan. 'Denkt u dat Lifetime Television er een film van zou willen maken?'

26

Tess bewoog zich de week daarna in een vreemde mist. Technisch gesproken was ze nog steeds aan het werk, al had ze niet langer een kantoor op het hoofdbureau van de staatspolitie. De korte carrière van Eric-Alan-Charlie kwam immers goed in de kraam van haar opdrachtgevers te pas. Whitney had een kreet geslaakt van blijdschap toen Tess haar in grote lijnen had verteld wat ze aan de weet waren gekomen. De staatspolitie wilde het nog niet openbaar maken, maar uiteindelijk zouden ze het verhaal aan de pers geven. De samenwerkende instellingen konden een hele hoop stampei maken als alles eenmaal was uitgezocht.

'Vooral met die halvegare, Carl Dewitt, die door zijn eigen obsessie het onderzoek bijna in de soep heeft laten lopen,' zei Whitney aan de telefoon. Haar glasheldere stem had in Tess' oren nog nooit zo hard geklonken, zo wreed. 'Hij is een wandelend voorbeeld van de reden dat iedereen die waakt over de openbare veiligheid training nodig heeft.'

'Ik weet het niet,' had Tess gesputterd. 'Ik vond dat hij soms goede ideeën had.'

'Hoe kom je daar nou bij? Hij wist niet eens dat de moordenaar tegenover hem had gezeten, dat moest jij hem vertellen. En toen hij eenmaal besefte dat die vent hem door de vingers was geglipt, kon hij niet accepteren dat hij misschien niet meer leeft. Maar waarom deed iemand van de Toldienst eigenlijk onderzoek naar een moord? Je weet van tevoren dat zo iemand incompetent is, dus had de staatspolitie het over moeten nemen.'

'Hij was niet incompetent,' zei Tess, 'alleen... onervaren. En de staatspolitie heeft steeds de leiding gehad. Nadat hij was afgekeurd, bleef Carl in zijn vrije tijd onderzoek doen naar deze moord, omdat het hem niet lekker zat.'

'Of omdat hij er een zootje van had gemaakt,' zei Whitney. 'En hij is nog een psychoot bovendien. Kom op, trek het je niet zo aan. Niemand beschuldigt jóú ervan dat je je werk niet goed hebt gedaan. We hebben nu stapels informatie waarmee we de volgende keer naar de General Assembly kunnen stappen, en daar was het om begonnen. Als je je rapport schrijft, spits het dan toe op wat wij nodig hebben. Wie had ooit gedacht dat vijf moorden die ogenschijnlijk niets met elkaar te maken hadden zo'n rijke vondst zouden opleveren.'

Was er iemand die dat had verwacht? Tess hing op en dacht erover na. Ze had zich zo helemaal op Tiffani en Lucy gericht dat ze de andere drie was vergeten: Hazel Ligetti, Michael Shaw en Julie Carter. Waren zij op de een of andere manier van belang? Carl zei dat het geen toeval was dat hun wegen elkaar hadden gekruist. Maar Carl was gek. Of nee, niet gek, maar wel geobsedeerd.

De dag dat ze terug waren gekomen uit Saint Mary's, had de majoor haar meegenomen naar zijn kantoor voor een laatste gesprek.

'Ik wil je laten weten dat we jou niets verwijten,' zei hij. 'Jij bent niet verantwoordelijk voor Carls fouten.'

'Nou, bedankt,' zei ze.

'Maar je bent wel verantwoordelijk voor je eigen fouten. Je hebt je niet aan de regels gehouden. In onze organisatie hebben we mensen nodig die de instructies opvolgen. Ik heb gezegd dat we jullie bezoek aan de familie Gunts door de vingers zullen zien, maar je had niet moeten proberen om dat meisje, Darby, uit te horen.'

'Waarom niet?'

'Het ondervragen van kinderen is iets voor deskundigen. Daar moet je voor zijn opgeleid.' Hij schonk haar een halve grijns. 'Dat geldt ook voor het huiselijk geweld waar jij je oorspronkelijk mee zou bezighouden.'

'Ik zal het onthouden.'

Majoor Shields was niet gevoelloos. Hij besefte dat Tess niet de pest in had omdat ze van het officiële onderzoek werd uitgesloten.

'Je moet het Carl niet kwalijk nemen,' zei hij.

'Waarom niet? Dat doen jullie toch ook.'

'Carl is ingestort terwijl hij aan de zaak-Fancher werkte. Daarom is hij voorgoed afgekeurd.'

'Hij heeft mij verteld dat hij zijn knie heeft beschadigd bij een val.'

'Dat is wel zo, maar het was niet de reden voor zijn vervroegde pensionering.'

'Als hij zo'n halvegare is, waarom hebben jullie hem dan aan deze zaak laten werken?'

De majoor droeg nog steeds de hoed die bij zijn uniform hoorde, zodat ze zijn ogen niet goed kon zien.

'Het was een idee van sergeant Craig. Hij dacht dat het Carl misschien zou helpen. Als we iemand zouden arresteren en hij zou het gevoel hebben dat hij eraan had bijgedragen, had hij de hele kwestie misschien achter zich kunnen laten.'

'Maar in plaats daarvan hebben jullie hem vernederd door hem mee te slepen naar Saint Mary's.'

'Dat hebben we voor jou gedaan,' zei hij. 'We wilden je duidelijk maken hoe ernstig dit is. En we wilden je laten weten dat het onderzoek nagenoeg is afgerond.'

'Er is nooit een lichaam gevonden.'

'Nu vergis je je.'

'Hoezo?'

'Er zijn sinds de verdwijning van Charlie Chisholm in de baai meerdere lichamen gevonden van mannen die ongeveer de juiste leeftijd hadden, waaronder twee van wie we de identiteit nooit hebben kunnen vaststellen. En vergeet niet dat Charlie Chisholm nooit als Charlie Chisholm boven zou komen, want de echte leeft nog. We zijn er zeker van dat een van de lijken dat van onze man is.'

'Maar als Charlie was gevonden, zouden ze dan niet aan Mary Ann Melcher hebben gevraagd om hem te identificeren? De politie wist immers dat hij werd vermist.'

'De lichamen zijn aangetroffen in zo'n verregaande staat van ontbinding dat visuele identificatie niet langer een optie was, om het netjes te zeggen. De patholoog beschikte over gebitsgegevens waarvan Mary Ann dacht dat ze van haar vriend waren. Die had ze na zijn verdwijning bij haar thuis gevonden. En het rare is, het gebit kwam overeen met dat van de echte Charlie Chisholm, de man die in het ziekenhuis ligt.'

'Hoe is hij daar dan aan gekomen?'

'Geloof me, dat proberen we te achterhalen. Het verklaart in elk geval waarom de gegevens niet klopten met de onbekende lichamen.'

'Maar stel nou dat Carl gelijk heeft? Stel nou dat de moordenaar zijn zelfmoord in scène heeft gezet en gewoon nog los rondloopt? Stel nou dat hij naar een andere staat is gegaan?'

'Dat hebben we allemaal bekeken, Tess. We kunnen niet één onopgeloste moord vinden die in dit patroon past. Die man is dood en anders is hij Houdini. Geloof jij in een crimineel meesterbrein? Denk je nou echt dat seriemoordenaars genieën zijn die een spel van kat en muis spelen met de politie? In veel gevallen zijn ze het laagste van het laagste, met een IQ dat nauwelijks functioneert.'

'Maar toch – '

'Ga naar huis, Tess.' Zijn stem klonk niet onvriendelijk. 'Laat Carl een voorbeeld voor je zijn van wat er met je kan gebeuren als je geobsedeerd raakt.'

'En stel nou dat Carl gelijk heeft?'

De vraag verraste haar, maar alleen omdat het vreemd was om dokter Armistead te horen zeggen wat ze op dat moment dacht. Hij was er goed in om haar gedachten binnen te sluipen als ze er niet op verdacht was.

Ze vond het vreselijk als hij dat deed.

'Volgens mij heeft hij geen gelijk,' zei ze. 'En zelfs al heeft hij gelijk, de staatspolitie moet het verder uitzoeken. Ik doe geen onderzoek naar moord.'

'Maar dat deed je wel. Dat zei je twee weken geleden tenminste, toen ik er ook over begon.'

'Ik ben ingehuurd om van vijf – of eigenlijk vier – onopgeloste moorden te bekijken hoe de politie heeft gewerkt. Dat heb ik gedaan. Einde oefening.'

'Zie je het als een oefening?'

'Ach, dat is gewoon een uitdrukking. Ik bedoel er niets mee.'

'Ben je boos op Carl?'

Ze zuchtte. 'Dat woord blijft telkens opduiken, hè?'

'Het is de reden dat je hier bent.'

'Nee, ik ben niet kwaad op hem, al heeft hij me ondermijnd door me niet alles te vertellen wat hij wist. Ik heb met hem te doen. Hij heeft gedaan wat hij kon. Daar had hij redenen voor. Het waren de redenen van een man met psychische problemen, iemand die niet goed doordenkt, maar het waren wel degelijk redenen. Ik voel me er verdrietig over. Ik vond hem aardig. Ik vond het leuk om met hem samen te werken. Ik wilde niet dat hij een halvegare zou zijn.'

'Dus iemand die een paar weken in een psychiatrisch ziekenhuis verblijft omdat hij getraumatiseerd is – zo iemand noem jij een halvegare? Of vind je hem – jouw woorden – een halvegare omdat hij een obsessie heeft?'

'Sorry.' Alleen speet het haar niet. Ze vond het leuk om de spot te drijven met zijn werk, het schonk haar voldoening om politiek incorrect te zijn over mentale stoornissen.

'Of hij nou gelijk heeft of ongelijk, Carl denkt dat de moordenaar nog vrij rondloopt. Stel nou dat hij gelijk heeft?'

'Hij heeft geen gelijk.'

'Maar stel nou dat het wel zo is. Voor zijn gevoel verkeerde hij in de positie dat hij de dood van nog een vrouw kon voorkomen. Hoe zou jij je voelen als er nu nog een vrouw doodging?'

'Er gaat niemand dood. De moordenaar is dood. Denkt u soms dat Carl gelijk heeft?'

'Dat weet ik helemaal niet. Ik vraag je alleen om een beetje empathie te tonen voor de man die je zo aardig zegt te vinden. Zelfs als de veronderstelling onjuist is – en misschien zelfs naar zelfoverschatting neigt – hoe zou jij je voelen als je dacht dat er een kans was dat je iemands leven had kunnen redden als je anders had gehandeld?'

Dokter Armisteads donkere stem klonk uitzonderlijk mild. Hij begon te leren, besefte Tess, dat ze zich snel beledigd voelde als hij te scherp was. Tyner Gray had de truc nog steeds niet onder de knie, hoewel hij haar al bijna tien jaar kende.

'Ik zou me vreselijk voelen,' zei ze, 'maar ik zou er wel overheen komen.'

'Zoals je ook over de dood van je vriend Jonathan Ross heen bent gekomen?'

'Hoe weet u dat?'

'Dat heb je me op een gegeven moment verteld.'

Was dat zo? Ze wist het niet meer. Ze dacht dat ze Jonathan voor zichzelf had gehouden, zelfs hier.

'Ik heb mezelf niets te verwijten wat Jonathans dood betreft. Ik heb zijn dood niet veroorzaakt en ik kon het ook niet voorkomen.'

'Dus je voelde je niet schuldig?'

'Jawel.'

'Denk je dan eens in hoe je je zou voelen als je jezelf wél iets kunt verwijten. Dat is het enige wat ik van je vraag, Tess. Denk je in hoe je je zou voelen als jij iemands dood op je geweten zou hebben.'

'Er zijn na Lucy Fancher geen vrouwen meer vermoord. Carl hoeft zich dus nergens schuldig over te voelen.'

'Oké, misschien voelt hij zich incompleet.'

'Als u het woord "aanvaarding" gebruikt, sta ik op en ga ik weg.'

'Je kunt niet weggaan,' zei hij sereen. 'Je bent hier op bevel van de rechtbank. Je bent nog vijf maanden van mij. Besef je wel dat we vandaag onze eerste maand vieren?'

Het zinnetje zat haar niet lekker, het zat haar helemaal niet lekker: *Je bent nog vijf maanden van mij.*

'Ik ben niet van u,' zei Tess. 'Ik ben van niemand.'

'Neem me niet kwalijk, zo bedoelde ik het niet. Het enige wat ik probeer, is jou een beetje empathie bij te brengen. Je zegt dat je hem aardig vond, die Carl Dewitt. Waarom kun je dan niet proberen om in zijn redenen te geloven? Waarom kun je niet proberen hem te begrijpen?'

'Dus u zegt dat zijn overtuiging dat de moordenaar nog steeds op vrije voeten is zijn gedrag zou verklaren, zelfs als hij zich vergist.'

'Zoiets. Ik weet niets van Carl, alleen wat jij me hebt verteld. Maar ik kan me zo voorstellen dat een man die de moord op een vrouw niet kon oplossen zich beter zal voelen als hij kan zorgen dat de man wordt berecht. Dat is hem niet gegund. En probeer je voor te stellen hoe hij zich voelt – hoe jij je zult voelen – als er nog iemand doodgaat.'

De wijzers van alle klokken in de kamer hadden de twaalf bijna bereikt en Tess mocht gaan, met de gestempelde kaart die haar eraan herinnerde dat dit in zekere zin een taakstraf was. Nog vijf maanden. Dat hield ze wel vol, dat wist ze zeker.

Ze wist ook zeker dat ze geen behoefte had aan de theoretische vragen van de psychiater. *Hoe zou jij je voelen als er nog iemand doodgaat?* Het was gewoon zogenaamd diepgravende flauwekul, gepsychologiseer waar je niets aan had.

En dat bleef het – althans de komende vierentwintig uur.

De dingen gaan niet volgens plan. Dat is hij niet gewend. Alles gaat altijd volgens zijn plannen. Hij is zo grondig geweest, zo voorzichtig, al die tijd sinds – sinds het nodig was. En dat er nu een enkele man is, een domme man, die een spaak in zijn wiel dreigt te steken. Hij weet dat het de schuld moet zijn van die achterlijke clown. Hoe heeft het kunnen gebeuren? Hij weet het niet, hij weet het niet zeker, hij kan niet dicht genoeg in de buurt komen om duidelijkheid te krijgen.

Feit blijft dat zij niet langer elke dag naar Pikesville gaat. Voorzover hij weet, komt ze nauwelijks de deur uit. Toch heeft er niets in de krant gestaan, niemand heeft melding gemaakt van nieuwe ontdekkingen. Hij vraagt zich af of de mannen haar buitensluiten. Ja, natuurlijk. Voor de zoveelste keer heeft hij de trouweloosheid van zijn eigen sekse onderschat. Hij is zo lang met vrouwen samen geweest – hij heeft over ze nagedacht, naar ze geluisterd, voor ze gezorgd – dat hij is vergeten hoe mannen denken. Hun methodes zijn onbeholpen, barbaars zelfs, maar wel effectief. Hij wilde dat hij die troopers van de staat een paar dingen mocht leren, maar hij moet zich inhouden, hij mag zijn zelfbeheersing niet verliezen. Alles draait om beheersing. Het ego moet in toom worden gehouden.

Zoals vanavond, bijvoorbeeld. Hij moet nauwkeurig en beheerst te werk gaan, het doel niet uit het oog verliezen. Een minder intelligente man dan hij zou misschien geneigd zijn geweest om een groot gebaar te maken, de aandacht te trekken. Maar hij is altijd trots geweest op zijn subtiliteit, zijn bescheidenheid, zijn vermogen om souvenirs te houden zonder in de gaten te lopen.

Hij zet zijn bestelwagen in het steegje en wacht af. De criminele activiteit in de stad heeft zich iets verplaatst sinds de laatste keer dat hij in deze wijk is geweest, op zoek naar haar. De politie heeft de oude markten afgesloten, maar er zijn een paar straten verder al weer nieuwe. Allemachtig, die junks hebben geen enkele fantasie. Ze gebruiken al hun vernuft om aan het spul te komen dat ze kapotmaakt. Hij weet dat ze zal komen, want het is vrijdagavond en op vrijdagavond wil ze graag scoren. Bovendien heeft hij een berichtje achtergelaten op haar pieper om haar hierheen te lokken. Hij weet wat ze hebben wil.

Toegegeven, hij kent haar minder goed dan hij de anderen heeft gekend. Hij heeft niet de tijd gehad om haar te bestuderen. Maar hij kent haar smaak, haar zwakheden, wat haar motiveert. Hij weet dat ze even lui als sluw is.

Het belangrijkste wat hij van haar weet, is dat ze hem voor de gek heeft gehouden. Dat kan hij haar niet vergeven. Toen hij bij haar wegging, was hij ervan overtuigd geweest dat hij er voorgoed een punt achter had gezet. Toch moet hij ergens diep in zijn achterhoofd steeds hebben geweten dat het niet zo was. Zelfs al voordat deze samenloop van omstandigheden zich voordeed, had hij een appeltje met haar te schillen. Hij hield er niet van als er spelletjes met hem werden gespeeld.

Het is nu negen uur. Buiten de stad is de nacht al gevallen, maar in deze louche wijk midden in de stad wordt het nooit helemaal donker. Ze rijdt een steeg in en loopt naar de straat waar de dealers wachten en hun giftige waar aanprijzen. Ze is geen *crackhead*, ze houdt meer van methamfetamine en heroïne. En ze koopt niet op straat, weet hij, ze gaat naar een van de rijtjeshuizen waar dealers zitten te wachten om de heroïne door te verkopen die ze zelf net die middag hebben gekocht. Waarom ook niet, als eraan te verdienen is? Het interesseert de politie geen klap, anders zouden ze haar van zes straten verderop kunnen herkennen, en niet alleen omdat ze blank is. Ze is zo klein, hier zo duidelijk niet op haar plaats. Als ze een eindje verder is, rijdt hij de steeg in en zet hij zijn bestelbus achter haar auto, zodat ze niet meer weg kan. Nu hoeft hij alleen nog maar af te wachten.

In minder dan tien minuten is ze terug, op een drafje. Nu gaat ze met haar schat naar huis of naar het huis van haar nieuwe vriend – als ze die tenminste heeft, en ze heeft eigenlijk altijd wel iemand. Zelf vindt ze dat ze geen junk is omdat ze kan wachten met haar shot. 'Het is precies hetzelfde als een biertje gaan drinken op zaterdagavond,' had ze ter verdediging aangevoerd, de eerste keer dat hij haar betrapte toen ze spoot. Misschien. Maar als je vriendin op zaterdagavond ergens een biertje ging drinken, was ze niet van zondag tot vrijdag bezig geld van je te stelen.

Haar manier van lopen bevalt hem nog steeds, dat silhouet, het wiegen van haar slanke heupen. Als hij de kans zou krijgen, zou hij haar weer uitkiezen. Ze was zijn type. Hij kan het niet uitstaan om dat toe te geven, maar je moet je eigen zwakheden kennen. Als je succes wilt hebben in de toekomst moet je eerlijk zijn over de dingen waar je in het verleden over bent gestruikeld. Zij was zijn enige vergissing geweest. Of eigenlijk de tweede, hoewel je Saint Mary's niet echt een vergissing kon noemen. Dat was eerder een omweg geweest.

Daar komt ze, bijna huppelend, als een klein meisje op weg naar huis van de snoepwinkel. Het enige verschil is dat zij een zakje heroïne in haar hand heeft, versneden met een laxeermiddel voor baby's. Ze was niet te genieten als ze high was, stom, arrogant, waardeloos. Hij had niet meteen de moed opgegeven. Als het afkicken was gelukt, als hij haar clean had kunnen krijgen, had ze zijn meest bevredigende metamorfose kunnen zijn. Maar ze had alleen gedaan alsof ze wilde afkicken omdat ze op die manier geld van hem bleef krijgen. Doortrapt was ze. Een doortrapte ku-, maar hij heeft zijn moeder beloofd dat woord niet meer te gebruiken. Het is te grof.

Ze stapt in haar auto en start de motor, denkend dat hij zal gaan rijden om haar door te laten. Stomme trut. Ze toetert. Hij zet de motor uit om duidelijk te maken dat hij niet van plan is om weg te gaan. Ze toetert nog een keer. Hij haalt zijn schouders op. Ze stapt uit, beent naar zijn bestelwagen, zonder een greintje angst omdat ze stom is. En omdat ze verlangt naar haar shot. Ze slaat tegen de zijkant van zijn bestelwagen, alsof zijn auto een paard is dat ze in beweging probeert te krijgen. Nog steeds doet hij niets, dus loop ze beslist naar de voorkant van zijn auto. Voorwerpen in een spiegel, bedenkt hij, zijn vaak dichter bij dan je denkt. Nog steeds doet hij niets, hij heeft geen haast, totdat ze op zijn portier slaat, hem uitscheldt voor alles wat mooi en lelijk is, compleet door het dolle heen, zodat ze niet beseft dat het profiel haar bekend voorkomt. Hij luistert naar de vertrouwde stem aan de andere kant van het raampje, wacht om te zien of hij misschien iets voelt, al is het maar een spoor van het wonderlijke gevoel van verdriet dat anders altijd door hem heen gaat. Er is niets, hij wil het alleen maar achter de rug hebben.

Haar stem blijft tieren, tegelijk hees en schril. 'Kom op, klootzak, ga rijden met die klotebak van je. Vort, vort, vort!' Ze slaat, ramt tegen het portier alsof ze het voertuig met haar eigen indrukwekkende energie in beweging kan zetten. Ze is wanhopig, ze wil naar huis. Nee, hoor, schatje, je bent niet verslaafd. Het is precies hetzelfde als een paar pilsjes op zaterdagavond.

Hij laat haar nog een paar seconden doorgaan. Dan opent hij kalm, altijd even kalm, het raampje en schiet hij de stomme trut in haar gezicht. Ze heeft niet eens de tijd om te beseffen wat er gebeurt. Als haar leven aan haar voorbij is getrokken, kan het niet meer zijn geweest dan een gevoel van spijt omdat ze niet van haar laatste shot heeft kunnen genieten.

Hij moet haar wel in haar gezicht schieten in plaats van in de borst. Hij hoopt dat het niemand op een dwaalspoor zal brengen. Dit was er namelijk een van wie hij niet heeft gehouden.

27

Tess kwam zaterdagochtend vrij laat van het water en ze zag Whitney op de steiger staan. Als voormalig roeister wist Whitney dat je niet in het spitsuur in de weg moest lopen voor het botenhuis, als allerlei teams wankelden onder het gewicht van hun boten. Toch stond ze daar, een sta-in-de-weg met gekruiste armen. Toen Tess parallel aan de steiger kwam, rende Whitney naar haar toe en pakte ze zo wild de roeiriem beet dat ze de skiff bijna met Tess en al liet kapseizen.

'Whitney, ik kom al jaren zonder hulp op de steiger. Ik kan het echt wel alleen.'

'We moeten praten,' zei ze. Whitney vond al haar wensen per definitie dringend.

'Best. Laat me uit het water komen, de boot afspoelen en alles opbergen. En als ik jou was, zou ik willen dat ik eerst onder de douche ging. Het was warm vanochtend, het leek wel zomer.' Tess wees op de zweetplekken op haar borst en onder haar armen.

'We moeten nú praten. Je komt als laatste binnen, niemand heeft last van ons.'

Tess keek om zich heen en zag dat het waar was. Er kwamen na haar geen andere boten meer binnen. 'Laat me in elk geval uit mijn boot komen. Het voelt niet prettig dat je zo boven me uittorent.'

Whitney zag eruit alsof ze elk moment kon ontploffen van de zenuwen. Haar doorgaans sluike haar stond bijna recht overeind, haar bleke gezicht was spierwit en vertrokken op een manier die Tess nog nooit bij haar had gezien. Toch knikte ze instemmend, kaakspieren trekkend, en bleef ze wachten terwijl Tess op de steiger klom en haar boot naar een standaard droeg om hem af te spoelen – essentieel als je in het smerige water van de Patapsco roeide.

'Heb je de krant gelezen voordat je vanochtend ging roeien?' Whitney zat nu in het gras en grabbelde in de volumineuze leren buidel die ze als handtas gebruikte.

'Ik heb de voorpagina vluchtig bekeken en mijn horoscoop gelezen. En die van de honden, waar ze heel blij mee waren. Esskay schijnt binnenkort een gunstige financiële transactie aan te gaan.' Whitney glimlachte niet. 'Wat is er? Hoe erg kan het zijn?'

Whitney bleef in haar tas graven en haalde er allerlei merkwaardige en prachtige voorwerpen uit – een Zwitsers zakmes, een in leer gebonden agenda, een antieke ivoren armband – totdat ze een krantenknipsel vond dat duidelijk uit de pagina met plaatselijk nieuws van de ochtendkrant was gescheurd.

'De naam zei me eerst niets. Ik las het bij het ontbijt, en ik moest eerlijk gezegd lachen om de naïviteit van de *Beacon-Light* omdat het zo duidelijk om een fout gelopen drugsdeal ging. Maar ze is blank en ze komt uit de provincie, dus de krant had ervan gemaakt dat een lief onschuldig ding per ongeluk in de verkeerde buurt terecht was gekomen, bla, bla, bla. Toegegeven, ze zaten met de deadline, en ze probeerden er waarschijnlijk iets van te maken omdat het late nieuws ermee was geopend – '

'Whitney, bedaar en begin alsjeblieft opnieuw. Ik kan je niet volgen.'

'Julie Carter is gisteravond vermoord. Neergeschoten in een steeg in Southwest Baltimore.'

Tess' benen waren vaak een beetje trillerig en slap als ze hard had getraind, maar niet op deze manier. Ze liet zich naast Whitney op de grond zakken. Als ze iets in haar maag had gehad, had ze misschien zelfs overgegeven. Maar ze had nooit tijd om 's ochtends te eten. Geen tijd om te eten, geen tijd om uitgebreid de krant te lezen...

'Mijn Julie?' vroeg ze, maar dat klonk niet goed. 'Onze Julie?' Dat klonk ook niet goed. 'Het is een veel voorkomende naam.'

'Deze Julie Carter woonde niet ver van Prettyboy Reservoir, in Beckleysville. Gaat er een belletje rinkelen?'

'Godallemachtig.'

'Zeg dat wel.'

Tess zat met wijdgespreide benen op de grond, als een lappenpop. Whitney hurkte naast haar alsof ze weg wilde sprinten, als ze tenminste kon bedenken waarheen. De zon begon de vochtigheid weg te branden. Het zou een prachtige dag worden, in elk geval voor de mensen die het voorrecht hadden om levend wakker te worden. De blauwe lucht, de subtiele lentegeurtjes – Tess en Whitney hadden weer studenten kunnen zijn, die na het roeien uitrustten op de oever van de Chester River. Waren ze dat maar, dacht Tess, waren ze maar weer eenentwintig. Het leek haar geweldig om niet alles wat ze de afgelopen tien jaar had geleerd te weten, of zelfs wat ze de afgelopen tien minuten had gehoord.

Julie Carter was eenentwintig geweest. Net. En het waren geen makkelijke eenentwintig jaren geweest, dat had Tess duidelijk gevoeld.

'Het kan zijn dat er iets mis is gegaan met een drugsdeal,' zei Tess. 'Ze had duidelijk problemen op dat gebied.'

'Het zou kunnen,' zei Whitney. 'Het zou het grootste toeval van de eeuw kunnen zijn.'

'We moeten majoor Shields bellen.'

'Heb ik al gedaan.'

'En?'

'En dat zei hij. Gewoon een samenloop van toevalligheden.'

'Een samenloop van toevalligheden.'

'Precies. Hij ziet mij als onderdeel van het probleem, weet je. Mij en het bestuur. Bedankte me hartelijk voor de tip, zoals hij het noemde, zei dat ze erover zouden nadenken, maar ze gaan er nog steeds van uit dat de man die Tiffani en Lucy heeft vermoord dood is.'

'Tenzij hij niet dood is. Tenzij Carl gelijk heeft.'

'Of als er nog iemand is, iemand die er al die tijd al is geweest.'

'Wie dan? Niemand kent de namen op de oorspronkelijke lijst, afgezien van de bestuursleden.'

'Ik weet het niet. Iemand die weet wat die andere kerel heeft gedaan?'

Tess was geen vijand van het toeval. Het leven was ervan doordrongen, de kranten stonden er vol mee en, zoals zelfs Mary Ann Melcher wist, het leverde geweldige televisiefilms op. De meeste verhalen die de moeite van het vertellen waard zijn, zelfs de kleinste anekdotes, zijn met toeval begonnen. Je vertelt mensen niet over de 364 dagen dat je bus 11 nam en niet je beste vriendin van de basisschool tegenkwam; je vertelt ze over de ene dag dat je haar wel tegenkwam.

Julie Carters dood was de kroniek van een aangekondigde dood. Degene die de lijst had opgesteld, wist dat ze net als de anderen zou eindigen. Zelfs de doodsoorzaak klopte: een schot in het gezicht. Dat maakte haar dood gewelddadig genoeg om de kranten te halen, waarmee het een soort sinistere wenskaart van een stille aanbidder werd. *Hier is nog een lijk. Ik denk aan je.*

'Whitney, de vrijwilliger die de lijst heeft samengesteld... weten we hoe die heet?'

'Nu wel. Nadat ik majoor Shields had gesproken, heb ik die etter van een jurist van Luisa O'Neals stichting gebeld. Hij wilde zich achter zijn beroepsgeheim verschuilen, het is toch niet te geloven! Ik heb gezegd dat ik twee dingen kon doen: met mijn geweer naar zijn huis komen of naar het openbaar ministerie gaan en een klacht tegen hem indienen.'

'Wat voor klacht? Het is niet verboden om een irritante onderkruiper te zijn.'

'Het was bluf, daarom heb ik dat van dat geweer er ook bij gezegd. Hij is uiteindelijk tot de conclusie gekomen dat de persoon in kwestie niet echt een cliënt van hem was, en dat hij dus het recht had om me de naam te geven.'

'Wie heeft het bestuur die lijst gegeven, Whitney?'

'Je grote idool, je favoriete filantroop, Luisa Julia O'Neal in eigen persoon.' Whitney drukte haar vingers tegen haar voorhoofd alsof ze hoofdpijn voelde opkomen, of wellicht een herinnering uit haar hyperactieve brein wilde plukken. 'Het is allemaal haar idee geweest, Tess. Het onderzoek naar deze zaken, jou inhuren om het te doen. Ze zat overal achter, en ik wist het niet. Ik ben net zo goed de dupe als jij, misschien nog wel meer. Ik heb namelijk nooit begrepen waarom je zo'n hekel aan haar hebt.'

'Niet hierom,' zei Tess.

Whitney tilde haar hoofd op uit haar handen. 'Wat bedoel je?'

'Ik heb een ontzettende hekel aan Luisa O'Neal, dat is waar, maar dit is niet haar stijl. Zij is net zo goed gebruikt als wij. Bovendien ligt ze nu toch in een verpleeghuis? Misschien heeft zij het niet gedaan. Misschien is ze alleen als werktuig gebruikt. Waar ligt ze ook alweer?'

'In Keswick, geloof ik.'

'Laten we hopen dat ze op zaterdagochtend aan een bezoekuur doen.'

Het verpleeghuis stond op een heuvel boven de dure wijk Roland Park. Inmiddels had het een andere naam gekregen, maar de oude

245

garde kende het nog steeds als het Keswick Verpleeghuis voor Ongeneeslijk Zieken.

Tess vond die naam toepasselijk. Ze wist niet precies hoe ziek Luisa lichamelijk was, maar ze had er nooit aan getwijfeld dat haar ziel hopeloos bedorven was.

Luisa lag in het verpleeghuis, de laatste stop voor het mortuarium. Ze moest snel achteruit zijn gegaan als ze was opgenomen een jaar nadat ze een chique aanleunwoning had betrokken. Tess en Whitney gaven hun naam op bij de balie, en de medewerker noteerde drie cijfers op een vel papier en gaf dat aan hen.

'Haar kamernummer?' vroeg Tess.

'Nee, dit is de dagcode.'

'Dagcode?'

'Om naar buiten te komen.' Hij gebaarde op een kastje naast de dubbele deuren die achter hen waren dichtgevallen. 'Onze bewoners mogen niet zonder begeleiding naar buiten.'

'Wat erg,' zei Whitney.

Het werd nog erger toen ze met de lift op de tweede verdieping kwamen. Hun jeugd was een belediging hier. De vrouwen die ze in de gangen zagen – allemaal vrouwen, niets dan vrouwen – keken hen van achter hun looprek of uit hun rolstoel met onverholen afgunst aan. Tess hoorde een stem roepen, zwak en ijl, een stem die geen antwoord verwachtte.

'En dit zijn nog de besten,' fluisterde Whitney. 'Hoe erg moeten de slechte gevallen dan niet zijn?'

Luisa had een eigen kamer, net iets meer dan een veredelde ziekenhuiskamer, met een paar meubelstukken van haarzelf – een ladekastje, een tafeltje, een stoel bekleed met gebloemde chintz die Tess zich uit de serre van Luisa's vroegere huis herinnerde. In diezelfde stoel had ze gezeten toen ze Tess uitlegde wat ze had gedaan om te voorkomen dat haar zoon aangeklaagd zou worden wegens de moord die hij had gepleegd.

Nu zat ze niet meer in haar stoel. Haar plaats was ingenomen door een grote verpleegster in een wit uniform, die geboeid naar een televisie in de hoek keek. Met haar rode haar, sproeten en donkere huid was het onmogelijk om haar afkomst te raden. Luisa zat overeind in bed. Een handgeschreven bordje boven haar hoofd herinnerde het nachtpersoneel eraan dat ze stoffen luiers moest dragen omdat ze allergisch was voor plastic.

Tess had nooit gedacht dat ze nog eens medelijden zou krijgen met Luisa O'Neal, maar door dat bordje kwam ze in de buurt.

'Met geld kun je niet alleen geen liefde kopen,' mompelde ze zachtjes tegen Whitney, 'het garandeert je zelfs geen waardige oude dag.' Luisa's bleekblauwe ogen fonkelden. Ze pakte een groot schetsboek en een zwarte viltstift. *Ik kan niet praten*, schreef ze, *maar ik mankeer niets aan mijn oren.*

'Ze jokt,' zei de verpleegster, zo'n stoïcijnse, bedaarde vrouw die voor het beroep in de wieg was gelegd. 'Ze kan best praten, maar ze weigert het omdat haar stem raar klinkt, en ze vertikt het om naar de logopediste te luisteren.'

Luisa sloeg het vel papier om en schreef op het volgende: *Ik hou er niet van om dingen te doen die ik niet goed kan doen.*

'Ik weet er alles van,' zei Tess. 'Maar je kunt in elk geval een vel papier volschrijven voordat je een nieuw neemt. Het is pure verspilling zoals je met dat schetsboek omgaat.'

Ze schudde haar hoofd, maar het zou een stuiptrekking kunnen zijn. Toen schreef ze: *Donna, wil je ons alsjeblieft alleen laten!* De verpleegster was duidelijk niet blij met het verzoek, maar ze protesteerde niet, hees zich overeind uit de stoel, zette de televisie uit en marcheerde de kamer uit. Haar rug sprak boekdelen.

'Weet je waarom we hier zijn, Luisa?' vroeg Whitney. Ze hadden bedacht dat Luisa misschien beter zou reageren op iemand van haar eigen soort, iemand met blauw bloed en oud geld.

Ze aarzelde. Tess wist dat ze tegen hen zou liegen als ze dacht dat ze geloofd zou worden. Na een hele tijd schreef ze: *Ik heb mijn vermoedens.*

'Via de advocaat van je stichting heb je een lijst doorgespeeld aan een aantal instellingen die samenwerken om huiselijk geweld te bestrijden.'

Luisa knikte.

'Jij hebt bepaald welke instellingen uitgenodigd zouden worden, en je hebt ervoor gezorgd dat ik erbij was. Jouw idee, jouw lijst, jouw project. De stichting van mijn familie heeft niet veel ervaring met dit soort maatschappelijke vraagstukken. Toch wist je dat ik op de uitnodiging zou ingaan, is het niet? En je wist dat Tess en ik oude vriendinnen zijn en dat ik haar naar voren zou schuiven als privé-detective.'

Luisa reageerde helemaal niet, niet bevestigend en niet ontkennend.

'Het was jouw advocaat die het idee opperde om een privé-detective in de arm te nemen. En het was jouw advocaat die zei: "Ken jij niet zo iemand, Whitney?"'

Ze schreef langzaam, zorgvuldiger dan nodig was. *Ik kan niets zeggen over gebeurtenissen waar ik niet bij ben geweest.*

'Hoe ben je aan die lijst gekomen, Luisa?'

Research, schreef ze. *We hebben hier een uitstekende bibliotheek.*

'Research?' Whitneys geduld was op – ze beschikte sowieso niet over een royale voorraad. 'Met jouw verlamde handen? Als er hier een computer staat, durf ik te wedden dat je er niet mee kunt omgaan.'

Het was een groot voordeel, weigeren om te praten. Luisa staarde Whitney alleen maar aan. De gedeeltelijke verlamming van haar gezicht maakte het lezen van haar uitdrukking nog lastiger; door de beroerte had ze een permanente Elvis-grijns.

Tess keek naar Whitney en gebaarde onopvallend dat ze weg moest gaan. Eerst schudde Whitney haar hoofd, maar Tess overtuigde haar met de blik in haar ogen. Ook zij beende beledigd de kamer uit, en ze deed de deur achter zich dicht.

Tess ging op haar hurken naast het bed zitten, zodat ze heel zachtjes kon praten en toch verstaanbaar zou zijn. 'Luisa, ik heb het geheimgehouden. Het is nu twee jaar geleden, en ik heb niemand verteld dat Seamon O'Neal Jonathan Ross heeft laten ombrengen.'

Haar handschrift was nu niet meer zo zorgvuldig. *Ik heb nooit zeker geweten,* schreef ze, *dat hij hem uit de weg wilde laten ruimen.*

Tess was verbijsterd over dit revisionisme. Luisa O'Neal lag op haar sterfbed, en toch kon ze nog steeds niet toegeven dat iemand in haar familie in staat was om slechte dingen te doen.

'Waarom verzet je je tegen de waarheid, Luisa? Je man is dood, hij kan niet meer ter verantwoording worden geroepen, zelfs niet als zijn wandaad bewezen wordt. Je zoon zit in een inrichting, waar je hem zelf hebt laten opsluiten. De man die de schuld van je zoons misdaad op zich heeft genomen, is voor zijn eigen misdaden geëxecuteerd. Niemand rouwt om hem, niemand heeft met hem te doen. Alle rekeningen zijn vereffend, al je dierbaren zijn in veiligheid. Waarom gun je mij niet hetzelfde?'

Luisa wilde een bladzijde omslaan, maar schreef in plaats daarvan onder aan het gebruikte vel: *Ik heb nooit iets met je te maken willen hebben. Ik had gehoopt dat ik je nooit meer zou zien. Ik was niet meer dan een tussenpersoon.*

'Van wie?'

Nog steeds hetzelfde vel. *Dat mag ik niet zeggen.*

'Waarom niet? Waar ben je bang voor?'

Snel, heftig, alsof ze de woorden in Tess' huid kerfde: *Niet voor de dood. Ik wil sterven.*

'Wat goed van je. Je bent moediger dan de meeste andere mensen. Waarmee bedreigt deze persoon je?'

Luisa legde een beverige hand op een zilveren fotolijst naast haar bed. Een jonge vrouw, een vrouw die leek op de Luisa die Tess ooit had gekend, met stralende ogen en donker haar. Ze vormde een trio met een knappe, zij het zwaargebouwde man en een mollige baby. De dochter, herinnerde Tess zich. Luisa had een dochter in Chicago.

Luisa schreef: *Hij gaat haar vermoorden, dat weet ik zeker.*

Haar eigen ogen waren nog steeds mooi, ondanks de rimpels eromheen en de verbleekte wenkbrauwen en wimpers. Diepliggend in het gehavende gezicht waren de ogen nog even blauw als altijd, bijna korenbloemblauw. Tess wist nog dat Luisa Julia O'Neal vroeger Ellie Jay werd genoemd. Ze was een van de beste vrouwelijke tennisspelers van de stad geweest, sterk en energiek, maar wel op een vrouwelijke manier. Nu ging ze langzaam dood. Niet zozeer aan haar ziekte, als wel aan angst; angst vormde een grotere aanslag op haar lichaam dan haar medische problemen.

'Luisa, ik zal mijn best doen om jou en je dochter te beschermen, maar dan moet ik wel informatie hebben. Als je me niet vertelt wie deze man is, moet je me in elk geval vertellen wat hij wil.'

Luisa sloeg het vel om en schreef in grote blokletters die het hele vel besloegen: *Jou.*

Het had een grotere schrik moeten zijn, maar zodra ze het antwoord las, besefte ze dat ze dit eigenlijk al de hele tijd had geweten. Het was de mug in haar oor, het zoemen dat ze zo vaak had gehoord. Wat hadden al deze mensen met elkaar gemeen? Tess Monaghan.

Ik ben de link. Geen geografische ligging of doodsoorzaak. De vijf waren niet met elkaar verbonden totdat ik ten tonele verscheen.

De lijst was het lokaas geweest, en zo was ze ergens heen gelokt, naar iemand toe gelokt. Ze moest weten door wie, ze moest weten waarom. Luisa weigerde haar zowel het een als het ander te vertellen, en wie kon haar dat kwalijk nemen? Deze man zou zonder enige aarzeling haar dochter vermoorden. Hij had Julie Carter vermoord, alleen maar om haar te laten zien dat hij nog niet klaar was.

Ze kwam met krakende knieën overeind, maar blij dat ze tenminste benen had, in plaats van de verlamde aanhangsels onder de deken op Luisa's bed. Ze was blij dat ze leefde en vroeg zich af hoe lang ze nog had te gaan. Er klonk een piepend geluid, en ze zag dat Luisa heel snel aan het schrijven was.

Haar handschrift was haast niet meer te lezen. *Je mag het aan niemand vertellen. Aan niemand. Niet aan de politie.*

'Maar – '

Mijn dochter, schreef Luisa. *MIJN DOCHTER. Hij vermoordt mijn dochter als je naar de politie gaat. En als je de politie hierheen stuurt, ontken ik alles.*

Wild scheurde ze alle beschreven vellen van het blok en die verscheurde ze zo goed en zo kwaad als het ging. Haar handen beefden, maar er zat nog wel kracht in.

'Maar hij wil me vermoorden, Luisa, ja toch? Dus jij vindt het leven van je dochter belangrijker dan het mijne?'

Niet noodzakelijkerwijs, schreef ze, om het vel onmiddellijk te verscheuren.

'Is dat je reactie op mijn eerste vraag of op de tweede?'

Op allebei. Ook dit werd direct verscheurd. Toen: *Ga weg.*

Dat deed Tess, en ze voelde zich zoals ze zich altijd voelde na een persoonlijk gesprek met iemand van de familie O'Neal: verslagen, verpletterd, gesloopt.

Toen ze bij de deur was, hoorde ze achter zich een stem, een trieste stem, zacht en lispelend, slecht te verstaan. 'Nietsh ish toeval.'

'Wat?'

'Nietsh... nietsh...' Tess kon de woede in haar stem horen, kon zien hoe erg Luisa het vond dat ze een spraakgebrek had. Haar gezicht was rood van inspanning toen ze haar hand opstak en haar best deed om haar vingers te spreiden. Met een gekromde hand schreef ze het woord in de lucht. 'Vij-' zei ze. 'Vij-'

'Vijf? Vijf wat?'

Ze gaf het op, pakte het schetsboek.

Tiffani Gunts
Lucy Fancher
Julie Carter
Hazel Ligetti
Michael Shaw

Vijf namen. Vijf moorden. En niets berustte op toeval. Helemaal niets.

28

Zodra ze weer buiten stonden, belde Tess Crow met haar mobieltje om hem te vragen of hij met de dossiers naar een coffeeshop in de buurt van hun huis kon komen, de Daily Grind.

Ook vroeg ze om haar Smith & Wesson.

'Ga je hier in de Grind je wapen omdoen?' vroeg Whitney toen ze aan een tafeltje achterin ging zitten met een grote kop koffie en een muffin met pompoen. Tess had geen trek.

'Luisa O'Neal heeft me net verteld dat een seriemoordenaar – een man die drie en misschien wel vijf mensen heeft omgebracht – het op míj heeft voorzien. Een slimme meid is op alles voorbereid.'

Whitney deed drie zakjes suiker in haar koffie en zoveel koffieroom dat het meer *lait au café* was dan *café au lait*. 'Wat is er toch tussen jou en Luisa? Waarom wilde je dat ik weg zou gaan?'

Tess aarzelde, maar ze wist dat het uur van de waarheid was gekomen. Luisa had deze man geholpen met het opzetten van een val. Het feit dat ze dat had gedaan om haarzelf en haar dochter te beschermen was geen bevredigend excuus, al was het nog zo begrijpelijk. Ze had het hele plan in beweging gezet zonder zich er iets van aan te trekken dat Tess de prooi van de moordenaar was.

Dat ze haar oude Nemesis in zo'n erbarmelijke toestand had gezien, had de aard van hun relatie veranderd. Vroeger had Luisa Tess het gevoel gegeven dat ze onbeduidend en hulpeloos was, terwijl de rollen nu omgekeerd waren. Tess, die Luisa's geheim ooit uit angst had bewaard, deed dat nu uit gewoonte.

Bovendien had ze Whitneys loyaliteit nooit op de proef willen stellen. Whitney hield van Tess, maar ze voelde ook een enorme loyaliteit voor wat haar moeder zonder enige ironie 'ons soort mensen' noemde.

Whitney legde Tess' zwijgen ten onrechte als een regelrechte weigering uit. 'Ik durf te wedden dat je het wel aan Crow hebt verteld.'

Tess knikte. Hij was de enige aan wie ze het had verteld.

'Ik kan ook een geheim bewaren, Tesser.'

Whitney gebruikte opzettelijk haar vroegere bijnaam om Tess er aan te herinneren hoe lang ze elkaar al kenden.

'Het ging niet alleen om het bewaren van een geheim,' antwoordde Tess. 'Ik heb altijd gedacht dat je me niet zou geloven als ik je vertelde dat de familie O'Neal tot moord in staat was. Maar het is inderdaad waar, toen Crow en ik een relatie kregen heb ik het hem verteld. Ik moest het aan iemand kwijt.'

'De eerste of de tweede keer?'

'Huh?'

'Heb je het Crow verteld toen jullie de eerste keer iets met elkaar hadden – voordat jij er een zootje van maakte en hij bij je wegging – of toen hij bij je terugkwam?'

Whitney moest zich gekwetst voelen als ze dit soort gemene dingen zei.

'De eerste keer. Ik heb het hem zelfs al verteld voordat we met elkaar naar bed waren geweest.'

'Jeetje, wat ben jij makkelijk. Ik bedoel, ik heb altijd geweten dat je niet iemand bent om te wachten tot het tweede afspraakje, maar dat je meteen álles opgeeft...'

'Luister, als je wilt vertel ik je nu het hele verhaal. Maar ga niet protesteren dat het onmogelijk zo gegaan kan zijn, en zeg ook niet tegen me dat ik me moet vergissen.'

'Ik zou nooit – '

Tess stak haar hand op. 'Zie je wel, je begint nu al.'

Whitney leunde achterover, zo berouwvol als voor haar doen mogelijk was.

'Herinner je je Jonathan Ross?'

'Over een losse seksuele moraal gesproken – zelfs toen het al uit was ging je nog met hem naar bed.'

'Fijn dat je het nog weet. Weet je ook nog hoe hij doodging?'

'Aangereden door een auto.'

'Luisa's man, Seamon, had dat geregeld. Jonathan was een groot schandaal op het spoor. De O'Neals hebben een terdoodveroordeelde betaald om een moord te bekennen die hun zoon had gepleegd. Er werd een tussenpersoon gebruikt, een advocaat, dus de moordenaar heeft nooit geweten welke rijke familie hij hielp. Het geld ging naar zijn moeder, en hij nam aan dat zijn "sponsors" zouden voorkomen dat hij werd geëxecuteerd.'

'En?'

'Hij heeft twee keer uitstel gekregen voordat hij eind verleden jaar ter dood werd gebracht. Tucker Fauquier.'

'De psychopaat die in elke county een jongen wilde vermoorden en nooit verder is gekomen dan de Bay Bridge?'

'Die, ja.'

'En hij heeft nooit geweten dat het om de O'Neals ging?'

'Niet dat ik weet.'

Whitney dacht na, haar kin rustend in haar hand. 'Is er nog iemand anders die dit allemaal weet?'

'Het zou kunnen, maar het lijkt me niet waarschijnlijk. Seamon O'Neal, Tucker Fauquier, zijn moeder, de advocaat die het pact heeft gesloten – ze zijn allemaal dood. Voorzover ik weet zijn Luisa en ik de enigen die het hele verhaal kennen.'

'En Crow,' bracht Whitney Tess in herinnering.

'En Crow.'

'Ik heb altijd gehoopt dat jullie het over mij hadden als ik er niet bij was.' Crow kwam naast Tess op het bankje zitten, kneep in haar linkerdij en liet met een soepel gebaar het wapen in haar schoot vallen. Ze keek omlaag en moest bijna hardop lachen toen ze zag dat hij de revolver in een theedoek had gewikkeld.

'Daarom heb ik er zo lang over gedaan. Ik kon niet bedenken hoe ik dat ding mee moest nemen. Jij hebt een wapenvergunning, maar ik niet, en ik zag al voor me dat ik aangehouden zou worden. Ik heb het ook geladen, zoals je had gevraagd. Nou' – hij keek om zich heen in de drukke zaak – 'wordt het een roofoverval? Dan hebben jullie een goede dag gekozen. Op zaterdag hebben ze altijd veel geld in kas.'

Zijn vrolijke stemming sloeg om toen Tess hem vertelde wat er die ochtend allemaal was gebeurd.

'Je moet naar de politie, Tess. Het kan me niet schelen wat ze heeft gezegd. Je kunt in elk geval iemand bellen die je vertrouwt. Tull van Moordzaken, bijvoorbeeld. Die vent wil je vermoorden!'

'Niet noodzakelijkerwijs,' herhaalde ze de woorden in Luisa's schetsboek. 'Bovendien, hoe moet hij het aanpakken? Het vaste patroon is dat hij met vrouwen aanpapt en de ideale vriend speelt, goedmaakt wat een of andere eikel in het verleden heeft aangericht. Ik heb al een ideale vriend.'

Het compliment was geen geruststelling voor Crow. 'Je moet de staatspolitie bellen.'

'En ze wát vertellen?'

'Alles.'

Tess wist dat het een goed en verstandig advies was. Crow dacht alleen maar aan haar en haar veiligheid. Dat was het probleem. Ze was niet alleen op de wereld. Ze moest zichzelf beschermen, maar ook anderen: Whitney, Crow, haar ouders, Luisa's dochter. Een man die alleen maar om te bewijzen dat hij er nog was een vrouw vermoordde, was tot alles in staat. Hij zou een bedreiging voor haar blijven vormen zolang ze niet wist wie hij was en waarom hij deed wat hij deed.

'Luisa denkt dat die man haar dochter vermoordt als hij ontdekt dat ik haar heb gesproken.'

'Zo moet je niet denken.'

'Juist wel.' Het wapen lag nog steeds in haar schoot, verborgen in de zwart met wit geblokte theedoek. Het zien van de theedoek uit haar eigen keuken wekte bij Tess een verlangen naar de gewone dingen in haar leven, alles wat ze die ochtend toen ze wakker werd als vanzelfsprekend had beschouwd: haar honden, haar bed, het uitzicht vanaf de veranda, haar tandenborstel. Het fijne gevoel om aan het eind van de dag thuis te komen en een glas wijn in te schenken. Een leven zonder angst.

Waar was hij? Wie was hij? Hadden ze elkaar ontmoet? Enkele woorden met elkaar gewisseld?

'Die man is in staat om iedereen van kant te maken, om wat voor reden dan ook. Hij heeft Julie voor mij vermoord.'

Whitney knikte, maar Crow begreep het niet.

'Je wilde niet dat Julie dood zou gaan,' zei hij. 'Ze was gewoon een zielige junk die je een paar dollar probeerde af te troggelen. Waarom zou het jou kunnen schelen wat er met haar is gebeurd?'

'Hij heeft Julie doodgeschoten omdat hij wist dat het onderzoek was gestagneerd en dat ik er niet langer bij betrokken was. Hij wilde mijn aandacht trekken. Daarom is Julie nu dood.'

'Ze stond op zijn lijst,' merkte Whitney op. 'Misschien is hij altijd van plan geweest om haar te doden. Zoals Luisa al zei: "Niets is toeval."'

'Dat is wel waar, maar als ik naar de staatspolitie ga en Luisa's dochter in Chicago straks dood is, hoe rechtvaardig ik dat dan? Ze heeft een kind. Wat haar ouders ook hebben gedaan – wat haar broer ook heeft gedaan – zij is onschuldig.'

'Hoe weet hij dat je met de politie gaat praten?' vroeg Crow.

'Geen idee. Hij lijkt alles over me te weten. Hij wist hoe hij me voor zijn karretje moest spannen, dat hij Luisa kon gebruiken om een project op te zetten waar ik geen nee tegen zou zeggen. Hij heeft alles zo gedraaid dat ik de puzzelstukken bij elkaar zou zoeken.'

'Maar hij is dood,' betoogde Whitney. 'De wrakstukken van zijn boot zijn gevonden. Ze doen onderzoek naar de lijken.'

'Soms,' zei Tess, 'is een onbekend lijk gewoon een onbekend lijk. Het komt voor dat mensen verdrinken en niet geïdentificeerd kunnen worden. Wie kan zeggen dat die griezel niet gewoon een pauze heeft ingelast?'

'Ja, maar jij neemt aan dat alleen de moordenaar zelf de vijf namen op die lijst kent. Stel nou dat er twee moordenaars rondlopen, de man die Tiffani en Lucy heeft vermoord en een tweede type, een man die totaal andere redenen had om Julie Carter, Hazel Ligetti en Michael Shaw te vermoorden. Die moorden zijn toch allemaal na de al dan niet geënsceneerde zelfmoord gepleegd? En ze lijken in geen enkel opzicht op de eerste twee.'

Tess wreef over haar voorhoofd. 'Mijn hersenen doen pijn.'

'Mijn ziél doet pijn,' zei Crow. 'Ik ben er helemaal ellendig van. Ik heb me nog nooit zo machteloos gevoeld.'

Somber zwijgend zaten ze bij elkaar. De koffie werd koud, de muffin bleef onaangeroerd. Met zijn drieën waren ze meestal wel in staat om dingen uit te werken. Net als Dorothy's vriendjes in Oz waren ze alle drie op zich incompleet, maar samen vormden ze een geheel. Crow had een heel groot hart, zoals de Tinnen Man. Whitney was hun vogelverschrikker, maar meer zoals de versie in het boek, de vogelverschrikker met naalden en spelden in zijn hoofd zodat hij scherp kon zijn.

Dan bleef Tess nog over, dus moest zij wel de Laffe Leeuw zijn, degene die ten strijde trekt maar de hele tijd kermt en kreunt van angst. Ja, ze was bang. Ze maakte zich geen illusies over haar heldhaftigheid. Als zij het voor het zeggen had, zou ze ervoor kiezen om dit gevecht niet aan te gaan.

Wat zou het fijn zijn om te kunnen kiezen.

29

Zelfs junkies moeten begraven worden.

Tess zocht in de zondagseditie van de *Beacon-Light* naar een stukje over Julie Carters dood. Ze wist dat Julie niet in aanmerking kwam voor wat journalisten onder elkaar de *mort du jour* noemden, een sterfgeval waarover iemand op de redactie een min of meer uitvoerig in memoriam schreef. Je hoefde niet rijk of beroemd te zijn voor zoveel aandacht, maar het hielp wel. Doodgeschoten worden als je drugs scoorde was niet bepaald een aanbeveling voor zo'n sentimenteel verhaaltje; de lezers zouden er immers honend op reageren.

Uiteindelijk vond Tess wel een kleine rouwadvertentie. Voor een katholiek ging Julie erg snel de grond in, al de volgende dag. Ze scheurde de advertentie uit en probeerde te bedenken of ze een donkere jurk had die luchtig genoeg was voor warm weer.

Ook vroeg ze zich af of ze het enige niet-familielid was dat in de krant naar Julies rouwadvertentie zocht, of zij de enige vreemde in de kerk en aan het graf zou zijn. Het was vijf uur 's ochtends, en ze las de krant na een slapeloze nacht. Haar revolver lag naast haar op de eettafel, en de deuren en ramen waren vergrendeld, zodat ze verstoken bleef van de zachte lentelucht waar ze zo van hield. Het enige geluid in huis kwam uit de slaapkamer, in de vorm van de drievoudige ademhaling van Esskay, Miata en Crow, die om drie uur eindelijk in slaap was gevallen.

Ze had een zwartlinnen mantelpak, herinnerde ze zich, een ensemble dat ze al jaren niet had gedragen. Kon je vóór Memorial Day linnen dragen, of gold dat alleen voor wit linnen?

Ach, waarschijnlijk deed de familie van Julie Carter niet aan dit soort finesses.

Tess had meer ervaring met de dood dan met de rituelen die ermee gepaard gingen. De begrafenis van Julie Carter, die werd gehouden in een mooie stenen kerk iets buiten de stad, was nog maar de derde of vierde die ze in haar leven had bijgewoond. In gedachten maakte ze een optelsom: haar grootvader van moeders kant, een oudere collega van de *Star*, die in de vijftig was geweest toen hij aan kanker overleed, een dienst voor het kleinkind van een van de beste vriendinnen van haar moeder, omgekomen door een val, veruit de meest verdrietige.

En Jonathan Ross.

Soms dacht ze dat het littekenweefsel over die wond bijna te hard was, te compleet. Dat ze het zo snel had verwerkt, bewees hoe half-slachtig en oppervlakkig hun relatie was geweest. De nachtmerries kwamen doordat ze getuige was geweest van zijn dood, niet omdat hij haar grote liefde was geweest. Dat had ze nooit gevoeld. Ze had hem benijd, zowel in het leven als in de dood. Als onbetwiste sterjournalist had zijn begrafenis veel mensen getrokken. Later, toen Tess zelf op het nippertje aan de dood was ontsnapt, had ze bedacht hoe kort haar eigen biografie zou zijn. Een onzinnige gedachte, maar het had haar wel geholpen om voor haar leven te vechten. En nu woonde ze een begrafenis die bijna gênant genoemd kon worden – een dienst met lange stiltes en hakkelend opgedreunde gemeenplaatsen. Wat kon je zeggen over deze dode vrouw van eenentwintig? Dat ze een junkie was geweest, iemand die mensen met mooie praatjes geld afhandig maakte.

Julies familie zat vooraan – ouders, broers en zussen, een paar bejaarde mensen die grootouders of zelfs overgrootouders konden zijn geweest. Ze keken allemaal even humeurig, alsof ze op deze ongewoon warme dag wel iets beters te doen hadden. Julies vrienden zaten verspreid op de achterste banken, jongens en meisjes uit het nachtleven die om elf uur 's ochtends zowel slaperig als onrustig waren. De middelste banken bleven leeg. Julie had een leven van uitersten geleid; je was familie of je was een van haar verslaafde vrienden.

Tess nam op de achterste bank plaats en probeerde de mannen te bestuderen. Zelfs aan de nekken kon ze zien dat de man die ze zocht er niet was. Deze jonge mannen hadden allemaal lang haar dat over niet al te schone boordjes hing, en ze droegen gekreukelde colberts die eruitzagen alsof ze in een vuilniszak met oude kleren waren bewaard. Verder waren ze allemaal jong, niet veel ouder dan Julie. Eigenlijk had Tess al van tevoren geweten dat de man op wie ze jacht maakte er niet zou zijn.

Tenzij hij, bedacht ze, *weet dat ik hier ben. Ik ben per slot van re-kening degene die hij wil.* Ze schoof haar rechterhand onder het zwartlinnen jasje naar de holster met haar revolver. Het was warm in de kerk, en de dikke bult onder haar arm voelde als een of andere tumor. Toch zou ze eraan moeten wennen.

Zelfs onder de beste omstandigheden valt het niet mee om jonge mensen te begraven, maar bij Julie was er een extra handicap. Ze had niet alleen kort geleefd, maar ook nog dom en doelloos. Tess had haar niet eens aardig of leuk gevonden. De priester werkte plichtmatig zijn repertoire af, zijn gezicht rood aangelopen van de warmte. De familieleden schoven rusteloos heen en weer en maakten een boze indruk, alsof de dienst geen troost bood maar hen juist herinnerde aan alle manieren waarop Julie hen teleur had gesteld. Ze leken haar gewelddadige dood als een laatste belediging te beschouwen.

Of misschien was het Julie Carters voorlaatste teleurstelling. Er was namelijk geen plaats voor haar op het kerkhof, hoewel er nog genoeg ruimte was op het lommerrijke terrein. Toen de dienst eindelijk was afgelopen, bleek dat Julie haar laatste rustplaats zou vinden op een steriel kerkhof aan de rand van Baltimore. Julie zou het fijn vinden dat ze dichter bij het uitgaansleven zou zijn. Ze was in elk geval niet tot in de eeuwigheid tot de rimboe veroordeeld.

Niet meer dan een handjevol mensen ging mee naar het kerkhof, waardoor Tess nog meer opviel dan in de kerk. Ze bewaarde een paar meter afstand, zoals gepast was voor een vreemde, en vroeg zich af hoe ze de familie moest benaderen. De beslissing werd haar uit handen genomen door een oudere zus, een vrouw met dezelfde haarkleur als Julie en net zo'n brutaal gezicht, alleen woog ze minstens vijftig kilo meer. Ze kwam naar Tess toe nadat de kist in het graf was neergelaten en de laatste gebeden waren gezegd.

'Ik geloof niet dat ik u ken,' zei ze. Uit haar toon viel op te maken dat haar dat niet beviel.

'Ik ben Tess Monaghan. Ik heb Julie onlangs via mijn werk leren kennen.'

'Wat voor werk?'

'Ik ben privé-detective.'

De zus rolde met haar ogen. 'Wat had ze gedaan, gejat uit een winkel? Het zal niet de eerste keer zijn geweest, al durf ik te wedden dat ze u iets anders heeft verteld. Begon ze te huilen – ze kon huilen op

259

bevel, weet u – en beloofde ze dat het nooit meer zou gebeuren? Daarmee bedoelde ze alleen dat ze het in uw winkel niet nog een keer zou doen.'

'Ik ben privé-detective, geen bewaker.'

'O.' De zus stond perplex, probeerde een verband te zien. 'Moest ze soms een drugstest doen voor een baan? Of had ze iets met een getrouwde man?'

'Julie dééd niets. Ze was een... onschuldig slachtoffer.'

Dit leverde honend gesnuif op. 'Dat zou dan de eerste keer zijn geweest.'

Tess wilde dat ze de verzuurde zuster kon vertellen hoe onschuldig Julie was geweest, hoe onverdiend haar dood. Maar hoe kon je dat soort informatie ooit overbrengen? Hoewel de familie Carter boos was op hun onhandelbare dochter, hadden ze haar nooit dood gewenst. Ze waren boos omdat ze niet lang genoeg was blijven leven om op haar pootjes terecht te komen.

'Ik mocht haar,' zei Tess, en tot op zekere hoogte was dat waar. 'We zijn op een wonderlijke manier met elkaar in contact gekomen. Ik was bezig met het verzamelen van informatie over huiselijk geweld, in opdracht van een aantal stichtingen die meer inzicht willen krijgen in het feit dat vrouwen het heel moeilijk vinden om het patroon te doorbreken. Veel vrouwen die een gewelddadige relatie achter de rug hebben, krijgen daarna opnieuw een relatie met een man die hen mishandelt.'

'Ik weet niet of je het wel relaties kunt noemen, wat Julie had. Mannen waren voor Julie niet meer dan een middel om aan geld te komen, zodat ze drugs kon kopen.' Ze zuchtte. Ze had last van de hitte, dik als ze was, en haalde haast piepend adem.

'Was ze verslaafd?'

'Ze was onuitstaanbaar. Het klinkt hard, dat weet ik, maar wij – mijn ouders, ik, mijn broers en zussen – hebben zes jaar lang de rotzooi achter haar kont moeten opruimen. We moesten uitleg geven aan leraren, later aan bazen, regelen dat ze werd behandeld. Dan was ze klaar met de zoveelste therapie en begon ze weer van voren af aan. Het was Julie die mannen mishandelde, niet andersom. Emotioneel, bedoel ik. Ze verknalde elke kans die ze kreeg, en ze kreeg meer dan ze verdiende.'

'Toch had ze volgens mij pech met mannen.'

'Pech? Ik zou mijn rechterarm willen geven voor dat soort pech. Er was altijd wel iemand die ze om haar vinger kon winden. Toen ze net achttien was, had ze een vriend die echt alles voor haar wilde doen. Hij was de ideale man.'

'Ideaal?' Het was wat ze had willen horen. Het was waar ze bang voor was geweest.

'Nou ja, hij was misschien een beetje oud voor haar, maar dat is niet slecht. Hij had alles goed voor elkaar. Hij was aardig en beleefd, had een mooie auto, een goede baan, al moest hij wel vaak op reis. Hij verkocht iets.'

Ik geloof het graag, dacht Tess. Hij verkocht altijd wel het een of ander.

'Toen hij er achter kwam dat ze verslaafd was, wilde hij dat ze zou afkicken. Hij betaalde het zelfs allemaal, bleef tijdens de hele behandeling bij haar, en toch ging ze weer aan de drugs zodra ze de kans kreeg. Uiteindelijk gaf hij het op en is hij bij haar weggegaan.'

'Weet u nog hoe hij heette?' Niet dat het ertoe doet, dacht Tess. Het zou opnieuw de naam zijn van een andere man – een psychopaat die misbruik maakte van een ongebruikt leven.

'Alan Palmer,' zei de zus prompt, tot verbazing van Tess. Het was niet bij haar opgekomen dat hij soms twee keer dezelfde naam gebruikte. Aan de andere kant had hij Julie Carter toen nog niet vermoord, dus kon hij de naam gewoon blijven gebruiken. 'Wat was dát een leuke man. Ik zou niet verbaasd zijn geweest als ik hem vandaag op de begrafenis had gezien.'

'Heeft hij gebeld?'

'Nee,' zei ze op weemoedige toon. 'Volgens mij is hij naar een andere staat verhuisd. Hij heeft een keer gezegd dat hij naar het westen wilde. Bovendien is het al drie jaar geleden.'

Dus Julie had tussen Tiffani en Lucy in gezeten. Hetgeen betekende dat de man die zijn plannen zo zorgvuldig beraamde niet wist waar hij terecht zou komen als hij verderging. Hij wist alleen wie hij zou zijn. Wist hij op het moment dat hij een nieuwe vrouw leerde kennen al dat hij haar zou gaan vermoorden? Waarom had hij Tiffani en Lucy vermoord, vrouwen die hem nooit teleur hadden gesteld, om Julie te laten leven?

'Waar werkte Julie toen ze eh... Alan leerde kennen?'

De dikke vrouw keek Tess aan. Het was een vreemde vraag, maar daar kon Tess niet mee zitten.

'Ze werkte in een avondwinkel, en hij kwam op een avond een blikje fris kopen. Dat baantje bij Mars was later pas. Hij bleef terugkomen. Zoals ik al zei, hij was het beste wat mijn zus ooit was overkomen.'

Nee, dacht Tess, het beste wat Julie was overkomen, was zijn beslissing om bij haar weg te gaan. In bepaald opzicht had Julie deze man verslagen, hem weggejaagd. Haar verslaving en haar ongebreidelde egoïsme hadden ervoor gezorgd dat hij niet had gekregen wat hij hebben wilde.

Er viel een les te trekken uit het feit dat Julie aanvankelijk de dans was ontsprongen – en ook uit het feit dat ze uiteindelijk toch om het leven was gebracht.

30

Toen Tess die avond van haar kantoor naar huis reed, merkte ze dat ze werd gevolgd. Dit keer was het een donkere bestelbus, een minibus die onder andere omstandigheden misschien komisch zou zijn geweest – het boodschappenkarretje van mevrouw. Maar de bestuurder, alleen in silhouet afgetekend, was duidelijk geen mevrouw. De schouders waren te breed, de nek was te dik. De auto viel haar voor het eerst op toen de man bij een stoplicht door rood reed, hoewel bekend was dat er op dat kruispunt camera's stonden. Wie was er nou zo stom? *Iemand die niet wakker lag van bekeuringen.*

Grappig – hoewel Tess inmiddels geneigd was te denken dat Carl gelijk had, dat de moordenaar nog leefde, had ze zijn andere complottheorieën nooit opnieuw bekeken. Ze was later tot de conclusie gekomen dat de zogenaamde achtervolgingen op de snelweg het product waren van een al te levendige verbeelding en te veel films. Bovendien hoefde de man die zij zochten hen niet te volgen; hij wist niet alleen steevast waar Tess was geweest, hij wist vaak zelfs waar ze naartoe ging.

Toch werd ze nu gevolgd door een donkere bestelbus, hoe grillig haar rijgedrag ook was. Niet dat het opviel hier, want de gemiddelde bestuurder in Baltimore reed als een slaapwandelaar die net achter het stuur was bijgekomen, verbluft en gedesoriënteerd.

Tess deed haar richtingaanwijzer aan en bleef vervolgens drie kilometer op dezelfde baan rijden. Ze zette hem uit, ging naar de middelste rijstrook, toen de linker. Bij de afslag naar Cold Spring Lane ging ze op het allerlaatste moment abrupt naar de rechterrijstrook, zodat ze op de afrit zelf zo hard moest remmen dat de banden gierden.

Toch bleef de bestelbus haar bijhouden. Het busje stopte een paar auto's achter haar voor het stoplicht op Cold Spring. Tess kon het gezicht van de bestuurder nog steeds niet onderscheiden. Hij droeg een zonnebril en een honkbalpet. Bovendien had hij een windjack aan, verdacht op zo'n warme dag, en verborg hij zijn kin in de kraag zodat de onderste helft van zijn gezicht niet te zien was.

Het licht sprong op groen, tijd om een beslissing te nemen. Tess wilde de stalker niet meenemen naar haar huis, hoewel hij waarschijnlijk allang wist waar ze woonde als hij haar al zo'n tijd volgde. Als ze probeerde hem mee te voeren naar neutraal terrein – het politiebureau in haar wijk, bijvoorbeeld – besloot hij misschien wel om haar thuis op te wachten. Crow zou thuis kunnen zijn, mogelijk in beslag genomen door een van de klussen die het huis bleef eisen. Ze voelde aan haar wapen en zocht in de rugzak op de stoel naast haar naar haar mobieltje. Dit was zo'n moment om een van haar eigen stelregels te overtreden. Terwijl ze met één hand stuurde, belde ze met de andere naar huis.

Shit. Na drie keer overgaan kreeg ze de voicemail, en dat betekende dat Crow niet thuis was. Als hij aan de telefoon of on line was geweest, zou ze meteen de voicemail hebben gekregen. Waarschijnlijk liet hij de honden uit. In dat geval kon hij elk moment thuiskomen, onvoorbereid op de mysterieuze bezoeker.

'Denk je soms dat je me kent? Dat je me wil?' Ze hield het mobieltje tegen haar oor en mond, zodat andere mensen zouden denken dat ze met iemand aan de lijn was. 'Oké, nu eens zien of je weet waar ik woon.'

Ze stak in vliegende vaart een kruispunt over, en reed vervolgens heel langzaam tegen de heuvel omhoog naar het volgende stoplicht, wetend dat het heel lang groen bleef. Perfecte timing, het stoplicht sprong net op oranje toen ze eraan kwam. Ook de auto achter haar reed er nog doorheen, maar het busje stond meerdere auto's achter haar voor het rode stoplicht. Ze zou haar huis met een voorsprong van minstens vijf minuten bereiken.

Haar huis. Normaalgesproken was ze blij dat East Lane betrekkelijk afgelegen was, meer een weggetje dan een straat, maar in de groengrijze avondschemering leek haar huis veel te geïsoleerd. In de huizen van de buren, zichtbaar achter de naaldbomen langs de weg, brandde nergens licht, en in het park achter de huizen werden geen honden meer uitgelaten, want ze hoorde geen geblaf of gejank. Ze stak de sleutel in het slot en riep Crow en de honden, maar ze werd niet begroet. Crow laat de honden uit, hield ze zichzelf voor, dat moest het gewoon zijn. Iemand in zijn eentje zou dat trio nooit aankunnen. Niet met Crows nuchtere verstand en Miata's instinct, en Esskay kon een aanvaller uitschakelen door in zijn gezicht te ademen.

Maar als Crow en de honden binnen een paar minuten thuiskwamen, en de man in de bestelbus had inmiddels haar huis bereikt, zou er een gevaarlijke situatie kunnen ontstaan. Ze moest bedenken hoe ze iedereen kon beschermen.

Ze liet de voordeur openstaan en liep naar de achterkant, waar ze in de slaapkamer de dubbele deuren naar de veranda ontgrendelde. Toen ging ze naar buiten en deed ze met haar sleutel de deuren op slot. En nu? Het huis was tegen de heuvel gebouwd, zodat de veranda aan de achterkant een halve verdieping boven de grond was – minder als je eerst aan de veranda ging hangen voordat je je liet vallen. Toch landde ze harder dan ze had verwacht en voelde ze de klap in haar knieën.

Tess kroop onder de veranda door naar de voorkant, waar vandaan ze nog steeds een stukje van de oprit kon zien. De grond hier kreeg nooit zon en voelde koel onder de witte blouse die ze bij haar begrafeniskleren droeg. De rok was bijna tot aan haar heupen omhooggekropen, en ze was haar schoenen verloren toen ze aan de veranda hing. Gelukkig had ze het jasje in huis uitgedaan en over een stoel aan de eetkamer gehangen, zodat het zou lijken alsof ze binnen was.

Uiteraard was haar wapen nu niet langer verborgen, maar dat wilde ze ook niet. Ze hield de Smith & Wesson met beide handen vast, haar armen gestrekt op de grond, en wachtte op de dingen die komen gingen.

En ze wachtte. En wachtte nog wat langer, het bloed kloppend in haar oren. Met de seconde ging ze zich belachelijker voelen. Als de man haar echt had gevolgd, had het busje er allang moeten zijn. Ze voelde zich een beetje zoals vroeger toen ze klein was en met vriendjes en vriendinnetjes oorlogje speelde. Toen lag ze net zoals nu plat op de grond en schoot ze met vingers en stokjes op de auto's in de straat. Ze voelde zich een absolute idioot. Haar buren vonden haar nu al vreemd en excentriek. Als de plaatselijke zwemclub hier lucht van kreeg, zouden ze haar nooit als lid accepteren.

Toen dacht ze aan Julie Carter en Lucy Fancher en Tiffani Gunts en voelde ze zich al stukken minder belachelijk. Als iemand hun de kans had gegeven, als ze hadden geweten wat hen te wachten stond, zouden ze terug hebben gevochten. Hoewel Julie met haar drugsverslaving haar gezondheid ondermijnde, was ze strijdlustig en taai. Lucy Fancher begon haar plaats in de wereld te vinden, dat had ze haar ex-vriend verteld. Tiffani was moeder van een dochter; ze zou alles hebben gedaan om te voorkomen dat Darby zonder haar moest opgroeien. Als ze de kans hadden gehad, zouden deze vrouwen voor hun leven hebben gevochten.

Er stopte een auto voor haar huis, een donkere bestelbus. Het grind op de oprit knerpte onder de banden.

Tess hoorde het portier dichtslaan, zag een paar voeten in sneakers naar haar deur lopen. Ze keek over haar schouder naar het bospad om te zien of Crow er niet net aankwam met de honden. In dat geval zou ze moeten roepen om hem te waarschuwen en liep ze het risico dat ze de man kwijtraakte. Maar het was stil in het bos. En stil in haar huis. Ze luisterde ingespannen of ze voetstappen hoorde, maar de rots waar het huis op was gebouwd kraakte nu eenmaal niet. Was hij naar binnen gegaan, had hij zich tot diep in haar huis gewaagd? Was hij al in haar slaapkamer, op zoek naar haar – trok hij de kast en de deur van de badkamer open, probeerde hij de balkondeuren? Ze wilde hem zo ver mogelijk naar binnen laten gaan.

Haar plan was om hem in haar huis op te sluiten door naar de voordeur te rennen en de deur van buiten op het nachtslot te doen. Dan zou ze met haar mobieltje de politie bellen en een indringer melden. Hij zou binnen gevangenzitten, en zij zou veilig buiten zijn en wachten op de politie en Crow, wie er dan ook als eerste kwam.

Er kraakte een plank. De voetstappen kwamen haar kant op. Ze schoof op haar buik naar voren, klaar om weg te sprinten.

En toen zag ze een tweede paar benen op een eigenaardig hobbelend drafje tegen de heuvel omhoogkomen. In kaki gehulde benen, in tuttige nette schoenen en geen octet van hondenpoten ernaast. Met andere woorden, niet de benen van Crow. Waar kwamen ze dan vandaan, die benen? Wie was het? Ze had niet nóg een portier dicht horen slaan, en in de bestelbus had geen passagier gezeten. Twee mannen? Waarom zouden er twee mannen zijn? Toch was de tweede man nu ook naar binnen gegaan. Als hij haar aan hoorde komen, zou hij de tijd hebben om naar buiten te komen en alles in het honderd te sturen. Ze zou allebei de mannen in het huis op moeten sluiten, vragen stellen kwam later wel. Ze schoof opnieuw een eindje omhoog, haar revolver nog steeds in de aanslag, en probeerde te bedenken hoe snel ze kon bewegen. Snelheid was nooit haar sterkste kant geweest; ze moest het van de adrenaline hebben.

Terwijl ze aanstalten maakte om naar de deur te rennen, hoorde ze een gesmoorde kreet uit haar huis, gevolgd door wat de geluiden van een handgemeen moesten zijn. Had een goedbedoelende buurman de deur van haar huis open zien staan en was hij naar binnen gegaan om de indringer in de kraag te vatten? Tess wist alleen dat ze voorwerpen hoorde vallen. Er brak iets op de vloer.

Toen klonk er een vreselijke gil, de gil van een man maar heel hoog en schril. Het ging haar door merg en been.

Ze kwam overeind en sprintte naar de deur, nog steeds van plan om de indringers in haar huis op te sluiten. Totdat ze zag dat Carl Dewitt kronkelend van pijn op de grond lag, niet ver bij de deur vandaan, een hand rond zijn knie geslagen. Een andere man stond met zijn rug naar haar toe naast hem, een honkbalknuppel in zijn hand. Langzaam bracht hij de knuppel omhoog, kennelijk van plan om Carl de hersens in te slaan.

'Hou op!' gilde Tess.

De man met de honkbalknuppel verstijfde een seconde, haalde toen zijn schouders op alsof hij het niet helpen kon, alsof de honkbalknuppel een eigen wil had. Ze richtte haar revolver op zijn onderrug, maar haar stem was ze kwijt, ze kon niet zeggen wat ze moest zeggen. Het was net zo'n nachtmerrie waarin je je stem niet kunt vinden om te gillen. Alleen was zij niet van plan om dood te gaan. Als er iemand doodging, dan was het die kerel.

Carl pakte de knuppel met beide handen beet toen de man naar hem uithaalde. Het was geen harde slag, juist een slappe, makkelijk te stoppen, maar de man trok de knuppel uit Carls handen alsof hij van plan was het nog een keer te proberen. Wankelend op zijn benen deed hij een stap naar achteren. Tess bedacht dat ze op de schietbaan altijd een afwijking omhoog en naar rechts had, dus richtte ze lager en iets naar links op de binnenkant van de knie. Ze had nog nooit van zo dichtbij op een doelwit geschoten. De patronen waren niet zwaarder dan .38, en zelfs als ze er zoals gewoonlijk een potje van maakte, zou ze hem waarschijnlijk niet doden.

'Leg die kloteknuppel weg en steek je handen in de lucht, anders ben je straks het grootste deel van je darmen kwijt. Er is een revolver op je gericht.'

Dat had Carl gezegd, niet Tess. Wonderlijk genoeg deed de man wat hem werd gezegd, maar hij ging niet bij Carl vandaan. Door de lichte slingerbeweging van zijn lichaam leek hij extra gevaarlijk, niet minder. Had hij drugs gebruikt? Was hij psychotisch? Tess had verwacht een kalme, ijskoude moordenaar in haar huis aan te treffen. Deze verwarde, schuifelende figuur was veel angstaanjagender. Het was onmogelijk om in te schatten wat hij het volgende moment ging doen.

Dus rende ze recht op hem af. Ze rende op hem af alsof ze een sterverdediger van de Ravens was en hij de ongelukkige tegenstander. Ze ramde haar schouder tegen zijn knieën en hoopte dat ze gekraak zou horen, het scheuren van de pezen.

Het enige wat ze bereikte, was dat ze allebei tegen de grond gingen. Door de kracht van de tackle vlogen zijn zonnebril en pet van zijn hoofd, maar zijn lichaam bleef teleurstellend geluidloos en intact onder haar gewicht. Hij gilde niet, zoals Carl, slaakte ook geen kreet. Hij landde met een plof en het geluid van lucht die uit zijn longen werd gestoten, verder niets.

Ze trok aan zijn schouder en rolde hem op zijn rug, zodat ze een paar waterig blauwe ogen op zich gericht zag. Ze was zo dicht bij hem dat ze de baard die hij probeerde te laten staan voelde kriebelen tegen haar kin.

Toch was het haar op zijn hoofd interessanter dan dat in zijn gezicht. De schedel van de indringer was bedekt met korte plukjes pluizig haar en lichtroze korstjes.

'Mickey Pechter,' zei Tess. 'Mijn computervriendje.'

Het duurde even voordat hij op adem was gekomen. Zodra hij kon praten, zei hij alleen: 'Als je maar weet dat rechter Halsey en het openbaar ministerie precies te horen krijgen wat je hebt gedaan.'

Toen duwde hij Tess met onverwachte kracht van zich af en strompelde naar de deur.

31

'Wat jíj hebt gedaan? Heeft hij dat echt gezegd?'

'Ja,' zei Tess, 'en zonder een spoortje ironie.'

Ze zat aan de eettafel en keek naar Crow, die aan het opruimen was in de woon- annex eetkamer, ontstaan doordat ze de muren aan de voorkant van het huis hadden doorgebroken. Hij was ongewoon druk in de weer, alsof hij het gevoel had dat het huis was bezoedeld door de gebeurtenissen van die middag en een symbolische schoonmaakbeurt nodig had.

Crow en de honden kwamen er net aan toen Mickey Pechter door de voordeur naar buiten wilde stormen. Helaas voor hem dacht Miata dat hij op Crow afkwam, en de hond had dienovereenkomstig gerea- geerd. Grommend, tanden ontbloot, haren in de nek overeind, had de dobermann Pechter in een hoek van de kamer gedreven, totdat hij het zo te zien haast in zijn broek deed van angst.

Als hij op de houten vloer van iemand anders had gezeten, zou die uitkomst haar grote voldoening hebben geschonken.

Maar het was haar vloer, haar huis, en Mickey Pechter was een pro- blematische aanwezigheid, nat of droog. Als ze de politie belde en aangifte deed, moest ze misschien wel opnieuw voor de rechter ver- schijnen, liep ze het risico dat ze alsnog een taakstraf kreeg opgelegd omdat ze duidelijk nog steeds niet in staat was om haar boosheid te beteugelen. Voor een nieuwe aanklacht hoefde ze niet bang te zijn, want ze had zich nergens schuldig aan gemaakt. Maar ze had geen zin in de quasi-welwillende blik van rechter Halsey, in de zoveelste ver- handeling over agressie tussen mannen en vrouwen. Ze had geen zin meer om uitleg te geven, ze had er genoeg van dat ze om toestemming moest vragen.

Vandaar dat ze ingreep. 'Het is goed, Miata. Af!'

De dobermann liep weg, maar toen kwam de windhond naar voren, blij dat ze ook mee mocht doen. Esskay had echter niet het instinct van een waakhond. Toen ze voor Mickey Pechter stond, duwde ze alleen haar snoet onder zijn oksel om geaaid te worden. Door de onverhoedse beweging stootte ze hem omver. Hij landde op zijn achterste en kermde van pijn, onecht en overdreven. *Wat een aansteller*, dacht Tess. Crow had zich inmiddels ontfermd over Carl, die met een van echte pijn vertrokken gezicht kreunde dat het met zijn knie omhoog en ijs erop wel weer goed zou komen.

'Wat bezielt jou?' vroeg Tess aan Mickey. Opeens voelde ze zich heel moe. De adrenaline ebde weg en haar lichaam voelde alsof ze griep had.

'Ik wilde jou laten voelen hoe het is om de hele tijd bang en schrikachtig te zijn. Het is een lachertje, wat die rechter heeft gedaan. Je hebt me mishandeld. Ik kwam bij op de intensive care. Toen ik weer aan het werk ging, werd ik ontslagen. Vanwege de recessie, zeiden ze, maar ik durf te wedden dat ik weg moest omdat ze hebben gehoord wat er was gebeurd.'

Tess glimlachte. Ze had hem dus toch weten te straffen. Zonder werk had Mickey Pechter meer tijd maar minder geld om minderjarige meisjes te versieren.

Haar blik van voldoening ontging hem niet. 'Als ik een vrouw was geweest en jij een man, zou het niet bij therapie zijn gebleven. Je hoort in de cel te zitten, secreet. Ik heb nachtmerries door wat je hebt gedaan.'

'Ik weet het. Ik was erbij toen je je verklaring voorlas in de rechtszaal. Maar als je zo bang voor me bent, waarom volg je me dan?'

'Ik zag je op een gegeven moment met die rooie op Guilford Avenue. Dat zette me aan het denken.'

Guilford Avenue? Daar waren ze geweest in verband met de postbus van Eric Shivers. Wat deed Mickey daar? Baltimore was niet zo groot dat een toevallige ontmoeting uitgesloten was, maar Pechter leek haar zo iemand die nooit uit zijn buitenwijk kwam omdat hij het eng vond in het centrum.

'Wat dacht je dan?' vroeg ze.

'Dat jullie misschien iets met elkaar hadden en dat ik je moest volgen om te zien of ik je kon betrappen, zodat ik je kon chanteren, jouw leven kon verzieken zoals jij het mijne hebt verziekt.'

'Jij dacht dat Carl en ik een verhouding hadden? Doe niet zo idioot.'

Hij luisterde niet, hij ging helemaal op in zijn eigen verhaal. 'Toen bedacht ik dat het beter was om je gewoon bang te maken, zodat je je de hele tijd onveilig en kwetsbaar zou voelen. Ik wilde je kantoor bellen en dan ophangen, maar ik kreeg de hele tijd het antwoordapparaat. Nou, toen ben ik achter je aan gegaan. Ik wilde dat je zou zien dat je werd gevolgd. Dat was het enige wat ik wilde doen, verder niets, maar toen ik vanavond hier kwam en de deur open zag staan...'

Nu leek zelfs Pechter moeite te hebben om zijn eigen logica te volgen; het viel ook niet mee om te beredeneren dat je door je eigen stomme schuld bijna was vermoord. Vreemd genoeg begreep Tess het wel. Het was haar immers zelf overkomen. *Ik wilde je alleen maar bang maken, zorgen dat je bij jonge meisjes uit de buurt zou blijven. Het is nooit mijn bedoeling geweest om je kleren uit te trekken en je met een ontharingsmiddel in te smeren.*

Dat had ze hem best willen vertellen, alleen leek Pechter haar niet iemand die er de ironie van kon inzien.

In plaats daarvan zei ze: 'Dus toen ben je met een honkbalknuppel naar mijn huis gekomen – om me bang te maken.'

'Ik speel softbal, en we hadden vandaag een wedstrijd. Er lag verder niets in de auto van mijn zus, ik had alleen die knuppel. Ik was van plan om naar binnen te gaan en er een beetje mee te zwaaien, je weet wel, zoals in de film, iemand die op zoek is naar de cocaïne en het verkeerde huis binnenstormt.'

'Het klinkt als een prima manier om dood te eindigen.'

'Ik wist toch niet dat je een wapen had. En ik wist ook niet dat hij daar, je roodharige vriend, me van achteren zou bespringen. Hij probeerde me te vermoorden, ik zweer het je. Ik heb alleen naar hem uitgehaald om hem van me af te krijgen, en toen was hij zo kwaad, dat ik dacht dat hij me zou vermoorden als hij de honkbalknuppel van me kon afpakken. Ik was buiten zinnen. Ik kon niet meer ophouden.'

Tess keek naar Carl, die met hulp van Crow was gaan zitten en een theedoek met ijsblokjes tegen zijn knie hield. Zijn gezicht was bleek onder de sproeten. Ze vroeg zich af of je in shock kon raken van pijn.

'Carl, wil je aangifte doen?'

'Hemel, nee,' zei hij schamper, hoewel zijn stem een beetje zwakjes klonk.

'Weet je het zeker?' Ze had graag gezien dat Pechter zelf van mishandeling was beschuldigd, maar ze wist ook dat dit de stad was, geen randgemeente waar de rechtbanken tijd hadden voor dit soort akkefietjes. Bovendien wilde ze niet dat Pechters bezoek officieel bekend zou worden.

'Heel zeker,' zei Carl, zijn kaken op elkaar geklemd.

Ze gebaarde met haar revolver naar Pechter, gewoon voor het effect. Opeens werd ze zich ervan bewust hoe bizar ze eruit moest zien. Grote plukken haar waren losgeraakt uit haar vlecht en hingen in slierten om haar hoofd, haar witte blouse zat onder het vuil en de dode bladeren, haar zwarte rok zat nog steeds opgekropen rond haar heupen, zodat haar inmiddels gescheurde slipje – DKNY in de uitverkoop – in volle glorie zichtbaar was. Een verfomfaaide Emma Peel.

'Ik had vandaag bijna iemand vermoord,' zei ze. Haar stem haperde even, het was bijna een snik, en het verraste haar. 'Besef je dat wel? Ik had je bijna in mijn eigen huis neergeschoten, en ik zou nooit zijn veroordeeld, niet onder deze omstandigheden. Maar je zou wel mijn hele leven overhoop hebben gehaald. Wil je mij nachtmerries bezorgen? Dat is je bijna gelukt. Het punt is alleen dat jij te dood zou zijn geweest om je erover te verkneukelen.'

'Ik zei toch dat ik niet wist dat je een wapen had,' stamelde Pechter, nu weer bang.

'Je weet nooit wie er in dit land een wapen heeft. Of wie een bezorgd familielid heeft die bereid is om gewoon voor de lol je leven kapot te maken. Je weet nooit precies wat je van iemand kunt verwachten. Daarom zou je ook geen ruzie moeten zoeken, want misschien win je niet. Zit mensen niet dwars in het verkeer, kom in een bar niet met macho shit aanzetten. We leven in een wereld vol mensen die je vermoorden omdat je gezicht ze niet aanstaat. Hoe komt het dat je dat niet weet? Heb je het te druk met het oppikken van jonge meisjes om de krant te lezen?'

'Ik weet wel,' zei hij, 'dat jij een compleet gestoord kutwijf bent.'

'Hé, let op je woorden.' Carl nam het voor Tess op. 'Zo hoor je niet te praten, niet waar vrouwen bij zijn. Sowieso niet.'

Mickey begon naar de deur te schuifelen, zenuwachtig geworden door Carls felheid, hoewel Carl niet eens kon staan en al helemaal niet achter hem aan kon gaan.

Tess versperde Mickey de weg. 'Morgen bel ik een advocaat en ik zorg dat je een straatverbod krijgt en niet meer bij me in de buurt mag komen,' zei ze. 'Als ik je ooit nog een keer zie, in mijn achteruitkijkspiegel of bij mijn kantoor – '

'Ja, ja,' zei Pechter honend, 'dan schiet je me neer. Je hebt een erg grote mond.'

Ze legde haar wapen op de grond, greep met twee handen de kraag van zijn windjack beet en trok zijn gezicht naar zich toe. 'De volgende keer brand ik iets anders weg. Iets wat niet weer aangroeit. Ga dat maar aan rechter Halsey vertellen als je wilt. Je mag hem alles vertellen wat je wilt. Knoop dit goed in je oren: ik ben tot nu toe niet kwaad genóég geweest.'

Ze liet hem even plotseling los als ze hem had beetgepakt en hij wankelde achteruit, zijn handen instinctief voor zijn kruis. Toen draaide hij zich om en hobbelde naar zijn auto, zijn handen nog steeds voor zijn kruis. Tess wist vrij zeker dat dit de laatste keer was dat ze Mickey Pechter had gezien.

'Mickey was natuurlijk niet de enige die me volgde. Heb ik gelijk, Carl?'

Carl zat inmiddels in een comfortabele koloniale fauteuil, die Tess ongeveer net zoveel had gekost als de dagwaarde van haar dertien jaar oude Toyota. Zijn linkerbeen lag op een voetenbankje, en op zijn knie lag een tweede theedoek met ijsblokjes. Tess had hem een Jack Daniel's ingeschonken, een beetje met het gevoel alsof ze de eigenaresse van een saloon was en een gewonde cowboy verzorgde. Nu schonk ze hem bij, en ze nam zelf nog een glas witte wijn. Ze vroeg Crow of hij iets wilde drinken, maar hij schudde zijn hoofd en ging door met dwangmatig opruimen.

'Wat bedoel je?'

'Jij houdt me ook in de gaten. Het was vast en zeker geen toeval dat je hier was. Stond je auto onder aan de heuvel, zodat je iedereen kon zien die mijn straat inging? Of ben je vandaag overal geweest waar ik ook was? De begrafenis, het kerkhof?'

Het enige geluid in de kamer was Crows zwabber die heen en weer bewoog over de vloer: *Swish, swish, swish.* De moeder van Tess had hem dit nieuwe snufje, een Swiffer, gegeven voor Chanoeka, en hij was er weg van, zoals mannen van alle nieuwe snufjes houden omdát ze nieuw zijn. Hij had een mop voor de keukenvloer en de badkamer, en de Swiffer voor de houten vloeren in de rest van het huis. De vloeren glommen altijd.

'Ik zou niet willen zeggen dat ik je in de gaten hield,' zei Carl. 'Ik hou af en toe een oogje in het zeil. Gewoon uit bezorgdheid.'

Tess wist dat er goede redenen waren om bezorgd te zijn, maar dat wist Carl niet, of dat hoorde hij althans niet te weten. Hij wist niet wat Luisa O'Neal haar had verteld.

'Ik las het in de krant, van Julie Carter,' zei hij alsof hij de vraag had verwacht. 'Ik herinner me dat ze op je oorspronkelijke lijstje stond. Laat me eens raden, ze was klein, met lichte ogen en donker haar.'

'Ja.'

'Lucy. Tiffani. Mary Ann. Hij valt heel duidelijk op een bepaald type, maar ik denk dat Lucy de knapste was. Zelfs dood – ' Hij maakte zijn zin niet af.

'Majoor Shields zegt dat Lucy een obsessie voor je is.'

'Dat woord zou je kunnen gebruiken, ja.' Hij zuchtte. 'Ik zou mezelf wel willen zien als Dana Andrews in *Laura*, alleen komt zij niet in een regenjas binnenwandelen, levend en wel. Maar als ik van Lucy droom, is ze heel. In mijn dromen zit haar hoofd op haar romp. Dan is ze niet zoals ik haar heb gevonden.'

'Droom je van haar?'

Hij knikte droefgeestig. 'Om de paar nachten.'

'Ben je daardoor ingestort en afgekeurd?'

'Ik ben afgekeurd vanwege mijn knie.'

'Majoor Shields heeft me iets anders verteld.'

'Dan liegt hij.'

'Dus je hebt niet tijdens het werk een zenuwinzinking gehad?'

'O ja, ik ben ingestort.' Carl zei het op milde toon. 'Maar toen ik instortte, ging het mis met mijn knie, en daarom werd ik afgekeurd. Ik ben echt uitgegleden op het ijs op het parkeerterrein, een jaar nadat Lucy was vermoord. Ik heb toen een maand thuisgezeten. Tegen de tijd dat ik weer aan het werk ging, had de staatspolitie het onderzoek in handen. Ze hadden me niet nodig, waar sergeant Craig me zo fijntjes aan herinnerde.'

'Maar je bent niet opgehouden, hè?'

'Ik ben met mensen blijven praten, ik bleef eraan denken. Ze hebben me gewaarschuwd, ik mocht me er niet mee bemoeien. Als ik op dezelfde manier was doorgegaan, had ik misschien wel een officiële reprimande gekregen.'

'Hoe is het gegaan?'

'Op een dag – mijn been zat nog steeds in een beugel, ik hinkte, ik slikte pijnstillers – ben ik naar de brug gereden waar ik haar heb gevonden. Ik ben gaan lopen. Ik ben de Susquehanna overgestoken, ongeveer anderhalve kilometer, niet meer. Ik ben teruggegaan en heb het nog een keer gedaan. Toen nog een keer. Na de vijfde of de zesde keer had ik zoveel pijn dat ik bijna van mijn stokje ging. Kennelijk praatte ik tegen mezelf, ik liep te mompelen als een oude man, hoewel ik me dat niet kan herinneren. Ik probeerde uit te vogelen hoe het hoofd daar terecht was gekomen zonder dat iemand hem had gezien. Zelfs midden in de nacht had er een auto langs kunnen komen. Hij heeft zo'n groot risico genomen...' Zijn stem stierf weg.

'Wat is er gebeurd?'

'Een van mijn vroegere collega's heeft onze supervisor gebeld. Die nacht ben ik in het ziekenhuis in Havre de Grace opgenomen. Ze hebben me na achtenveertig uur weer laten gaan, met het advies om in therapie te gaan voor mijn trauma. Ik was niet gek of zo. Mijn knie had zo'n opdonder gehad dat ik geopereerd moest worden, ondanks mijn leeftijd. Ik heb de rest van dat jaar niet meer kunnen werken.'

'Carl, als dat niet obsessief is dan weet ik het niet meer.'

'Waarom zou ik niet geobsedeerd mogen zijn? Ik heb een afgehakt hoofd gevonden op een brug. Volgens mij is dat een legitieme manier om aan een obsessie te komen.'

'Maar toen Mary Ann Melcher de tiplijn belde en jou vertelde dat haar ex-vriend aan de beschrijving van Alan Palmer voldeed, dat hij dood was – '

Carl schudde zijn hoofd. 'Tegen die tijd wist ik meer. Ik wist dat de man die wij zoeken nooit zelfmoord zal plegen. Als hij dood is, dan heeft hij het niet zelf gedaan. Ik probeerde tijd te rekken om alles uit te zoeken.'

'Het leek toch te kloppen? Er waren na Mary Ann geen vrouwen meer vermoord, niets wees erop dat hij actief was.' Totdat Julie Carter werd vermoord.

'Bij deze man is er altijd sprake van logica. We weten van hem dat hij alles van tevoren uitdoktert, tot in de kleinste details. Ik denk dat hij had besloten om ermee te stoppen, om wat voor reden dan ook, en hij wilde zijn sporen uitwissen voor het geval de politie naar hem op zoek zou gaan. Ik denk niet dat hij dood is of zijn leven heeft gebeterd.' Hij schudde zijn hoofd. 'En dat denk jij ook niet.'

'Waarom heeft hij ervoor gezorgd dat ik die lijst kreeg? Waarom vestigt hij de aandacht op zichzelf?'

'Hij heeft besloten dat hij gevonden wil worden. Door jou.'

De woorden zouden een groter effect op Tess hebben gehad als ze er sinds de dood van Julie Carter zelf niet al aan had gedacht, ontelbare keren. Ze staarde in haar lege glas. Ze dronk wijn alsof het water was, en toch voelde ze geen enkel effect. Angst was een grote spons voor alcohol.

'Laten we nog een keer teruggaan naar de oorspronkelijke lijst,' stelde Tess voor. 'Er zijn drie doden sinds de vriend van Mary Ann Melcher op zee "verdween". Julie Carter, afgelopen vrijdagavond gedood met een schot in het gezicht. Alan Palmer heeft ooit een relatie met haar gehad, maar hij is bij haar weggegaan omdat ze niet van haar drugsverslaving af kon komen. Oké, dat kunnen we volgen. Maar de andere twee niet. Hazel Ligetti, een vrijgezel van in de veertig, omgekomen bij een brand. En dokter Michael Shaw, aangereden tijdens het joggen. Geen jonge vrouwen, niet doodgeschoten.'

'Dat klink niet als onze man, wel?'

Ze voelde zich op de een of andere manier veiliger nu Carl terug was en ze als partners met elkaar konden praten. Carl had deze man immers persoonlijk ontmoet. Hoe dicht zou hij haar durven naderen met Carl aan haar zijde?

'Nee, zeker niet. Aan de andere kant, misschien moest hij het patroon veranderen. Of misschien waren dit mensen die hem hadden kunnen identificeren, die wisten wat hij had gedaan.'

'Nou, waar beginnen we?'

'Bij de spoedeisende hulp van het Union Memorial, om te laten bekijken of het niet weer mis is met je knie. Niemand heeft iets aan je als je weer op krukken moet lopen.'

'Mag ik je iets vragen?'

Ze reden door de buurt waar Tess woonde, de passagiersstoel zo ver mogelijk naar achteren, zodat Carls linkerbeen min of meer gestrekt was en hij het geïmproviseerde kompres er tegenaan kon houden. Het was inmiddels donker en er was hier geen straatverlichting, dus Tess kon de uitdrukking op zijn gezicht niet zien.

'Ga je gang.'

'Waarom zou het idioot zijn geweest?'

'Wat?'

'Die vent zei dat hij dacht dat wij iets met elkaar hadden. Jij zei: "Doe niet zo idioot."'

'O.' Ze begreep wat hij vroeg. Was het ondenkbaar dat ze geïnteresseerd zou zijn in Carl Dewitt, met zijn sproeten, zijn oranjerode haar en O-benen? Ja, dat was het. Alleen niet vanwege de sproeten en het oranjerode haar en de O-benen, maar vanwege iets anders, omdat er iets onnoembaars ontbrak, dat wat mensen een vonk noemden.

Alleen dacht ze niet dat hij dat geruststellend zou vinden.

'Ik bedoelde dat ik nooit vreemd zou gaan. Niet met Crow.'

'Hoe weet je dat nou? Ben je ooit vreemdgegaan?'

Het makkelijkst was gewoon nee zeggen. Tess was Carl niet zoveel openhartigheid verschuldigd; hij was immers ook niet altijd even eerlijk geweest tegen haar. Maar ze had het gevoel dat ze door de vraag in een valstrik was gelopen, dat ze in een braamstruik terecht was gekomen en zich nu heel voorzichtig, doorn voor doorn, eruit moest losmaken.

'Ik heb een vriend gehad die vreemdging. Vaak. We zijn uit elkaar gegaan. Maar toen hij zich verloofde met iemand anders, werd ik de persoon met wie hij vreemdging. Destijds rechtvaardigde ik het – ik was zijn eerste liefde, zijn grote liefde, bla, bla, bla – maar wat ik deed was niet te rechtvaardigen. Om het allemaal nog erger te maken, kwam hij om het leven. Nadat we... samen waren geweest. En ik heb het gezien. Hij overleed voor mijn ogen.'

'Sommige mensen zouden dat je verdiende loon noemen.'

'Misschien, ja. Maar Jonathan ging niet dood omdat hij met mij naar bed ging. Het was... een stom verkeersongeluk.'

Ze loog omdat ze moe werd van het verhaal, ze wilde het niet nog een keer vertellen. Telkens als ze het vertelde, liep ze het risico dat ze erover zou dromen zodra ze haar ogen dichtdeed. Aangenomen dat ze ooit nog een oog dicht zou doen.

'Dus hij is dood, en daarom heb je besloten dat je nooit meer vreemd zult gaan.'

'Ja.' Nee, Crow was een keer bij haar weggegaan, toen ze zo hevig naar een andere man verlangde dat ze het hem had verteld, uit angst dat ze zich niet zou kunnen beheersen. Dat hoefde Carl evenmin te weten. 'Het is best lastig, een vaste relatie zonder getrouwd te zijn.'

'Waarom trouwen jullie dan niet?'

'Ik heb het gevoel dat het huwelijk een excuus is om elkaar als vanzelfsprekend te beschouwen.'

'Ik zou het je niet kunnen zeggen. Ik ben nooit getrouwd geweest.'

'Er zijn wetenschappers die zeggen dat monogamie voor geen enkele soort natuurlijk is. Zelfs niet voor zwanen. Het is een strijd, iets waar je elke dag aan moet werken.'

'Dat heeft mij nooit moeite gekost als ik een relatie had. Ik heb niet veel relaties gehad, maar als ik iemand had, wilde ik alleen haar.'

'Nou, dan ben je beter dan de meeste mensen die ik ken. Crow en ik hebben afgesproken dat we het elkaar vertellen als we iets voelen voor een ander. Meer kunnen we niet doen – beloven om eerlijk te zijn over onze zwakheden.'

'En tot nu toe – '

'Tot nu toe gaat het heel goed.'

'Ik heb ooit eens een meisje gehad.' Carl zei het op dromerige toon, alsof het heel lang geleden was, alsof het maar één keer in zijn leven was voorgekomen.

'En?'

'Ze zei dat ik niet ambitieus genoeg was. Ze vond het onbegrijpelijk dat ik tevreden was met een baan bij de Toldienst, dat ik woonde in de stad waar ik ben geboren. Ze vond dat ik meer moest willen. Nou, dat heb ik geprobeerd. Toen ik... Lucy vond, zag ik mijn kans. Ik kon belangrijk zijn, hogerop komen. Toen ging ze bij me weg omdat ik de hele tijd werkte.'

'Shit.'

'Zeg dat wel. Als ik het allemaal over mocht doen, zou ik weer gewoon mezelf worden. De Carl die ik vroeger was. Dan zou ik een meisje zoeken dat me leuk vond zoals ik was.'

'Dat kan toch nog steeds.'

'Alleen ben ik die persoon niet meer. Wat er ook gebeurt, ik kan nooit meer die persoon worden.' Carl zuchtte. 'Ik mis hem.'

Het was een lastig gesprek, veel te pijnlijk. Tess had het gevoel dat ze met één woord een miljoen verkeerde dingen kon zeggen. Wat kon ze zeggen? Wat wilde hij horen?

'Je zou je haar af moeten knippen,' zei Carl.

'Wat?'

'Of het niet in een vlecht moeten dragen. Ik heb er eens iets over op televisie gezien. Een vrouw met een vlecht is te makkelijk beet te pakken. Je jogt, toch?'

'Soms.'

'Nou, denk je eens in hoe makkelijk het voor iemand is om naar je toe te komen en' – zijn linkerhand greep laag in haar nek haar vlecht beet – 'hopla, je ligt in de kofferbak.'

Ze zag de lichten van het Union Memorial en de zachtroze bloesem van de kersenbomen.

'Al Capone heeft die bomen gedoneerd,' zei ze om van onderwerp te veranderen, in de hoop dat Carl haar vlecht los zou laten. 'Uit dankbaarheid voor de behandeling die hij hier kreeg toen hij syfilis had.'

'Ik weet het,' zei Carl. Natuurlijk wist hij dat. Het was typisch iets voor hem om te weten: gangsters en gangsterfilms. 'Al Capone. Dat was pas iemand die wist hoe je met een honkbalknuppel omgaat. "We zijn allemaal lid van hetzelfde team." Uit *The Untouchables*. En ze hebben hem gepakt wegens belastingontduiking, niet voor moord of andere criminele activiteiten. Belastingontduiking.'

'Weet je,' zei Tess, 'ik durf te wedden dat we onze moordenaar op die manier zullen vinden.'

'Door belastingontduiking?'

'Door iets kleins, een of ander onbeduidend detail dat hij over het hoofd heeft gezien. Niemand kan altijd aan alles denken. God zit in de details.'

'Werkelijk? Ik dacht dat dat de duivel was.'

Hij zou die vent om zeep moeten helpen, die Mickey Pechter. De griezel, de smeerlap. Hij is lastig. Ze heeft prachtig met hem afgerekend – uiteraard – maar iemand zou die man een lesje moeten leren. En het zou hem een fijn gevoel geven om haar te laten zien dat hij haar wil helpen, zelfs van een afstand. Het probleem is alleen dat de politie haar misschien zou verdenken als Pechter dood werd aangetroffen, vanwege haar contact met de smeerlap, en dat zou hem slecht uitkomen. Hij kan het risico niet nemen, al zou het nog zo'n voldoening geven. En eigenlijk is het nooit bevredigend, nooit écht. De bevrijding komt alleen in de context van oprechte intimiteit. Dat heeft hij door schade en schande geleerd.

Bovendien was Pechter een onwetende medeplichtige, hij staat bij hem in het krijt. Haar avontuur met hem en de juridische consequenties hebben hem de ingang gegeven die hij nodig had. Hij laat dingen nooit aan het toeval over, maar hij laat ook geen kansen liggen. Door de eerste episode met Pechter was ze in de war geraakt, zachter geworden, ze had zich opengesteld op een manier die hij nooit had kunnen voorzien. De vrouwtjeskrab is klaar voor het mannetje. Het paren kan beginnen.

Het gaat allemaal om verlossing, schat, jouw verlossing en de mijne.

Hij heeft altijd geweten dat dit moeilijk zou worden, maar hij weet ook dat zijn geduld een bijzondere gave van hem is. Nu is het tijd om een stapje terug te doen, en niet alleen omdat zijn foto op posters staat. Gladgeschoren en met een andere haarkleur is hij niet zo herkenbaar. Maar waar het om gaat, is dat hij wil zien of ze het in haar eentje kan. Het laatste deel van de doolhof zal ze alleen moeten verkennen. Gelukkig weet hij al dat ze de weg zal vinden. Hij heeft haar goed gekozen. Eindelijk.

Hij drukt het patchwork kussen tegen zijn gezicht, snuift de geur diep op, en denkt aan Becca. Wat zou ze zijn geweest zonder hem? Heeft ze zich dat ooit afgevraagd? Hij wil graag denken dat ze het uiteindelijk begrepen heeft, dat ze haar schuld aan hem erkende al hield ze zich niet aan haar belofte. Ze was nog heel jong, en hoewel ze zich wereldwijs voordeed, was ze er nog niet aan toe om de giften die hij haar bracht in ontvangst te nemen. Hadden ze maar meer tijd gehad. Ze zou hebben begrepen hoe zeldzaam zijn liefde was, dat het een unieke gift was.

Grappig, hij heeft altijd gedacht dat er maar één persoon was die zijn liefde voor Becca begreep, haar vader, Harry Harrison, een stevige drinker die over het eiland banjerde en iedereen beledigde, zonder dat het ooit tot hem doordrong. Becca had een veel betere intuïtie, zij liet zich niet voor de gek houden door de fletse glimlachjes van de eilanders. Bang was ze trouwens ook niet. De eilanders gingen haar op den duur respecteren, al zouden ze haar nooit accepteren. Harrison was de eeuwige buitenstaander, hij stond overal zo ver vandaan dat hij niet besefte dat hij achter de uitgestreken gezichten werd uitgelachen.

Op een dag, toen ze niet terugkwam van zangles, was hij zo wanhopig geweest dat hij naar haar huis was gegaan. Harry Harrison deed open, een glas in de hand, en nodigde hem uit voor een praatje. Hij was bang dat de vader zou willen weten wat hij precies met zijn dochter deed, al die keren dat ze samen gingen varen in de baai. Erger nog, hij was bang dat hij het hem zou vertellen. Hij hield zoveel van Becca dat hij soms de behoefte voelde om erover te praten met iemand die het zou begrijpen.

Uiteraard kon je de vader van je vriendinnetje niet vertellen hoe het voelde om de liefde met haar te bedrijven. Toch had hij het gevoel dat Harry Harrison genoeg had meegemaakt om het te begrijpen. Hij zou weten dat het niet om lust ging, dat het niet alleen om de lichamelijke gevoelens ging. Het ging om Becca. Ze was uitzonderlijk, bovennatuurlijk. Haar stem bewees het. Geen enkele aardse vrouw kon dat soort klanken voortbrengen. Als hij... met haar samen was, één met haar was, had hij soms het gevoel dat hij tot de oorsprong van haar stem kon doordringen.

In stilte wenste hij ook dat er een knopje was waarmee hij haar stem uit kon zetten, zodat hij er het alleenrecht op zou hebben. Want hij wist instinctief, niet bewust, dat haar talent zijn vijand was. Hoeveel hij ook van haar hield, hoezeer hij haar ook aanbad, de stem zou haar op een dag bij hem weghalen.

Vandaar dat hij naar haar huis was gegaan, op zoek naar een ander soort zielsverwant.

'Je mist haar, hè?'

'Pardon, meneer?'

'Zeg maar Harry. Je mist Becca, hè, zelfs als ze een dag weg is van het eiland. Ik ook. Ik heb alleen haar maar.'

'Ach, we hadden afgesproken, meer niet. Niets bijzonders.' Hij veinsde een onverschilligheid die hij niet voelde. Als Becca de boot niet had gemist, zouden ze nu in zijn bootje zijn weggevaren. Hij zou haar hand in de zijne hebben gehouden, en ze zou hem al heel snel in zich willen voelen. Voor Becca had hij nooit een ander meisje gehad, maar hij wist dat de seks niet beter kon zijn dan met haar. Hij ziet de mensen om zich heen, de volwassenen. Uitgeblust zijn ze, allemaal. Zelfs zijn ouders, hoeveel hij ook van ze houdt. Hoe kun je zo'n dodelijk saai leven leiden als je de opwinding van dit soort liefde hebt gevoeld? Hij zou nog liever doodgaan dan zonder Becca zijn. Echt waar.

Tegen Mr. Harrison zei hij iets heel anders. 'Is dat uw computer? Schrijft u daarop uw boek?'

In die tijd had nog bijna niemand een computer, en dit is een monster van een ding dat bijna de hele eettafel in beslag neemt.

'Ja. Het is een vrij goed ding, maar de stroomonderbrekingen op het eiland zijn een groot probleem. Je hebt geen idee hoeveel werk ik ben kwijtgeraakt. Ik moet zo ongeveer om de vijf minuten een back-up maken, en dat is nog niet genoeg. Eigenlijk zou ik gewoon weer een schrijfmachine moeten nemen. Die waren pas echt draagbaar. Ik heb eens een schrijfmachine gehad die met me mee is geweest van Italië naar Cuernavaca en Vermont. Deze computer heb ik gekocht toen ik hier kwam wonen.'

'Waarom bent u in al die plaatsen geweest?'

'Omdat ik er zin in had. Ik ben schrijver. Ik verdien net genoeg om te kunnen wonen waar ik wil en om te doen wat ik wil — als ik maar geen al te extravagante dingen doe. Ik wilde weten hoe het is om op een eiland te wonen omdat ik me herinner dat ik als jongetje naar Tangier ging. Nu wil Becca opeens operazangeres worden, en daar had ik niet op gerekend. Als ze werkelijk door wil gaan, zullen we weer moeten verhuizen.'

Zijn hart staat even stil, terwijl hij in gedachten een rekensommetje maakt. Hij is zeventien. Becca zit een klas hoger dan hij. Hij wist dat ze aan het eind van het schooljaar naar de vaste wal zou gaan en dat hij een jaar zou moeten wachten voordat hij ook kon komen. Alleen had hij erop gerekend om nog dat laatste jaar te hebben. Hij zou het nooit twee jaar zonder haar uithouden.

'Kan dat? Kunt u gewoon uw spullen pakken en ergens anders gaan wonen?'

'Als het maar niet te duur is. New York kan ik niet betalen. Becca wil natuurlijk het liefst naar Juilliard, maar ik zeg steeds tegen haar dat er nog meer goede conservatoriums zijn. In Baltimore bijvoorbeeld. Ze droomt van New York.'

Helemaal niet, wilde hij zeggen. Ze droomt ervan om te zingen, ja, maar ze wil ook met hem samen zijn. Eindeloos hadden ze erover gepraat. Ze zou nooit zonder hem naar New York gaan.

'En als ik tegen haar zeg dat New York niet gaat lukken, zegt ze dat ze dan misschien wel wegloopt, dat ze dan naar Italië of een ander land in Europa gaat.' Treurig schudde hij zijn hoofd. 'Ze dreigt altijd dat ze wegloopt als ze haar zin niet krijgt. Het valt voor een man alleen niet mee om een dochter op te voeden. Ze schijnt te denken dat het mijn schuld is dat haar moeder doodging. Het leek wel alsof ze dacht dat het mij niet zou raken omdat we gescheiden waren, maar het raakte me wel degelijk. En ik wilde geen alleenstaande vader zijn. Opeens moest ik voor een meisje van vier zorgen, en dat was nooit mijn bedoeling geweest. Ze zegt dat ik te veel drink, maar alcohol is gewoon de... de smeerolie. Een schrijver moet zijn remmingen overboord zetten, naakt zijn. Het is belangrijk dat ik me niets aantrek van wat mensen denken.'

Nou, dacht hij, dan ben je hier aan het juiste adres. Als je wist hoe de mensen op dit eiland over je denken, zou je waarschijnlijk nooit meer een woord op papier krijgen.

'Ik heb gehoord,' zei hij in plaats daarvan, 'dat u een boek schrijft over ons.'

'Wie heeft je dat verteld?' Harrison zei het niet luid, maar zijn stem klonk harder, en hij schrok van de plotselinge verandering.

'Ik eh... ik weet het niet.' Aggie Winslip met haar grote mond. 'Ik heb het gewoon ergens gehoord. Becca zal het wel hebben verteld.'

Harrison was weer de vriendelijke gastheer. 'O ja? Ik wist niet dat Becca naar me luisterde als ik haar over mijn werk vertel. Volgens mij vindt ze het saai. Ze noemt me een tweederangs Michener. Becca is een ontzettende snob, om je eerlijk de waarheid te zeggen. Ze heeft het altijd over "hoge kunst" en "lage kunst". Met hoge kunst bedoelt ze wat ze zelf mooi vindt – opera – en al het andere is lage kunst. Ik zal je eens wat over haar vertellen.' Vertrouwelijk boog hij zich naar voren, en hij rook zijn zurige adem van de gin. 'Ze heeft het temperament van een diva, maar ik geloof niet dat ze goed genoeg kan acteren om de top te bereiken. Ze zal genoegen moeten nemen met rollen die dicht bij haar eigen persoonlijkheid staan. Ze zal nooit Mimi zingen, ze zal altijd Musetta blijven.'

'Ik... ik weet niet wie dat zijn.' Dat was waar, al babbelde Becca onafgebroken over wat ze deed en wat ze zong en waar ze naar luisterde. Soms was het net alsof ze een vreemde taal sprak. Hij ging zo op in zijn eigen gevoel van blijheid dat hij de woorden niet kon onderscheiden.

'Ach, dat hoef je ook niet te weten,' zei haar vader, en hij gaf hem een gemoedelijke klap op zijn rug. 'Wil je iets drinken?'

Hij verzon een smoesje en vertrok, probeerde intussen te bedenken wat voor soort werk hij later zou kunnen gaan doen om vrij te zijn. Alle banen die hij kende waren gebonden aan een bepaalde plek, of je nou veerman, onderhoudsmonteur of schoolmeester was. Hij wilde werk dat hij overal zou kunnen doen, want alleen op die manier kon hij met Becca samen blijven.

Later, jaren later, vroeg hij zich af of de woorden van haar vader soms een andere betekenis hadden gehad. *Ach, dat hoef je ook niet te weten.* Hij had gedacht dat Harry Harrison het uit vriendelijkheid had gezegd, bedoelend dat zijn onwetendheid zijn liefde niet in de weg hoefde te staan. Nu dacht hij dat de man zijn gevoelens als een kalverliefde had gezien, een bevlieging die wel weer over zou gaan.

Door dat besef voelde hij zich minder schuldig over wat hij de man had afgenomen – waarna Harry Harrison zich, naar later bleek, in zekere zin dooddronk. Toen Becca verdween, verdween ook haar vader, en de rest van zijn leven bleef hij op zoek naar zijn dochter. Uiteraard had hij haar nooit gevonden. Leverkanker vond hem wel.

Iedereen gaat dood. Hij verschuift het kussen onder zijn wang, zodat hij een van de naden niet meer voelt. Terwijl zijn moeder dit kussen voor hem maakte, was haar patchwork steeds beter geworden. Zo ging het ook met hem. Hij zucht, hol van afwachting. Iedereen gaat dood.

32

Er was de volgende dag niet meer dan een telefoontje voor nodig om vast te stellen dat de partner van Michael Shaw echt bestond en in Californië woonde – en er bepaald niet blij mee was dat een of andere onbekende hem zomaar opbelde en hem eraan herinnerde dat zijn beminde dood was.

'Natuurlijk woon ik op het adres dat ik aan de politie heb opgegeven,' zei hij toen Tess hem gladjes voorloog dat ze voor de politie van Anne Arundel County openstaande zaken naging en graag wilde weten of ze over het juiste adres en telefoonnummer beschikten. 'Hoe staat het met het onderzoek? Hebben jullie vooruitgang geboekt?'

'We zijn er nog mee bezig.' Het leek haar wel iets wat een agent kon zeggen.

'Zijn jullie iets aan de weet gekomen, wat dan ook? Het is al een halfjaar geleden, en als ik jullie rechercheurs bel, reageren ze alsof ze me ontzettend lastig vinden. Wordt er ooit iemand aangehouden? Ik weet dat er ongelukken gebeuren, maar doorrijden na een aanrijding... iemand zou toch het fatsoen moeten hebben... je kunt niet weten of iemand gewond of dood is, tenzij je stopt...' Shaws vroegere partner begon te huilen.

'Ik vind het heel erg voor u,' zei Tess, en daar was geen woord van gelogen. 'Er is misschien binnenkort een doorbraak te verwachten.' Ze hoopte dat dat geen leugen was.

'Ik had je zo wel kunnen vertellen dat onze man het niet op de vriend van de psychiater heeft gemunt,' zei Carl nadat ze had opgehangen. Esskay gunde hem een klein puntje van de bank op Tess' kantoor.

'Hoezo?'

'Onze man is geen nicht.'

Ze keek hem aan.

'Sorry, hij is geen homo. Hij zou verontwaardigd zijn als hij wist dat je het hebt nagetrokken.'

'En hoe weet je dat?'

Hij tikte tegen zijn voorhoofd. 'Ik weet het gewoon.'

'Mooi is dat. Terwijl je juist zei dat je niet in zijn hoofd wilde kruipen.'

'Ik zeg alleen dat ik weet dat hij geen... geen homo is.'

'Het blijft een veronderstelling. Laten we ons tot de feiten beperken. Dit is een feit: Michael Shaws partner is niet van de aardbodem verdwenen, zoals de vriendjes in de andere gevallen. Dat is jammer. Shaws dood zou in het patroon hebben gepast als hij wel was verdwenen. Wat weten we verder van hem?'

'Hij was psychiater.'

'Precies. Is het mogelijk dat onze man ooit bij hem in therapie is geweest?'

'Niet uit vrije wil. Therapie is niets voor hem.'

'Stel nou dat de therapie hem door de rechtbank was opgelegd?' Tess moest onwillekeurig aan haar eigen situatie denken. Ze herlas het in memoriam in het dossier. Shaw was als forensisch psychiater verbonden geweest aan de Hopkins-kliniek. Bij seriemoordenaars was altijd sprake van een sterke seksuele component. Stel nou dat EAC – de afkorting die zij en Carl gebruikten voor Eric/Alan/Charlie – als wéér een andere persoon een of ander minder ernstig vergrijp had gepleegd, dan was hem misschien gedwongen behandeling opgelegd. Maar zou zijn ware identiteit niet aan het licht zijn gekomen als hij was gearresteerd?

Carl volgde dezelfde gedachtegang. 'We krijgen nooit een lijst van Shaws cliënten,' zei hij. 'Dat zou al moeilijk genoeg zijn als we van de politie waren. Als amateurs hebben we geen poot om op te staan. Bovendien, waarom zou je je therapeut vermoorden? Hij mag je geheimen aan niemand vertellen.'

'Dat is niet helemaal waar. Als je eruit flapt dat je iemand kwaad wilt doen, heeft een psychiater de morele verplichting om het aan de autoriteiten te melden. Een psychiater moet een duidelijk onderscheid maken tussen waanideeën en serieuze plannen, maar hij kan niet aanhoren dat iemand criminele plannen beraamt en gewoon zijn schouders ophalen.'

'Oké, maar Michael Shaw is chronologisch gezien de laatste op de lijst. Hij is in december overleden. Heeft onze man hem zoiets verschrikkelijks verteld dat hij hem moest doden? En zo ja, wat dan?'

Tess kloof op haar pen, starend naar de lijst die ze allang uit haar hoofd kende. Tiffani was het eerste slachtoffer, zes jaar geleden vermoord. EAC – toen als Alan – had Julie Carter tussen Tiffani en Lucy in ontmoet en versierd, en hij had haar laten vallen, waarschijnlijk vanwege haar drugsverslaving. In de zomer nadat hij Lucy had vermoord, zette hij zijn eigen dood in scène. Het huis van Hazel Ligetti was een paar maanden daarvoor afgebrand. En daarna niets, twee jaar lang helemaal niets – totdat Michael Shaw in december van het jaar daarvoor om het leven kwam.

'Ik durf te wedden dat hij een patiënt was van Shaw,' zei Tess. 'Alleen weet ik niet wat we daaraan hebben. En hoe past Hazel Ligetti in het patroon?'

'Al sla je me dood. Wat deed ze voor werk?'

'Ze had een of ander dom administratief baantje bij de overkoepelende uitkeringsinstantie in Hagerstown. Weet je, alle andere vrouwen – degenen die hij heeft vermoord en degenen die hij heeft laten leven – hadden allemaal tot op zekere hoogte lol in het leven, al hadden ze daar soms hulp bij nodig. Ze hadden de illusie dat ze gelukkig waren. Maar Hazel Ligetti had niets. Volgens haar huisbaas woonde ze alleen en ging ze zelden uit.'

'En ze deed administratief werk?'

'Ja.'

'Weet je waar die instantie zich precies mee bezighield?'

'Nee, niet precies. Iets met aanvullende verzekeringen?'

'Ja, dat ook. Maar vooral' – hij liet een pauze vallen om zijn woorden meer gewicht te geven – 'met arbeidsongeschiktheid.'

'Nou en? Hij is arbeidsongeschikt, hij is in therapie, hij vermoordt de psychiater en de vrouw die hem erheen heeft gestuurd. Dan zijn we terug bij af.'

'Je hebt geen idee hoe het precies zit met arbeidsongeschiktheid, hè?' Tess schudde haar hoofd.

'Nou, ik wel, helaas. Toen ik zelf met... problemen op het werk worstelde, wilden ze dat ik een beroep deed op mijn aanvullende verzekering. Die keert niet meteen uit, je moet altijd eerst tijdelijke financiële steun aanvragen. Wat weten we over de twee eerste personen van wie onze man de identiteit heeft gestolen?'

'Dat ze in het ziekenhuis liggen nadat ze ernstig gewond zijn geraakt.'

'Precies. Het zou dus kunnen zijn dat hun dossier is behandeld door een medewerker in Washington County. Er is daar een revalidatiekliniek, maar alleen voor de korte termijn. Ik durf er vergif op in te nemen dat de echte Alan Palmer en Charlie Chisholm daar opgenomen zijn geweest voordat ze in een verzorgingshuis terechtkwamen.'

Tess had het binnen een paar seconden door. Van EAC's vele identiteiten behoorde alleen de eerste toe aan iemand die dood was, Eric Shivers. Hij was als tiener overleden, oud genoeg voor een rijbewijs, maar jong genoeg om bij de overheid onbekend te zijn. De politie in Frederick zou de naam, geboortedatum en het Social Security-nummer van Eric Shivers via de computer hebben nagetrokken, zonder ook maar iets verdachts te vinden. Het was nooit bij ze opgekomen om na te trekken of Tiffani's vriend soms dood was, want die zat levend en wel voor hen.

Ze startte de computer op, ging naar een site met de telefoonnummers van de hele staat en voerde de namen Alan Palmer en Charles Chisholm in. Er waren tientallen hits, dus als iemand ooit tegen hem zei: 'Hé, er zat een Alan Palmer bij mij op de lagere school!' kon EAC lachen en zeggen: 'Ja, ik heb zelf al heel wat Alan Palmers de hand gedrukt.'

Lachte hij? Glimlachte hij? Hoe normaal was hij op het oog? Compleet normaal, volgens zijn laatste vriendin, Mary Ann. De ideale vriend. Totdat hij je vermoordt.

'Hij heeft veel voorkomende namen nodig,' peinsde Tess hardop. 'Namen van mensen met wie hij niet in verband kan worden gebracht. De mannen moeten ook van een bepaalde leeftijd zijn – ze waren allemaal in hetzelfde jaar geboren – en uiterlijke kenmerken hebben die min of meer overeenkomen. Blank, ongeveer één meter tachtig, lichte ogen. Hazel hielp hem aan de namen, Waarom?'

'Geen idee. Als ze wist wat ze deed, was ze medeplichtig aan behoorlijk smerige dingen. En volgens jou leefde ze heel bescheiden, dus het kan niet zo zijn dat ze hem chanteerde of zo.'

'Oké,' kondigde Tess aan, 'we kunnen hier niet de hele dag blijven zitten en allerlei theorieën bedenken. We moeten naar de instantie waar Hazel werkte en aan de weet zien te komen wat voor soort dossiers ze behandelde.'

'Dan stuiten we op hetzelfde probleem als met de psychiater. Waarom zou iemand ons dat willen vertellen?'

Tess rommelde in haar bureau en pakte een stapel briefpapier met het briefhoofd van een verzekeringsmaatschappij die alleen in haar verbeelding bestond: S & K Fire and Life. Ze deed een vel papier in de printer en begon te tikken. 'LS – '

'Wat ben je aan het doen?' wilde Carl weten.

'Ik ben aan het liegen.'

'Ik geloof niet dat ik mee wil doen aan – '

'Carl, je bent niet meer bij de Toldienst, weet je nog? Je komt ook er nooit meer bij terug. Maar je zou wel privé-detective kunnen worden, als je wilt, of iets met beveiliging gaan doen. Hou je dus gewoon even in, dan laat ik je zien hoe het werkt.'

Hij liep naar haar toe en keek over haar schouder naar het computerscherm. 'Werkt dat?'

'Je hebt geen idee wat je met zo'n vals briefhoofd voor elkaar krijgt, vooral vanwege het motto.'

'Het motto?'

Ze wees op het vel papier in de printer. 'Kijk maar, onder de naam: *Uw betrouwbare specialist sinds 1938.* Om de een of andere reden geeft dat de doorslag. Het zijn de kleine extra's die een leugen geloofwaardig maken.'

'Denk je altijd als een crimineel of heb je dat door je werk geleerd?'

Tess hield op met tikken om erover na te denken, haar vingers boven het toetsenbord. 'Ik denk dat er altijd een crimineel in me heeft geschuild, op zoek naar een niet-criminele manier om zich te ontplooien. Tot nu toe lukt het heel aardig.'

De brief, in combinatie met Tess's echte visitekaartje en vergunning, deed zoals gewoonlijk wonderen. Hazel Ligetti's supervisor in Hagerstown hoefde alleen maar de woorden 'mogelijke uitkeringsfraude' te horen om op zoek te gaan naar de dossiers waar de twee keurige inspecteurs van de verzekeringsmaatschappij om hadden gevraagd. Tess beschikte immers over de namen van de mannen, hun geboortedatum en het Social Security-nummer, zelfs over het nummer van hun rijbewijs. Ze wist in welke ziekenhuizen ze momenteel werden behandeld.

Ook wist ze dat het geen kwaad kon dat de persoon die van ongeoorloofde praktijken werd verdacht dood was. Als de medewerker in leven was geweest, had de afdeling misschien de gelederen gesloten, maar een dode kon geen problemen opleveren, dus konden de regels soepel worden gehanteerd.

'Had Hazel toegang tot al deze dossiers?'

De supervisor, Alice Crane, was een bleke, magere vrouw met een kroezige pony die verried dat ze de rest van haar geblondeerde haar had geprobeerd te ontkrullen. Of misschien had ze wel gewoon steil haar en martelde ze haar pony met een krultang. Tess vond het op de een of andere manier vertederend wat vrouwen allemaal deden om mooi te zijn.

'Hazel kon over alle dossiers beschikken. We bewaren alles, ook de zaken die gesloten zijn. Het was een van Hazels taken om de papieren dossiers in de computer in te voeren.'

Dus Hazel zat achter haar computer en registreerde de persoonlijke gegevens van honderden mensen die met ziekte of een ongeval te maken hadden gekregen. Uit de medische gegevens kon ze niet alles opmaken wat ze nodig had om de juiste identiteit voor haar vriend te vinden, maar telefoontjes met de dienst kentekenregistratie en de burgerlijke stand zouden de hiaten opvullen.

'Wat was Hazel voor iemand?'

'O, heel rustig. Ze werkte uitstekend, maakte lange dagen. Als ik iemand nodig had die wilde overwerken, vroeg ik het altijd eerst aan Hazel. Ik bedoel – ' De vrouw bloosde.

'Wat wilde u zeggen, Mrs. Crane?'

'Hazel had meestal geen plannen voor de avond. Daar kon je gewoon van uitgaan. Ze was erg... op zichzelf.'

Dat wist Tess al; de huisbaas had haar hetzelfde verteld, met wrede openhartigheid. Gelukkig had Hazel wel een aardige baas gehad.

'Had ze helemaal geen vrienden hier op kantoor? Stonden er geen foto's op haar bureau? Kwam er hier wel eens iemand voor haar langs?'

Mrs. Crane schudde haar hoofd. 'Na de brand heb ik zelf haar bureau opgeruimd. Er waren heel weinig persoonlijke spullen. Een vaasje met zijden bloemen en een presse-papier, als ik het me goed herinner. Ze had geen testament, en hemel, wat was dat een toestand. Ik heb ervan geleerd wat je hoort te doen, zelfs als je alleenstaand bent. We moesten al haar persoonlijke spullen opslaan en afwachten of er zich iemand meldde die er aanspraak op kon maken, is het niet ongelooflijk? In zekere zin kwam het goed uit dat haar huis tot de grond toe was afgebrand...' Geschrokken van haar eigen woorden sloeg ze haar handen voor haar mond. 'Ik bedoelde het niet zoals het klonk.' 'Dat weet ik,' stelde Tess haar gerust. 'Wat is er met Hazels spullen gebeurd?'

'Na een jaar mochten we ze wegdoen, dus dat hebben we gedaan. Ik heb alleen de zijden bloemen gehouden, die staan op mijn bureau. Niemand heeft aanspraak gemaakt op haar geld, dus ik dacht dat niemand haar bloemen zou willen hebben.'

'Had Hazel geld? Ik dacht dat de levensverzekering niet eens de kosten van de begrafenis dekte.'

'Haar levensverzekering? O ja, het miezerige bedrag dat alle ambtenaren krijgen. Meer dan de begrafenis dekt het niet, dat weet ik wel. Maar we hebben wel een goed spaarplan van de staat, en Hazel was een echte spaarder. Ze moet al van heel jongs af aan geld opzij hebben gezet, want er stond meer dan honderdduizend dollar op haar rekening toen ze doodging, en daar komt nog steeds rente bij. Elk jaar staat er een advertentie in de krant, maar de begunstigde heeft nooit gereageerd.'

'De begunstigde?'

Carl rechtte zijn rug, zoals een hond die een bepaalde geur opvangt, en Tess begon zo erg te trillen dat ze de rand van de tafel beetgreep.

'Ja, ze had een naam op het formulier gezet, maar zonder adres en Social Security-nummer. Ik vraag me wel eens af of ze de naam soms uit het telefoonboek had gehaald. Hazel heeft me een keer verteld dat ze zich alleen eenzaam voelde als ze formulieren moest invullen. Ze had geen familie, maar ze had niet het gevoel dat ze alleen op de wereld was – behalve als ze een formulier moest invullen.'

'Er stond dus een naam – '

'Jazeker. Niet dat we er iets aan hadden. Zoals ik al zei, er is met de naam geadverteerd, maar het geld is nooit opgeëist. Ik denk dat het uiteindelijk naar de staat zal gaan, doodzonde. De staat heeft Hazels geld helemaal niet – '

'De naam, Mrs. Crane. Weet u die nog?'

'Ik heb het ergens opgeschreven, voor het geval hij ooit belt of naar haar op zoek gaat.' Ze begon op haar dooie gemak in haar telefoonklapper te bladeren, en vervolgens in een agenda. Het kostte Tess de grootste moeite om zich in te houden – het liefst wilde ze haar hand beetpakken om haar sneller te laten zoeken. Carl keek haar aan en hij vormde de naam 'Eric Shivers' met zijn mond. Ze knikte, bang voor hetzelfde. Als de moordenaar ook bij Hazel een valse identiteit had gebruikt, waren ze nog geen stap verder.

'Hier heb ik het – William Windsor. Ik vraag me af wat hij van Hazel was. Stel je voor dat je honderdduizend dollar nalaat aan een vreemde. Hij moet iets heel bijzonders voor haar hebben gedaan.'

Tess glimlachte zuinig. 'In elk geval iets memorabels.'

Op de terugweg naar de stad liet ze Carl de naam doorgeven aan Dorie Starnes. Zelfs van achter het stuur kon Tess de stem van haar op geld beluste vriendin horen.

'Zeg tegen Tess dat ik extra reken – '

'Ik weet wat ze vraagt voor een haastklus. Zeg dat ze het gewoon moet doen. Alle remmen los.'

Op vijftien kilometer van Baltimore ging de telefoon. Tess griste haar mobiel weg uit het vakje onder de radio, al had ze zich nog zo plechtig voorgenomen om niet te bellen tijdens het rijden.

'Er zijn meerdere William Windsors bekend bij de kentekenregistratie,' vertelde Dorie. 'Landelijk zijn het er honderden.'

'Begin maar met Maryland, de rest komt later wel. En beperk het zoeken tot iemand van begin dertig. Het gaat waarschijnlijk om een rijbewijs dat al een hele tijd niet is vernieuwd, maar nog wel in het systeem zit.'

'Verlopen rijbewijzen zitten niet in het systeem.'

'Wel waar, Dorie. Ik ken iemand die naar een andere staat is verhuisd, en toen hij na twaalf jaar terugkwam, waren alle gegevens er nog. Kijk nog maar een keer.'

Het werd stil, afgezien van de kostbare klikjes op het toetsenbord terwijl Dorie gegevens over het scherm liet scrollen.

'Hier heb ik een William Windsor, eenendertig. Nee, tweeëndertig, hij is net jarig geweest. Heeft een paar maanden na zijn zestiende verjaardag zijn rijbewijs gehaald, maar het nooit vernieuwd.'

'Waar woont hij?'

'Het adres is een beetje raar, ik heb nog nooit zoiets gezien. Er is geen straat – nee, geen huisnummer. Volgens mij is het een tikfout.'

'Ze maken geen tikfouten op rijbewijzen.'

'O nee? Hoe komt het dan dat ik een keer een rijbewijs heb gehad met een vervaldatum vóór de datum van uitgifte? Wat heb ik daar een ellende mee gehad toen ik het moest vernieuwen. Ik denk dat ze het huisnummer hier gewoon zijn vergeten, of het is zo'n piepklein dorp waar huisnummers niet nodig zijn.'

'Wat stáát er, Dorie?'

'Ik bereken een toeslag als ze zo schreeuwt,' zei Dorie. 'Er staat: Hackberry Street, Harkness.'

'Harkness? Waar is dat?'

'Ik ben niet van de topografie,' zei Dorie.

Carl zocht in het overvolle handschoenenvak al naar de kaart van Maryland. Overdreven voorzichtig – althans zo voelde het – vouwde hij de kaart open, bekeek hij de index, draaide hij de kaart weer om, zocht hij naar de coördinaten. Het leek een eeuwigheid te duren voordat hij zijn hoofd weer optilde.

'Harkness valt onder de gemeente Crisfield,' zei hij zacht, 'maar het is een dorp op Notting Island. Er zijn er twee, Harkness en Tyndall Point. Wij zijn in Tyndall geweest toen we op zoek waren naar Becca Harrison. Harkness ligt aan de noordkant van het eiland.'

Tess keek naar Carl, en net op tijd weer naar de weg om een truck met oplegger die roekeloos invoegde te ontwijken. Carls stompe wijsvinger tikte tegen de kaart, telkens weer. Alsof het de schuld van de kaart was, alsof het de schuld van het eiland was.

Misschien was dat ook zo. Als de baai er jaren geleden in was geslaagd om Notting Island in tweeën te breken, was deze eilander, dit monster, misschien nooit ter wereld gekomen.

33

De tweede keer dat Tess en Carl naar Notting Island gingen, had Tess het gevoel dat de bewoners hen in de gaten hielden, op hen wachtten, hen uitlachten. Het was een grijze dag, het kon elk moment gaan regenen, en er stonden koppen op het water. Mei was dat jaar uitzonderlijk wisselvallig. Hun goede vriend, de niet zo heel oude zeerot, had hun ongaarne zijn boot verhuurd, zelfs tegen de dubbele prijs. Hij overhoorde hen over het tij, vroeg aan Carl of hij wist waar de ondiepe plaatsen waren. Uiteindelijk liet hij hen schoorvoetend gaan.

'Ik snap niet wat iemand op een dag als deze op Notting Island te zoeken heeft,' zei hij terwijl hij Carls rijbewijs en creditcard bij wijze van borg in zijn zak stak. 'Ik snap trouwens sowieso niet waarom iemand naar Notting Island zou willen.'

De tocht leek eindeloos lang te duren nu ze wisten wat ze hoopten te vinden. Het eiland kon niet verder zijn dan zo'n tweeëntwintig kilometer, maar in een boot die boven de veertig kilometer per uur ging trillen, duurde de tocht toch een halfuur. Ondanks de bewolkte lucht was het een benauwde, klamme dag. Ze deed haar spijkerjasje uit, maar had het in haar T-shirt en spijkerbroek nog steeds warm.

'Ga je zo rondlopen?'

'Hoe?'

'Met je wapen in het zicht.'

Ze keek omlaag naar de holster. Inmiddels was ze gewend hem te dragen. Ze droeg hem per slot van rekening de hele dag, tot aan het avondeten, want tijdens het eten lag de revolver naast haar bord op tafel. 's Nachts lag het wapen op het nachtkastje, de loop starend in het donker als een cycloop, wachtend tot Crow thuis zou komen. Daarna keek de Smith & Wesson toe als ze de liefde bedreven. En dat deden ze tegenwoordig elke nacht, omdat Tess het wilde.

Crow viel uiteindelijk in slaap, maar Tess niet, nooit echt. Ze maakte zich geen zorgen over haar slapeloosheid, voelde niet de behoefde ertegen te vechten of slaappillen te slikken. Haar lichaam leek op de een of andere manier te weten dat ze zich alleen korte dutjes kon veroorloven, zoals ze die ochtend ook had gedaan, in de auto tijdens de lange rit naar Crisfield.

Later zou ze wel weer slapen, als ze veilig was.

'Waarom heb jij geen wapen?' vroeg ze aan Carl.

'Ik ben niet langer bij de Toldienst, zoals jij me de hele tijd blijft inpeperen. Ik had een dienstwapen, maar dat heb ik ingeleverd.' Hij zuchtte melancholiek. 'Het was een mooi ding, een negen millimeter. Ik begrijp niet dat jij een .38 gebruikt.'

'Daar ben ik nu eenmaal aan gewend. Luister, ik vind dat je eigenlijk een wapen zou moeten kopen. Gezien de omstandigheden willen ze misschien wel van de wachttijd afzien. Anders kunnen we naar Virginia gaan, daar zijn ze een stuk soepeler.'

'Ik heb geen wapen nodig.'

Ze voelde aan dat hij het niet zomaar zei. Het was geen machogedrag of koppigheid. Hij had erover nagedacht.

'Waarom niet?'

'Om te beginnen omdat hij geen mannen vermoordt.'

'En Michael Shaw dan?'

'Ik denk dat hij hem niet wilde vermoorden. En hij heeft het met een auto gedaan, niet met een vuurwapen. Mannen vermoorden – het is te vergelijken met *The Leech Woman*, wel eens van gehoord?'

'Is dat ook weer een film?'

'Eh, ja.' Carl zei het stijfjes, alsof ze hem had gekwetst, maar hij ging wel verder. 'Een vrouw, een ijdele vrouw, hoort van een toverdrank die haar jong houdt. Het enige nadeel is dat ze er bloed voor nodig heeft, bloed van mannen. Ze is net een junkie, ze heeft steeds meer nodig. Het is snel uitgewerkt. Ten slotte vermoordt ze een vrouw, alleen blijkt dat bloed het omgekeerde effect te hebben.'

'Wordt ze lesbisch?'

Carl bloosde, zoals Tess had geweten. Ze vond het leuk om hem te plagen. 'Nee, ze wordt ouder, heel snel, en dat vindt ze zo erg dat ze uit het raam springt.'

'Oké, dus William Windsor heeft Michael Shaw niet vermoord omdat hij – wat betekent het dan voor hem, Carl? Ik kan je absoluut niet volgen.'

'Ik zeg alleen dat het hem geen fijn gevoel gaf. Hij heeft het alleen

295

gedaan omdat het moest, om wat voor reden dan ook. Zo is het ook met Hazel gegaan, durf ik te wedden. Zijn vriendinnen schiet hij dood.'

'Hij heeft Julie Carter ook doodgeschoten.'

'Dat was een ex-vriendin. Bovendien komen junkies vaak op die manier aan hun eind. Hij zorgde voor een plausibel scenario – een joggende psychiater wordt geschept door een auto, een junk wordt doodgeschoten tijdens een ruzie over geld of drugs.'

De boot stuiterde over het water, met twee in gedachten verzonken passagiers. Uiteindelijk verbrak Tess de stilte.

'Denk je dat hij wel eens in de war raakt?'

'Waarover?'

'Over zijn namen. Hij heeft er de afgelopen dertien jaar minstens drie gehad, misschien vier, misschien nog wel meer. Hij moet al die verjaardagen en geboorteplaatsen onthouden, en alle verschillende Social Security-nummers.'

Carl dacht zo diep na dat zijn hele gezicht vertrok. 'Wil je weten wat ik denk? Waarschijnlijk is hij heel stil, iemand die vaker luistert dan praat. Hij verspreekt zich niet omdat hij niet over zichzelf praat. Vertelt geen verhalen over zichzelf, brengt het onderwerp altijd weer terug op de ander. Volgens mij zegt hij dingen zoals bijvoorbeeld: "Vertel me eens hoe je was als klein meisje." Snap je wat ik bedoel?'

Tot die conclusie was Tess ook gekomen, onderweg naar Saint Mary's. 'Hij verleidt vrouwen, hij bemint ze, zorgt voor ze. En dan op een dag, zonder waarschuwing, vermoordt hij ze. Waarom?'

'Ik weet het niet,' zei Carl. 'Misschien ligt daar het antwoord.'

Notting Island was in zicht gekomen.

'Op dit eiland de naam William Windsor uitspreken,' zei Carl een uur later, 'is net zoiets als winden laten in gezelschap van een hertogin.'

Tess wist wat hij bedoelde, al zou zij het anders hebben verwoord. De gezichten van de eilanders verstrakten bij het horen van de naam. Een paar mensen zeiden ja, *Billy* Windsor woonde jaren geleden in Harkness, maar daar bleef het eigenlijk bij. Het gezin was weg, hij had geen familie op het eiland, niemand wist wat er van hem was geworden. Een oudere man, duidelijk hardhorend, wees het huis van het gezin Windsor aan. Het stond leeg, zo te zien al jaren. Iemand maaide het gras in de voortuin van het witte huis, maar de sneeuwbalstruiken waren al heel lang niet teruggesnoeid en onttrokken de ramen bijna geheel aan het oog.

Als Tess het vervolgens probeerde met vragen over Becca Harrison, zeiden de oudere inwoners van Harkness venijnig: 'Ze woonde in Tyndall. We kenden haar helemaal niet.'

In haar eentje zou Tess het misschien hebben opgegeven, maar daar gaf Carl haar de kans niet voor. Ze waren te ver gekomen, letterlijk en figuurlijk.

'Weet je nog, dat oude mens in de winkel in Tyndall Point?' vroeg hij toen Tess zich met een plof op een splinterig bankje op de steiger liet vallen.

'Ja, natuurlijk.'

'Zij gaf tenminste toe dat ze Becca Harrison had gekend. Misschien kan ze ons ook iets over Billy Windsor vertellen.'

'Het is het proberen waard.'

De afstand tussen de twee dorpen was niet meer dan vijf kilometer, maar navraag bij de dorpelingen leerde dat er geen weg was van de ene kant van het eiland naar de andere. Het was dan ook een raadsel waarom mensen een auto hadden. De enige manier om van Harkness naar Tyndall te komen, en omgekeerd, was per boot. Geen wonder dat de inwoners van Harkness zich zo ver van de mensen in Tyndall verwijderd voelden.

De oude dragonder was die dag alleen en luisterde naar een krakende kortegolfontvanger waarop vissers informatie en grappen uitwisselden. Aanvankelijk reageerde ze verveeld en onverschillig, maar toen het bezoek de naam Billy Windsor noemde, flikkerde er iets in haar ogen, hard en fel.

'Ach, vroeger heette de helft van alle mensen in Harkness Windsor,' was echter het enige wat ze zei. 'Geen sterk geslacht. Billy is allang dood, zijn pa is nog veel langer dood, en de moeder woont bij jullie.'

Tess raakte in de war door haar woordkeuze. Heel even dacht ze dat het mens het letterlijk bedoelde, dat ze zonder het zelf te weten de moeder van Billy Windsor in huis had. Pas na een seconde bedacht ze dat de vaste wal werd bedoeld.

'Er moeten toch mensen zijn die zich hem herinneren. In Harkness leek niemand iets over hem te weten.'

'Ze zijn hem heus niet vergeten, maar waarom zouden ze er met jullie over praten? Ze weten niet wie jullie zijn of wat jullie komen doen.'

Tess besefte dat roddel in deze winkel het belangrijkste betaalmiddel was, dat de vrouw met gelijke munt zou terugbetalen. Alleen was het een veel te groot risico om haar de waarheid te vertellen.

'We hebben de beste bedoelingen, geloof me,' zei ze. 'Hij heeft mogelijk een flink bedrag geërfd. Hoe dan ook, wij zijn gevraagd om hem op te sporen.'

'Door wie, Becca Harrison? Ik zou haar gezicht wel willen zien als jullie haar vertellen dat hij zich jaren geleden uit liefdesverdriet om haar heeft verzopen. Maar ze was toen al koud, dus ze zal nu nog steeds wel een kille kikker zijn.'

Tess aarzelde, maar Carl pikte zelfverzekerd de draad van haar leugen op. 'Ze heeft ons niet verteld waarom ze hem zoekt, alleen dat ze hem wil vinden.'

'Ach, het is een oud verhaal, waarschijnlijk niet de moeite waard,' zei de vrouw ontwijkend. Eerst dacht Tess dat ze opnieuw geld wilde, maar het leek er meer op dat ze de ontmoeting met haar en Carl wilde rekken, er zo lang mogelijk van wilde genieten.

'We willen het graag horen,' zei Carl. 'Het is belangrijk voor Becca.'

'Het is snel verteld. Becca Harrison en haar vader kwamen hier wonen toen zij een jaar of dertien, veertien was. Billy Windsor werd smoorverliefd op haar, hij had het zo erg te pakken dat hij nooit meer dezelfde is geweest. Het was alsof hij een *killick* om z'n nek droeg. En waarschijnlijk is hij zo aan z'n end gekomen.'

Tess had geen idee wat een killick was, hoewel ze uit de context kon opmaken dat je het beter niet om je nek kon hangen. Carl leek het wel te begrijpen, dus ze zei niets. Nu ze de vrouw eindelijk aan de praat hadden gekregen, wilde ze haar niet onderbreken.

'We hebben tenminste altijd aangenomen dat het zo is gegaan,' vervolgde ze. 'Ik denk dat hij op zijn eigen manier rekening hield met z'n moeder. Hij meer met haar dan omgekeerd, zeg ik erbij. Hij had een vuurwapen kunnen gebruiken, maar nee, je wil niet dat je moeder je zo moet zien. Het zou lastig zijn geweest om hier aan pillen te komen. Zelfs als hij pillen uit Crisfield had gehaald, zouden we het hier hebben gehoord. Hij moet zijn lichaam dus hebben verzwaard. Hij wist dat zijn longen zich zouden verzetten, al wilde hij nog zo hard verdrinken. Het lichaam wil blijven leven, zelfs als het verstand dood wil.'

'Dus u denkt dat hij een killick om zijn nek heeft gebonden,' concludeerde Carl. 'Maar dat weet u niet zeker, want het lichaam is nooit gevonden.'

'Ze hebben gedregd in de buurt van Shank Island, waar zijn boot werd gevonden, maar dat hoeft niet te betekenen dat hij daar overboord is gesprongen. Ik vermoed dat hij een diepere plek heeft gekozen. Hij kende de baai op zijn duimpje, net als alle jongens hier. Die wist echt wel een geschikte plek. Zijn moeder heeft nooit willen toegeven dat hij dood was, en niemand durfde er tegen haar over te beginnen. Ze is nog een paar jaar gebleven en vijf jaar geleden verhuisd. Het huis is nog steeds van haar, maar het staat leeg.' De dragonder kneep haar ogen tot spleetjes. 'Ze had zogenaamd zoveel verdriet, maar intussen had ze natuurlijk een levensverzekering voor die jongen, en die keerde uit toen hij op een gegeven moment dood werd verklaard.'

Ze had iets overgeslagen; er miste een deel van het verhaal.

'Wat heeft dit allemaal met Becca Harrison te maken?' vroeg Tess.

'Heeft ze het jullie dan niet verteld? Misschien weet ze het niet eens. Ze was er natuurlijk niet meer.' De vrouw stak een sigaret op. 'Nou, kennelijk wilde ze heel graag weg van het eiland, en ze heeft Audrey Windsor om hulp gevraagd. Ik denk dat Drey – wij noemden haar Drey, al weet ik niet meer waarom.'

'Ja, en?' drong Carl aan. Ze keek hem door de rook van haar sigaret aan. Tess vermoedde dat de vrouw zichzelf zag als de Lauren Bacall van Notting Island – als enige, wel te verstaan.

'Drey Windsor heeft Becca geholpen om weg te lopen van huis. Ze liet mensen denken dat ze het uit medelijden met dat meisje had gedaan, maar volgens mij vond ze het gewoon vervelend dat haar zoon smoorverliefd was. Ze dacht dat ze twee vliegen in één klap kon slaan: door het meisje te helpen om weg te lopen bij haar vader was ze meteen ook weg bij Billy. D'r geweten zal wel pijn doen.'

'Wat bedoelt u?'

'Zij heeft Becca naar Smith Island gebracht en haar op de veerboot naar Point Lookout gezet, aan de andere kant. Nadat Billy besefte dat zijn vriendinnetje weg was, is hij nooit meer gezien. Daar had zijn moeder vast en zeker geen rekening mee gehouden.'

Point Lookout. Tess keek naar Carl – hij had het ook gehoord. Mary Ann Melchers vriend verdween op precies dezelfde plek en op precies dezelfde manier als Billy Windsor. Er werd een boot gevonden maar geen lijk, geen lijk dat aantoonbaar dat van Charlie Chisholm was, want Charlie Chisholm bestond niet. Billy Windsor – als dat de man was die ze zochten – vond het kennelijk geen probleem om een geslaagde truc te herhalen. Hij had al twee keer zijn geparkeerde auto als alibi in een moordzaak gebruikt, en zelf de hele nacht in huurauto's gereden om de vrouwen van wie hij zogenaamd hield te vermoorden.

'Waar woont Mrs. Windsor nu?'

'Dat weet ik niet precies. Ik heb geen adres, maar ze heeft me wel haar telefoonnummer gegeven. Ze vindt het leuk om op de hoogte te blijven van de roddels. Ze wil graag weten' – de vrouw vernauwde haar ogen totdat ze haast verdwenen in de diepe rimpels – 'of er soms onbekenden naar haar op zoek zijn.'

Opnieuw had Tess het gevoel dat er een manier moest zijn om meer uit haar los te peuteren, maar ze kon niet bedenken wat deze vrouw van hen wilde. Ze was afhankelijk van Carl, die op dit punt een scherpere intuïtie had.

Hij boog zich over de toonbank. 'Kunnen we u in vertrouwen nemen?'

Ze had geen noemenswaardige wimpers, maar ze knipperde toch koket met haar ogen. 'Natuurlijk.'

'U zou ons een groot plezier doen door hier met niemand over te praten, maar het is wel belangrijk voor ons om met Mrs. Windsor van gedachten te wisselen. Als we haar nummer hadden, zouden we een afspraak met haar kunnen maken om haar te vertellen wat we over Becca Harrison weten.'

'Waar is Becca dan precies?' Een beetje ademloos leunde de vrouw naar voren. 'Ik heb nooit iets in haar gezien. Ze bazuinde rond dat ze op een dag beroemd zou worden, maar ik kijk altijd in de tijdschriften die ik binnenkrijg, en ze heeft er niet één keer in gestaan. Ik durf te wedden dat ze met een rijke buitenlander is getrouwd, en dat haar vader haar daarom nooit heeft gevonden. Ze zit natuurlijk in Europa, met d'r kapsones. Ergens waar ze het mooi vinden als iemand zo'n harde stem heeft.'

'Om u eerlijk de waarheid te zeggen,' zei Carl, 'Becca's leven is niet over rozen gegaan. Ze heeft heel wat tegenslagen gehad.'

'Ik kan niet zeggen dat ik d'r rouwig om ben. Ze heeft Billy's hart gebroken – en dat van d'r vader, al kon niemand dat wat schelen. Ze zat in het laatste jaar van de middelbare school toen ze wegliep, net achttien was ze, dus hij kon er niets tegen doen. Billy was jonger dan zij, hij zat een klas lager. Ik heb altijd gedacht dat Drey daar ook niet blij mee was.'

Tess was verbaasd. 'Hij zat een klas lager dan zij?'

'Ze was een "oudere vrouw".' Ze tekende de aanhalingstekens in de lucht. 'Geloof me, Becca was achttien, maar ze liep tegen de veertig. Het was een harde meid, ze dacht alleen aan zichzelf. Uiteindelijk kan ik het Drey Windsor niet kwalijk nemen. Ze heeft een hoge prijs betaald. Een heel erg hoge prijs.'

Hierop overhandigde de vrouw hun het telefoonnummer. Carls hand trilde een beetje toen hij het papiertje aanpakte, maar verder was zijn houding nonchalant. Het kengetal was 410, en dat kon aan beide kanten van de baai zijn. Tess had er totaal geen zin in om helemaal terug te rijden naar haar kantoor, om er daar na enig speurwerk achter te komen dat het een nummer in Crisfield was.

'Waar woonde ze ook alweer, zei u?'

'Dat heb ik niet gezegd. Ik weet alleen dat het ergens aan de Western Shore is.'

Tess en Carl draaiden zich om naar de deur, zo rustig mogelijk, zonder opwinding te laten blijken. Hierdoor bedacht Tess nog een laatste vraag.

'Zeg, hoe zag Becca Harrison er eigenlijk uit?'

'Jullie hebben haar toch zelf gezien? Jullie zeiden dat jullie voor haar werkten.' Het oude mens was bepaald niet gek; niets ontging haar.

'Jawel, maar... mensen veranderen als ze ouder worden, en ik vind het onbeleefd om Becca te vragen hoe ze eruitzag voordat ze zo dik werd.' Het leugentje was bedoeld om de vrouw te paaien, en dat lukte aardig. Ze glimlachte zuinig, zich ervan bewust dat haar pezige lichaam geen ons te veel woog. 'Hoe zag Becca er als tienermeisje uit?'

'Klein, als je bedenkt dat ze zo'n flinke stem had. Donker haar en lichte ogen. En omdat ze zo klein was, moest ze altijd tussen al dat haar en haar wimpers heen omhoogkijken. Ik was stomverbaasd toen ze het liet afknippen, echt heel kort, want ze zat er altijd aan te frunniken. Ze was een ontzettende flirt, waar Billy volgens mij nog niet de helft van wist. Hij was tot over zijn oren verliefd. Dat moet ook wel, anders had hij d'r nooit een eind aan gemaakt.'

'Becca is dood,' zei Carl toen het eiland een stipje was in de verte. Ze hadden niets meer gezegd sinds ze waren weggevaren. Het was alsof de eilanders luistervinkje konden spelen, alsof de bries hun woorden mee terug zou voeren. 'Als er iemand op de bodem van de baai ligt, met een killick om haar nek, dan is zij het.'

'Ik weet het. Ik wist het al voordat ze ons vertelde hoe Becca eruitzag. Het is alleen de vraag of Billy's moeder het weet.'

'Misschien is zij wel degene die me heeft gebeld. Weet je nog? De vrouw die zich uitgaf voor maatschappelijk werker en mij en sergeant Craig belde om te vertellen dat Alan was overgeplaatst.'

'Zij, of anders Hazel. Waarom zou hij Hazel hebben vermoord als ze niet wist wat er aan de hand was? Zo maakte hij het voor zichzelf onmogelijk om aan nieuwe valse namen te komen. Wat is dat trouwens, een killick?'

'Een klein anker. Oestervissers gebruiken het.'

'Hoe wist je dat? Je vist toch niet op oesters?'

'Ik woonde aan de kust, Tess. De Upper Shore, maar het blijft de kust. We begrijpen elkaar. We hebben per slot van rekening een gemeenschappelijke vijand.'

'Bedoel je Baltimore en de rest van de staat?'

'Ja. Het is wij tegen jullie, en dat vergeten we geen moment. Onder elkaar zijn er wel verschillen, maar in het grote geheel zijn we eensgezind. Wij vinden jullie arrogante, decadente mensen die op een vuilnisbelt wonen en niet begrijpen wat het is om voor je dagelijks brood van het water en het land afhankelijk te zijn. Jullie vinden ons domme boerenkinkels die alleen goed genoeg zijn om voor eten op jullie tafel te zorgen, en verder nergens voor.'

'Oké, dus Billy Windsor is geen seriemoordenaar, hij is gewoon een eilandbewoner die vanwege ingewikkelde ecopolitieke argumenten allemaal mensen vermoordt?'

'Zo ver wil ik niet gaan. Ik zeg alleen dat ik hem tot op zekere hoogte begrijp. En ik denk dat zijn moeder geen flauw benul heeft van wat hij in zijn schild voert. Hij houdt haar zuiver. Ze is zijn mama.'

'Jij zegt het,' zei Tess. 'Ik zal mijn jasje weer aandoen als we morgen bij haar langsgaan. Maar ik ga niet zonder mijn revolver.'

34

Drey Windsor woonde in een complex voor gepensioneerden dat Golden Shores heette. De mix van flats en rijtjeshuizen ten zuiden van Annapolis lag zo ver landinwaarts dat de term 'shore' – kust – eufemistisch genoemd mocht worden. Het 'golden' was wel weer letterlijk genomen, in de vorm van overdadig goedkoop verguldsel.

'Misschien dat je van het dak van dat hoge gebouw de Severn River kunt zien,' zei Carl toen ze de volgende ochtend vroeg hopeloos verdwaald waren in de doodlopende straatjes van het complex, die er allemaal hetzelfde uitzagen. Mrs. Windsor woonde in Golden Meadow, maar tot nu toe hadden ze alleen Golden End, Golden Bay, Golden Way en Golden Knoll kunnen vinden. Ze hadden een leugen verteld bij de poort, want ze wilden onaangekondigd bij haar op de stoep staan. Tess begon bang te worden dat de beveiliging hen in de gaten zou krijgen als ze doelloos rond bleven rijden.

'Daar, links,' zei Carl, en hij nam met gierende banden de bocht, tot grote ergernis van de mensen die op deze fraaie morgen een wandelingetje maakten.

Ze woonde in de ene helft van een half vrijstaande bungalow aan het einde van een doodlopende straat. Op de oprit voor de garage stond een zwarte Buick, en de tuin was netjes maar onpersoonlijk. Andere bewoners hadden hun donkerrode deur iets eigens gegeven met een decoratie van bloemen of blaadjes, maar de hare had alleen een koperen klopper.

Met een gevoel van onpasselijkheid stak Tess haar hand naar de klopper uit. Haar vrije hand voelde aan haar revolver, en toen pas liet ze de klopper vallen. Zij en Carl luisterden naar geluiden in het huis – voetstappen, een televisie of radio. Niets. Nogmaals pakte Tess de klopper, maar voordat ze hem kon laten vallen, hoorden ze binnen een klein, angstig stemmetje.

'Wie is daar?'

Een doodgewone vraag, maar ze hadden er geen antwoord op. Wie waren ze eigenlijk? Hoe moesten ze zich identificeren? Voordat Tess iets had kunnen bedenken, was Carl vlak voor de deur gaan staan.

'Politie, mevrouw,' riep hij alsof de deur hardhorend was. 'Uit Baltimore.'

Tess keek hem met grote ogen aan. Van alle leugens die ze had verteld, had ze zich nog nóóit voor politie uitgegeven. Medewerker van het elektriciteitsbedrijf, secretaresse – absoluut. Een ver familielid, zomaar een voorbijganger – waarom niet? Dat was niet verboden. Maar je uitgeven voor politie was strafbaar.

'Ik wás vroeger agent bij de Toldienst,' fluisterde Carl tegen haar. 'En we hebben met de staatspolitie samengewerkt. Welbeschouwd is het niet eens zo'n grote leugen.'

Ze haalde haar schouders op. Grote leugen of niet, het was gezegd en ze kon het niet terugdraaien.

Het leek een eeuwigheid te duren voordat Drey Windsor eindelijk opendeed. Toch bleek ze veel jonger te zijn dan Tess had verwacht, hooguit halverwege de vijftig. Ze moest heel jong zijn geweest toen ze Billy kreeg.

Wel was ze oud voor haar vijftig jaren. Haar huid vertoonde diepe rimpels van de zon, en Tess vermoedde dat ze ook had gerookt. Ze had van die kleine rimpeltjes rond haar mond van het trekken aan een sigaret. Haar bruine haar was levenloos – de kleur kwam duidelijk uit een flesje. Wel was ze keurig gekapt, en ze droeg een katoenen broek met bloemetjesprint en een felgekleurd T-shirt. Ze was zo'n oudere vrouw die moeiteloos een goed figuur behield.

'Politie?' vroeg ze. 'Is er iets ergs gebeurd?'

Tess keek naar Carl: *Het was jouw leugen, dus ga je gang.*

'Nee, mevrouw, integendeel. We hebben mogelijk goed nieuws voor u. Mogen we even binnenkomen?'

De bungalow had een zitkamer aan de voorkant en een grote open keuken met eethoek aan de achterkant. Tess vond het meer een huis voor een gezin dan voor een ouder, alleenstaand iemand.

Mrs. Windsor nam plaats in een fauteuil, op het puntje, en ze vouwde haar handen in haar schoot. Tess en Carl haalden twee houten stoelen van het lage buffet dat de keuken scheidde van het woongedeelte.

'U heeft mogelijk goed nieuws?' vroeg ze behoedzaam, bijna sceptisch. Tess had het gevoel dat ze politie op haar stoep niet vreemd vond, maar dat ze beslist geen heuglijke tijding van hen verwachtte. 'Mogelijk,' beaamde Carl. 'Ik wil geen valse hoop wekken. We moeten nog een hoop uitzoeken. Denkt u, Mrs. Windsor, dat uw zoon nog in leven zou kunnen zijn?'

Ze slikte moeizaam en knipperde snel met haar ogen, alsof ze tegen tranen vocht. 'Billy? Mijn Billy is al bijna vijftien jaar dood.'

'Vermist, als ik me niet vergis. Hij is toch nooit gevonden?'

'Ik had hem officieel dood kunnen laten verklaren, maar daar heb ik nooit een reden voor gehad.'

'Is dat niet vreemd?' Tess herinnerde zich dat de oude dragonder op het eiland iets over een levensverzekering had gezegd, een leuk bedrag waar ze dit huis van had kunnen kopen.

Of misschien wilde ze mensen alleen laten denken dat het geld daarvandaan was gekomen.

'Als hij mijn man was geweest – maar dat was hij niet. Of als er een levensverzekering was geweest – maar die was er niet. Welke jongen van zeventien heeft een levensverzekering nodig? Het leek me zinloos. Bovendien wilde ik niet – '

Haar stem stokte heel overtuigend, maar Tess bedacht dat de vrouw haar zin op een aantal verschillende manieren af had kunnen maken.

'U wilde niet dat zijn dood officieel zou zijn?'

Ze knikte door haar tranen heen, haar hoofd gebogen zodat Tess haar gezicht niet kon zien.

'Ik denk dat alle moeders zo zijn,' zei Tess. 'Zolang er geen lichaam is gevonden, blijft er hoop dat hij nog leeft.'

Mrs. Windsor knikte opnieuw. Tess meende een sluwe glinstering in haar ogen te zien, alsof ze scherp oplette of haar act werd geloofd.

'Dat is nou ons goede nieuws!' riep Carl uit. 'Er ligt een man die beantwoordt aan Billy's leeftijd en uiterlijk in het Washington County Rehabilitation Hospital.'

Hij zweeg, en Tess begreep dat hij de reactie op deze informatie probeerde te peilen. Minstens twee van Billy's personages hadden de laatste jaren immers tijdelijk in dit ziekenhuis gelegen. Het enige wat de vrouw liet blijken, was oprechte bezorgdheid en zo mogelijk nog oprechtere verwarring.

'Hij heeft een auto-ongeluk gehad en zware verwondingen aan zijn hoofd opgelopen,' vervolgde Carl. 'Hij heeft last van geheugenverlies en herinnert zich alleen flarden uit zijn verleden. Wel weet hij dat hij Billy Windsor heet. Dat is natuurlijk een veel voorkomende naam, dus – '

'Een ernstig auto-ongeluk?' De angst in haar stem was onmiskenbaar. 'Wanneer?'

'Een week of zes, acht geleden.'

Haar lichaam ontspande. Ze had haar zoon sindsdien dus nog gezien en wist dat hem niets mankeerde. 'En de politie denkt dat het
mijn Billy is?'

'Het zou kunnen.'

'Hoe ziet hij eruit?'

'Blond. Lichtbruine ogen. Ongeveer één meter vijfenzeventig en een
slank postuur.' Carl, die het voordeel had dat hij Billy Windsor persoonlijk had gesproken, gaf de tegenovergestelde beschrijving van
's mans uiterlijk.

'O.' De stem van Audrey Windsor klonk haast als het spinnen van
een poes. 'Nou, dan is het niet mijn Billy, ben ik bang. Hij had wel
lichtbruine ogen, maar hij had bruin haar en hij was een stuk groter.
Ik bedoel, zelfs op zijn zeventiende was hij al meer dan één meter
tachtig.'

'Het spijt me heel erg, mevrouw. Zoals ik al zei, het was mogelijk
goed nieuws. Ik betreur het dat ik u hoop heb gegeven.'

'Het geeft niet,' verzekerde ze hem. 'Ik weet dat mijn Billy er niet
meer is. Daar heeft hij wel voor gezorgd.'

'Zelfmoord.' Tess zei het woord op harde toon, en de vrouw kromp
ineen, alsof niemand dat woord ooit in haar bijzijn had durven gebruiken.

'Ja.'

'Daarom is hij nooit gevonden, nietwaar? Hij heeft zijn lichaam
verzwaard.'

'Waarschijnlijk wel, ja.'

'Wat een hufter.'

De reactie kwam snel, automatisch. 'Zo mag u niet over hem praten.'

'Waarom niet? Ik vind het egoïstisch om zelfmoord te plegen. Toen
Billy zichzelf verdronk, dacht hij alleen maar aan zichzelf. Bestond u
niet voor hem? Telden uw gevoelens dan helemaal niet? Als iemand
van wie ik hield zelfmoord zou plegen, zou ik het hem nooit vergeven. Op een bepaalde manier wilde hij u pijn doen, u straffen. Weet u
waarom?'

'U heeft niet het recht om zo over Billy te praten. Het was een schat van een jongen. Hij deed geen vlieg kwaad. Dat meisje heeft zijn hart gebroken. Hij kon het niet helpen.'

Tess haalde haar schouders op. 'Als u het zegt. Ik weet alleen dat het nu vijftien jaar later is, en dat u hem nog steeds niet officieel dood kunt laten verklaren. Volgens mij omdat u weigert toe te geven dat hij dood is. Omdat hij misschien helemaal niet dood is. Zou dat kunnen? Heeft hij zijn dood in scène gezet om van u verlost te zijn?'

Drey Windsor deed haar mond open en weer dicht, als een vis op het droge. 'Was dat alles?' wist ze uiteindelijk uit te brengen. 'Was dat alles wat jullie me wilden vragen?'

Carl keek onzeker naar Tess, maar zij knikte alleen. 'We zijn klaar. Alleen nog dit, Mrs. Windsor: We hebben slecht nieuws voor u.'

Ze ging staan en boog zich over de vrouw heen alsof ze haar iets in het oor wilde fluisteren, maar haar stem klonk helder en kil. 'Van nu af aan is Billy dood voor u. Hij kan hier nooit meer komen. Is dat duidelijk? Hij kan niet op bezoek komen en zelfs bellen is een te groot risico, want wij gaan u dag en nacht in de gaten houden. Komt Billy bij u in de buurt, dan arresteren we hem. We weten wat hij heeft gedaan. Zeg dat maar tegen hem als hij belt. We weten wat hij heeft gedaan en we gaan hem inrekenen.'

'Er is zeker iets gevonden, hè?' Inmiddels huilde ze. 'Ik heb altijd gezegd dat er op een gegeven moment iets boven zou komen, dat ze een stuk bot zouden vinden of zoiets. Hij heeft het niet met opzet gedaan, dat moet u goed begrijpen. Het was een ongeluk. En het was zo lang geleden. Voor zoiets kun je een jongen toch niet aansprakelijk stellen.'

'En een volwassen man ook niet, Mrs. Windsor? Een man die het blijft doen, telkens weer?'

Ze schudde haar hoofd. 'Ik weet niet waarover u het heeft. Billy is een nieuw leven begonnen, meer heb ik nooit voor hem gewild. Wat hij doet voor de kost – ja, wat moet hij anders doen? In elk geval heeft hij verantwoordelijkheidsgevoel. Hij probeert ons allemaal te beschermen, snap dat dan! Het moet toch ergens heen.'

Tess keek weer naar Carl, maar die begreep evenmin iets van deze gesnotterde bekentenis.

'Waar heeft u het over?'

'Jullie zijn van de DNR, hè? Jullie zijn geen echte politie. Ik heb nooit met jullie willen praten, en dat ga ik nu ook niet doen. Maak dat jullie hier wegkomen, tenzij jullie een arrestatiebevel hebben. En volgens mij hebben jullie dat niet.'

'Waarom denkt u dat we van de milieupolitie zijn, Mrs. Windsor?'

Er veranderde iets. Tess had laten blijken dat ze iets niet wist, en Drey Windsor had zichzelf weer in de hand. Zij wist iets wat Tess en Carl niet wisten, en dat gaf haar macht. Haar tranen droogden op en ze rechtte haar rug, trots en zo gesloten als een oester.

'De volgende keer hebben we wel een arrestatiebevel,' dreigde Tess, maar ze wist dat ze hier nooit terug zouden komen, dat ze de leugen te ver hadden doorgevoerd. 'Voor uw zoon en voor u, want u heeft duidelijk al die tijd geweten wat er met Becca Harrison is gebeurd, en dat maakt u medeplichtig. Vergeet niet wat ik heb gezegd, mevrouw. Voor u is Billy voortaan dood. Alleen als u hem aangeeft bij de politie heeft u nog een kans om hem terug te zien. Dan kunt u hem tenminste opzoeken in de gevangenis.'

'Billy gaat niet naar de gevangenis,' zei zijn moeder. 'Hij zou het nooit uithouden in een cel. Hij pleegt nog eerder zelfmoord dan dat hij zich laat arresteren.'

'Waarschijnlijk zal hij doen alsof hij zelfmoord wil plegen, maar ik denk niet dat hij moedig genoeg is om dood te gaan. Jammer genoeg.'

35

'Je bent veel te ver gegaan.'

'Ben ík te ver gegaan? Het is stom om je voor politie uit te geven
Het is strafbaar.'

'Ik ben écht agent geweest.'

'Precies, geweest. En ik heb je niet horen zeggen dat je agent van de
Toldienst was.'

'Agent is agent.'

'Maar dat ben je niet, niet meer. We hadden afgesproken dat we
maatschappelijk werkers uit het ziekenhuis zouden zijn, dan konden
we hartelijk en meelevend zijn, haar vertrouwen winnen. Zodra jij het
woord politie gebruikte, was zij op haar qui-vive, alert op valkuilen.
Ze weet misschien niet alles wat haar zoon heeft gedaan, maar ze
weet wel iets.'

'Dankzij jou weet ze nu veel meer dan gisteren. Nu slaat Billy
Windsor op de vlucht, en dat komt door jou. Nu zullen we hem nooit
vinden. Als je onderzoek doet, laat je je niet in de kaart kijken.'

'Uit welke film heb je dat cliché?'

Carl negeerde de steek onder water. 'Als we gewoon hadden afgewacht, was hij vanzelf een keer teruggekomen.'

'Geloof je nou echt dat we in een besloten complex met een eigen
bewakingsdienst bij haar huis hadden kunnen posten? Ze zouden ons
er binnen een kwartier uit hebben geknikkerd. Oké, Billy kan niet
meer bij zijn moeder in de buurt komen, hij durft haar misschien zelfs
niet meer thuis te bellen. Dat zal hem wanhopig maken, zodat hij
extra vaart zal zetten achter het uitvoeren van zijn plan – wat dat dan
ook is. En als hij haast heeft, maakt hij misschien fouten.'

Het was voor het eerst dat Carl weer achter het stuur zat sinds Mickey Pechter vier dagen daarvoor zijn kwaliteiten als slagman op Carls
knie had geoefend. Onverwacht trok hij het stuur naar rechts, en hij
stopte op het verlaten parkeerterrein van een restaurant.

'Ik wil je iets vragen. Wanneer hebben we afgesproken dat jij de baas bent? Ik dacht dat we partners waren, maar jij deelt de lakens uit, jij bent degene die altijd gelijk heeft. Is dat omdat ik je niet heb verteld wat me is overkomen, of omdat ik de politie niet van Mary Ann Melcher had verteld? Mag ik je eraan herinneren dat ik gelijk had? Hij is niet dood. Ik herinner je er ook aan dat ik je leven heb gered.'

'Wanneer heb jij mijn leven gered?'

'Toen die griezel in je huis was.'

'Je hebt voorkomen dat ik hem een kogel door zijn kop heb gejaagd, wat erg vervelend zou zijn geweest, maar die man had me echt niets gedaan.'

'Toch was ik er voor je. Ik heb je beschermd. En dan presteer je het nog om tegen me te praten alsof ik... alsof ik een klein jongetje ben en moet doen wat mama zegt. Maar ik ben niet dat vriendje van je, oké? Ik ben geen pantoffelheld zoals die tutnicht van je, een beetje zwabberen en de honden uitlaten. Ik ben een echte man. Een échte man!'

Tess voelde dat het gesprek uit de hand liep, wist dat er vreselijke dingen gezegd zouden worden, dingen die niet vergeven of vergeten konden worden. Het liefst wilde ze uitstappen en wegrennen. Ze wilde Carl slaan en hem beledigen, uit wraak voor zijn gemene opmerking over Crow. Ze wilde haar vingers in haar oren steken en heel hard gaan zingen, zodat ze zijn stem niet meer kon horen.

Tellen, had dokter Armistead een keer tegen haar gezegd. Het werkt echt. Ze telde tot tien. Toen tot twintig. Toen tot dertig. Halverwege de veertig begon de wijzer van de bloeddrukmeter te dalen, en ze zei: 'Het spijt me.'

Met de haast van een man die aan een klif bungelt krabbelde Carl terug. 'Het spijt mij ook. Ik wil gewoon dat jij – dat iedereen – naar me luistert, dat je beseft dat ik iets te zeggen heb, dat ik iets kan bijdragen.'

'Ik weet het. Ik wil precies hetzelfde. Ik wil dat mensen – ' Wat wilde ze eigenlijk? Op welk knopje had Carl daarnet gedrukt? Mickey Pechter en majoor Shields hadden het ook gevonden, met gemak, en die hadden dezelfde mix van woede en schaamte opgeroepen. Nu speelde Billy Windsor kat en muis met haar. Hij wilde gevonden worden. Hij wilde ontsnappen.

'Ik heb er genoeg van dat mensen me onderschatten,' zei ze tegen Carl, die knikte. 'En me neerbuigend behandelen. Als ik me vergis, ben ik dom. Als ik het bij het juiste eind heb, is het geluk. Als we die kerel ooit vinden, zullen mensen zeggen dat we gewoon mazzel hebben gehad, dat we door stom toeval op zijn naam zijn gestuit. Als we het verknallen, zijn wij de gebeten hond.'

Carl keek naar buiten, zodat ze zijn gezicht niet kon zien. 'Wil je terug naar de staatspolitie, ze vertellen wat we weten?'

'Nee, want dan pakken ze het van ons af.'

'Ze pakken het van míj af, zul je bedoelen. Ik heb geen enkele status.'

'We werken als een team. Als zij niet met jou willen samenwerken, wil ik niet met hen samenwerken.'

Hij draaide zijn hoofd om en grijnsde zo breed dat zijn ogen haast verdwenen tussen alle sproeten. 'Ze zeggen dat het slimmer is om geluk te hebben dan het geluk te hebben slim te zijn,' zei hij. 'Eerlijk gezegd kan niemand me van het een of het ander beschuldigen.'

'Ik gebruik het zelf ook vaak. Maar ik zal je zeggen wat pas écht geluk hebben is. Als je wordt geboren bij twee fijne mensen die je een goed leven kunnen bieden, die je niet mishandelen – ' Gegeneerd brak ze haar zin af.

'Het geeft niet. Ga door.'

'Mensen die aardig zijn voor jou en voor elkaar. Als er geen tijdbommen in je DNA zitten. Als je alle domme dingen doet die tieners nu eenmaal doen en ongeschonden uit de strijd komt. En eenmaal volwassen ben je verantwoordelijk voor je eigen geluk. Weet je waar ik een ontzettende hekel aan heb?'

'Nou?'

'Aan hokjesgeest. Mensen vinden dat je in je eigen hokje moet blijven, en als je erop gebrand bent om iets te bereiken, noemen ze je een uitslover. Als mensen je een uitslover noemen, zeggen ze in feite dat ze veel beter zouden kunnen zijn dan jij, maar dat ze zich niet willen verlagen om hun best ervoor te doen.'

Opnieuw voelde ze boosheid opkomen, boosheid op een of andere naamloze vijand zonder gezicht, en ze vroeg zich af wat dokter Armistead van haar felle aanval zou denken. Dokter Armistead – ze keek op de klok in het dashboard. 'Shit. Mijn therapie begint over een halfuur. Als ik er niet ben, raak ik honderdvijftig dollar kwijt.'

'Fysiotherapie?'

Het was grappig dat Carl, die wist dat ze in therapie was, er nog steeds van uitging dat een bezoek aan de dokter met een lichamelijke aandoening te maken had.

'Nee, je weet wel, die vent naar wie ik van de rechter toe moet vanwege het akkefietje met de griezel van de honkbalknuppel.'

'Ik weet dat je ervan werd beschuldigd dat je hem hebt mishandeld, maar je hebt nooit verteld hoe het precies is gegaan.'

Dat deed ze nu, terwijl ze voortjakkerden om op tijd terug te zijn in Baltimore. Ze vond het een opluchting dat Carl een paar keer moest lachen om haar verhaal, zodat ze weer wist dat het echt als een grap bedoeld was geweest – hoe had zij nou moeten weten dat Mickey Pechter in het ziekenhuis zou belanden vanwege een ernstige allergische reactie? Ze begon zelf ook te lachen toen ze zich herinnerde hoe hij eruit had gezien op het parkeerterrein, als een haarloze kat. Het verhaal had echt een komisch element.

Toch was het waarschijnlijk beter om niet tegen dokter Armistead te zeggen hoe ze erover dacht, want hij vond juist dat ze zo goed vooruitging.

Er waren nog twintig minuten over op de wijzerplaten van alle klokken in de spreekkamer toen Tess werkelijk niet meer wist wat ze nog tegen de psychiater kon zeggen. Totdat ze in de haveloze fauteuil ging zitten had ze niet beseft hoeveel ze voor hem achter wilde houden, in elk geval voorlopig. Ze kon hem niet vertellen dat ze weer met Carl samenwerkte, want dan zou ze Mickey Pechter ter sprake moeten brengen, en dat onderwerp was taboe. En als ze hem vertelde dat Billy Windsor volgens haar een ingenieuze val voor haar had opgezet – door een machtige stichting voor zijn karretje te spannen, haar een lijst van zijn slachtoffers toe te spelen, zelfs een vrouw te doden – zou Armistead waarschijnlijk iemand laten komen om haar op te sluiten in een van de gesloten afdelingen van het ziekenhuis.

'Waar denk je aan?' vroeg hij nadat ze een tijdje in haar schoot had gestaard.

'Ik dacht dat mijn gezicht me altijd verried,' zei ze op luchtige toon. 'Niet altijd.'

Ieder ander die per uur werd betaald – een advocaat, om maar iets te noemen, of een loodgieter, of zelfs een privé-detective zoals zijzelf – zou het uur graag wat eerder afronden. Maar zo zat dokter Armistead duidelijk niet in elkaar. Hij bleef haar strak aankijken, zijn borstelige wenkbrauwen zo diep gefronst als mogelijk was. Tess tilde haar hoofd op en keek hem aan – hopelijk met een onschuldige uitdrukking in haar ogen.

'Waar denk je aan, Tess?' drong hij aan.

'Nergens aan.'

'Dat kan niet, zoals je heel goed weet.'

'Nou, ik dacht net dat ik niets te zeggen heb.' Dat was een waarheid als een koe.

Grappig, ze zou het eigenlijk wel prettig hebben gevonden om over haar ruzie met Carl te praten, vanwege de onverwachte heftigheid en woede die tot uitbarsting was gekomen. Carls sterke en zwakke kanten waren onlosmakelijk met elkaar verbonden. Hij was vasthoudend, maar vasthoudendheid werd al snel een obsessie. Hij was bot, maar hypergevoelig als het zijn eigen tekortkomingen betrof; hij verzamelde krenkende opmerkingen zoals een klein jongetje steentjes en elastiekjes verzamelt. Waar was dat venijn jegens Crow vandaan gekomen? Als een vrouw zoiets had gezegd, zou ze kattig zijn genoemd. Een oneerlijke vergelijking, zowel ten opzichte van vrouwen als van katten.

Maar zelfs als ze over Carl kon praten, hoe moest ze hem dan beschrijven? Om te weten hoe hij was, moest je het stadje North East kennen, weten van de gewelddadige vader, de moeder die hij had gered. Armistead zou Carl moeten zien, met zijn licht loenzende ogen en zijn O-benen. Hoe konden therapeuten werken zonder de context van het leven van alledag?

'Weet je zeker dat je niets te zeggen hebt? Of is er iets waar je graag over zou willen praten, alleen weet je niet hoe je moet beginnen?'

Tess schrok bijna van zijn stem. Ze wist dat hij haar gedachten niet kon lezen, maar hij leek haarfijn aan te voelen dat er van alles door haar hoofd ging. Er moest zoveel gebeuren. Niet dat ze enig idee had wat allemaal. Het enige wat Carl en zij die dag hadden bereikt, was dat ze een trieste, eenzame vrouw hadden geïntimideerd. Het was 6 juni. Hoeveel tijd hadden ze nog? Waar moesten ze naartoe? Carl zat buiten op haar te wachten in een van de houten tuinstoelen in de parkachtige tuin van het ziekenhuis. Na dit uur moest ze met een plan naar buiten komen.

'Ik ben een beetje afwezig. Ik moet keihard werken.'

'O, ja? Ik dacht dat je klaar was met die ene zaak. Dat heb je me vorige keer verteld. De man naar wie je op zoek was bleek dood te zijn, en je partner was uiteindelijk onbetrouwbaar.'

'Precies, helemaal waar. Dit is iets nieuws.'

'Waar werk je nu dan aan?'

'O, niks bijzonders. Ik zit veel achter de computer. Fraude met aandelen.'

'Ik wist niet dat je dat soort werk deed.'

Ik ook niet. 'Het zijn de saaie zaken die de rekeningen betalen.' Ze gaapte, voornamelijk voor de show, maar het was een vergissing. In het domein van dokter Armistead zat zelfs een gaap boordevol verborgen betekenissen.

'Slaap je niet goed?'

'Ik ben een beetje rusteloos. Het is nu al zo warm, maar ik wil de airconditioning pas aanzetten als het echt zomer is. Ik wil me niet laten kennen.'

'Slapeloosheid.'

'Ik val wel in slaap.' Als Crow eenmaal thuis is. 'Ik word alleen weer wakker.'

'Heb je weer last van de nachtmerrie waar je me over hebt verteld? De droom waarin je je vriend dood ziet gaan?'

Hoe kwam het toch dat hij zoveel onthield? Hij had geen aantekeningen bij de hand. Nam hij de sessies stiekem op? Schreef hij dingen op als ze weg was, zodat hij de aantekeningen later nog eens kon doorlezen? Maar er waren altijd mensen voor en na haar, dus hij had helemaal geen tijd om direct aantekeningen te maken. Hoewel ze elke week op een andere dag en een ander tijdstip een afspraak had, zag ze op de gang altijd dezelfde trieste oudere vrouw, die met de gelige huid en het blauwige haar.

'Nee, niet die nachtmerrie.'

'Een andere dan? Een nieuwe?'

'Nee, ik heb gewoon geen nachtmerries.'

Maar hoe hard ze haar best ook deed, ze kreeg tranen in haar ogen. Door zijn vraag was ze weer terug in het steegje op de ochtend dat Jonathan was omgekomen. Ze hadden de avond ervoor met elkaar gevreeën. Seks gehad. Hij was opgetogen, ervan overtuigd dat hij een schitterende toekomst tegemoet ging als hij eenmaal met zijn grote verhaal naar buiten was gekomen. Zij was een beetje depri geweest, alsof Jonathans succes ten koste ging van haar.

De koplampen van de taxi waren uit het niets opgedoemd. Ze hadden de stationair draaiende motor van de auto moeten horen toen ze uit haar appartement naar buiten kwamen. Alleen was er geen tijd geweest om iets te merken. Jonathan had haar in een reflex opzij geduwd toen de taxi eraan kwam. De bestuurder had het waarschijnlijk niet kunnen schelen als hij haar ook dood had gereden, maar ze was niet belangrijk genoeg om voor terug te komen.

De onvermijdelijke vraag: 'Waarom huil je?'

'Gewoon, het is een nare herinnering, oké? Het is logisch dat ik moet huilen als ik eraan denk. Iemand van wie ik hield is dood.'

'Overleven,' zei de psychiater gewichtig, 'eist een prijs. In dromen beginnen verantwoordelijkheden.'

'We komen altijd terug bij poëzie,' mompelde Tess. En niet eens goede poëzie, had ze er het liefst aan toegevoegd.

'Poëzie? Het is de titel van een boek van Delmore Schwartz.'

'Schwartz had die titel uit een Frans gedicht. Van Villon, als ik het me goed herinner.'

Weer een gespannen stilte. Tess bestudeerde de diploma's aan de muur. Ze vond het een beetje opschepperig, al die academische titels, zes in totaal. Er waren er twee van Johns Hopkins, de topuniversiteit van Baltimore. Als je ook maar iets met Johns Hopkins te maken had gehad – zelfs als daar alleen je blindedarm was verwijderd – zou dat zeker worden genoemd in je necrologie.

Necrologie. Johns Hopkins. Misschien leverde dit uurtje toch nog wat op.

'Heeft u psychiater Michael Shaw gekend?'

Bij wijze van uitzondering had ze hem verrast met haar vraag. 'Alleen van naam. Ik weet zeker dat we elkaar ooit eens de hand hebben gedrukt, maar ik heb geen duidelijke herinnering aan hem. Hoezo?'

'Hij heeft iets te maken met een zaak waar ik aan werk.'

'De fraudezaak?'

'Ja, precies. Het zou kunnen dat hij een van de benadeelde investeerders is geweest.' Ze zoog alles ter plekke uit haar duim. 'Mijn cliënt is zelf ook slachtoffer. Ik ben nu op zoek naar andere gedupeerden, zodat de effectenmakelaar aangeklaagd kan worden.'

'Om welke firma gaat het?'

'Ze zitten niet in Baltimore.' Over Armisteads schouder heen keek ze nog steeds naar de diploma's. 'Washington Securities.'

'En jij denkt dat Shaw – '

'Misschien de man heeft behandeld die hem later heeft opgelicht. Is er een manier om dat uit te vinden?'

'Natuurlijk niet,' brieste hij verontwaardigd. 'Zoiets is geen reden om de vertrouwelijkheid te schenden.'

'Maar hij is dood, en er is wellicht een misdrijf gepleegd – '

'Michael Shaw is dood, niet de man die jij zoekt. En dat iemand wordt verdacht van fraude betekent niet dat de vertrouwensrelatie tussen arts en patiënt komt te vervallen.'

'O.' Ze zakte in elkaar op de stoel en begon aan de draadjes te frunniken. Ze had heel even hoop gehad dat ze iets zou bereiken.

'Het is misschien een schrale troost, maar ik betwijfel of Shaw die fraudeur van jou heeft behandeld.'

'Hoe weet u dat?'

'Voordat Shaw zijn eigen praktijk begon, was hij verbonden aan Hopkins. Hij behandelde verkrachters en pedofielen, de recidivisten.'

'Echt waar?' Zoals Carl telkens had benadrukt, bij seriemoordenaars was vaak sprake van een seksuele component.

'Hij is als arts in opleiding met het project begonnen, in de jaren tachtig. Je hebt misschien wel van zijn onderzoek gehoord. Ongeveer honderdvijftig daders kregen Depo-Provera.'

'Ik dacht dat dat een voorbehoedmiddel was.'

'Het wordt verkregen uit het vrouwelijke hormoon progestageen en het wordt inderdaad als anticonceptie gebruikt. Maar ook voor wat we chemische castratie noemen. Door de pers werd het onderzoek helaas verkeerd uitgelegd. Depo-Provera was slechts een component, naast traditionele therapie en aanpassing van het gedrag. De media hebben zich op een enkel geval gericht, de verkrachter met de bivakmuts, die zich vrijwillig had aangemeld. Jammer genoeg hield hij op met de pillen, en een paar jaar geleden werd hij gearresteerd wegens verkrachting van een driejarig meisje. Erg triest.'

'En dat onderzoek vond twintig jaar geleden plaats?' In gedachten maakte ze het rekensommetje. Billy Windsor had op zijn zeventiende 'zelfmoord gepleegd', en dat was nu vijftien jaar geleden. Was hij wellicht verdwenen om aan het onderzoek of een vervolg daarop mee te doen? Was de moord op Becca Harrison een lustmoord geweest? Nee, ze waren vriendje en vriendinnetje, smoorverliefd volgens de oude vrouw op Notting Island. Toch stond Michael Shaw op Windsors lijst. Niets is toeval, had Luisa O'Neal gezegd.

Stel dat Windsor zich door Michael Shaw had laten behandelen om zijn driften te leren beheersen? Was het mogelijk dat hij zo kritisch naar zichzelf had gekeken? Het leek ondenkbaar, en toch zou het verklaren waarom de moorden waren gestopt, en waarom er zo'n lange pauze was geweest tussen de moord op Hazel Ligetti en het doodrijden van dokter Shaw.

En het zou verklaren waarom hij weer was begonnen. Billy Windsor had geen vertrouwen meer in de moderne psychiatrie.

'Vanwaar dat schampere glimlachje, Tess?'

'Was het een schamper lachje?' Een zestal grote wijzers sprong naar de twaalf, het uur van haar vrijheid. 'Ik probeer alleen te bedenken waar ik trek in heb voor de lunch, nu we klaar zijn.'

'Zie je jezelf als een soort god?'

De vraag komt zomaar bij hem op. Waarom moet hij daar nu opeens aan denken, terwijl er zoveel dingen geregeld moeten worden, terwijl er zoveel onvoorziene problemen zijn ontstaan, terwijl er zoveel mis is gegaan?

Hij heeft niet eens de tijd om er goed over na te denken, zoals hij anders zou doen. Hij onderschat zijn eigen geest niet, kent zijn eigen gevoelens zoals hij vroeger thuis de moerassige kreken kende, en hij begeeft zich met dezelfde voorzichtigheid op dat terrein. Er zijn maar twee mensen die hem even goed hebben gekend als hij zichzelf kent, en een van de twee is er niet meer.

Wat de ander betreft – hij vindt het onvoorstelbaar dat ze naar zijn moeder zijn gegaan, haar bang hebben gemaakt, zodat ze vijf kilometer heeft gelopen, twee snelwegen heeft overgestoken, totdat ze een telefooncel had gevonden waar ze zich veilig voelde. 'Waar had die vrouw het over, Billy? Zijn ze van de milieupolitie? Weten ze wat je doet?'

Hij was tegelijk opgelucht en ontzet. Gelukkig hadden ze zijn moeder niet al zijn geheimen verteld; gelukkig was zij nog ongedeerd, nog onwetend. Hij vertelde haar dat het bezoek van het tweetal niets voorstelde: het meisje was een beetje gek, misschien zelfs een pathologische leugenaar. Ze moest alles gewoon aan hem overlaten. Intussen mocht ze voor niemand de deur opendoen zonder om een penning of legitimatie te vragen, en ze mocht met niemand praten zonder dat er een advocaat bij was.

Ze begon te huilen, zei dat ze het niet nog een keer kon, dat ze er niet tegen kon om hem niet te zien. Hij bracht haar in herinnering dat het haar de eerste jaren ook was gelukt, toen ze nog op het eiland woonde, en dat ze zich er wel doorheen zou slaan. Niemand kon voorkomen dat zij elkaar zagen.

Hoewel hij haar op sussende toon geruststelde, was hij woedend. Hoe durfde ze naar zijn moeder toe te gaan? Hoe hadden ze zijn naam ontdekt, het enige dat hij helemaal voor zichzelf had gehouden? Wie had hem verraden? Luisa O'Neal zou zijn naam nooit durven noemen, als ze al had geweten hoe hij heette. Toch wisten ze naar wie ze op zoek waren, de tweede keer dat ze op Notting waren geweest. Dat stomme wijf, June Petty, met haar grote mond en haar eeuwige roddelpraat, haar nooit aflatende rivaliteit met alle andere vrouwen op het eiland. Jarenlang had ze op dit verhaal geteerd, had ze haar lippen gelikt en quasi-medelijdend haar hoofd geschud, terwijl ze zijn moeder nooit had gemogen. Als ze wist wat ironie was, zou June Petty het ironisch hebben genoemd: Drey Windsor hielp het vriendinnetje van haar zoon weg te lopen bij die vreselijke vader van haar, waarop haar zoon zelfmoord pleegde uit wanhoop over haar verdwijning.

Het was zijn moeders idee geweest – pleit hij voor een denkbeeldige jury – een briljant idee. Ze hoefde immers geen ervaren actrice te zijn om het verdriet van een rouwende moeder uit te beelden. Hij was al die jaren werkelijk dood geweest voor haar. Achteraf ziet hij die periode als de 'goede' jaren, de jaren dat hij naar school ging en zijn bedrijf opbouwde en af en toe bevrediging vond bij een prostituee. Vreemd, het was kort voordat zijn moeder net als hij op de vaste wal kwam wonen dat de hunkering begon. Niet vanwege haar, maar omdat de dingen eindelijk geregeld waren. Toen hij eindelijk, figuurlijk gesproken, het anker had uitgeworpen, was hij vrij om te zoeken naar de liefde waarnaar hij verlangde, vrij om de liefde die hij nodig had te vormen.

Hij had zijn moeder overgehaald om naar Harkness te komen, maar het leek wel of hij daarmee de bron van haar kracht had weggenomen. Op de vaste wal is ze verzwakt. Ze gaat dood. Niet lichamelijk maar emotioneel. Zijn vaders vroegtijdige dood heeft hem laten zien dat een ouder voor je ogen kan verdwijnen, en hij heeft altijd geweten dat dit op een dag met zijn moeder gaat gebeuren. Hij had alleen verwacht dat haar geest onveranderd zou blijven, dat ze altijd scherp en listig zou blijven, crisisbestendig.

Per slot van rekening had zij bedacht wat ze moesten doen toen hij snikkend thuiskwam, compleet van slag door wat er was gebeurd. Het was haar idee geweest om Becca's lichaam te verzwaren, om zijn boot te laten dobberen en hem vervolgens in vrouwenkleren mee te nemen naar de overkant van de baai. Als iemand de veerboot had gezien die 's avonds in Saint Mary's aanlegde, zouden ze twee vrouwen hebben gezien. Ze had hem aan wal gezet met al het geld dat ze bij elkaar kon krijgen en hem omhelsd, waarna ze terug was gegaan naar huis om te wachten op het klopje op de deur en de mededeling dat de boot van haar zoon was gevonden, met een briefje waarin hij uitlegde dat hij een eind aan zijn leven ging maken omdat Becca hem had verteld dat ze wegliep van huis om operazangeres te worden. Dat was tot op zekere hoogte allemaal waar. Becca was er niet meer, en hij kon niet zonder haar leven.

Het probleem is dat ze gelijk heeft, zijn nieuwe meisje, zijn o-zo-slimme meisje, ze heeft hem beet. Wat er ook gebeurt, voorlopig kan hij zijn moeder niet zien, het risico is te groot. Ze heeft iets van hem afgepakt, ze straft hem. Terwijl hij haar zoveel heeft gegeven. Weet ze dan niet dat ze bij hem in het krijt staat? De anderen begrepen het niet, maar de anderen waren dan ook niet in staat om zijn giften in ontvangst te nemen. Inmiddels weet hij dat. Keer op keer heeft hij slecht gekozen, totdat hij helemaal wanhopig was omdat hij dacht dat hij het nooit goed zou kunnen doen.

Ooit had hij geprobeerd het uit te leggen, niet met zoveel woorden, maar de psychiater bleek nog dommer te zijn dan de vrouwen die hij had geprobeerd te helpen.

De psychiater. Daarom klonk die stomme vraag na al die jaren opeens weer in zijn oren. 'Zie je jezelf als een soort god?'

'Natuurlijk niet.'

'Beschouw je jezelf als een superieur wezen, beter dan alle anderen?' had de man aangedrongen.

'Nee,' had hij gezegd, 'helemaal niet. Luistert u dan niet naar me? Ik identificeer me met Pygmalion. Hij is een sterveling.'

'Het is een toneelstuk van Shaw. Shaw heeft me altijd aangesproken.' De man glimlachte op een manier die zelfspot moest voorstellen. 'De reden ligt nogal voor de hand, dat geef ik toe.'

'Ik weet alles van zijn *Pygmalion*. Het vormde de basis voor *My Fair Lady*, jammer genoeg.'

'Jammer genoeg?'

'Ik hou niet van musicals.'

Hij had het op felle toon gezegd, en de psychiater pinde hem erop vast. Dat deed hij met alles, wat het ook was.

'Je houdt van toneel maar niet van musicals? Hoezo?'

'Ik hou ook niet van toneel. Het is allemaal even onecht, al dat theatrale gedoe en die overdreven gebaren en gedragen stemmen. Ik hou van film. Toen het geluid eenmaal was ontwikkeld, sloeg het nergens meer op om mensen op een toneel teksten te laten voordragen.'

'Het is al een hele tijd geleden dat het geluid werd ontwikkeld.'

'Theater is ook al een hele tijd lachwekkend.'

Er viel een ongemakkelijke stilte. Hij wist dat hij het professionele omhulsel van de man had doorgeprikt. De psychiater hield waarschijnlijk van toneel. En van opera natuurlijk, een poppenkast die hij tot op de dag van vandaag verfoeide. De arme drommel. Hoe kon deze man hem ooit helpen, stom als hij was? Hij had zijn research zo grondig gedaan, gezocht naar iemand met de ervaring die hij nodig had. Hij was het niet gewend om fouten te maken.

'Toneel kan natuurlijk heel indrukwekkend zijn,' zei hij om het goed te maken. 'Toch geef ik de voorkeur aan film.'

'Wat voor soort films? Hou je van een bepaald genre of van een bepaalde regisseur?'

'Bertolucci,' zei hij, en hij had er meteen spijt van, want de psychiater leek zijn oren te spitsen. O, iedereen kende *Last Tango*, met de idiote, overdreven seks. Dat boeide hem nou echt totaal niet. Nee, hij dacht aan *1900* en *The Last Emperor*. De laatste film was zijn grote favoriet, want het verhaal ging over een jongen met een grootse toekomst en de wereld die hij kwijtraakte. 'Om de een of andere reden hou ik van alle Italiaanse regisseurs. Fellini. Sergio Leone.'

'Je hebt een elitaire smaak.'

'Sergio Leone? Hij maakte spaghettiwesterns.'

'Ach ja, westerns. Hou je daarvan? Klassieke verhalen over goed en kwaad, weidse, kale landschappen. En heel weinig vrouwen.'

'De meeste mensen houden van westerns.' Hij keek de man veelzeggend aan. 'Ik wantrouw elke man die zegt dat hij er niet van houdt.'

Weer werd het stil. Dit deed hij wel vaker, de man even laten merken dat hij alles wist van hem en zijn persoonlijke voorkeur. Wat dacht die psychiater, dat hij uit kon maken wie een echte man was en wie niet?

'Shaw,' hernam de man, 'was vegetariër. En een vriend van Harpo Marx.'

Hij haalde zijn schouders op; de opmerking sloeg nergens op.

'Het spijt me, we zijn een beetje afgedwaald, geloof ik. We hadden het over...'

'Pygmalion. De mythe, niet het stuk van Shaw.'

'De mythe ken ik eigenlijk niet goed. Een man schept een vrouw – '

'Pygmalion is beeldhouwer en hij maakt een beeld van de volmaakte vrouw.'

'En dan vraagt hij een of andere godin – '

Het ergerde hem dat er op zo'n oneerbiedige manier over werd gesproken. 'Hij maakt de ideale vrouw, alleen is ze van steen. Hij bidt tot Aphrodite, en zij bezielt het beeld.'

'Aphrodite?'

'De enige god op de Olympus zonder ouders. Ze rees in al haar vol-maaktheid op uit zee. U kent haar misschien beter als Venus. Zelf vind ik de Griekse namen veel mooier: Zeus, Poseidon, Hades – veel melodischer dan Jupiter, Neptunus, Pluto.'

'Juist. En, is Pygmalion tevreden met zijn ideale vrouw?'

'Welke man zou daar niet tevreden mee zijn?'

'Ik bedoel, eindigt het verhaal daarmee?'

'Ja. Ze leven nog lang,' zegt hij op bewust ironische toon, 'en gelukkig.'

'En jij hebt geen geluk gehad met vrouwen.'

'Daarom zit ik hier.'

'Je denkt wel aan een erg... ingrijpend middel.'

'Ik ken mijn eigen beperkingen. Het enige wat ik wil, is een manier om nog lang en gelukkig te leven.' Zijn toon is schalks, en toch meent hij oprecht wat hij zegt.

'Het is aan mij om te bepalen of je krijgt wat je wilt.'

'Ik weet wat de regels zijn. Ik had niet verwacht dat u me meteen... in het diepe zou laten springen.'

'O nee? Toch maak ik nog extremere dingen mee. Er zijn mensen die li-chaamsdelen willen laten verwijderen. Wist je dat? Sommigen zien het als een natuurlijke voortzetting van wat we geslachtsverandering noemen. Ik zie dat als de blootlegging van het probleem. We kunnen het menselijk lichaam tot op zekere hoogte veranderen, maar het ware ik laat zich niet wegdruk-ken. We maken het regelmatig mee, met jongens die bij de geboorte geen compleet geslachtsdeel hadden. Je kunt geen kleine meisjes van ze maken. Dat is een harde les, vooral hier. Johns Hopkins heeft altijd vooropgelopen op het gebied van de transseksuelen.'

'Ik heb niet gezegd dat ik een meisje wil worden.'

'Nee, je verzoek is zo mogelijk nog vreemder: je wilt een eunuch worden. Je wilt van je eigen mannelijkheid af, maar daar heb je een chemisch middel voor nodig. Het zou onverantwoordelijk van me zijn om zo'n behandeling goed te keuren zonder intensieve begeleiding. Waarom wil je het zo graag? Ik krijg de indruk dat je seksueel normaal functioneert en je hebt niet de neiging om vrouwen aan te randen of te verkrachten. Een paar mislukte re-laties zijn nog geen reden om het op te geven. Iedereen heeft wel een paar mislukte relaties, weet je. Als je de ware vindt, besef je dat al het andere deel uitmaakte van de zoektocht.'

Hij had een hand in zijn zak gestoken en op de tast zijn sleutels gevon-den. 'Heeft u de ware gevonden?'

De man bloosde. 'Je weet heel goed dat ik niet over mijn privé-leven praat.'

'U denkt dat u de ware heeft gevonden. Hoe lang al?'

'Nou, het is nu twee jaar – '

'Mijn ouders zijn twintig jaar getrouwd geweest. Het zou nu veertig jaar zijn geweest, als mijn vader niet was overleden.'

'Bewonderenswaardig. Dat zou jou hoop moeten geven, als het tenminste een goed huwelijk was.'

Scherp, direct. 'Het was een heel goed huwelijk.'

'Waarom ben je dan hier?'

'Ik weet wat ik nodig heb.'

'Dat valt nog te bezien.'

Uiteindelijk waren ze tot de conclusie gekomen dat ze het niet met elkaar eens waren. Dokter Michael Shaw, die zoveel had gehoord en zo slecht had geluisterd, was een blok aan zijn been geworden. Terwijl Billy die dag in de regen zat te wachten, zag hij in gedachten zijn moeder voor zich, zoals ze met tot spleetjes geknepen ogen een draadje bevochtigde om het door het oog van een naald te steken. In de bijbel stond dat het voor een kameel makkelijker was om door het oog van de naald te kruipen dan voor een rijke man om in de hemel te komen. Geschept door de geleende auto had Michael Shaw geen kik gegeven. Hij kon niet garanderen dat de psychiater naar de hemel was gegaan, maar waar hij ook was, hij was er zonder een geluid van protest naartoe gegaan. Er klonk alleen het ruisen van de regen, verder niets.

36

'Michael Shaw heeft meegedaan aan een onderzoek met verkrachters.'

Tess was gaan praten zodra ze Carl in het oog kreeg, zittend in een van de tuinstoelen op het gazon voor het ziekenhuis. Hij luisterde aandachtig naar haar verwarde verhaal over chemische castratie, zonder de draad kwijt te raken.

'Daarom is er zo'n lange pauze geweest,' zei ze. 'Hij was opgehouden.'

'Of heeft dat althans geprobeerd,' zei Carl. 'Kennelijk kende hij zichzelf goed genoeg om te weten dat zijn gedrag door een seksueel element werd bepaald. Hij nam aan dat de behandeling zijn lustgevoelens zou onderdrukken, zodat hij kon ophouden met moorden.'

'Het onderzoek is op een gegeven moment gestaakt, dus het is mogelijk dat hij nooit Depo-Provera heeft geslikt en alleen traditionele therapie heeft gehad.'

'Je hebt me verteld dat een psychiater de plicht heeft om het te melden als hij denkt dat zijn patiënt een misdrijf heeft gepleegd of een gevaar is voor de samenleving. Waarom zou Billy Windsor Shaw vermoorden als Shaw niets wist?'

Tess staakte haar geijsbeer en plofte neer in de tuinstoel tegenover Carl, zo ver achterover dat ze door de boomtakken de rokerig blauwe lucht kon zien. Het was een ongewoon warme dag, benauwd en broeierig, zoals de zomers in Baltimore helaas konden zijn.

'Ik heb een theorie,' zei ze.

'Vertel op.'

'Ik wil geen theorieën hebben, ik wil feiten. Je koopt geen bal voor een theorie.'

Carl haalde zijn schouders op. 'Wat hebben we verder nog? Een naam en een moeder.'

'Niemand krijgt een hechte relatie met deze man. Zijn moeder en de vrouwen die hij beweerde te beminnen zien maar één kant van

324

hem. Maar om de behandeling die hij wilde los te peuteren van dokter Shaw moest Billy Windsor iets over zichzelf prijsgeven wat hij normaalgesproken verborgen hield. Hij heeft natuurlijk niet opgebiecht dat hij vrouwen heeft vermoord, maar hij kan andere dingen hebben verteld, onthullingen waar hij later spijt van heeft gekregen. Hij heeft Mary Ann laten leven omdat ze om wat voor reden dan ook nooit in de cruciale fase zijn gekomen. Hij zag het niet meer zitten met haar.'

Carl knikte. 'Ik heb nagedacht over Hazel Ligetti. Ze moet zijn medeplichtige zijn geweest, dreigde waarschijnlijk met chantage – waarom zou hij haar anders vermoorden? Aan de andere kant is het niet waarschijnlijk dat ze hem haar geld wilde nalaten als ze van plan was hem te gaan chanteren.'

'Ik denk dat ze een brief heeft geschreven,' zei Tess, denkend aan de brief die ze haar tante Kitty in bewaring had gegeven in de tijd dat ze bang was voor Luisa O'Neal en haar man. 'En die is ergens veilig opgeborgen in een kluis.'

'Hij heeft haar uit de weg geruimd omdat ze hem kende. Letterlijk – hij heeft haar huis platgebrand en haar van de aardbodem weggevaagd.'

'Zo was hij meteen verlost van mogelijk belastend materiaal dat ze mee naar huis had genomen van haar werk,' merkte Tess op. 'O, shít!'

'Wat?'

'De eerste keer dat ik in Sharpsburg was, ben ik naar Hazels graf gegaan. Ze was joods, en dat is niet iets wat een vage bekende had kunnen weten. Haar naam is bij aankomst op Ellis Island verbasterd, zoals zo vaak gebeurde. Maar er was wel iemand bij haar graf geweest, en die persoon heeft een kiezelsteen achtergelaten.'

'Een kiezelsteen?'

'Een joods gebruik. Ik dacht dat een toevallige voorbijganger dat steentje had neergelegd, iemand die medelijden had omdat er maar zo weinig joodse grafzerken waren.'

'Hij heeft dat steentje achtergelaten,' concludeerde Carl. 'Voor jou. Hij hoopte dat je op een dag het verband zou zien.'

'Waarom heeft hij het op míj voorzien, Carl? Ik lijk niet op de andere meisjes. Ik werk niet in een avondwinkel, ik wacht niet op de ridder op het witte paard die verandering in mijn leven brengt. Ik ben dik tevreden met mijn leven.'

'Heb je verder nog iets gezien op die begraafplaats?' vroeg Carl na een peinzende stilte. 'Andere mensen, een auto? Het zou helpen als we wisten wat voor auto hij heeft. Zelfs een vage beschrijving...'

'Hij heeft geen auto. Zijn laatste auto stond op naam van zijn vriendin, weet je nog? Mary Ann Melcher begon te janken toen ze vertelde dat hij zijn auto op haar naam had gezet. De staatspolitie heeft al zijn identiteiten nagetrokken. Er kwam niets uit.'

'Toch moet hij een auto hebben. En het is riskant om een auto telkens op een andere naam te zetten. Zo laat je een papieren spoor na, en dat heeft hij nou juist weten te voorkomen. Hij heeft nooit op dezelfde plek twee dezelfde namen gebruikt. Dat bleek al bij het autoverhuurbedrijf in Spartina.'

'Denk je dat hij nóg weer een andere identiteit heeft, eentje die hij uitsluitend gebruikt voor de kentekenregistratie?'

'Nee, dat denk ik niet. Is het je opgevallen dat Drey Windsor een aardig luxueus optrekje heeft voor de weduwe van een visser? Iemand betaalt dat voor haar. Iemand zorgt heel goed voor haar. En zij doet zoveel mogelijk terug.'

'Zijn moeder koopt een auto voor hem,' zei Tess. Ze dacht erover na en schudde haar hoofd. 'Kan niet. Als hij wordt aangehouden, en iedereen wordt wel een keer aangehouden, is hij de klos. Hoe moet hij uitleggen dat hij in de auto van een wildvreemde vrouw rijdt?'

'Soms komt het van pas dat ik agent bij de Toldienst ben geweest.' Carl glimlachte, en Tess besefte dat het zijn manier was om aan te geven dat hij haar die belediging vergaf. 'Het enige wat hij nodig heeft, is een brief die door Audrey Windsor is ondertekend. Iets in de trant van: *LS, Meneer zo-en-zo heeft toestemming om in dit voertuig te rijden.* Zolang de auto verzekerd is en niet als gestolen te boek staat is er geen vuiltje aan de lucht. Als er al ooit iemand is geweest die de moeite heeft genomen om haar te bellen, zou ze het verhaal hebben bevestigd.'

'Kom op,' zei Tess. Ze ging staan en trok hem overeind uit de lage stoel, want hij had nog steeds last van zijn knie.

'De dienst kentekenregistratie?'

'Nee, ik wil langs bij een vriendin die computerwerk voor me doet. Stel nou dat je gelijk hebt en er staan inderdaad meerdere auto's op Drey Windsors naam, wat doen we dan? Ik wil iemand die zo nodig alle databanken van de overheid kan kraken.'

Technisch gesproken werkte Dorie Starnes als systeembeheerder voor de *Beacon-Light*, maar het opduikelen van zoekgeraakte verhalen van verslaggevers en sleutelen aan de nukkige software van het bedrijf nam slechts vijftig procent van haar werktijd in beslag – en leverde slechts dertig procent van haar inkomen.

De rest van de tijd gebruikte Dorie de geavanceerde apparatuur die haar ter beschikking stond om een select aantal klanten – onder wie Tess – van informatie te voorzien, op voorwaarde dat die haar werkgever niet van haar hobby vertelden. Intussen had ze niet stilgezeten, regelmatig kraakte ze de mailbox van leidinggevenden bij de krant, en met een stapel pikante e-mails had ze haar baan veilig gesteld.

Ze was dan ook niet blij toen Tess niet op de gebruikelijke manier contact met haar opnam, maar op het hoofdkantoor van de *Beacon-Light* verscheen.

'Je zou me bellen op mijn mobieltje als je iets nodig had.'

'Ik weet niet precies wat ik wil. En ik weet niet wat jij allemaal kunt, en het kon niet wachten.'

'Wie is die vent?' Dorie had nooit geleerd dat wijzen onbeleefd was, en ze prikte Carl zowat in zijn neus met haar mollige wijsvinger. Met haar ronde torso – ze leek een en al borst te zijn – en piekerige korte haar leek ze precies een duif die net een plensbui over zich heen had gehad.

'Mijn nieuwe partner.'

Ze gaf deze uitleg omdat het minder ingewikkeld was dan de waarheid, maar Carl grijnsde alsof ze hem zojuist de helft van haar bedrijf had aangeboden. Nou, die mocht hij hebben. Er zat geen geld in het bedrijf, en het enige wat er op het spel stond, was Tess' leven.

Dorie nam hen mee naar haar kantoor, een alkoof ver bij de redactie vandaan, waar het haast griezelig netjes was. De *Beacon-Light* was voor veel geld verbouwd sinds de eerste keer dat Tess er was geweest, maar de burelen hadden nog steeds een sjofel karakter. Journalisten waren berucht om hun slordigheid, en ze hadden zich hun fonkelnieuwe werkplekken snel weer eigen gemaakt met grote stapels papier en mappen op hun bureaus, half opgedronken bekertjes en blikjes en etensresten.

'Hebben jullie nog steeds muizen?'

'Ja,' zei Dorie. 'We proberen het met gif, maar ze kruipen in de kleinste hoekjes en gaatjes om dood te gaan en dan worden ze pas gevonden als ze gaan stinken.'

Ze had er minder dan negentig seconden voor nodig om vast te stellen dat Audrey Windsor twee auto's op haar naam had staan: de zwarte Buick die op de oprit van haar huis had gestaan en een bestelbus, een blauwe, die twee jaar daarvoor was gekocht.

'Hij heeft dus een nieuwe bestelbus genomen nadat hij bij Mary Ann is weggegaan,' zei Tess. 'Misschien neemt hij wel na elke relatie een nieuwe auto. De auto was zijn alibi bij Tiffani en Lucy, dus hij kon niet twee keer dezelfde gebruiken.'

'Hij heeft een bestelbus nodig,' zei Carl. 'Ideaal voor het vervoeren van je vriendinnetje nadat je haar hoofd hebt afgehakt.'

'Wie ís die vent?' vroeg Dorie, die normaalgesproken nooit nieuwsgierig was. Informatie was iets wat ze verkocht, en de feiten drongen nooit tot haar door. 'Hij heeft het hoofd van een vrouw afgehakt en hij is nog steeds op vrije voeten? Ga wég!'

'Hij heeft minstens vijf mensen vermoord,' mompelde Tess.

'Zes,' verbeterde Carl haar. 'De vijf op jouw oorspronkelijke lijstje, plus Becca Harrison. Zeven als je Eric Shivers meetelt, want daar heeft hij vast ook de hand in gehad. Seriemoordenaars beginnen altijd al op jonge leeftijd.'

'Allemachtig!' riep Dorie uit. 'Waarom is de politie er niet mee bezig?'

'Die zijn er wel mee bezig,' zei Tess snel, en ze wierp Carl boven Dories warrige haardos een blik van verstandhouding toe. 'We helpen ze alleen. Waar duikt verder nog een voertuig op? Wat kunnen we nog checken?'

'Er zijn geen aantekeningen bij het kenteken, maar dat betekent niet dat hij nooit een parkeerbon heeft gehad.' Dorie begon snel te tikken, en binnen enkele seconden verscheen er een lijst van foutparkeerders op het scherm. 'Kijk eens, de eindredactrice van de binnenlandpagina heeft moeite met het vinden van parkeermeters. Ik durf te wedden dat de krant de bonnen betaalt, ondanks haar salaris van meer dan een ton. Nog een bon erbij, en haar auto wordt in beslag genomen. Ik vraag me af of ik parkeerbeheer een handje kan helpen.' Haar vingers hingen boven het toetsenbord, belust op kattenkwaad.

'De vent die wij zoeken is niet stom genoeg om een parkeerbon te krijgen,' zei Tess. 'Dat soort fouten maakt hij niet.'

'Iedereen krijgt wel eens een parkeerbon,' zei Carl, zijn ogen twin-kelend. 'Zelfs de Son of Sam kreeg ze.'

'Wát?' riepen Tess en Dorie in koor.

'Zo hebben ze seriemoordenaar David Berkowitz te pakken gekre-gen. Een vrouw zag dat een Ford Galaxie een parkeerbon kreeg omdat de auto bij een brandkraan stond, vlak bij de plaats waar een van de moorden was gepleegd. Het was de auto van Berkowitz. De politie ging naar zijn huis, en de auto stond voor de deur, met een vuurwa-pen en een briefje van de Son of Sam zichtbaar op de stoel. Zo stom zal onze man niet zijn, maar ik durf te wedden dat hij de afgelopen zeven jaar meerdere bonnen heeft gehad.'

'Je hebt gelijk,' zei Tess, denkend aan alle parkeerbonnen die ze zelf onder haar ruitenwisser had gevonden. 'Hoe laat is het?'

Carl keek op zijn horloge. 'Bijna vier uur.'

'Mooi, dan hebben we nog ruim een halfuur.'

'Om wat te doen?'

'We gaan naar parkeerbeheer en dan zeggen we dat we een parkeer-bon voor ons tantetje Audrey Windsor willen betalen. Verleden maand kreeg ze een parkeerbon toen ze in Baltimore was, maar de inkt was uitgelopen in de regen en ze wist niet hoe ze moest betalen. Ik denk dat ze heel behulpzaam zullen zijn. Ze krijgen vast niet vaak mensen die uit eigen vrije wil een bon komen betalen.'

Tess kreeg gelijk: de medewerkers van de gemeentelijke dienst waren een en al bereidwilligheid. Het hielp natuurlijk dat ze over het kente-ken en de naam en het adres van Audrey Windsor beschikten. Het hielp ook dat Tess met knisperende biljetten van twintig bleef wap-peren, vers uit de geldautomaat, om de medewerkers een beetje aan te moedigen.

'Ze is namelijk bang, weet u, dat ze straks moet voorkomen als ze de bon niet op tijd betaalt. Ze durft niet eens meer naar de stad te komen, uit angst dat ze wordt gearresteerd.'

De overwerkte ambtenaar zocht vermoeid in de computerbestan-den. 'Ik kan echt niets vinden. Wacht eens even, hier heb ik iets. Uw tante heeft in de afgelopen twee jaar drie keer een parkeerbon gehad in een zijstraat van Lancaster Street. Veel mensen weten niet dat je daar moet betalen, want een straat verder kun je vrij parkeren. We krijgen er een hoop klachten over, terwijl het toch echt duidelijk staat aangegeven. Het lijkt wel of mensen die auto rijden niet kunnen lezen. Maar uw tante heeft keurig betaald, alle drie de keren. Ze hoeft nergens bang voor te zijn.'

'Lancaster Street?' herhaalde Carl. Tess kon geen woord uitbrengen. Ze kon nauwelijks meer ademhalen. Ze wist precies waar Lancaster Street was en waar je in die buurt wel en niet moest betalen.

'Het is een uitgaanswijk met parkeervergunningen voor bewoners, anders zouden die hun auto nooit kwijt kunnen, vooral niet in het weekend. Het stadion is op loopafstand, en probeer maar eens een parkeerplaats te vinden als de Orioles spelen. Maar zoals ik al zei, de bekeuringen zijn allemaal betaald, netjes binnen de toegestane periode van vijfentwintig dagen. Jullie kunnen haar helemaal geruststellen. Voor de zekerheid geef ik een uitdraai mee, dan kunnen jullie het haar zelf laten zien.'

'Reuze bedankt,' zei Carl. Hij gaf de vrouw een hand en pakte de uitdraai van haar aan.

Tess liep al naar de deur, glimlachend en knikkend, haar borst nog even beklemd. Zodra ze uit het zicht van de vrouw waren, rende ze naar de trap en de voordeur uit. Eenmaal buiten draaide ze in het rond alsof ze verwachtte dat er in de drukke straat iemand op haar stond te wachten.

'Wat is er?' vroeg Carl, hijgend omdat het hem moeite kostte haar bij te houden. 'Het zijn drie parkeerbonnen over een periode van twee jaar. Het is iets, maar geen reden om dolenthousiast te worden.'

'Ik ben niet... enthousiast,' zei Tess. 'Ik ken die zijstraat van Lancaster.'

'Ja, en?'

'Het is vlak bij de straat waar ik tot anderhalf jaar geleden heb gewoond.'

37

Van parkeerbeheer reden ze rechtstreeks naar Lancaster Street. Normaalgesproken zou Tess eerst naar kantoor zijn gegaan om een lijst te maken van mensen die er al heel lang woonden, want oudere mensen klaagden sneller over foutparkeerders. Maar het was al laat en ze wilde elke minuut daglicht gebruiken. Zelf zag ze na etenstijd niet graag een onbekende bij haar op de stoep staan, zelfs al was het een Jehova's getuige.

En zo voelde het al vóórdat ze wist dat iemand haar wilde vermoorden.

'Jij neemt de zuidkant van de straat,' zei ze tegen Carl, 'ik de noordkant.'

'We hebben maar één foto.' Carl vouwde het vergrote rijbewijs open, met een foto van 'Alan Palmer' met een grote baard en lang haar.

'Het gaat om de auto. In smalle straten zoals deze valt zo'n monster op omdat een bus zoveel ruimte inneemt. Als je in een buurt woont waar het lastig is om een parkeerplaats te vinden, vervloek je grote auto's.'

'Oké, maar ga niet in je eentje bij iemand naar binnen,' zei Carl. 'Zwaai maar naar me, dan steek ik over.'

'Wat, denk je dat onze man een geschift genie is met een verborgen kerker onder zijn rijtjeshuis?'

Tess probeerde een grapje te maken, maar aan Carls schaapachtige uitdrukking wist ze dat hij nog steeds cinematografische fantasieën had. Het was precies waar hij bang voor was, een of ander onderaards hol met bodemloze putten en middeleeuwse martelwerktuigen.

'We zorgen dat we elkaar steeds kunnen blijven zien,' verzekerde ze hem. 'En wat naar binnen gaan betreft, dit is Oost-Baltimore, schat. We mogen al van geluk spreken als iemand de hordeur opendoet.'

In dit deel van de straat waren sommige woningen opgeknapt, maar er waren ook huizen met de originele beschilderde hordeuren en nepstenen gevels. Tess had het gevoel dat Billy Windsor in een van de oorspronkelijke huizen moest hebben gewoond, of daar in elk geval regelmatig op bezoek was geweest.

Dat bleek niet zo te zijn. In minder dan dertig minuten hadden zij en Carl het hele blok afgewerkt, van west naar oost. De mensen waren behulpzaam geweest, vooral als ze hoorden dat Tess en Carl voor de gemeente onderzoek deden naar de doelmatigheid van het parkeerbeleid. Veel bewoners beklaagden zich uitgebreid over de buitenstaanders die op Lancaster parkeerden. 'Mensen van de andere kant van Ann,' zei een wat oudere vrouw met een hoofd vol krulspelden dat Tess aan de jaren vijftig deed denken. 'Of zelfs,' voegde ze er op samenzweerderig gedempte toon aan toe, 'uit Wolfe Street.'

Niemand herinnerde zich de grote bestelbus als een regelmatig terugkerende ergernis, maar het was dan ook een hele tijd geleden. Misschien was Billy Windsor verhuisd, net als Tess zelf.

Op de hoek van de straat vergeleken Tess en Carl hun aantekeningen. De lucht begon roze te kleuren; ze hadden misschien nog een halfuur daglicht over.

'Zie je nou wel, Tess,' zei Carl. 'Hij heeft hier niet gewoond. Waarschijnlijk kwam hij hier om ergens een hapje te eten of zo. Dat doen zoveel mensen. Een uitgaanswijk als deze is een goede plek om vrouwen te ontmoeten.'

'Niet voor onze man. Het is niet zijn stijl om in een bar contact te leggen, want dan moet je schreeuwen om jezelf verstaanbaar te maken. Hij pakte het anders aan, hij versierde zijn vrouwen juist bedachtzaam.'

'Hoe dan ook, hij heeft hier niet gewoond.'

'Niet in Lancaster Street, nee.' Tess zuchtte. 'Maar misschien wel in een van de omliggende blokken.'

'Het is al laat, Tess.'

'Dan moeten we opschieten.'

Dit keer gingen ze samen van deur tot deur, via Wolfe Street naar Eastern. Hoe verder weg ze kwamen, des te minder vriendelijk waren de mensen – en des te minder mensen spraken Engels. Er hadden zich veel Dominicanen in deze wijk gevestigd, en Tess kon hun rappe Spaans niet volgen. Ze kwamen met verblijfsvergunningen aanzetten omdat ze dachten dat de twee onbekende Anglo's voor hun deur van de Immigratiedienst waren, en dat maakte ze nerveus.

Vandaar dat de zevende Spaanstalige man opviel. Hij sprak even snel, maar struikelde niet over de woorden. Deze man was niet bang, besefte Tess, hij probeerde alleen een muur tussen hen op te werpen, zodat ze weg zouden gaan. Hij schudde zijn hoofd en herhaalde: 'No sé, no sé,' voordat ze hem ook maar een enkele vraag hadden kunnen stellen. Toen ze hem het kenteken van de bestelbus lieten zien, nam hij niet eens de moeite om ernaar te kijken. Hij duwde het papier weg en bleef zijn hoofd schudden. 'No sé, no sé, no sé.'

Alleen iemand die iets wist wat hij beter niet kon weten zou al bij voorbaat roepen dat hij niets wist.

Tess bedankte hem beleefd en keek naar Carl. 'Nou, dan zijn we klaar.'

'Ik dacht dat we – '

'Nee,' zei Tess. Ze zei het tegen Carl, alsof de woorden alleen voor hem bedoeld waren, maar ze sprak veel luider dan normaal. 'We vinden die auto vanavond niet meer. Maar op een gegeven moment lukt het ons wel, en dan laten we hem wegslepen. Reken maar dat hij ons dan gaat betalen.'

Over haar schouder glimlachte ze naar de man. 'We hebben een leugentje verteld, sorry. We sporen wanbetalers op, en deze man ontglipt ons al jaren.'

De uitdrukking op zijn gezicht verried geen begrip, maar Tess was ervan overtuigd dat hij elk woord van wat ze had gezegd had verstaan.

Ze trok aan Carls mouw, en samen liepen ze weg bij het huis. Bij een steegje dat toegang gaf tot het pad langs de achterkant van de huizen bleef Tess staan. Achteloos keek ze over haar schouder om te zien of de man naar buiten was gekomen om hen na te kijken. Mooi, hij stond niet op het stoepje. Ze dook het steegje in, en aan de achterkant telde ze de huizen totdat ze had gevonden wat ze zocht.

'Kijk,' zei ze tegen Carl terwijl ze reikhalzend omhoog tuurde, 'er is een dakterras.'

'Dat noem ik geen dakterras maar een platform.'

'Bij dit soort rijtjeshuizen bouw je zo een dakterras, het is de enige manier. Maar waar het om gaat, is dat dit lullige huurhuis een dakterras heeft, niet meer dan een jaar of twee oud aan het hout te oordelen, en degelijk gebouwd.'

'Ja, en?'

'Zo heb je uitzicht op het water, Carl. Weet je het nog? Overal waar hij woont heeft hij uitzicht op water.'

'Denk je dat hij hier woont?'

'Of dat hij hier af en toe heeft gewoond, als hij niet met een vrouw samenwoonde. Illegalen zullen niet zo snel de politie bellen, dus was dit een veilige plek voor hem. Señor Ne Sé hangt waarschijnlijk nu met hem aan de telefoon om hem van ons bezoek te vertellen.'

'Dan komt hij niet terug. In elk geval niet vanavond.'

'Nee, maar misschien gaat zijn huisbaas wel naar hem. Er is een grote kans dat Windsor spullen heeft die onder geen beding gevonden mogen worden.'

'Zoals?'

'Het wapen waarmee hij Julie Carter heeft doodgeschoten, om maar iets te noemen. Dingen die hem met Tiffani Gunts of Lucy Fancher in verband kunnen brengen. Als er in dat appartementje van hem ook maar een enkel belastend voorwerp te vinden is, moet hij het nu weghalen. Als wij naar de politie gaan, komen ze hierheen met een bevel tot huiszoeking, en dat risico kan hij niet nemen.'

'Denk je – '

'Jij haalt de auto, oké?' zei ze tegen Carl. 'Ik zie je op de hoek van Wolfe en Eastern. Je krijgt je zin, we gaan posten.'

'Is het niet veiliger als jij de auto haalt en ik hier blijf?'

'Ik ben degene met een wapen, weet je nog? Ik red me wel.'

Daar zou ze wel voor zorgen. Ze zou in het steegje met haar rug tegen de muur gedrukt blijven wachten, zodat niemand haar van achteren kon besluipen.

Het leek een eeuwigheid te duren, het leek heel snel te gaan. Zwijgend zaten ze in Carls auto, zonder naar de radio te luisteren, zonder te merken hoe stijf ze werden van de lange zit in dezelfde houding. Tess' maag was leeg, haar mond was droog, en ze had het gevoel dat ze geluidjes kon horen die normaalgesproken verloren gingen in het alledaagse rumoer: het tikken van haar horloge, een blikje dat stuiterde in de goot nadat het uit een langsrijdende auto was gegooid, het bloed in haar oren. Ze vroeg zich af of Carl hetzelfde had, maar ze stelde de vraag niet. Ze wilde niet praten, niet bewegen, niets doen wat haar waakzaamheid zou kunnen verstoren.

Ze besefte dat ze al de hele dag bezig waren, zonder een echte pauze

– tenzij ze het uurtje bij de psychiater meetelde. Haastige spoed is zelden goed, maar Billy Windsor zat niet stil, en ze had het gevoel dat hij steeds sneller bewoog. Om hem bij te kunnen houden, moesten ook zij hun tempo opvoeren.

Eindelijk, rond halfnegen, kwam Señor No Sé naar buiten, en na een snelle blik naar links en naar rechts stapte hij in een oude blauwe El Camino, die dringend een nieuwe knalpot nodig had. Hij reed in oostelijke richting weg, mogelijk naar de snelweg.

'Hij is in elk geval makkelijk te volgen,' merkte Tess op. 'Het kan bijna met je ogen dicht.'

'Als je het mij vraagt, is hij een beetje té makkelijk te volgen,' zei Carl. 'Denk je dat hij ons ergens naartoe brengt?'

Die gedachte was ook al bij Tess opgekomen. 'Het zou kunnen. Aan de andere kant, als hij denkt dat we weg zijn, zou hij op deze manier rijden, toch? Als hij grillig gaat rijden – door rood rijdt of onverwacht een zijstraat in schiet – weten we dat hij ons probeert af te schudden.'

'We merken het wel,' zei Carl.

Op de snelweg reed de El Camino door de Fort McHenrytunnel in zuidelijke richting. Hij sloeg af naar Hanover Street, stak de Patapsco over en reed in oostelijke richting door een deel van de stad waar veel bedrijven waren. Hier was het lastiger om hem te volgen, want het waren geen doorgaande straten. Op een gegeven moment stopte hij voor het hek van een oud bedrijfsterrein, omgeven door een hoge afrastering met prikkeldraad aan de bovenkant. Hij stapte uit zijn auto, trok aan een hangslot dat zo te zien niet op slot zat, schoof het hek open en reed het parkeerterrein op.

'Rij door, alsof we ergens anders naartoe gaan,' siste Tess tegen Carl. Ze zat helemaal ineengedoken op haar stoel, zodat alleen Carls hoofd zichtbaar was, mocht de man omkijken. 'We kunnen niet achter hem aan rijden.'

Bij de volgende zijstraat sloegen ze linksaf en daar parkeerden ze. Ze waren zo ver naar het oosten gereden dat ze nu weer terug waren bij het water. Het terrein, berekende Tess, lag aan een van de kleine inhammen van de Patapsco, niet ver van de plek waar ze roeide. Stilletjes liepen ze terug, zoveel mogelijk in de schaduw. Het was bijna te makkelijk; twee van de drie straatlantaarns op dit verlaten industrieterrein waren kapot.

'Ik zie zijn bestelbus niet,' fluisterde Carl toen ze het openstaande hek naderden. 'Alleen de El Camino.'

'Maar de motor draait niet,' zei Tess. 'Ik kan alleen niet zien of hij er nog in zit.'

Er stond een afvalcontainer aan de rand van het parkeerterrein, en daar doken ze achter weg zodra ze door het hek naar binnen waren gelopen. Toch waren ze blijkbaar gezien, want de motor van de El Camino kwam tot leven, en voordat ze de kans hadden gekregen om iets te doen, was de auto gekeerd en weggereden. De man stapte niet uit om het hek achter zich dicht te doen.

'Heeft hij ons gezien?' vroeg Tess aan Carl. 'Wat was dat nou? Hij heeft niet eens de tijd gehad om uit zijn auto te stappen, laat staan dat hij iemand heeft kunnen spreken.'

Carl kon niet zo ver door zijn knieën zakken als zij, dus leunde hij met zijn onderarmen tegen de container naar voren. 'Het was een afleidingsmanoeuvre. Terwijl wij achter hem aan reden, kon Billy waarschijnlijk zijn spullen weghalen uit dat huis. Shit! We hadden op moeten splitsen, jij had bij het huis moeten blijven terwijl ik die man volgde. Alleen wilde ik je daar niet alleen achterlaten.'

'En ik wilde daar niet alleen achterblijven,' gaf Tess toe. 'We hadden Crow en Whitney kunnen bellen. Ze hebben me wel vaker geholpen, maar nooit als... nooit als...'

Ze kon de gedachte niet eens hardop uitspreken. *Nooit als een van tweeën in levensgevaar zou komen.* Billy Windsor doodde de vrouwen die hij liefhad om redenen die ze niet kon doorgronden, maar hij doodde ook omdat het hem toevallig uitkwam. Zonder het te beseffen had ze Crow en Whitney de laatste dagen op afstand gehouden.

Carl richtte zich op, wreef over zijn onderrug alsof hij pijn had. Tess begon haar lichaam ook weer te voelen, de gespannen spieren in haar nek en schouders.

'Het heeft ons hooguit een paar minuten gekost om de auto te parkeren en terug te lopen. We kunnen hier net zo goed even rondkijken. Misschien heeft hij wel iets uit zijn auto gegooid.'

Ze keken in de vuilcontainer, maar zagen alleen stapels en stapels zwarte vuilniszakken, die er in het maanlicht vochtig uitzagen. Behoedzaam verkenden ze het parkeerterrein, dat bezaaid lag met kapotte flessen en lege blikjes, op zoek naar iets wat er nog maar net was achtergelaten.

Het bedrijfsterrein zag er verlaten uit, met leegstaande loodsen waarvan de geroeste laaddeuren gesloten waren. Ze liepen tussen twee van de gebouwen door, ook door de volgende straat, en tot slot tussen de derde en vierde rij loodsen.

'Misschien moeten we morgen terugkomen,' opperde Tess. 'In het daglicht verder zoeken.'

'Als we een wapen zouden vinden, zou de staatspolitie dat kunnen gebruiken om onze Dominicaanse vriend aan de praat te krijgen. Aangenomen dat hij na vandaag nog op Eastern Avenue te vinden is.'

Ze waren halverwege de laatste straat toen ze beseften dat een van de laaddeuren openstond. In hoog tempo gingen ze eropaf. Zodra ze bij de opening waren, hoorden ze het starten van een auto en zagen ze twee enorme koplampen aangaan, zodat ze tijdelijk werden verblind. Het volgende moment schoot een bestelbus recht op hen af vanuit het donker.

Niet weer, dacht Tess, en misschien gilde ze het wel hardop: 'Niet wéér!'

'Rennen!' schreeuwde Carl, alsof ze de aanmoediging nodig had. Gezien zijn slechte knie bewoog hij zich verbazend snel.

Aanvankelijk wonnen ze terrein aangezien de bestelbus een scherpe bocht moest maken om uit de smalle laadruimte weg te rijden. Maar zodra ze op het parkeerterrein waren, waar niets in de weg stond, kon de bestelwagen ongehinderd vaart maken. Het leek wel of de auto een spelletje met hen speelde, zich inhield opdat zij harder zouden gaan lopen.

Op enkele meters van het hek dook Carl scherp weg naar links, zodat ze de vuilcontainer opnieuw als dekking konden gebruiken. Tess dacht zelf dat het beter was om weg te komen van het parkeerterrein en het hek achter hen dicht te trekken, maar ze kon zijn logica wel volgen. Eenmaal achter de container kon ze haar wapen uit de holster halen en aanleggen om te schieten. Ze verhoogde haar tempo totdat ze gelijk op liep met Carl, en op niet meer dan een paar decimeter van de veilige haven voelde ze de nabijheid van de bestelwagen, rook ze de uitlaatgassen.

Carl gaf haar een duw, gooide haar omver, maar door de vaart die ze had schoof ze door over het plaveisel. Ze voelde een pijnlijke steek in haar linkerknie, een schaafwond onder de gescheurde stof van haar spijkerbroek. Ze was in veiligheid, ze had het gehaald. Nu hoefde ze

337

alleen maar op de voorruit van de bestelwagen te schieten, zodat de auto uit koers zou raken.

Toen ze probeerde te gaan staan, zag ze het bloed dat uit het gat van haar broek sijpelde. Door het gat in haar béén. Shit, het was een flinke wond, zo diep dat ze zelfs een stukje bot zag. *Waarom moest je me nou zo hard duwen, Carl?* Ze draaide zich om, van plan hem de vraag te stellen, maar hij was niet achter haar. Carl had niet het voordeel gehad van iemand die hem een flinke zet had gegeven, hij bevond zich nog steeds open en bloot op het pad van de bestelwagen. Het volgende moment werd hij geschept.

Het was precies zoals ze het zich herinnerde, de taxi die Jonathan schepte. De auto leek heel even te aarzelen, achteruit te deinzen als een stier die moest richten, om Carl het volgende moment op de platte snuit te nemen en hoog in de lucht te gooien. Hoeveel woog zo'n grote bak van een auto – duizend kilo, tweeduizend, drieduizend? Hoe snel reed hij – twintig kilometer per uur, dertig, vijftig? Het maakte niet uit, het was geen rekensom. Carl was dood, dat kon niet anders. Vreemd genoeg kwam opeens boven wat ze ooit gekscherend tegen hem had gezegd: *'Noodles, I slipped. Noodles, I slipped.'*

Maar zij leefde nog, en ze had een wapen. Ze kon misschien niet zo goed meer lopen, maar schieten kon ze nog wel. Ze trok de revolver uit de holster, pakte hem met twee handen vast en richtte op de oogverblindende koplampen van de bestelwagen.

'Ik ben ook gewapend,' klonk een stem vanuit de auto. 'En ik kan jou goed zien, terwijl jij alleen ongeveer weet waar ik ben. Leg je wapen weg, anders overrijd ik je. Ik kan je verzekeren dat het geen prettige dood is. En ik weet waarover ik het heb, dat hoor je inmiddels te weten.'

Ze haalde de trekker over en de kogel raakte de voorruit.

'Tess,' zei de stem op geërgerde toon, 'doe niet zo dom. Leg je wapen weg, anders rijd ik recht op je in.'

Als ze het hek wist te bereiken en het achter zich kon dichttrekken – en dat lukte misschien wel, gedreven door de adrenaline in haar aderen – had ze een kans om te ontsnappen. Hij zou uit die stomme auto van hem moeten stappen, en dan kon ze op hem schieten.

'Als je wegloopt, schiet ik je in je rug,' zei de stem. 'Het is niet wat ik wil, maar ik doe het als het nodig is. Bovendien denk ik dat je vriend nog leeft, al kun jij het niet zien. Hij ademt, Tess. Leg je wapen neer en ik vraag hulp. Wil je zijn leven dan niet redden? Ik heb een mobiele telefoon in mijn hand.' Hij drukte op een knopje en de beltoon klonk, vier vrolijke noten, een imitatie van de Big Ben.

'Je wapen, Tess. Het is je enige kans – en de zijne.'

Ze gooide het weg, niet naar de auto maar achter haar, in de schaduw bij het hek.

'Oké, het moet maar,' zei de stem.

Ze hoorde het portier opengaan en weer dicht, zag de figuur die op haar afkwam, zwart afgetekend tegen de felle koplampen. Het was een man, een doodgewone man met een doodgewoon postuur, een alledaagse, onopvallende man. Dat had ze al geweten. Ze wist al een tijd dat Billy Windsor er heel gewoon en heel onopvallend uitzag.

Hij knielde naast haar neer en kneep in haar linkerknie. Ze wilde haar been lostrekken, maar hij drukte harder, probeerde het bloeden te stelpen. Waar ze ook op was gevallen, er was een sikkelvormige hap uit haar knie, bijna als een beet.

Billy Windsor bracht zijn gezicht vlak bij het hare. Hij droeg een honkbalpet, maar zijn baard was afgeschoren en het haar dat onder de pet vandaan kwam, was lichtbruin en krullend. Hij legde zijn handen plat tegen haar wangen, ook al zat er bloed op. Haar eigen bloed, van haar knie.

'Zo,' zei hij. 'Volgens mij is de cirkel rond.'

38

In het pakhuis scheurde hij de onderkant van de kapotte broekspijp, en hij drukte een schone lap tegen haar knie – maar pas nadat hij haar op een houten stoel had vastgebonden.

Met een springtouw bond hij haar armen en benen vast aan de leuningen en poten van de stoel. Haar eigen springtouw, besefte Tess, het touw dat altijd in de kofferbak van haar auto lag. Ze had niet eens gemerkt dat het weg was. In Sharpsburg was het er nog geweest, de nacht dat ze in de Bavarian Inn had gelogeerd, maar sindsdien had ze er niet meer naar gezocht. Er was zo weinig tijd geweest om touwtje te springen. Of om te roeien of hard te lopen, of om lange wandelingen te maken met de honden. Er was zo weinig tijd geweest voor wat dan ook, en nu zou er misschien nooit meer ergens tijd voor zijn. Wanneer had hij haar springtouw uit de kofferbak gehaald? Het leek opeens van cruciaal belang om dat te kunnen bedenken. Had hij het weggehaald toen ze in West Virginia had overnacht, en was hij toen de volgende dag naar de begraafplaats gegaan om een steentje achter te laten op Hazels graf? Hoe lang infiltreerde hij al in haar leven, hoe lang hield hij haar al in de gaten, hoe lang wachtte hij al op haar?

Het was makkelijk voor hem geweest om haar te volgen, vooral omdat hij telkens wist waar ze heen ging – hij had haar immers zelf gestuurd.

Terwijl hij de knoop in het leren touw aantrok, probeerde Tess haar borst zoveel mogelijk uit te zetten, zodat ze een beetje bewegingsruimte zou hebben als hij klaar was, maar ze was verzwakt en licht in het hoofd. Had ze zoveel bloed verloren? Had ze een shock? Hij droeg een denim werkmanshemd over zijn witte T-shirt en dat trok hij uit om de mouwen als een verband om haar knie te knopen. Al die tijd had hij niets gezegd, maar hij had zijn pet afgezet, zodat ze eindelijk zijn gezicht kon zien. Hij was goed gebouwd, een beetje zoals Crow, slank maar gespierd. Zo te zien was hij ongeveer even oud als zij, maar dat was een van de weinige dingen die ze steeds hadden geweten. Hij was tweeëndertig. Ondanks alle verschillende namen had hij steeds mannen uitgekozen die in hetzelfde jaar waren geboren als hij – dat was tenminste een leugen minder.

Woonde hij hier? Er stond een veldbed, keurig opgemaakt, met een dunne deken en een mooi patchwork kussen, met een tafeltje ernaast. Hij had elektriciteit aangelegd en een lamp opgehangen, zodat ze in een kring van licht zat. Een badkamer of wc was echter nergens te bekennen, en de rest van de ruimte stond vol met vaten en dozen.

'Zou ik niet moeten liggen, voor het geval ik een shock heb?'

'Waarschijnlijk wel,' zei hij, 'maar dan kan ik niet doen wat ik moet doen.'

Zelfs nu ze geen vin kon verroeren was hij zwijgzaam over zijn plannen.

'Het is niet waar dat Carl nog leeft, hè?'

Hij dacht erover na. 'Ik betwijfel het. Als hij nog leeft, dan in elk geval niet lang meer. Waarschijnlijk is er flink inwendig letsel. Jou wilde ik niet doden, daar buiten.'

Opnieuw probeerde ze naar zijn bedoelingen te raden. Wilde hij haar niet doden? Of wilde hij haar daar buiten niet doden? Hij had zijn slachtoffers nooit gemarteld, dat was een schrale troost, en hij had Tiffani en Lucy – slachtoffers op wie hij de moord zorgvuldig had beraamd – zo snel mogelijk laten sterven. Hij was goed voor de vrouwen van wie hij hield.

'Toch weet je niet zeker dat hij dood is. Er zijn mensen die aangereden worden door een auto en het overleven.'

Ze wilde dat hij naar buiten zou gaan om het te controleren, en... ja, dan wat? Het springtouw was van leer, en leer rekte wel een beetje uit, zelfs al zaten er knopen in. Maar Billy was op het water opgegroeid, had zelf een boot gehad, dus waarschijnlijk was hij een expert in knopen leggen.

'Het is een methode die me tot nu toe nooit in de steek heeft gelaten.'

'Met Michael Shaw, bedoel je.'

Hij glimlachte. Het was een warm en vertederd glimlachje, alsof hij haar goed kende. Even dacht ze dat hij met een hand over haar haar zou strijken. 'Niet alleen met dokter Shaw.'

341

'Met wie – ' Maar ze wist het antwoord al. Het antwoord dat alles verklaarde, of in elk geval hoe alles was begonnen. Jonathan Ross. Ze zat tegenover de man die Jonathan Ross had vermoord. *Billy Windsor had op die mistige ochtend achter het stuur van de taxi gezeten.* Tess had altijd beseft dat alleen Luisa en Seamon O'Neal wisten hoe Jonathan was omgekomen. Een huurmoordenaar. Ze hadden Billy Windsor in de arm genomen, waarop hij Luisa had gechanteerd, haar had gedwongen hem te helpen toen hij Tess in de val wilde lokken. Zelfs nu Seamon dood was en haar eigen leven aan een zijden draadje hing, wilde Luisa niet dat iemand zou weten wat haar man had gedaan.

'Hoe zijn jij en de O'Neals met elkaar in contact gekomen?'

'Seamon heeft me een keer uit de nesten geholpen. Dat was iets meer dan twee jaar geleden, toen ik met een schone lei wilde beginnen.'

'Nadat je Hazels huis in de fik had gestoken.'

Daar ging hij niet op in, hoewel hij het bevestigde noch ontkende. 'Ik ben een keer betrapt toen ik me tijdens mijn werk op verboden terrein bevond. Toen bleek dat de man wiens naam ik gebruikte, Ben Colby, een keer was veroordeeld wegens een overval. Ik begreep niet dat Hazel zoiets niet had gezien. Ik had haar op het hart gedrukt dat ze naar een eventueel strafblad moest kijken.'

'Heb je haar daarom vermoord?'

Opnieuw ging hij niet op haar vraag in. 'Wat moest ik doen? Ik kon niet zeggen dat ik Ben Colby niet was, want dan zou ik moeten uitleggen wie ik wél was. Ik wist dat ik door die eerdere veroordeling de cel in zou gaan, en dat zou ik nooit hebben overleefd. O'Neal was mijn advocaat.'

'O'Neal deed niet van dat soort kleine criminaliteit. Hij vertegenwoordigde asbestfabrikanten, grote bedrijven waar schadevergoeding van werd geëist.'

'We hadden een gemeenschappelijke cliënt, O'Neal en ik. Een plaatselijke aannemer die het niet zo nauw nam met de voorschriften – hij betaalde kinderen om asbest weg te halen, lette niet op als hij loodhoudende verf uit oude gebouwen moest verwijderen. Hij wilde niet dat ik moest voorkomen, want dan zou ik moeten uitleggen waarom ik me op privé-terrein bevond. Ik was daar namelijk voor hem, en ik wist te veel van de manier waarop hij zaken deed. Hij heeft voor O'Neal gezorgd, en O'Neal heeft me vrijgepleit. Maar O'Neal wist dat ik geheimen had, dus toen hij me vroeg of ik een van zijn problemen kon laten verdwijnen, moest ik hem een wederdienst bewijzen. Het was gewoon werk.'

'Het was gewoon werk om Jonathan Ross te vermoorden.'

'Ja. Ik was er niet blij mee, maar het moest nu eenmaal gebeuren. Soms doe ik onplezierige dingen voor mijn werk.'

'Ook privé.'

'Dat is niet hetzelfde. Je moet wat ik voor geld of uit noodzaak doe niet verwarren met wat ik uit liefde doe.'

Windsor liep naar het tafeltje naast het bed en begon in een oude canvas tas te rommelen. Hij haalde er een zwartleren etui uit en maakte de rits open, zodat een schaar en een scheerapparaat zichtbaar werden. Het metaal had een haast blauwe glans.

'Nat is het makkelijker,' zei hij, 'maar als het moet kan ik het ook droog.'

Tess bewoog haar mond, maar er kwamen geen woorden uit. Dit was niet zijn stijl, hield ze zichzelf voor, hij sneed geen kelen door, en hij had nooit rituele snij- of steekwonden toegebracht. Lucy Fanchers hoofd was pas na de dood verwijderd.

Hij keek haar aan, perplex over haar angstige uitdrukking. Toen begreep hij het. 'Doe niet zo melodramatisch, Tess. Ik ga alleen je haar knippen.'

Als haar armen niet vastgebonden waren geweest, zouden haar handen omhoog zijn gegaan naar haar haar. Ze voelde het touw in haar huid snijden toen ze haar spieren spande. Er zat een klein beetje rek in het touw, maar niet veel. Niet genoeg.

'Wees maar niet bang, ik ben er goed in. Als jongen knipte ik het haar van mijn moeder. Toen dat van Becca. Ik moest haar eerst overhalen, want ze vond het fijn om met haar krullen te schudden, maar ze was veel mooier met kort haar. Ik heb al hun haar geknipt, en ze werden er stuk voor stuk mooier door. Jij wordt ook mooier, wacht maar af. Een vrouwengezicht is net een bloem – als je hun haar knipt, gaat de bloem open.'

'Maar ze' – ze wilde hen geen vriendinnen noemen, dat klonk te normaal – 'ze hadden niet allemaal kort haar.'

'Niet toen ik ze leerde kennen, nee. Kennelijk heb je niet naar de foto's in de sectierapporten gekeken. Ik had Tiffani's haar drie dagen daarvoor geknipt, dat van Lucy ongeveer een maand ervoor. Ik ben bij

Julie weggegaan voor we eraan toe waren. Wat Mary Ann betreft, die zei dat ze liever doodging dan dat ze haar haar liet knippen. Ik weet nog wat ik toen bij mezelf dacht: dat meen je niet echt. Ik heb haar laten schieten nadat ik had ontdekt dat ze niet haar eigen kind opvoedde. Dat vond ik onnatuurlijk. Dat was twee jaar geleden, en ik besefte dat ik nooit zou kunnen krijgen wat ik echt wilde, dat ik een ander soort leven moest kiezen. Toen leerde ik jou kennen.'

Hij kwam achter haar staan. Ze kromp ineen toen hij haar aanraakte, hoewel het gebaar niet zachter had kunnen zijn. Kennelijk was hij echt van plan om haar haar te knippen. Hij haalde de vlecht los, verdeelde het haar in strengen, haalde zijn vingers erdoor. Even later hoorde ze het raspen van de schaar en zag ze de eerste lok op de grond vallen. De bruine lokken zagen eruit alsof ze leefden, ze waren zozeer een deel van haar. Hij zou er een hele tijd voor nodig hebben om haar dikke bos haar te knippen.

'Ik begrijp je niet,' zei ze. 'Wat je hebt gedaan. Waarom je het doet. Je bouwt een hechte relatie op, en als het tijd wordt om kinderen te krijgen ga je weg.'

'Ik ben het gewend dat vrouwen het niet begrijpen. Waar het om gaat, is dat ik jóú begrijp.'

'Net zoals je Becca begreep? En Tiffani? Lucy?'

Hij werd ruwer, trok zo hard aan de volgende pluk haar dat ze tranen in haar ogen kreeg.

'Ik hield van ze,' zei hij toonloos. 'Ik hield van niets en niemand zoveel als van hen. Ik heb gezorgd dat ze zich konden ontplooien. Vooral Becca. Mijn liefde gaf haar het zelfvertrouwen dat ze nodig had om haar talent te ontdekken.'

'Haar stem, bedoel je?'

'Precies.'

'Maar ze kon op Notting Island nooit operazangeres worden.' Ze probeerde te bedenken hoe ze hem moest noemen. Billy? Charlie? Alan? Eric? Al die namen klonken jongensachtig en onschuldig. 'Ze moest weg van het eiland als ze iets met haar talent wilde doen.'

'Dat weet ik. Ik was bereid om met haar mee te gaan, maar ze wilde per se aan Juilliard studeren, de enige plek waar ik niet naartoe kon. In een stad als Baltimore had ik het waarschijnlijk wel een paar jaar uitgehouden, als het moest. Of in Boston. Maar niet in New York, nooit in New York.'

344

Slimme Becca. Waarschijnlijk had ze juist daarom voor Juilliard gekozen.

'Dus heb je haar vermoord.'

'Zo zou ik het niet willen noemen.' Hij klonk een tikje geërgerd. 'Ik heb geprobeerd haar over te halen om te blijven, dat is waar. Maar zij was de moordenares, zij was degene die een menselijk leven wilde nemen.'

'Wat bedoel je?' Maar terwijl ze het zei, dacht Tess al aan de kalenders, de dagen die hij bij Tiffani en Lucy zo nauwgezet had bijgehouden. 'Je hebt haar zwanger gemaakt.'

'Ze was in verwachting van mijn kind, ja.' Hij boog zich zo ver voorover dat ze zijn warme adem kon voelen in haar nek. 'Ze wilde dat ik met haar mee zou gaan naar de vaste wal voor een abortus. Toen ik weigerde, zei ze dat ze dan wel zonder mij zou gaan. Ik zei dat ik haar tegen zou houden, en toen zei zij dat het kind van een andere jongen zou kunnen zijn, dat ik er niets over te zeggen had.'

'Eric Shivers.'

'Die naam flapte ze eruit, maar ik was niet overtuigd. Ze had misschien met hem geflirt, maar ze hield van mij. Ze zou me nooit ontrouw zijn geweest.'

'Toch heb je hem vermoord.'

Hij was voor haar komen staan en knipte hoog op haar voorhoofd een pony. 'Je haar komt hier samen in een V-vormige punt,' zei hij. 'Dat was me nooit opgevallen.'

'Heb je Eric Shivers vermoord?'

Hij zuchtte. Ze rilde toen ze zijn adem in haar gezicht voelde, en het kostte haar de grootste moeite om haar neus niet op te trekken.

'Het was eigenlijk meer een grap. Ik stond achter de grill in een hamburgertent. Het was een koud kunstje om een stukje krabvlees in de burger voor Eric te stoppen. Ik wilde Becca bang maken, haar laten zien wat een slappeling die Eric was. Wist ik veel dat hij dood zou gaan. Hoe dan ook, het effect op Becca was averechts. Om de een of andere reden vond ze het opeens nog belangrijker om naar de vaste wal te gaan en ons kind te laten weghalen.'

Geen wonder, dacht Tess. In het ene geval was de vader van haar ongeboren kind dood, of anders was hij een moordenaar. Wat had een meisje van achttien dan voor keus?

'Hoe ging het verder?'

345

Hij was nu links van haar, zijn adem kriebelde haar oor. 'We zijn gaan varen in mijn boot. We kregen ruzie. Ze zei dat ze zonder mijn hulp zou doen wat ze moest doen. Ze sprong uit de boot, heel melodramatisch, alsof het een scène uit een van haar stomme opera's was. Er dreef een groot stuk hout op het water, en dat heb ik gepakt. Ik stak het haar toe, zodat ik haar uit het water kon trekken, maar er was veel golfslag en ze maaide wild met haar armen. Opeens kwam ze boven, waar ik haar niet had verwacht, en het hout raakte haar hoofd. Ik haalde haar uit het water en nam haar mee naar Shanks Island. Daar heb ik geprobeerd het water uit haar longen te krijgen, maar het was al te laat.'

Mooi verhaal. Tess geloofde er geen woord van. Hij wel, kreeg ze de indruk.

'Je hebt haar lichaam verzwaard, zodat ze niet gevonden zou worden. Vervolgens heb je haar met hulp van je moeder zogenaamd laten weglopen van huis, en daarna heb je ook je eigen dood gefingeerd. Dat klinkt allemaal behoorlijk berekenend voor een tienerjongen die buiten zichzelf hoort te zijn van verdriet.'

'Mijn moeder heeft me geholpen om een paar dingen te... regelen. Ze wist dat niemand zou begrijpen dat het een ongeluk was geweest.'

Nee, dacht Tess, want het was geen ongeluk. Ze wist dat het geen zin had om dat hardop te zeggen. Billy Windsor had een leven lang aan de feiten gesleuteld, totdat hij een mythe had gefabriceerd waarmee hij kon leven. Door het wrede lot beroofd van zijn grote liefde zwierf hij over de wereld, moederziel alleen. Maar hoe kon hij alle doden die erop waren gevolgd aannemelijk maken?

'Ik kreeg de indruk dat je moeder niets weet van de anderen die je hebt gedood.'

Meerdere lokken haar vielen op de grond voordat hij reageerde. 'Ik wil haar er niet mee belasten. Ik denk wel dat ze het zou begrijpen als ik haar alles vertelde.'

'Ze zal wel moeten,' zei Tess. 'Jij betaalt haar huis.'

'Ja.'

'Hoe? Dat complex is behoorlijk prijzig.'

'Ik verdien veel geld met wat ik doe.'

'En dat is?' Ze begreep nog steeds niet hoe hij zijn geld verdiende.

'Ik regel het vervoer van wat ik zelf altijd "onvriendelijke stoffen" noem, en dan vind ik er een locatie voor. Dit is een tijdelijke opslagplaats, mijn distributiecentrum, zo je wilt. De vaten zijn gevuld met verschillende stoffen, dingen die je niet wilt aanraken of inademen. Op een gegeven moment breng ik ze naar een permanente rustplaats. Het kan erg duur zijn om dit werk volgens de voorschriften te doen en alle vergunningen aan te vragen. Voor kleine bedrijven is het een enorme belasting, dus ik help ze een handje.'

'Door illegaal giftige stoffen te dumpen.'

Hij stootte een korte lach uit, een soort snuiven. 'Je kunt niet ontkennen dat een groot deel van de aarde toch al is vervuild, Tess. Neem nou bijvoorbeeld Baltimore. De mensen wonen er als varkens. Ze ademen smerige lucht in. Ze wonen in huizen met loodhoudende verf. Of ze doen wat jij doet, roeien op stinkend water. Het kan ze niet schelen hoe ze leven. Waarom zou ik me er dan druk om maken?'

'Ik heb gezien waar je vandaan komt, Notting Island. Dat is geen ongerept natuurgebied. Ik heb een schroothoop gezien met geroeste huishoudelijke apparaten en auto's.'

'Op een eiland is het anders. Het is veel lastiger om afval weg te halen. Wat is hier het excuus, waar ze twee keer per week het afval voor je deur komen ophalen? Denk er maar eens over na. Als de mensen netter waren, als ze hun rotzooi niet overal in het rond strooiden, zou jij nu niet in de penarie zitten.' Hij gebaarde naar haar been, wees met zijn schaar op de wond.

'Bovendien moest ik werk vinden dat contant betaalde. Toen ik eenmaal dood was, kon ik niet meer op de gewone manier geld verdienen. Ik moest wat.'

'En je bleef doodgaan. Nadat je Tiffani had vermoord, nam je een andere identiteit aan. Toen een derde, en nu ben je waarschijnlijk aan de vierde of de vijfde valse naam. Hazel zorgde voor de namen. Waarom?'

'Hazel en ik raakten bevriend,' zei hij. 'Ik verwacht niet dat je het begrijpt, maar ik was oprecht op haar gesteld. En zij op mij. Ik heb haar verteld dat ik als jongen een grote fout heb gemaakt, maar dat ik boete had gedaan en nu een kans wilde om het verleden achter me te laten. Ze geloofde me. Ze wilde me geloven. Ze heeft vaak tegen me gezegd dat ik de meest boeiende persoon was die ze ooit had gekend.'

Hazel wist nog niet de helft.

'Via Hazel zijn we bij jou terechtgekomen. Ze heeft jou opgegeven als haar erfgenaam – met je echte naam.'

'Werkelijk? Nou, dat bewijst alleen maar hoe dol ze op me was. Ik wilde haar niet doden, maar ik wilde breken met het verleden en met een schone lei beginnen. Weg met het oude, lang leve het nieuwe.'

Glanzende lokken haar bleven vallen – op de grond, op haar schouders, in haar schoot.

'Je hebt haar gedood omdat ze te veel wist.'

'Nee. Ik wilde een nieuw begin, en Hazel hoorde bij mijn oude leven. Ik wilde niet op dezelfde manier doorgaan. Daarom ben ik naar dokter Shaw gegaan. Alleen heeft hij het nooit begrepen. Hij dacht dat ik de zoveelste man was die geen vrouw kon vinden, maar dat was helemaal niet mijn probleem. Ik heb altijd makkelijk vrouwen kunnen krijgen. Alleen bleken ze jammer genoeg stuk voor stuk ongeschikt te zijn, heel vervelend. Ze waren niet klaar voor mijn liefde. Ze wezen me af.'

'Ze wezen je niet af – behalve Julie, en zij was een junk. Ze hielden van je. Ze vertelden iedereen dat je de ideale man was. Je veranderde hun leven, je was hun prins op het witte paard.'

'Het was nooit helemaal goed. Ik heb slecht gekozen, dat geef ik toe. Ze waren te jong of te dom om te waarderen wat ik ze bood. In het begin ging het altijd snel, dan kwamen ze een heel eind, maar dan hield hun ontwikkeling op. Ze wilden zulke doodgewone dingen, hun dromen waren zo bekrompen. Ik ging telkens op het uiterlijk af, maar het gaat om iemands karakter. Jij lijkt meer op Becca dan alle anderen, al zie je er heel anders uit.'

Tess voelde iets in haar nek wat ze al bijna twintig jaar niet meer had gevoeld: een briesje. Toen begon het draadloze scheerapparaat te snorren en voelde ze de draaiende kop tegen haar huid. Ze had haar haar laten groeien uit protest tegen zo'n soort jongenskapsel als dit, waar ze gedurende de hele basisschool mee had rondgelopen omdat haar moeder het geduld niet had om de knopen en klitten uit haar lange haar te halen. Sinds de middelbare school droeg ze het in een vlecht, en ze liet de onderkant ongeveer elk halfjaar vijf centimeter bijknippen. Het betekende dat het haar op de grond niet eens zo heel oud was, maar zo voelde het wel. Het voelde alsof Billy Windsor het grootste deel van haar leven had afgeknipt.

Nu hij klaar was, bukte hij zich om handenvol haar op te rapen. Tot Tess' verbijstering liep hij ermee naar het bed, hij pakte het patchwork kussen, haalde de hoes eraf en trok de rits van de voering open. Het kussen zat vol met haar, grote bossen donker haar. Van Becca, misschien. Vrijwel zeker van Tiffani en Lucy. En nu ook van haar. Carl had dus met nog iets gelijk gehad: Billy Windsor bewaarde wel degelijk een aandenken aan zijn slachtoffers, alleen eigende hij het zich toe als ze nog leefden.

'Nu moet ik alleen de voorkant nog een beetje bijknippen.' Met de schaar in zijn hand kwam hij voor haar staan, en hij tuurde van zo dichtbij naar de rafelige pony dat hij er haast scheel van keek.

'Waarom?' vroeg Tess. 'Waarom ik?'

Hij ging achteruit om oogcontact te kunnen maken. 'Waarom? Omdat ik je heb gemaakt. Meer nog dan de anderen. Je bent mijn creatie. Ik heb de kranten de afgelopen twee jaar aandachtig gelezen. Ik heb gezien hoe succesvol je bent geworden. Dat zou allemaal niet zijn gebeurd als ik die man niet had gedood.'

Zijn logica maakte haar tegelijk woedend en misselijk. Hoe dúrfde hij! Ze was niet zijn creatie. Ze had niets aan hem te danken. Het was precies het soort neerbuigende gedrag waar zij en Carl het eerder die dag – het voelde als een eeuwigheid geleden – over hadden gehad. Het bloed steeg naar haar wangen en ze wilde niets liever dan fel protesteren.

Maar ze moest met hem meegaan, ze moest zeggen dat hij gelijk had. Misschien hadden de anderen ruzie met hem gemaakt, zijn advies in de wind geslagen. Hij had Tiffani en Lucy opgebouwd totdat ze sterk genoeg waren om er een eigen mening op na te houden over wie ze waren en wat ze wilden zijn. Vervolgens had hij ze vermoord, omdat ze de brutaliteit hadden gehad om te denken dat ze zichzelf kenden.

'De anderen waren je niet dankbaar voor alles wat je voor ze had gedaan.'

'Ik heb ze uit hun lijden verlost. Ze waren onvolmaakt, misvormd. Ze wisten net genoeg om dat te beseffen.' Hij legde de schaar op de betonnen vloer en deed een stap naar achteren om het resultaat van zijn inspanningen te bewonderen. 'Is het wel eens bij je opgekomen dat Epimetheus overhaast te werk ging, terwijl Prometheus alleen verweten kon worden dat hij het geduld had om het goed te doen?'

'Wat bedoel je?'

'Het is een Griekse mythe – '

'Ik ken de Griekse mythologie. Epimetheus maakte de dieren en was eerder klaar dan Prometheus, die de mens had geschapen. Daarom moest hij het vuur stelen van de goden, want zijn broer had de beste giften aan de dieren gegeven. Maar hij vernietigde zijn schepping niet, integendeel. Hij hield van de mensen, hij had alles voor ze over.'

'Voorzover wij weten,' zei Billy Windsor. 'Maar stel nou dat Prometheus er onder andere zo lang over heeft gedaan omdat hij telkens opnieuw begon? En nog een keer, en nog een keer. Ik ben tot de conclusie gekomen dat hij het meerdere keren heeft geprobeerd, dat hij zijn eerdere werk vernietigde en net zo lang doorging totdat het goed was. Daarom was Epimetheus eerder klaar. Prometheus had de integriteit om naar perfectie te streven.'

'Jij denkt dat je ons hebt gemaakt? Dat je onze schepper bent?'

'Niet in alle opzichten, maar zonder mij zou je minder zijn. Wil je dat soms ontkennen?'

'Ik wil alleen erkennen dat je bepaalde gebeurtenissen in beweging hebt gezet,' zei Tess.

'Ik heb alles in beweging gezet! Ik bén beweging. We zijn zielsverwanten, Tess. Je kunt met me samen zijn of samen met me doodgaan. Als je wilt sterven, dood ik je nu – en daarna mezelf. Een schot in het hart, en het is voorbij. Maar als je voor het leven kiest – als je voor mij kiest – zul je een liefde ervaren zoals niemand ooit heeft gekend. Ik zal je voor altijd omhelzen, zoals de mannetjeskrab het wijfje vasthoudt, drijvend op het tij. We zullen prachtige zwemmers zijn. Samen.'

Hij bracht zijn gezicht zo dicht bij het hare dat ze haar ogen dicht wilde doen. Zijn adem rook verrassend zoet en fris, alsof hij zijn mond had gespoeld voordat ze kwam. De Dominicaanse man moest Windsor hebben gebeld nadat ze bij hem aan de deur waren geweest. Windsor had hem opdracht gegeven hierheen te komen, wetend dat zij en Carl hem zouden volgen, en snel een plan geïmproviseerd. Hij had niet alles van tevoren kunnen beramen.

'Je moet toegeven dat ik de gebeurtenissen die jij in beweging hebt gezet zelf heb benut. Ik heb mijn eigen bedrijf opgebouwd. Ik ben beter geworden in wat ik doe. De eer komt jou echt niet allemaal toe.'

'Dat is waar. Maar zonder mij zou je nooit uit de startblokken zijn weggekomen. Wat zou er zijn gebeurd als ik die man niet had gedood?'

'Zijn naam,' zei Tess, worstelend om haar stem beheerst te laten klinken, 'was Jonathan Ross.'

'Dat weet ik. Hij was niet belangrijk voor me. Jij ook niet, in het begin. Pas toen ik besefte dat je opbloeide, dat het je beter ging dan ooit, wist ik dat je er klaar voor was. En wist ik wat me te doen stond.'

Hij kwam met open mond dichterbij, alsof hij haar wilde gaan kussen. Tess slikte moeizaam en deed haar lippen van elkaar. Ze had geen keus. Ze moest doen wat hij wilde, ze moest in leven blijven – elke seconde telde. Ze deed haar mond open, stelde zich open, liet toe dat hij zijn lippen op de hare drukte. Zijn kus was schokkend vertrouwd, een beetje zoals Crow kuste, vol maar beleefd, niet ruw en gretig zoals sommige mannen zoenden. Hij wachtte op toestemming. Ze deed haar mond nog iets verder open, zoog zijn tong naar binnen – en toen beet ze hem.

Met alle kracht die ze in zich had zette ze haar tanden in zijn lip, en ze bleef bijten totdat ze zijn bloed proefde, totdat er uiteindelijk een gesmoorde kreet opwelde uit zijn keel, als protest tegen haar verraad. Ze gebruikte haar tanden als messen, maar het menselijke gezicht was verrassend weerbarstig. Het lukte haar niet om zijn vlees te verscheuren, hoewel ze hem zo hard beet dat ze een scherpe, metalige pijn voelde in de kies waar ze last van had omdat ze 's nachts knarste.

Wel was ze sterk genoeg om hem niet los te laten, om zich als een gemene parasiet in zijn mond vast te bijten, en zijn gezicht vertrok van de ene pijnscheut na de andere. Hij sloeg haar, ramde tegen haar oren totdat ze gonsden. Nog steeds liet ze niet los, bleef ze met haar tanden zijn lip vasthouden, zelfs terwijl ze haar rechterbeen optilde, haar goede been, en haar knie hard in zijn kruis plantte, precies zoals de gymjuf op school het de klas had geleerd voor als de meisjes ooit in de problemen zouden komen met een man.

Het werkte, het werkte echt. Kronkelend van pijn viel hij achterover. Tess berekende dat ze tien, hooguit twintig seconden tijd had gewonnen. Ze wipte heen en weer op de poten van de houten stoel, drukte haar kin tegen haar borst en hoopte dat ze niet het bewustzijn zou verliezen. De stoel viel achterover, met een klap die de adem uit haar longen stootte – en die ook, zoals ze had gehoopt, het houten frame van de stoel brak, zodat het touw verslapte rond de brokstukken. Razendsnel bevrijdde ze zichzelf, en ze keek om zich heen. Hij had een wapen, had gezegd dat hij een wapen had. Waar was het?

Geen tijd meer. Hij had zich op zijn knieën gewerkt, nog steeds gesmoord kreunend, en zijn ogen waren tot spleetjes geknepen, fonkelden van pijn en haat. Ze zag de glinstering van de schaar op de grond

351

en dook eropaf. Hij pakte haar linkerbeen beet – opzettelijk hoog, precies op het verband dat hij zelf had omgedaan – en de pijn was ondraaglijk. Nu lag hij op haar, hij had haar linkerarm beet, maar niet de rechter, die ze bij hem vandaan hield als een kind dat een flauw spelletje speelt.

Het was niet wat ze wilde. Nu al wist ze dat ze er de vreselijkste nachtmerries aan zou overhouden, erger dan de benauwende dromen die ze nu al had, waarin ze alleen getuige was, geen dader. Maar dit was ook een nachtmerrie, en er was maar één manier om eruit te ontwaken.

Ze stak de schaar in zijn linkeroog, dreef de punt zo ver mogelijk naar binnen. Nieuw bloed spoot uit de wond, in haar ogen. Nog steeds maakte hij van die afschuwelijke geluiden, wat betekende dat de schaar niet diep genoeg kwam. Hij ademde nog, hij leefde nog. Maar zij was bevrijd, en ze kroop bij hem vandaan, haar handen glibberend in het bloed op de grond.

Met knikkende knieën ging ze staan. Ze kon niet wegrennen, ze kon nauwelijks lopen, en het zag er niet naar uit dat hij aan het doodgaan was. Hij was taaier dan zij, een kakkerlak, een aaseter. Tot nu toe was hij al twee keer opgestaan uit de dood, en hij zou terugkomen als ze hem de kans gaf. Ze strompelde naar het tafeltje, naar de gymtas waar hij eerder de schaar uit had gehaald. Bovenop vond ze een geladen vuurwapen, een 9-millimeter.

Billy Windsor was gaan zitten. Het bloed stroomde over zijn gezicht, de schaar stak uit zijn oogkas, en met een van pijn vertrokken gezicht schreeuwde hij onbegrijpelijke dreigementen naar haar. Met een mengeling van ontzetting en bewondering keek ze toe toen hij diep ademhaalde, de schaar beetpakte en uit zijn oogkas trok, waardoor een nieuwe golf van bloed uit de wond spoot. Het was niet te geloven dat hij nog bloed in zich had. Hij zag er in haar ogen onecht uit, onmenselijk. Gelukkig maar. Ze kon het zich niet veroorloven om hem als mens te zien.

Tess pakte het wapen met twee handen beet, ze richtte zorgvuldig op zijn middenrif, en vuurde. De terugslag van de 9-millimeter was heviger dan die van haar .38, en de loop sprong omhoog, zodat het eerste schot door zijn keel ging. Ze klemde haar trillende handen steviger om de kolf, en de volgende schoten raakten hem in zijn borst, keer op keer op keer. Er was een kogel voor Becca – die niets verweten kon worden behalve dat ze trots was op haar eigen talent en geloofde dat ze haar eigen toekomst kon bepalen. Voor Tiffani, en voor Lucy. Ze schoot op hem voor Hazel en Michael Shaw en Eric Shivers. Voor Julie, de domme kleine junkie die bijna aan hem was ontsnapt. En voor Jonathan, die voor hem niets meer was geweest dan een vage vorm in de mist, een middel om een doel te bereiken, de zoveelste persoon die aan Billy Windsors voortbestaan werd opgeofferd. Het wapen had tien patronen, en ze had er nog twee over. Ze schoot nog een laatste keer. Voor Carl.

Ze was klaar, stak het wapen in haar eigen lege holster en hinkte naar buiten, naar het parkeerterrein. Windsors mobiele telefoon lag in zijn auto. Ze draaide 911 en wankelde naar Carls lichaam. Hij lag met zijn gezicht omhoog naar de sterren, zijn ogen nog open. Ze klemde de telefoon onder haar kin, wachtend tot er werd opgenomen, en legde haar hand in Carls hals. Even dacht ze dat ze zijn hartslag voelde, maar het was haar duim, die het nieuws van haar eigen kloppende hart naar haar terugstuurde. Zij leefde nog, als enige.

Epiloog

'Gefeliciteerd,' zei dokter Armistead. 'Ik zie dat de hechtingen eruit zijn.'

Hij gebaarde naar haar been, dat alleen nog een beetje stijf was maar wel weer functioneerde. Tess had die ochtend zelfs geroeid, voor het eerst in bijna twee maanden. Al die tijd had ze een short gedragen, languit in een ligstoel bij het zwembad in Roland Park, dus er liep een witte streep over haar linkerknie waar het verband had gezeten. Dertien hechtingen waren er nodig geweest, twee inwendige en elf uitwendige, en het litteken op haar knieschijf was nog rood en vurig. Het was alsof een zuinige onderwijzer zijn paraaf op haar knie had gezet: goed werk.

Nu zei dokter Armistead in feite hetzelfde. Gefeliciteerd. Goed werk. Maar was dat wel zo?

'Feliciteert u me omdat de jury heeft besloten dat ik vrijuit ga? Ik had toch verteld dat het altijd zo gaat, als het zogenaamd zelfverdediging is.'

'Zogenaamd?' Zijn borstelige wenkbrauwen gingen omhoog. 'Het wás toch zelfverdediging?'

'Officieel wel. De kranten hebben een detail weggelaten: ik heb negen keer geschoten terwijl ik tien patronen had.'

'Ik begrijp niet waarom dat belangrijk is.'

'De recherche begreep het wel, en de staatspolitie ook.' Ze had de laatste kogel in het wapen laten zitten om te laten zien dat ze bij haar volle verstand was geweest, dat ze haar zelfbeheersing niet had verloren. Wat ze had willen aantonen, was dat ze weloverwogen een leven had beëindigd. Dat had ze haar psychiater trouwens al verteld.

'Hoe voelt het om – '

'Alstublieft, maak die vraag niet af. Ik voel me prima. Ik heb gedaan wat ik moest doen.'

Was dat wel zo? De politie beschouwde haar als een heldin, maar zo voelde het niet. Carl was de held, en hij was als een held begraven,

354

hoewel ze op dat moment zo verdoofd was geweest dat het nauwelijks tot haar was doorgedrongen. Later was zijn naam voorgelezen tijdens de jaarlijkse herdenkingsdienst voor agenten die tijdens het uitoefenen van hun functie om het leven waren gekomen. Tess wist eigenlijk niet of ze wel geloofde in een leven na de dood, maar ze hoopte dat Carl in een of ander hiernamaals terecht was gekomen, al was het alleen al omdat hij zo zou hebben genoten van zijn postume roem. Ze wilde graag denken dat hij Lucy Fancher nu eindelijk had ontmoet, en dat Lucy nu eindelijk haar hele lichaam terug had. Misschien ook haar haren. Als hoofdhaar en nagels nog kunnen groeien na de dood, moest dat in de hemel ook zo zijn.

Tess' eigen haar was inmiddels lang genoeg om onmogelijk te zijn. Ze was vergeten dat het zo krulde als het kort was. Haar moeder zei, bijna hoopvol, dat het nooit meer aan zou groeien, dat Tess nu eindelijk eens een volwassen kapsel moest nemen. Maar Tess was vastbesloten om haar vlecht terug te krijgen, al kostte het vijf, tien, twintig jaar. In tegenstelling tot Billy's andere vrouwen stond een kort koppie haar niet; haar gelaatstrekken waren er niet fijn genoeg voor. Whitney had, zoals van haar te verwachten viel, tegen Tess gezegd dat ze er níet uitzag. Crow had, zoals van hem te verwachten viel, gezegd dat ze mooi was.

Ze hadden geen van beiden gelijk. Maar ze hadden evenmin ongelijk.

'Waar denk je aan?' vroeg Armistead.

Ze zuchtte maar antwoordde naar waarheid: 'Aan mijn haar.'

'Ach ja, je haar. De ironie is je vast en zeker niet ontgaan – je zit hier omdat je een man hebt onthaard, als een soort hedendaagse Delila, en nu heeft een andere man hetzelfde met jou gedaan.'

'Ja *duh!*' Ze kon het niet helpen dat ze haar therapeut nog steeds af en toe belachelijk maakte. 'Hoewel uw analogie niet opgaat. Ik ben mijn kracht niet kwijtgeraakt toen ik mijn haar kwijt was. Ik was sterker dan ooit.'

'Kan zijn, maar heb je wel eens stilgestaan bij de ware bron van je kracht? Kun je het aan iets of iemand toeschrijven dat je zo sterk en zo daadkrachtig was toen je in gevaar verkeerde? Dat je je boosheid op de juiste manier hebt gebruikt?'

'Aan mezelf.' Tot haar verbazing keek hij gekwetst. 'En u heeft natuurlijk geholpen.'

Ze wist niet of ze in dat laatste geloofde. Het was prettig geweest om de psychiater de laatste paar weken als klankbord te hebben, maar ze vergat nooit dat haar bezoekjes een soort taakstraf waren, haar opgelegd door een man die meende te weten wat ze nodig had. Nog drie maanden, dan was ze klaar. Ze was nu halverwege.

'Heb je er wel eens bij stilgestaan dat die man waarschijnlijk door was gegaan met het vermoorden van meisjes die op zijn eerste liefde leken als hij zich niet op jou had gericht?'

'U probeert te verzachten dat Carl dood is, terwijl ik nog leef. Ik kan dat niet op die manier beredeneren. Ik denk niet dat het is wat Carl wilde.'

'Denk jij dat Billy Windsor slecht was?'

Daar hadden ze het al vaker over gehad. 'Nee. Hij was ziek. Hij heeft zelfs hulp gezocht, al denk ik niet dat hij echt geholpen wilde worden. Hij wilde iets betekenen. Op de dag dat hij Becca ombracht en zijn eigen dood in scène zette, veroordeelde hij zichzelf tot een schaduwbestaan. Doden was de enige manier om zijn bestaan te bevestigen, hoe vreemd het ook klinkt. Als hij terug was gegaan naar zijn eigen identiteit en tbs met dwangverpleging had gekregen, zou hij misschien beter zijn geworden.'

'Die kans heb je hem niet gegeven.'

'Nee, ik heb hem gedood.'

'Je zou zelfs kunnen zeggen dat je hem hebt geëxecuteerd.'

Hoe meer hij haar in een hoek dreef, des te sterker werd haar behoefte om te verdedigen wat ze had gedaan. 'Als ik aardig ben voor mezelf denk ik dat ik die man uit zijn lijden heb verlost. Hij wilde ophouden met wat hij deed, maar het lukte hem niet. Hij zou vrouwen blijven doden omdat er niet een vrouw was die aan zijn ideaal beantwoordde. Zelfs ik niet,' voegde ze er op gemaakt luchtige toon aan toe.

Ze voelde het gevreesde brok in haar keel. In deze spreekkamer verzette ze zich altijd tegen haar tranen omdat ze zo'n hekel had aan de vraag die er steevast op volgde: 'Waarom huil je?' Bovendien wilde ze niet meer huilen. Ze wilde geen heldin zijn, ze wilde niet praten met de journalisten en schrijvers die nog steeds boodschappen inspraken op het antwoordapparaat van haar kantoor, waar ze al zeven weken niet meer was geweest. Ze wilde niet de hele tijd bezorgde vrienden en familieleden verzekeren dat het goed met haar ging, heel goed, prima zelfs. Maar wat ze vooral niet wilde, was huilen, want dat deed ze veel te vaak – in haar auto, in de supermarkt, en elke keer dat ze naar *The Wild Bunch* keek. Zodra ze William Holden en die kloteschorpioen zag kreeg ze het te kwaad.

Dit was de enige plek waar ze sterk had kunnen blijven. Tot nu toe. Ze begon zo hard te huilen dat ze op de tast de doos tissues moest zoeken.

'Tess, ik weet dat je hier nog steeds niet wilt komen. En misschien hoor je hier helemaal niet thuis, misschien heeft de rechter zich vergist. Maar je hebt wel erg veel meegemaakt. Het komt goed uit dat je nu in therapie bent.'

'Bewijst dit hele gedoe dan niet hoe boos ik ben, dat ik misschien wel psychotisch ben? Gaan rechter Halsey en u dit niet als een excuus gebruiken om me langer hier te houden? Ik heb negen keer geschoten op een man die ik had kunnen laten leven. Is dat niet verkeerd?'

'Je vocht voor je leven. Achteraf gezien weet je dat je keuzes had. Maar je was gewond, je kon niet voor hem wegrennen. Je moest dat wapen gebruiken.'

'Waarom dan negen schoten? Waarom niet één of twee?'

'Dat mag je mij vertellen. Je zegt dat je de laatste kogel bewust hebt laten zitten om te laten zien dat je je zelfbeheersing niet hebt verloren. Maar wat is de betekenis van négen?'

Eric, Becca, Tiffani, Lucy, Hazel, Michael, Julie, Carl... en Jonathan. Alleen de eerste acht namen waren in de media genoemd. Tess had met geen woord gerept over Billy Windsors gestoorde motief, ze had nooit uitgelegd hoe ze elkaar hadden leren kennen. Tot haar eigen verbazing had ze iets van sympathie gevoeld voor Luisa O'Neal, een greintje, maar het was er wel. Laat haar maar sterven met de reputatie van haar familie intact, als het zoveel voor haar betekende. Luisa had niet veel meer over, liggend in een ziekenhuisbed onder de mededeling dat ze stoffen luiers droeg. Het enige waar ze nog naar uit kon kijken, was haar eigen lovende necrologie.

Bovendien, als Tess Luisa kon vergeven, kon ze uiteindelijk misschien ook zichzelf vergeven.

Ze beet op haar onderlip. 'Op een dag vertel ik het misschien. Nu nog niet. Op een dag.'

'Ik weet niet of je er iets aan hebt, maar ik vind dat je het geweldig goed doet. Je slaapt weer zonder pillen. Je hebt me verteld dat je weer

357

trek hebt, en zo te zien ben je wat aangekomen, nadat je kilo's was afgevallen. Ik verwacht niet dat we langer nodig zullen hebben dan de periode die door de rechtbank is opgelegd, en die loopt in oktober af.'

'Op achtentwintig oktober, om precies te zijn. Niet dat ik de dagen tel, of zo.' Maar ze glimlachte, en hij glimlachte terug.

Eindelijk waren alle klokken het erover eens dat het uur om was, en Tess was weer vrij, in elk geval voor een week. Ze liep naar buiten, de bloedhitte tegemoet, al was het ochtend. Het was inmiddels augustus, en dit was de zevende dag van een hittegolf. Crow en Whitney zaten op haar te wachten in de houten tuinstoelen op het gazon, geflankeerd door een hijgende Esskay en Miata. Ze volgden haar tegenwoordig bijna overal waar ze ging, in de een of andere combinatie. Whitney en Crow, Esskay en Miata. Soms wilde Tess hen waarschuwen voor wat er met haar naasten kon gebeuren. Niet dat ze zich daardoor zouden laten weerhouden, en dat wilde Tess ook helemaal niet.

Ze besefte dat Crow op precies dezelfde plek zat waar Carl zeven weken daarvoor had gezeten, ook al op zo'n drukkend warme dag, de dag dat de gebeurtenissen hen te snel en te ver hadden meegesleept. Ergens gedurende die krankzinnige twaalf uren hadden ze pauze moeten houden, hadden ze op adem moeten komen, de tijd moeten nemen om over alles na te denken – maar dat hadden ze niet gedaan. Nu pas, achteraf gezien, kon ze analyseren wat ze had gedaan, wat ze samen hadden gedaan, de fouten die ze hadden gemaakt.

Maar op het moment zelf was er geen tijd geweest voor bezinning. Geen moment.

'We dachten,' zei Crow, 'dat je het misschien leuk zou vinden om een lang weekend weg te gaan. Lekker weg uit de stad, uit deze bedompte lucht.'

'Waarheen?'

'Ocean City?' opperde Whitney. 'Of naar het huis van mijn ouders aan de kust. Of misschien zelfs naar Saint Mary's, dan nemen we daar een pension – '

'Nee, nee, laten we voor de verandering naar het westen gaan, naar de bergen. Weg uit Maryland. We kunnen naar Berkeley Springs gaan of naar een andere mooie plek in West Virginia.'

Whitney liet zich niet voor het lapje houden. 'Laat je niet door Billy Windsor wegjagen uit de plaatsen waar je van houdt, Tess. Gun hem die macht niet.'

'Dat laat ik echt niet gebeuren. Ik wil alleen... iets heel anders zien.'

Ze kon hun niet vertellen over de nieuwe nachtmerrie, die haar juist plaagde als ze wakker was, de angstdroom waarin Billy Windsor haar overal opwachtte: in elk stadje, in elke verborgen zijtak van de Patapsco, op elk industrieterrein waar ze vanaf de snelweg een glimp van opving, achter het stuur van elke bestelwagen die achter haar reed, onder de klep van elke honkbalpet op het hoofd van een man met bruin haar van ongeveer een meter tachtig lang. Eindelijk had Billy Windsor de blijvende band met een vrouw gesmeed die hem altijd voor ogen had gestaan. Met haar, jammer genoeg. Ze zouden nog een hele tijd samen zijn. Niet voorgoed, maar langer dan een knie nodig had om te helen, en hoe erg ze het ook vond, ze zou het moeten accepteren.

Maar niet vandaag. Niet nu.

'Let's go,' zei ze. 'Naar het westen. Weg bij het water.'

Verantwoording

Dank aan de oude getrouwen (Joan Jacobson, Vicky Bijur, Carrie Feron) en een paar nieuwe technisch adviseurs, en dan noem ik vooral dr. Mark S. Komrad, Heather Dewar en Tom Horton. Zonder Toms *An Island Out of Time* had ik dit boek niet kunnen schrijven; aan de hand daarvan heb ik het mythische eiland uit dit boek vormgegeven. Opgemerkt moet worden dat pastoor Andrew White wel degelijk echt heeft bestaan en dat hij inderdaad een dagboek bijhield tijdens zijn reis naar de Nieuwe Wereld, maar hij heeft Notting Island nooit beschreven, want dat bestaat alleen in mijn verbeelding.

Dit boek is geschreven tijdens mijn laatste jaar voor de Baltimore *Sun*, maar toen wist ik nog niet dat ik weg zou gaan. Rafael Alvarez mocht de opdracht niet gebruiken in *Storyteller*, een bundel met zijn stukken uit de *Sun*, maar ik doe het wel: dank aan het Washington-Baltimore Newspaper Guild, dat Rafael, mij en duizenden anderen in staat heeft gesteld om de kost te verdienen.